Bajo el muérdago

Beth O'Leary es una autora superventas cuyas novelas se han traducido a más de treinta idiomas. Su debut literario, *Piso para dos* (Suma de Letras, 2019), ha vendido más de un millón de ejemplares y cuenta con una adaptación televisiva. Sus siguientes libros, *En tus zapatos*, *Rumbo a ti*, *Tres citas con Carter* y *Bajo el muérdago*, se convirtieron todos en best sellers a su publicación. Beth escribe desde su casita en Hampshire acompañada de un golden retriever que acostumbra a portarse fatal. Si no está trabajando, la podemos encontrar acurrucada en el sofá con una taza de té, un libro y varios jerséis de lana puestos (no importa el tiempo que haga).

BETH O'LEARY

Bajo el muérdago

Traducción de
Eva Carballeira Díaz

DEBOLS!LLO

Papel certificado por el Forest Stewardship Council®

Penguin
Random House
Grupo Editorial

Título original: *The Wake-Up Call*

Octubre de 2025

© 2023, Beth O'Leary Ltd
© 2024, 2025, Penguin Random House Grupo Editorial, S. A. U.
Travessera de Gràcia, 47-49. 08021 Barcelona
© 2024, Eva Carballeira Díaz, por la traducción
Diseño de la cubierta: Adaptación de la cubierta original de Studio Helen /
Penguin Random House Grupo Editorial

Printed in Spain – Impreso en España

ISBN: 978-84-663-7959-5
Depósito legal: B-14.352-2025

Impreso en Liberdúplex
Sant Llorenç d'Hortons (Barcelona)

P379595

Para mis lectores.
Cada uno de vosotros es un tesoro para mí

DICIEMBRE DE 2021

Querido Lucas:

Tengo que confesarte algo que me pone un poco nerviosa, así que he decidido contártelo en la postal de Navidad. (Feliz Navidad, por cierto).

Cada vez que nos cruzamos en el hotel, me pasan cosas raras. Me entra calor. Me acelero. Digo chorradas como «¡Buenos bías!», pierdo el hilo de la conversación con los huéspedes y me fijo en ti en vez de en cualquier novedad del menú de Barty con la que Arjun no esté de acuerdo ese día.

No soy muy dada a los flechazos. Me va más cocinar las cosas a fuego lento, con ternura y romanticismo. Y NUNCA pierdo la cabeza por un chico, jamás lo he hecho. Pero, cuando te miro…, me aturullo.

Y, cuando tú me miras, me pregunto si sentirás lo mismo. La verdad es que estaba esperando a ver si me decías algo. Pero mi amiga Jem dice que a lo mejor crees que no estoy disponible, o que puede que no se te dé bien expresar tus sentimientos, o que tal vez deba armarme de valor y dar yo el primer paso.

Así que aquí estoy. Abriéndote mi tierno y romántico corazón para decirte que me gustas. Y mucho.

Si tú sientes lo mismo, reúnete conmigo bajo el muérdago a las ocho de la tarde. Me reconocerás por el vestido rosa. Y también porque soy Izzy la recepcionista. No sé por qué he dicho lo del vestido rosa.

Mejor dejo de escribir, porque… ya no me queda espacio.

Ni dignidad. ¿Nos vemos a las ocho?

Bss,

Izzy

Querida Izzy:

Feliz Navidad y próspero Año Nuevo.

Saludos,
Lucas

Noviembre de 2022

Izzy

Si Lucas hace algo, yo tengo que hacer lo mismo, pero mejor. En general eso ha sido muy positivo para mi carrera laboral durante el último año, pero también es la razón por la que ahora mismo me estoy peleando con una rama de abeto que es como mínimo dos veces más alta y cuatro veces más ancha que yo.

—¿Necesitas ayuda? —me pregunta Lucas.

—En absoluto. ¿Y tú?

Pongo la rama en su sitio y evito por los pelos cargarme uno de los numerosos jarrones que hay en el vestíbulo. Siempre estoy esquivando esos chismes. Como gran parte del mobiliario del Hotel Spa Forest Manor, proceden de la familia Bartholomew, dueña de la propiedad. Morris Bartholomew (Barty) y su mujer, Uma Singh-Bartholomew (la señora S. B.), convirtieron la mansión en un hotel y suprarreciclaron tantos enseres antiguos de la familia como pudieron. No es que no esté a favor del reciclaje; de hecho, es lo mío, pero algunos de esos jarrones parecen urnas funerarias.

No dejo de pensar que dentro de alguno de ellos podría haber un antepasado de los Bartholomew.

—¿Eso tiene magia invernal? —me pregunta Lucas, haciendo una pausa para echar un vistazo a mi rama de abeto.

La estoy atando a la parte inferior de mi lado del pasamanos. La escalinata de Forest Manor es famosa: se trata de una de esas escaleras enormes y maravillosas que se dividen en dos a mitad de camino y piden a gritos que las bajes despacio vestida de novia o que coloques en ella a tus hijos para hacer una foto ideal en plan familia Von Trapp.

—¿Y eso? —replico, señalando un árbol en una maceta que Lucas ha traído del jardín y ha puesto al pie de su lado de la escalera.

—Pues claro —dice convencidísimo—. Es un olivo. Y los olivos son supermágicos.

Estamos adornando el vestíbulo para la boda de mañana. El tema elegido por la novia es «magia invernal» y ambos hemos decidido que la asimetría es mágica, así que estamos haciendo cada uno un lado de la escalera. El problema es que, si Lucas se viene arriba, yo tengo que venirme más arriba todavía, así que buena parte del jardín ha acabado en el vestíbulo.

—Además de mediterráneos —repongo. Él me mira fijamente, como diciendo: «¿Y qué?»—. Esto es New Forest. Y estamos en noviembre. —Frunce el ceño. Me rindo—. ¿Qué te parecen mis lucecitas plateadas? —le pregunto, señalando las guirnaldas que he entremezclado con la vegetación que ahora trepa por mi pasamanos—. ¿No crees que deberíamos poner también algunas en tu lado?

—No. Son una horterada.

Entorno los ojos. A Lucas todo lo que tenga que ver conmigo le parece una horterada. Odia mis mechas de clip, mis zapatillas rosa chicle y mi afición a los dramas de temática sobrenatural para adolescentes. No entiende que la vida es demasiado corta como para poner reglas sobre lo que mola y lo que no. La vida es para vivirla.

En alta definición. Y con zapatillas de color rosa chicle.

—¡Son ideales y dan un toque de brillo!

—Resplandecen demasiado. Parecen puñales pequeñitos. No. Extiende los brazos antes de apoyar las manos en las caderas.

A Lucas le gusta ocupar todo el espacio posible. Supongo que por eso está siempre en el gimnasio, para robarme centímetro a centímetro más espacio vital con esos hombros cada vez más anchos y esos bíceps abultados.

Respiro hondo para calmarme. Cuando acabe esta boda, volveremos a trabajar en turnos alternos en la medida de lo posible. Últimamente la cosa no va bien si pasamos demasiado tiempo juntos en el mostrador de recepción. La señora S. B. opina que no creamos «el ambiente adecuado». Como dice Arjun, el jefe de cocina: «Cuando Izzy y Lucas coinciden en el mismo turno, el hotel es tan acogedor como la casa de mi abuela». Y yo la he conocido, así que puedo decir con seguridad que se trata de un comentario muy grosero.

Pero él y yo somos los recepcionistas con más experiencia y nos encargamos de organizar las bodas, lo que significa que durante los dos próximos días Lucas va a estar hasta en la sopa.

—¡Sube al rellano! —grita—. ¡Ven a ver esto!

Qué mandón es. Cuando lo conocí, su acento brasileño me pareció tan sexy que le perdoné la bordería, achacándola a un problema de traducción, y decidí que tenía buenas intenciones aunque no acabara de acertar. Pero con el tiempo me he dado cuenta de que Lucas domina perfectamente el inglés; lo que pasa es que es gilipollas.

Subo sin ganas al rellano central, donde la escalera se divide en dos, y echo un vistazo. El vestíbulo es enorme, con un mostrador de madera gigantesco a la izquierda y unas llaves antiguas colgadas detrás, en la pared. Hay una alfombra redonda desgastada sobre las baldosas originales de color marrón y crema, y una zona de sofás junto a los altos ventanales que dan al jardín. Es precioso. Y en los últimos ocho años se ha convertido en un hogar para mí, quizá incluso más que el pisito de tonos pastel de Fordingbridge en el que vivo de alquiler.

—Este es un hotel con clase. Las lucecitas parecen baratas —declara Lucas.

Es que lo son. ¿Qué espera? Nuestro presupuesto es, como siempre, inexistente.

—Este es un hotel familiar —digo justo cuando la familia Hedgers está entrando en el vestíbulo con sus tres hijos, que van todos de la mano. El más pequeño lleva puesto un mono de nieve y camina tambaleándose mientras su hermana le agarra sus dedos regordetes.

—¡Hala! —El mayor frena en seco y se queda mirando mi pasamanos iluminado. El más pequeño está a punto de caerse, pero su hermana lo sujeta—. ¡Qué pasada!

Le dedico a Lucas una sonrisa de suficiencia. Él sigue frunciendo el ceño. Los niños parecen un poco sorprendidos y luego intrigados.

Ya había reparado en ese fenómeno antes. Lucas debería caerles fatal a los niños: es enorme, huraño y no sabe cómo hablarles. Pero a ellos siempre les resulta fascinante. Ayer le oí saludar a la Hedgers mediana (nombre real: Ruby Hedgers; seis años, aficiones favoritas: las artes marciales, los ponis y subirse a sitios peligrosos) diciendo: «Buenos días, ¿cómo ha dormido? Espero que bien». Exactamente lo que les dice a los huéspedes adultos, en el mismo tono. Pero a Ruby le encantó. «He dormido toda la noche —le respondió ella, dándose importancia—. Cuando he visto en el reloj que eran las siete, me he levantado y me he quedado de pie junto a la cama de papá y mamá hasta que ellos también se han despertado. Papá no se esperaba que estuviera allí y ha dado un grito, ha sido muy divertido». Lucas asintió, muy serio, y le contestó: «Parece una forma terrible de despertarse». Y Ruby se echó a reír a carcajadas.

Todo muy raro.

—A los niños les gustan las lucecitas —le digo a Lucas, abriendo las manos.

—También les gustan los zapatos con ruedas y las gominolas, y son capaces de hincharse de helados de Arjun hasta reventar —replica Lucas—. No puede uno fiarse de ellos.

Miro a los Hedgers adultos para asegurarme de que no les han ofendido los comentarios de Lucas, pero ya están metiendo a los niños a la habitación y no parecen haberse enterado. Se alojan en la Sweet Pea porque la señora Hedgers va en silla de ruedas; los ascensores llevan estropeados más de un mes y ha sido una pesadilla tener solo cinco habitaciones en la planta baja.

—Nada de lucecitas en mi lado. Y también deberíamos quitar esas.

—¡Venga ya! ¿No puedes ceder un poco? Podrías proponer poner menos o algo así.

—Me sangran los ojos. Me niego.

—Cuando trabajas en equipo, no puedes decir «Me niego» y ya está.

—¿Por qué no?

—Tenemos que llegar a un acuerdo.

—¿Por qué?

—¡Porque sí! Es lo más razonable.

—Ah, ¡razonable! ¿Como cambiar de sitio el material de oficina cada vez que te toca turno para que luego yo no encuentre las cosas?

—No lo hago por eso. Lo hago porque tu sistema es...

—¿Razonable?

—¡Una mierda! —exclamo, mirando demasiado tarde hacia la habitación Sweet Pea para ver si los Hedgers han cerrado la puerta después de hacer entrar a sus hijos—. ¡Tu forma de hacer las cosas es una mierda! ¡El cajón siempre se atasca porque pones la perforadora de lado y los pósits deberían estar delante porque los usamos constantemente, pero están al fondo, detrás de las tarjetas de agradecimiento, que nunca usamos, así que perdona que te ahorre tiempo!

—¿Es razonable cambiar los números de las habitaciones sin avisarme?

—¡Fue idea de la señora S. B.! ¡Yo solo hice lo que me mandó!

—¿Te mandó que no me lo dijeras?

De repente nos estamos encarando y, no sé cómo, yo también acabo con las manos en las caderas, una postura que solo adopto cuando finjo ser una superheroína (algo que haces con una frecuencia sorprendente si trabajas en un hotel familiar).

—Me olvidé. Soy humana. Denúnciame.

—Pues a la Pobre Mandy no te olvidaste de decírselo.

Mandy es el otro miembro permanente del equipo de recepción. No es que sea pobre económicamente hablando, pero aquí, en el Hotel Spa Forest Manor, todos la llamamos así porque siempre acaba atrapada entre Lucas y yo cuando discutimos por algo. A ella le da igual cómo esté ordenado el cajón del material de oficina. Lo único que quiere es un poco de paz y tranquilidad.

—La Pobre Mandy no me pidió expresamente que no le enviara mensajes fuera del horario laboral, así que seguro que le envié un mensaje para decírselo.

—Yo no te pedí que no me enviaras mensajes fuera del horario laboral. Solo te dije que bombardearme con asuntos del hotel un domingo a las once de la noche no era…

—Razonable —mascullo—. Ya, claro. Bueno, si tanto te gustan las cosas razonables, nos ceñiremos a los pasamanos razonablemente no iluminados con lucecitas, organizaremos una boda razonablemente buena, y Barty y la señora S. B. tomarán la razonable decisión de cerrar el hotel porque ya no es rentable. ¿Es eso lo que quieres?

—¿Crees que puedes salvar el Hotel Spa Forest Manor con un montón de lucecitas intermitentes?

—¡Sí! —grito—. ¡No! A ver, la cuestión no es la decoración en sí, sino esforzarse al máximo. Forest Manor es perfecto en esta época del año y, si la boda sale bien, los invitados se irán con la impresión de que el hotel es precioso y se plantearán hacer una escapadita aquí, o celebrar su fiesta de compromiso, y eso significará que estaremos un poquito más cerca de mantenernos a flote en 2023.

—Izzy, el hotel no puede salvarse con unas cuantas escapaditas y fiestas de compromiso. Necesitamos inversores.

Me niego a contestarle. No porque esté de acuerdo con él ni porque —Dios no lo quiera— vaya a permitir que Lucas tenga la última palabra, sino porque el techo se nos acaba de caer encima.

LUCAS

Hace un momento Izzy me estaba mirando, furiosa e irritada, con las manos en las caderas y, de repente, tengo encima su cuerpo pequeño, suave y con olor a azúcar y canela junto con medio techo.

No entiendo cómo hemos llegado del punto A al punto B.

—¡Madre mía! —exclama Izzy, bajándose de encima de mí envuelta en una nube de yeso—. ¿Acabo de salvarte la vida?

—No —respondo. Cuando Izzy te hace una pregunta, lo mejor es decir que no—. ¿Qué?

—El techo se ha venido abajo —dice, señalando hacia arriba. Siempre tan servicial—. Y me he lanzado sobre ti para salvarte.

Me quedo tumbado a su lado. Estamos los dos boca arriba sobre el rellano. Justo encima de nosotros hay un boquete enorme en el techo. Veo las lámparas viejas del pasillo del primer piso.

Esto no pinta bien.

Giro la cabeza para mirar a Izzy. Tiene las mejillas coloradas y el pelo con mechas rosas desparramado por todas partes, pero parece que no le ha pasado nada. Por encima de su coronilla hay un trozo de yeso lo bastante grande como para habernos matado a alguno de los dos. De repente siento muchísimo frío.

—Pues gracias, supongo —digo.

Ella pone mala cara y se levanta, sacudiéndose el polvo de las piernas.

—De nada —replica. Cuando Izzy me dice eso, se traduce como «Vete a la mierda, capullo». Si se lo dijera a cualquier otra persona, sin duda estaría siendo cien por cien sincera. Pero, cuando se dirige a mí, diga lo que diga, básicamente la frase que hay entre líneas siempre es «Vai à merda, cuzão».

Nadie excepto yo parece darse cuenta de eso. Todos los demás creen que Izzy es «simpática», «divertida» y «encantadora». Hasta Arjun la trata como a una princesa, y eso que él suele tratar a nuestros clientes como haría un músico famoso con sus fans: con una especie de desdén afectuoso. Claro que a él no le gritó «¡Que sepas que no eres lo bastante bueno para ella, robot humano de corazón frío y zapatos brillantes!» las Navidades pasadas en el jardín del hotel.

Pero al parecer Izzy acaba de salvarme la vida, así que intento ser educado.

—Te estoy muy agradecido. Y te pido disculpas por no haberme lanzado yo antes sobre ti. He dado por hecho que eras capaz de cuidar de ti misma.

Eso no le sienta bien. Me mira con el ceño fruncido. Izzy cuenta con una amplia gama de miradas fulminantes y amenazadoras. Tiene los ojos verdes y grandes, las pestañas muy largas y siempre se pinta una rayita negra en el borde del párpado. Cuando pienso en ella, que es lo menos posible, veo esos ojos entrecerrados mirándome. Felinos y brillantes.

—Por supuesto que puedo cuidar de mí misma —replica.

—Ya lo sé, por eso no te he salvado.

—¿Hola? —grita alguien desde arriba.

—Mierda —murmura Izzy, estirando el cuello para mirar hacia el agujero del techo—. ¿Señora Muller?

A pesar de todos sus defectos, lo cierto es que tiene una memoria excepcional para los huéspedes. Aunque se hayan alojado con nosotros una sola vez, ella se sabe el nombre de sus hijos, lo que pidieron para desayunar y su signo del zodiaco. Pero hasta yo me acuerdo de la señora Muller: se hospeda aquí a menudo y trae por la calle de la amargura al equipo de limpieza porque lo llena todo de salpicaduras de pintura cuando trabaja en sus cuadros. Es medio alemana, medio jamaicana, tiene setenta y pico años, un acento tan complicado que me resulta frustrante y la costumbre de dar propinas al personal del hotel como si estuviéramos en Estados Unidos, lo cual no me molesta en absoluto.

—Llama a los bomberos —me susurra Izzy antes de volver a centrarse en la señora Muller—. ¡Señora Muller, tenga mucho cuidado!

—Ha habido un pequeño... accidente —digo.

—Problema —me corrige Izzy—. ¡Ha habido un pequeño problema con el suelo! Pero vamos a solucionarlo enseguida.

Los dos intentamos mirar por el agujero. Tenemos que hacer algo antes de que alguno de los otros cincuenta huéspedes de Forest Manor salga de la habitación y se arriesgue a caer uno o dos pisos.

—¡Señora Muller, por favor, apártese! —le pido antes de bajar por la escalera al vestíbulo. Es tan peligroso para nosotros como para ella—. Tú también deberías moverte —le digo a Izzy, girando la cabeza hacia atrás.

Ella me ignora. Bueno, lo he intentado. Echo un vistazo a los daños de la escalera y saco el móvil para llamar al 190, hasta que recuerdo que en el Reino Unido ese no es el número, sino el...

—Nueve nueve nueve —dice Izzy.

—Ya lo sé —le suelto. Ya estoy llamando.

Una lluvia de yeso cae en cascada desde el agujero y la llena de polvo. Ella refunfuña, con la larga melena de color castaño y rosa cubierta de polvillo blanco.

—¡Hala! —exclama alguien con entusiasmo detrás de mí. Me giro y veo a Ruby Hedgers, de seis años, en la puerta de la habitación Sweet Pea—. ¿Está nevando?

—No, solo son unos daños estructurales —contesto—. Hola, sí, con los bomberos, por favor...

El hotel se ha llenado de bomberos. Izzy está coqueteando de forma muy poco profesional con uno de los más guapos. Estoy de muy mal humor.

Ha sido una mañana de lo más estresante. Lógicamente, los huéspedes están un poco alterados por todo esto. A algunos no les ha hecho gracia que los hayan sacado por las ventanas y les hayan hecho bajar por escalerillas de mano. Uno de los bomberos ha comentado que los daños del techo y de la escalera «no tienen arreglo rápido»; ha asegurado que va a ser «una obra importante» y, por si no había quedado lo bastante claro, se ha frotado el índice y el pulgar, un gesto que en Brasil significa lo mismo que aquí: un dineral.

Esa es la raíz de todos los problemas en el Hotel Spa Forest Manor. Según tengo entendido, el establecimiento funcionaba bien antes de la pandemia, pero el negocio sufrió mucho durante los confinamientos por la COVID, que coincidieron con la necesidad de cambiar todo el tejado. Y ahora vamos renqueando porque no podemos renovar el hotel como deberíamos. Cuando empecé a trabajar aquí hace dos años, Forest Manor ya estaba un poco destartalado. Y ahora ha perdido todavía más su suntuosidad, lo que significa que los precios han tenido que bajar, incluso los de nuestro galardonado restaurante.

Pero el alma de este lugar sigue siendo la misma. Estoy convencido de que no hay ningún hotel en Inglaterra tan especial como este. Me di cuenta en cuanto entré por primera vez en el vestíbulo y vi a los huéspedes leyendo el periódico en los sofás, con las zapatillas del hotel puestas, vigilando a los niños que jugaban en el jardín. Era la viva imagen del bienestar. Aquí apreciamos mucho a los huéspedes: en cuanto les entrego la llave, se convierten en parte de la familia.

—Lucas, ¿verdad? —pregunta alguien detrás de mí, dándome una palmada en el hombro.

Me armo de valor, dejando mi preciado tercer café del día sobre la mesa del vestíbulo. Obviamente, no siempre todos los miembros de la familia nos caen bien.

Louis Keele se va a alojar en la Wood Aster, una de las suites de la planta baja, durante los próximos dos meses, mientras está en la zona por motivos de trabajo. Es nuestra mejor habitación y a él le gusta tener lo mejor. «La gente ya no aprecia la calidad», le estaba diciendo a uno de mis compañeros el otro día mientras pasaban por el vestíbulo. Imagino que será mucho más fácil «apreciar» la calidad si tu padre ganó varios millones de libras en el mercado inmobiliario en los años noventa, pero qué sabré yo.

—Sí, señor Keele. Están evacuando el hotel —digo. Él lo sabe, obviamente. Hay bomberos por todas partes y una cinta cruzando la puerta bajo la que Louis acaba de pasar. Además, gran parte del techo está en la escalera—. Lo siento mucho, pero tendrá que desalojar su habitación durante un breve periodo de tiempo, mientras solucionamos todo esto.

Él mira «todo esto» con interés. Aprieto los puños. Louis me pone de los nervios. Bajo esa sonrisa afable hay un punto de ambición y frialdad. Estuvo aquí las Navidades pasadas y ya entonces le preguntó a la señora S. B. si consideraría la posibilidad de vender el hotel a la empresa de su padre, o, como él la llama, a «la empresa de la familia Keele». Ella se rio y le dijo que no, pero la situación es muy diferente ahora. Ya teníamos graves problemas financieros antes de que el techo se viniera abajo.

Louis silba lentamente y se mete las manos en los bolsillos del pantalón.

—Este tipo de daños, sumado al resto de las renovaciones importantes que habría que hacer aquí... —Pone cara de lástima—. Perdón por la grosería, pero estáis de mierda hasta el cuello, ¿no?

—¡Louis! —chilla Izzy, saliendo del comedor y lanzándome una mirada de advertencia que sugiere que mi expresión no es todo lo complaciente que debería—. Deja que te acompañe afuera. Vamos a hacer un pícnic de invierno improvisado bajo la pérgola, el cenador, la pagoda o como se llame; la verdad es que nunca he sabido cuál es la diferencia entre todos ellos, pero ya me entiendes.

Le pone la mano en el brazo. Izzy es muy dada al contacto físico para ser británica; con todos menos conmigo.

—Ha llamado la señora S. B. —me dice, mirando hacia atrás, mientras se lleva a Louis—. Alguien tiene que llamar a la novia que acaba de quedarse sin boda. Como si no estuviera ya lo suficientemente histérica. Le he contado lo emocionado que estabas con la decoración de la ceremonia de mañana y le he dicho que eras la persona perfecta para tranquilizarla. —Aprieto los dientes. Izzy sabe que no me gustan las conversaciones emotivas. Lo único que me consuela es que ya la he convencido para que ayude a Barty a rellenar un documento del seguro de cuarenta y cuatro páginas que está claro que ha descargado en el formato equivocado. Va a ser una tortura para ella—. Y quiere vernos a los dos en la oficina a las cinco —añade.

Hasta que Izzy y Louis cierran la puerta al salir, no caigo en la cuenta de lo que eso puede significar.

Aunque sea seguro usar la planta baja del hotel, nos vamos a quedar solo con cinco habitaciones en lugar de veinticinco. Al menos son de las más caras, pero, aun así, solo es una pequeña parte de lo que ganaríamos en circunstancias normales durante los meses de invierno y para eso no hace falta precisamente todo un equipo de recepción. En una semana normal, Izzy y yo compartimos turno con alguno de los extras de la agencia contratada por la señora S. B. y soportamos como podemos la única jornada en la que coincidimos (los lunes, el día más triste de todos). Mandy hace la mayoría de los turnos de noche, cuando solo se necesita un recepcionista.

Si yo fuera la señora S. B., me plantearía prescindir de un miembro del personal de recepción. Al avisar con tan poco tiempo de antelación, probablemente tendrá que pagar a los extras de la agencia aunque no vengan; y Mandy es amiga de toda la vida de la familia de Barty. Así que solo quedamos… Izzy y yo.

Izzy

Son las cinco en punto. Tengo el discurso preparado. He recibido algunos consejos útiles de Arjun, que me ha dicho que me estaba centrando demasiado en las razones por las que yo era mejor en mi trabajo que Lucas, algo que hacía que pareciera que no era buena trabajando en equipo. Como es obvio, no estoy de acuerdo; si a alguien no se le da bien trabajar en equipo es a él. Siempre le está tocando las narices al personal de limpieza y una vez hizo llorar a Ollie cuando se estropeó el lavavajillas. Aunque tal vez pueda prescindir de la presentación sobre por qué mi Registro de Reservas es mejor que su sistema de reservas online, literalmente en todos los sentidos.

Ahora que estamos los dos de pie el uno al lado del otro delante de Opal Cottage, la antigua casita del guardés donde viven actualmente los Singh-Bartholomew, siento un poco de lástima por Lucas. Parece tan nervioso como yo. Hace un frío que pela y la hierba aún está mojada por el aguanieve de esta mañana, pero él lleva la camisa remangada y está tirando de la tela del cuello como si tuviera demasiado calor. Me mira y me estoy planteando sonreírle cuando dice:

—Por cierto, he ordenado tu caja.

Cualquier intención de sonreír se esfuma.

—¿Mi Cajón de Sastre?

Lucas cambia su expresión tensa e implacable por una sutil que dice: «Estoy harto de tus tonterías».

—La caja que hay debajo del mostrador que está llena de cosas tuyas, sí.

—¿Quién te ha dado permiso para hurgar en mi Cajón de Sastre? ¡Lleva ahí ocho años!

—Claramente, a juzgar por el contenido —dice Lucas—. Ha sido fácil meterlo todo en una caja más pequeña y adecuada después de tirar todos los paquetes de caramelos caducados.

—¡Los caramelos nunca se tiran! Dime que no has tirado nada.

Él me mira sin expresión y dice:

—Me tropiezo con esa caja al menos dos veces al día. Te he pedido varias veces que la cambies de sitio. Reducir el contenido me ha parecido una cesión por mi parte. ¿No me dices siempre que tengo que ceder?

—¿Perdona? ¿Has estado dándole patadas a mi caja? Hay cosas dentro que se pueden romper, por si no lo sabías. —Bueno, solo mi taza de *Teen Wolf*. Pero es muy valiosa.

La señora S. B. abre la puerta y nos ponemos en estado de alerta. Es obvio que su día ha sido mucho más estresante que el mío, y eso que el mío ha sido un caos total. Lleva una chaqueta de punto, pero solo con una manga puesta. La otra le cuelga por la espalda como una cola rosa fucsia. Está sujetando un teléfono entre el hombro y la mejilla, y su sombra de ojos, habitualmente llamativa, es de un tono gris topo agorero y aburrido. Nos gesticula para que entremos, lo que hace que la manga suelta de la chaqueta se sacuda, mientras dice al teléfono con mala cara: «Por supuesto, no hay ningún problema».

Agita las manos señalando los sillones del vestíbulo donde parece haberse instalado, a juzgar por el cuenco de pasta a medio comer, la manta con capucha que hay sobre el brazo de una silla y el papeleo con pinta de importante que está esparcido por todas partes. Barty nos saluda con la mano desde la cocina sin levantar la vista; está literalmente hundido hasta los codos en carpetas de anillas, con las gafas en equilibrio sobre la punta de su larga y aristocrática nariz.

Lucas se sienta con recelo, como si todo ese desorden fuera contagioso. Yo me acomodo con la bolsa del portátil pegada al pecho, intentando recordar mis primeras frases: «En los ocho años que llevo en Forest Manor, me he convertido en un miembro valioso del equipo al coordinar todo tipo de eventos, desde grandes bodas hasta…».

—Hola —dice suspirando la señora S. B. una vez que ha colgado el teléfono—. Qué alivio veros aquí. ¿Aquello sigue pareciendo el escenario de un crimen?

Sacude las manos hacia la ventana que da al hotel. Lucas y yo intercambiamos una mirada rápida.

—Hay bastante lío —digo en tono desenfadado—. Pero la cosa está más tranquila, ahora que Barty ha encontrado alojamiento temporal para todos, y he hablado con cuatro albañiles que vendrán a darnos presupuesto…

—Yo me he puesto en contacto con tres ingenieros estructurales —interviene Lucas—. El proyecto es demasiado grande para un albañil normal y corriente.

La señora S. B. abre los ojos de par en par al oír «demasiado grande». Yo me quedo callada. A veces Lucas marca los goles por mí.

No conoce a la señora S. B. tan bien como yo. Ella y Barty abrieron este hotel recién casados, hace más de cuarenta años; el edificio no es solo su lugar de trabajo, sino el hijo que nunca tuvieron. Aman cada centímetro de este lugar, desde las pintorescas habitaciones de la buhardilla hasta la gran aldaba de latón de la puerta. Forest Manor se construyó para el lujo y el romanticismo, para cuartetos de cuerda, bailes lentos y cenas suntuosas a la luz de las velas. No soporto ver a la señora S. B. enfrentarse a la posibilidad de que, después de lo mal que lo hemos pasado, no puedan permitirse evitar que este lugar mágico se venga abajo.

—Vamos a seguir abiertos —dice la mujer con determinación—. La aseguradora ha dicho que podemos hacerlo, siempre y cuando la obra esté «debidamente balizada con cinta», así que voy a añadir que hay que comprar cinta de balizamiento a la lista de tareas pendientes. Después de buscar en Google qué es. Hemos tenido que cancelar todas las bodas de invierno, pero aún disponemos de cinco buenas suites y la cocina está intacta, diga lo que diga Arjun. —El cual está muy preocupado por el polvo del yeso. Esta tarde le he restado importancia, pero hay que ser muy cuidadoso con su ego. Luego enviaré a alguien para que limpie un poco alrededor del horno y le diré que ya está todo solucionado—. Pero cerrar las veinte habitaciones de arriba… y tener albañiles e ingenieros estructurales por todas partes… —La señora S. B. se frota la frente y se pone las gafas sobre la cabeza—. ¿Los Hedgers se van a quedar?

Asiento.

—Su seguro del hogar les cubre la estancia porque se les ha inundado la casa —respondo—. No tienen otro sitio a donde ir, la verdad.

—Bien —dice la mujer antes de hacer una mueca de autocensura—. Perdón. Ya sabéis lo que quiero decir. Y tenemos a la señora Muller, que estará aquí hasta enero. Deberíamos dar prioridad a los huéspedes de larga estancia, creo yo. La pareja de Nueva Orleans ha cancelado y se ha ido a The Pig, así que podemos subir de categoría a la señora Muller y darle su habitación. Louis Keele ha dejado claro que quiere quedarse…

Miro a Lucas con curiosidad. Ha hecho un ruidito cuando la señora S. B. ha mencionado a Louis. El típico resoplido de desagrado que suele soltar después de que yo diga algo, de hecho.

—¿A quién más tenemos de larga estancia? —pregunta la señora S. B.

—Al señor Townsend y a los Jacob —contestamos ambos a la vez.

—Los Jacob son una pareja belga joven con un hijo de cinco meses —digo—. Les encanta todo lo británico, toman el beicon muy pasado y están obsesionados con *Fawlty Towers*.

Todos conocemos al señor Townsend, así que no me molesto en compartir los datos que tengo sobre él. Viene todos los inviernos a pasar al menos tres meses e incluso hemos empezado a intercambiar algún que otro correo electrónico cuando no está en el hotel; ya se ha convertido en un amigo, como muchos de los huéspedes habituales. Sé que Barty y la señora S. B. opinan lo mismo.

—Bueno, que les guste *Fawlty Towers* es una buena señal —comenta la mujer, haciendo una mueca—. Vale. Y quieren...

—Quedarse —digo rápidamente—. Ya lo he comprobado.

—Bien. Buen trabajo, Izzy. En cuanto al resto... —dice la señora S. B., mirando el portátil que tiene abierto sobre las rodillas—, yo me ocuparé de ellos. Aunque no sé cómo. —Nos mira y sonríe consternada. Es la mejor jefa del mundo y no soporta defraudar a nadie, así que, si está disgustada, casi seguro que tiene malas noticias para nosotros—. Vale. Ahora lo vuestro —dice. Ay, Dios—. Tengo que ser sincera con vosotros. A partir del próximo año, no puedo garantizaros nada. Puede que... —Traga saliva—. Nos hemos quedado sin dinero, a decir verdad. Las próximas semanas van a ser decisivas. Pero sé lo importante que es para los dos trabajar en el hotel este invierno.

Más que verlo, siento a Lucas ponerse tenso al oír eso. Por primera vez, me pregunto por qué narices se ha quedado trabajando durante todo noviembre y diciembre, en vez de volver a Brasil para ver a su familia, como hizo el año pasado. Pero dejo de pensar en ello de inmediato, porque mi amiga Jem me ha prohibido estrictamente pensar en nada que tenga que ver con las Navidades pasadas y con Lucas.

—Con solo cinco habitaciones disponibles..., no puedo justificar contrataros a los dos para trabajar en recepción más un extra de la agencia.

Ahí viene. Jugueteo con la correa del bolso mientras el discurso que tenía preparado se me atraganta. ¿Qué era lo que iba a decir? ¿Algo sobre mi valor incalculable? ¿Que llevo ocho años trabajando en el hotel? ¿Que el cajón del material de oficina está mucho mejor cuando estoy yo?

—Señora S. B., entiendo su problema —dice Lucas—. Permítame recordarle el excelente sistema digital de reservas que introduje cuando...

—¡Las notas personalizadas! —grito. Los dos se vuelven para mirarme—. Fue idea mía poner mensajes de bienvenida en las habitaciones y muchas de las reseñas positivas las mencionan.

—Mencionan tu pésima letra —dice Lucas.

Me ruborizo. Qué mala es la gente en internet.

—Yo soy sumamente ahorrador —le dice Lucas a la señora S. B., que parece cada vez más cansada—. Cuando necesitamos papel nuevo para la impresora, siempre pido...

—El más pijo y caro —digo, acabando la frase por él.

—El papel de calidad, que necesita menos tinta —continúa Lucas—. A diferencia de Izzy, analizo con detenimiento las implicaciones económicas.

—¿A diferencia de Izzy? ¿Perdona? ¿Quién se ha quejado de mis guirnaldas de luces baratas esta mañana? Si por ti fuera, todo lo que hay en este hotel sería de oro puro.

—Qué tontería —dice Lucas, sin molestarse siquiera en mirarme—. Mi solución no son las guirnaldas de luces de oro puro, obviamente. Lo que yo propongo es eliminarlas en general.

—¿Y qué será lo siguiente? —le pregunto levantando la voz—. ¿Eliminar los sofás? ¿Las camas?

—Basta, por favor —dice la señora S. B., levantando ambas manos en señal de rendición—. No hace falta que os peleéis, os vais a quedar los dos hasta Año Nuevo. El director de la agencia ha tenido la amabilidad de anular nuestro contrato, dadas las circunstancias, y se limitará a proporcionarnos el personal básico para la recepción los martes y los miércoles si estáis dispuestos a trabajar solo cinco días.

—Sí —decimos los dos al unísono, tan alto que la señora S. B. se sobresalta un poco.

Normalmente, el quinto día tenemos turno partido para que uno de nosotros cubra la noche y Mandy pueda librar. Aunque tampoco es que lo vaya a echar de menos, porque los turnos de noche son mucho menos entretenidos. Para empezar, todos los niños del hotel están en la cama.

—Vale. Bien. Gracias a los dos. Necesito personal responsable y con experiencia. Sé que puedo confiar en vosotros y en Mandy para cualquier cosa. Y que arrimaréis el hombro en lo que haga falta. Voy a tener que despedir a la mitad de los camareros y a más gente aún del equipo de limpieza, y Arjun tendrá que arreglárselas solo con Ollie en la cocina.

—¿Solo le va a dejar al pinche? —exclamo, sin poder evitarlo. A él no le va a hacer ninguna gracia.

—Talento en bruto —dice la señora S. B. bruscamente—. Puede moldear al chico a su imagen y semejanza. Y ahora... —Inspira y extiende las manos. Soy la primera en agarrarle una; Lucas duda antes de cogerle la otra—. Ya está bien de hablar de trabajo —dice—. Permitidme recordaros que aquí somos una familia. Pase lo que pase, eso no va a cambiar. Si Forest Manor tiene que cerrar, haré todo lo posible por ayudaros. Lo que sea. Quiero que sepáis que siempre os tendré muchísimo cariño.

Se me saltan las lágrimas. La señora S. B. sabe perfectamente lo difícil que es para mí tener una conversación como esta y me estrecha la mano con fuerza. Por un instante, me permito pensar en cómo sería tomarme el último chocolate caliente con café con Arjun, guardar el Cajón de Sastre en el coche y darles un abrazo de despedida a Barty y a la señora S. B., las dos personas que me hicieron sentir como en casa cuando era lo más importante para mí.

—Lo sé —digo con una voz un poco chillona—. Y estoy aquí para lo que necesiten mientras puedan seguir contratándome. Díganme lo que quieren que haga y me pongo manos a la obra.

Lucas asiente una sola vez.

—Lo que necesiten —dice.

—Estupendo. Bueno... —La señora S. B. nos dedica una pequeña sonrisa cansada y nos suelta las manos—. Vamos a vender todo lo que podamos. Ese es el primer paso.

Abro los ojos de par en par.

—Y Barty... —digo.

—Está muy disgustado al respecto —responde la mujer bajando la voz y mirando hacia la cocina—. Pero, si no podemos recaudar fondos, perderemos el hotel. Así que debemos deshacernos de algunas de las antigüedades de los Bartholomew. ¿Puedo poneros a los dos a cargo de la sala de objetos perdidos?

—¿A cargo de venderlo todo, quiere decir? —le pregunto. La sala de objetos perdidos empezó siendo una caja, pero con los años fue creciendo y ahora hay cientos de cosas, si no miles. En Forest Manor no nos gusta tirar nada—. ¿Eso está permitido?

—Me he informado y las leyes son un poco imprecisas, pero creo que, si hemos intentado devolver los artículos, que es lo que siempre hacemos cuando aparece algo nuevo, y ha pasado un tiempo prudencial, tenemos derecho a considerarlos nuestros. Y, si son nuestros..., no veo por qué no van a poder proporcionarnos algo de dinero. Está todo un poco revuelto, pero nunca se sabe, podría haber algunas joyas. ¿Puedo contar con vosotros para venderlo todo? Seguro que la Pobre Mandy os ayuda.

—Por supuesto —dice Lucas—. Estoy deseando ponerme con ello.

Levanto una ceja. Lucas odia la sala de objetos perdidos. La llama «el basurero».

La señora S. B. se sienta exhalando un largo suspiro y se da cuenta de que solo lleva la chaqueta puesta a medias.

—¡Caray, vaya día! —dice—. Lo que sí voy a necesitar es que hagáis un esfuerzo. Supongo que os habréis dado cuenta de que esto significa que vais a trabajar juntos cinco días a la semana. —Se baja las gafas hasta el puente de la nariz y adopta su expresión más severa—. ¿Podréis hacerlo? —Ninguno de los dos establece contacto visual con el otro.

—Por supuesto —respondo alegremente.

—Sí, claro que puedo trabajar con Izzy —dice Lucas—. Ningún problema.

Al día siguiente, me doy cuenta de lo que quería decir la señora S. B. cuando hablaba de arrimar el hombro. Estamos en la cocina: de repente yo soy la *sous-chef* y Lucas acaba de ser reclutado para servir mesas durante el almuerzo. En recepción hay una notita con los bordes dorados, escrita con la letra ensortijada de Barty, que dice: «¡Por favor, toque el timbre si necesita ayuda y estaremos con usted en un periquete!». Sospecho que esa nota va a estar en el mostrador muchas veces durante las próximas semanas.

—No me va a valer —dice Lucas con voz ahogada desde dentro del polo que está intentando ponerse. El problema es que es enorme y los uniformes de los camareros no están diseñados para personas que sobresalen por encima del resto del mundo y tienen esos extraños músculos de más que les unen el cuello con los hombros.

Arjun me lanza un vistazo malicioso por encima de la olla que está removiendo. Me doy cuenta de que mirar con malicia mientras remueves despacio una olla te hace parecer un poco bruja, así que intento poner cara de póquer desde el otro fogón. Arjun está haciendo *dal* negro, una receta que tiene que prepararse de una forma extremadamente precisa. Ya me ha gritado cinco veces y se ha disculpado siete.

Arjun es un encanto; su pinta de ogro es todo fachada. Si Forest Manor es mi familia, él es mi hermano mayor mangoneador. Siempre se cree que tiene razón, y, por muy molesto que resulte, suele tenerla; de hecho, fue la primera persona que me dijo que Drew no era una buena amiga. Pero es más blandengue de lo que parece. Todos los años me prepara una hornada especial de brownies el día del cumpleaños de mi padre porque una vez le dije que eran sus dulces favoritos y, si ve que tengo un mal día, siempre me echa una cucharadita de azúcar en el té.

—Ya casi está —le dice Arjun a Lucas. Está claro que esto lo está animando y me alegro, porque ha estado de muy mal humor desde que la señora S. B. le contó lo de los recortes de personal en la cocina—. Tira un poco más.

—No… va a… —Lucas asoma la cabeza. Se fija en nuestras caras y se pone serio—. Os estáis riendo de mí.

—Para nada —aseguro—. Arjun, ¿hay que echar ya la nata?

—¡No, por Dios! ¡Como eches ya la nata, te mato!

—Vale —replico alegremente—. Todavía no es el momento de la nata. Lo he pillado. Lucas, ¿piensas ponerte eso de bufanda o qué?

Este baja la vista hacia el polo que tiene colgado del cuello. Lleva una camiseta debajo que no ayuda a que pueda ponérselo y que disimula bastante mal la interminable cordillera de músculos que forman su torso. Me doy la vuelta para tirar los restos de la verdura al cubo del compostaje. No hay necesidad de ver tantos abdominales.

—¿No tenemos más polos?

—No —digo, aunque en realidad no lo he comprobado.

Lucas me lanza una mirada que sugiere que es posible que lo haya adivinado. Con un suspiro de exasperación, emprende la ardua tarea de intentar meter un brazo. Justo en ese momento, Louis Keele cruza tranquilamente las puertas batientes, como si fuera normal que los huéspedes entraran en la cocina.

—Caray, qué bien huele aquí —dice—. ¿Eso no te queda un poco pequeño, Lucas?

Este emana rabia como los fogones calor. Disimulo una sonrisa. Louis es un poco metomentodo, pero no me molesta: es un huésped y creo que, si le hace feliz participar en lo que sucede entre bastidores, ¿por qué no vamos a permitírselo?

Además…, es bastante mono.

—No puede estar aquí —le suelta Lucas. Su tono roza la impertinencia. A él nunca se le ha dado bien eso de mostrarse alegre y servicial. Veo que se da cuenta de que ha sido demasiado borde y busca algo más positivo que decir—. Si está buscando entretenimiento, tal vez le gustaría darse un baño en el spa, señor Keele —le propone mientras se baja el polo por el torso. Le llega justo por debajo del ombligo y deja a la vista unos cinco centímetros de camiseta negra.

Louis me dedica una sonrisa de complicidad. Es uno de esos tíos guapos a los que les queda bien guiñar el ojo: entre sacado de la serie *EastEnders* y descarado. Tiene el pelo de color castaño ceniza peinado hacia atrás y los dientes muy blancos; suele ir de traje, pero sin chaqueta ni corbata. Siempre hemos tonteado un poco, algo que Lucas considera muy poco profesional por mi parte y que, en este momento, podría ser o no un incentivo para sonreírle a Louis.

—Iré a darme un baño si tú vienes conmigo —me dice—. Seguro que le toca hacer un descanso pronto… —añade, mirando a Arjun.

—No hay paz para los malvados —le contesto—. Arjun me tiene revolviendo la olla cada dos minutos y cuarenta segundos.

—Esa es la receta que, según el crítico gastronómico de *The Observer*, ha traído sabores innovadores a un rincón olvidado del bosque, ¿verdad? —pregunta Louis, mirando por encima del hombro de Arjun—. Tu típico *dal* negro, ¿no?

El aludido se pone un poco tenso.

—Pues sí.

—Qué pasada —dice Louis, dándole una palmadita en el hombro—. Huele de maravilla. Es increíble lo que eres capaz de hacer en este espacio.

—¿Alguien tiene algo para llevar a la mesa cinco? —pregunta Ollie, irrumpiendo por las puertas del restaurante. Como único miembro permanente del equipo de Arjun, debería ser él quien removiera este *dal*, pero me he apiadado y le he dejado ocupar el puesto de camarero. Arjun ya parecía a punto de empezar a echar fuego por la boca y Ollie, el pobre, iba a acabar sacándolo de sus casillas—. ¿Pan? ¿Aceitunas? ¿Algo venenoso? —sigue diciendo—. Ese tío dice que no es culpa suya que «esos memos» hayan dejado que el techo se hunda y que no entiende que eso suponga un retraso en la comida, y yo le he dicho que normalmente no servimos el almuerzo hasta las doce, pero él ha dicho que se supone que esto es un hotel boutique de lujo y que debería poder comer cuando a él... Por Dios, Lucas, ¿pero qué llevas puesto? ¡Menuda pinta! Disculpe, caballero, no me había dado cuenta de que había un huésped en... —se excusa, poniéndose colorado.

—Ya me voy —dice Louis, con otra sonrisa afable—. Izzy, ¿quedamos otro día para lo del baño?

—¡Claro, encantada! —contesto, sonriéndole y mirando el reloj—. ¿Hora de remover, Arjun?

—¿Es que no estás ya en ello? —grita este, completamente horrorizado, mientras Ollie desaparece en el restaurante con una cesta de pan y Louis se escabulle por la otra puerta.

Tras el caos de ayer, hoy reina una tranquilidad inquietante.

Se nota muchísimo que hay un montón de habitaciones vacías. Servimos todos los desayunos al lado de uno de los miradores con vistas al jardín y al bosque que hay más allá, pero la atmósfera sigue siendo demasiado apagada para mi gusto. El señor Townsend está concentrado en su ejemplar de *The Times*; Louis y la señora Muller no bajan a desayunar; los Jacob están agotados y su bebé se encuentra por fin dormido en el cochecito, junto a la mesa. Son los Hedgers los que aportan toda la energía, pero ni siquiera tres niños menores de diez años son capaces de animar el ambiente. Mientras vuelvo al vestíbulo, me propongo inventarme algo para la mañana siguiente. ¿Música de fondo, tal vez? ¿O quedará demasiado corporativo?

—¡Señora Hedgers! —exclamo al verla entrar con un montón de bolsas de la compra en el regazo—. Deje que la ayude.

Me hace un gesto con la mano para evitar que me acerque mientras se fija en mi última innovación: un nacimiento entre los escombros del rellano de la escalera.

—Caray, es… impresionante —comenta.

Yo me ruborizo.

—Se me ha ocurrido que, aunque se haya hundido el techo, hasta que lleguen los albañiles podemos aprovechar el espacio, ¿no? —digo.

—Sí, sí, ya lo veo —responde la señora Hedgers.

He puesto un belén entre los escombros del techo hundido. El niño Jesús yace en una cuna entre dos trozos de escayola y he esparcido nieve artificial alrededor, espolvoreándola incluso sobre los hombros de los Reyes Magos (tres estatuas viejas de antiguos miembros de la familia Bartholomew que estaban en el jardín). Mi elemento favorito es la oveja, que he creado con un escabel blanco antiguo y un montón de bolas de algodón. Sé que es un pelín hortera y excesivo, pero a mí me parece divertido y el hotel necesita con desesperación un poco de alegría en estos momentos.

—Eres una chica muy creativa —comenta la señora Hedgers, mirándome impasible.

Para tener unos hijos con tanta energía, ella es sorprendentemente tranquila. Lleva el pelo castaño oscuro recogido en un moño elegante y pulcro, y nunca hay una mota de barro en las ruedas de su silla cuando sale por la puerta. En las notas de su registro pone que su profesión es «*coach* de vida y reorientación profesional», lo cual es probable que explique por qué parece tan sumamente serena. Imagino que no se puede ir por ahí diciéndole a los demás cómo vivir su vida si la tuya es un desastre.

—¡Gracias!

—¿No te resulta duro ser siempre tan proactiva? —me pregunta, ladeando la cabeza.

—¿Perdón?

La señora Hedgers esboza una pequeña sonrisa.

—Las personas creativas suelen necesitar sus momentos de inactividad —dice, mirando el nacimiento—. Te gusta aportar un poco de chispa a la vida de los demás, ¿no?

—Por eso me gusta tanto dedicarme a la hostelería, la verdad —reconozco, retorciéndome los dedos. La señora Hedgers me está poniendo nerviosa. Tiene cierta energía como de directora de colegio, como si en cualquier momento fuera a decirme que no puedo llevar mechas de clip a la escuela—. Soy una persona muy sociable.

—¿Y cómo desconectas?

—Mmm…, saliendo con mis amigos, supongo.

—Ajá —replica la señora Hedgers.

—A veces también hago yoga —me sorprendo diciendo. Creo que la última vez fue durante el primer confinamiento, cuando a todo el mundo le dio por hacer ejercicio en la sala de estar como si las normas del encierro fueran la razón por la que no salíamos todos al bosque a correr veinticinco kilómetros cada mañana.

La señora Hedgers se queda callada. No se me ocurre ninguna otra actividad para pasar el rato que no sea ver la televisión, que suena más bien a algo que su hija Ruby propondría para responder a esa pregunta, así que me pongo cada vez más colorada y guardo silencio.

—Bueno —dice ella finalmente, posando de nuevo las manos sobre las ruedas de la silla—. A lo mejor deberías reflexionar sobre el tema. Es importantísimo nutrirnos para seguir nutriendo a aquellos que nos rodean.

—¡Claro! Y tanto. ¡Uy, perdón! —le digo, apartándome de su camino—. Por cierto, ya que está aquí, quería pedirle una cosa: todavía no tenemos una tarjeta a la que cargar los gastos que su seguro no cubra durante su estancia. ¿Podría…?

—Lo cubrirán todo —asegura la señora Hedgers, con una sonrisa gélida—. Envíales a ellos la factura.

—Ah, vale —digo mientras abre la puerta de la suite para entrar.

Me quedo mirándola fijamente mientras se cierra. Esta conversación no debería haberme hecho sentir incómoda en especial, pero estoy descolocadísima. Puede que sea porque no le ha gustado mucho mi belén. ¿Será eso? Algo me ha afectado y tengo la sensación de que he cometido un error, aunque no sé cuál.

Saco el móvil y le envío un mensaje a Jem. Está en Estados Unidos, pero hago unos cálculos rápidos y llego a la conclusión de que, aunque nunca recuerdo si son cinco horas más o menos, mientras sean solo cinco no corro el riesgo de despertarla en plena noche.

Te parece cutre?, le pregunto, adjuntando una foto del nacimiento.

Mmm…, no?!!, responde de inmediato. De hecho, es lo más molón que he visto en mi vida!

Sonrío mirando el móvil mientras ella me colma de emoticonos de estrellas y árboles de Navidad. No hay nadie en el mundo con un corazón tan puro como el de Jem Young.

Y esa inseguridad?, me pregunta. Estás bien, pichoncito?

Perdón, estoy genial! Solo un poco "tontita", como diría tu madre. Puede que sea hora de una dosis de azúcar…

Siempre es hora de una dosis de azúcar. Y por favor no me hables de mi madre a estas horas!!

Pero si la señora Young tiene un montón de ocurrencias maravillosas! Qué me dices de aquella vez que me dijo que era una miserable fracasada que llevaba a su hija por el mal camino?

Y cuando me dijo a mí que era "una decepción, hablando en plata"?

Me llevo la mano al corazón. Ahora bromeamos sobre esos momentos, pero sé lo mucho que le dolieron a Jem. Aunque en la actualidad lleva la frase «hablando en plata» tatuada en el culo, literalmente.

A mí nunca me has decepcionado, ni siquiera cuando elegiste al equipo de Jacob en vez del de Edward, tecleo, añadiendo una retahíla de corazones.

Ella responde: Te quiero. Estoy de ensayo, tengo que dejarte. Te echo mucho de menos.

Tecleo un sincero «Y yo más» antes de volver a guardarme el teléfono en el bolsillo. El invierno es mi época de Jem; su ausencia me ha dejado un poco sensible. Solo pasamos las Navidades juntas cada dos años —voy alternando entre Jem, y Grigg y Sameera—, pero, aunque no esté físicamente con ella el día de Navidad, a partir de septiembre siempre empezamos a enviarnos canciones navideñas cutres y a quedar para tomar vino caliente después del trabajo.

Pero este año está tan ocupada que molestarla con el nuevo disco navideño de un grupo de la década de los dos mil venido a menos me parece una estupidez. Jem siempre ha querido ser actriz —el teatro musical es su sueño— y este año por fin ha conseguido hacerse un hueco en un nuevo musical estadounidense. Es el papel perfecto para dar el salto tras años dejándose la piel en trabajos a tiempo parcial.

Solo que también implica pasar seis meses en Washington D. C., donde viven sus padres. Y eso es de todo menos perfecto. Jem pasó la mitad de su infancia en Surrey, viviendo en mi calle, y la otra mitad en Washington. Cuando sus padres se asentaron de manera definitiva en Estados Unidos, se quedó aquí. Bien cerca de mí y bien lejos de ellos.

«Cosas del destino —me dijo con tristeza mientras bebíamos vino barato en mi piso y lamentábamos que su sueño se hubiera hecho realidad justo donde residía su pesadilla—. O del karma o algo así. Básicamente, el universo ha decidido que no puedo escapar de mi madre».

Cojo una bolsa de gatitos de gominola de la estantería que hay debajo de la pantalla del ordenador y espero a que el subidón de azúcar me haga efecto mientras hojeo el Registro de Reservas. Me suena una notificación en el móvil: es de Google, recordándome una foto del año pasado por estas fechas. Hago una mueca de desagrado. A Google se le está escapando un detalle importante. Se trata de una foto mía con Drew, mi excompañera de piso, a la que no me apetece en absoluto recordar, y mucho menos en esta época del año. Ignoro la notificación y me zampo otro puñado de gatitos de gominola.

—Hora de los objetos perdidos —dice una voz familiar detrás de mí.

Cierro el libro de golpe sobre el mostrador y me preparo para una interacción con Lucas. Al girarme, veo que mira el Registro de Reservas con el desdén habitual. Una de mis actividades favoritas es hacerle decir «Registro de Reservas» tantas veces como sea posible durante un turno, porque odia los nombres chulos que les pongo a las cosas. El truco es pillarlo delante de algún huésped para que no pueda ser borde, al menos en voz alta.

—Ah, ¿sí? —pregunto con fastidio.

Echo un vistazo al reloj que hay en la pared, detrás del mostrador. Es otra reliquia de la familia Bartholomew. Todas las mañanas hay que darle cuerda y al final del turno de la Pobre Mandy siempre está diecinueve minutos atrasado. Mirar la hora en el reloj del vestíbulo requiere una combinación de cálculos matemáticos y conjeturas: es más o menos mediodía, así que es probable que ya esté al menos cinco minutos atrasado, lo que significa que…

—Son las doce en punto —dice Lucas, al que parece que ya he sacado de quicio—. No sé por qué miras ese reloj. ¿Es que tú no tienes uno?

Claro que sí. Es un ladrillo de color verde menta y me acuerdo de ponérmelo dos de cada diez mañanas. Hoy no ha sido una de ellas.

—No necesito reloj —replico con dulzura—. Ya estás tú aquí para decirme la hora a gritos.

Echo un último vistazo al vestíbulo para comprobar que todo está en orden y luego cojo la llave de la sala de objetos perdidos. Está justo detrás de nosotros, a la derecha del viejo reloj de los Bartholomew, pero hace meses que no entro. Esa sala era para el personal, con una máquina de café y dos cómodos sillones. Pero ahora…

—Está hecha un desastre —dice Lucas mientras abro la puerta y me sitúo en el poco espacio disponible que hay al otro lado.

Hay cajas y cajas de cosas. Un caballo balancín. Un montón de tazas rotas que antes se usaban para la merienda. Un proyector viejo. Una cantidad ingente de paraguas.

Así que sí, es un caos. Pero también es una especie de cueva de Alí Babá.

Me animo al ver tantas cosas. Si arreglara ese caballo balancín antiguo, seguro que podríamos venderlo al menos por ochenta libras. Pegar las tazas de té no llevará mucho tiempo y la gente se volverá loca con ese estampado tan mono de los años cincuenta. Podríamos recaudar mucho dinero con todo eso. La señora S. B. es una lumbrera.

—Deberíamos decidir cómo y dónde queremos vender cada categoría de artículos —dice Lucas, frotándose la boca mientras examina el contenido de la habitación—. Voy a hacer una hoja de cálculo.

Lo ignoro y voy directa al grano. En la primera caja pone LIBROS VIEJOS y en la segunda ABRIGOS OLVIDADOS EN DOS MIL DIECINUEVE.

Lo oigo murmurar algo en portugués detrás de mí, pero opto por pensar que es una expresión de alegría y entusiasmo.

LUCAS

Después de dos días en los que Izzy ha estado haciendo las cosas de la forma más difícil posible, nos damos de alta en varias tiendas online de artículos de segunda mano y, de repente, la vida se llena de cajas, sobres y visitas a la oficina de correos. Mandy se ofrece voluntaria para ocuparse de las ventas a través de las redes sociales, algo de lo que Izzy y yo nos alegramos mucho, ya que planificar la presencia del hotel en Instagram lleva en la lista de tareas pendientes de ambos desde que he llegado aquí. Ella intenta usar una tabla hecha a mano para hacer un seguimiento de los artículos, pero se le cae encima el café con leche con sabor a pan de jengibre y tiene que volver a mi tabla Excel con el rabo entre las piernas.

Me paso los días libres estudiando y, cuando me doy cuenta, ya es jueves. Me subo el cuello para protegerme del viento y me arrimo a la pared de la mansión mientras me pego el teléfono a la oreja. Todos los jueves llamo a mi tío. No sé por qué lo hago. Nadie me lo ha pedido y siempre acabo de mal humor, pero he descubierto que, si no lo llamo al menos una vez a la semana, me siento aún peor.

—¿Hola? ¿Lucas? —contesta mi tío Antônio en portugués.

—Hola, tío.

—Acabo de entrar en la oficina después de varias horas de reuniones; esta semana está siendo interminable —dice, molesto.

Hago una mueca. Cuando cuelgue, me sentiré gilipollas por haberlo llamado y encajo el primer golpe: la insinuación de que está demasiado ocupado para hablar conmigo. Aunque, como no lo ha dicho de forma expresa, si comento que esa es la impresión que me da, me dirá que estoy siendo picajoso, obviamente.

Mi hermana Ana y yo siempre hemos sido conscientes de que somos una carga para mi tío Antônio. Nuestro padre murió poco después de que yo naciera, pero su hermano apoyó a nuestra madre cuando no tenía trabajo y después se empeñó en seguir formando parte de nuestra vida. Y yo se lo agradezco, por supuesto. Todo el rato, una y otra vez. A veces parece que la gratitud que exige no tiene fin.

—¿Te pillo en mal momento? —le pregunto.

—No, me va bien. ¿Qué tal los estudios? ¿Ya estás dirigiendo ese lugar?

—Llevo menos de un año de curso, tío, y lo estoy haciendo a tiempo parcial.

—En este mundo no hay sitio para los que hacen las cosas a medias, Lucas —dice Antônio.

Lo interrumpo antes de que empiece a soltarme el rollo.

—Me refiero a que lo estoy haciendo mientras trabajo en el hotel. Necesito un poco de experiencia práctica, además del título.

—Mmm, bueno. Espero que sepan que dentro de nada vas a ser su jefe. —Los nervios me atenazan el estómago. No estoy haciendo el curso para apoderarme de Forest Manor. Pero, en cuanto Antônio lo comenta, el viejo impulso entra en acción: tengo que trabajar más, tengo que aspirar a un ascenso, tengo que esforzarme más, hacerlo mejor...—. Oye, Lucas, creo que deberías venir a casa por Navidad.

Aprieto los dientes.

—No puedo permitírmelo. Los vuelos son demasiado caros. He comprado un billete para febrero.

—Febrero es la peor época para venir. Con el carnaval y los turistas...

—Ya está decidido —insisto. Con mi tío, es mejor ser firme; si no eres tajante, has perdido—. Tengo que dejarte. Hablamos pronto.

Al colgar, abro la aplicación del banco y vuelvo a cerrarla rápidamente, porque lo único que puede empeorar mi estado de ánimo es ver lo mucho que ha crecido ese saldo negativo en las últimas semanas. Las viejas emociones siguen haciéndome sufrir y sudar bajo el grueso abrigo. Ahora mismo, ni siquiera siento el viento gélido. Llamar por teléfono a mi tío: la solución ideal para entrar en calor durante el invierno inglés.

Vuelvo hacia la puerta del hotel, con sus setos de aligustres redondeados y sus grandes escalones de piedra. Al entrar en el vestíbulo, observo el ridículo belén entre los escombros. Por un incómodo instante, me acuerdo de la fiesta de Navidad del año pasado, para la que ella también puso un nacimiento. Recuerdo haber pasado por delante de él con Drew, poco después de que se me presentara. «Madre mía, no puede ser más Izzy —había comentado—. Solo a ella se le ocurre pintar los camellos de rosa». Al recordarlo, hago una mueca de vergüenza.

Voy hacia la recepción. La señora S. B. se encuentra allí con Izzy. Las dos están mirando hacia abajo, examinando algo con las cabezas muy juntas. Desconfío de inmediato.

—¡Podrían ser muy valiosos! —comenta la señora S. B.

Izzy levanta la vista y se lleva la mano a la fina cadena de oro que tiene alrededor del cuello.

—¿Quiere que los vendamos?

—Por supuesto. ¿Por qué no? —dice la mujer.

—Señora S. B., lo entiendo, sé lo importante que es el dinero, pero… estas no son unas simples joyas. Se trata de alianzas. De anillos de compromiso —replica Izzy levantando la voz—. Lo que hay en esta caja son pequeñas historias de amor.

Echo un vistazo por encima de sus hombros. Dentro de un táper, sobre un trozo de papel de cocina doblado y amarillento, hay cinco anillos amontonados. Uno de ellos tiene diamantes engarzados y otro una esmeralda gigante en el centro, enmarcada por dos piedras rosas. Todos llevan una pegatinita enroscada alrededor con una fecha escrita a mano con diferentes caligrafías.

—¿Qué es eso? —pregunto.

—Estaban entre los objetos perdidos de la piscina —contesta Izzy—. Quiero devolverlos.

—¿Devolverlos? ¿Tenemos que ganar dinero o regalarlo? —exclamo. Entonces me fijo en su cara.

Este asunto le afecta mucho. Tiene los ojos llenos de lágrimas. Parpadea rápido y desvía la mirada.

—Perder una alianza no es como perder un paraguas —declara—. Sé que, según la ley, solo hay que conservar los objetos durante un periodo de tiempo razonable, pero ¿qué se considera razonable cuando se trata de algo con tanto valor sentimental?

Al oír mencionar la ley, la señora S. B. se inquieta un poco.

—Ya, bueno…

—Deme una semana. Por favor, señora S. B. Nos está yendo fenomenal con la venta de los otros artículos. ¿De verdad queremos ser el tipo de hotel que empeña alianzas ajenas?

—¿Sí? —digo yo.

—No —dice la mujer, suspirando con fuerza—. No, supongo que no. Gracias, Izzy —añade, estrechándole el hombro—. Eres nuestro ángel particular. No permitas que se nos encallezca el corazón por el camino, ¿vale, cariño?

Las miro a las dos antes de observar de nuevo los anillos. ¿Qué tiene que ver el corazón con todo esto? No son más que joyas caras.

¿Quién sabe si tendrán más valor sentimental para alguien que su paraguas favorito?

—No puede estar hablando en serio —empiezo a decir, pero la señora S. B. ya está caminando hacia Barty, que acaba de entrar por la puerta con cara de pánico y dos portátiles en las manos.

—¡Una semana! —le grita por encima del hombro a Izzy, que inmediatamente empieza a comprobar las fechas de cada uno de los anillos—. ¡Después, habremos cumplido con nuestro deber!

—Aquí no hay ningún deber —digo—. Son como el resto de los trastos que hay ahí dentro.

Ella me enseña un Registro de Reservas viejo. Antes de que yo llegara a Forest Manor ya había un sistema digital, aunque muy malo, y aun así ella se empeñaba en anotar los datos en ese libro, además de introducirlos en el ordenador. Ahora continúa con esa práctica, incluso con nuestro estupendo y maravilloso sistema online. Es una de sus innumerables ridiculeces.

—¿Qué fecha tiene ese? —me pregunta, señalando la alianza de oro que sujeto entre el pulgar y el índice.

—Uno de noviembre de 2018 —respondo—. ¿De verdad crees que puedes encontrar al dueño de un anillo que se perdió aquí hace cuatro años?

Ella hojea el registro y señala la página con un dedo.

—¡Ajá! —exclama—. Ese día hubo cinco reservas para la piscina y seis sesiones de spa. Todo anotado en el… —Levanto una ceja—. Perdona, es que no… no me sale la palabra. —Se da unos golpecitos en el labio inferior, con una mirada perversa.

—Qué infantil eres, Izzy.

Ella me sonríe y ahí está: ese aleteo fugaz y traicionero en el estómago. Solo me pasa a veces. El noventa y nueve por ciento del tiempo creo que es la mujer más insoportable que he conocido jamás, pero en ocasiones puntuales no puedo evitar darme cuenta de lo guapa que es.

—Esto es absurdo —digo, volviendo a mirar los anillos.

—Tiffany Moore —anuncia, pasando la hoja hacia atrás para comprobar la reserva original de la huésped—. Y aquí está su número de teléfono fijo.

—Izzy, estás perdiendo el tiempo.

—Bueno, tú lo has dicho, soy yo la que lo está perdiendo, así que… —Me hace un gesto para que me calle mientras marca el número. Por un instante, siento el impulso infantil de acercarme y colgar. No tengo más motivo para ello que la satisfacción de saber que le resultará tremendamente irritante. No entiendo por qué, pero Izzy Jenkins tiene algo que me hace querer portarme muy mal. Me quedo inmóvil, evitando siquiera pestañear, pero ella extiende una mano y la posa sobre la mía en el mostrador. Siento otra punzada en el estómago, una sensación parecida a cuando el agua de mar fría me baña la piel tostada por el sol—. Ni se le ocurra, señor Da Silva —susurra antes de alejar la mano de la mía—. ¡Ah, hola! ¿Está Tiffany, por favor? —pregunta por el teléfono, rebosando de nuevo azúcar y dulzura. Como si yo no sintiera todavía el cosquilleo de sus uñas en el dorso de la mano.

La dejo con su absurda misión y consigo trabajar al menos durante dos horas antes de que se produzca la siguiente crisis. Se nota que estamos a una sexta parte de nuestra capacidad habitual. Generalmente, en Forest Manor hay crisis cada quince minutos como mínimo.

Estoy en la habitación Bluebell, donde se aloja la señora Muller. Detrás de mí, Dinah —la encargada del servicio de limpieza— entra en la habitación con una aspiradora en una mano y una bolsa enorme de productos de limpieza en la otra.

—No hay nada capaz de quitar eso. Nada —declara esta de inmediato, dejando caer la aspiradora con un golpe seco—. Puede que el aguarrás, pero ¿cómo evitas quitar la pintura que hay debajo?

En la pared hay salpicaduras de óleo rojas, verdes y azules. El artefacto utilizado por la señora Muller para su forma de expresión artística más reciente sigue debajo del caballete, sobre una lona protectora simbólica. Parece un cruce entre una catapulta y un soplador de hojas.

—Lo siento mucho, pero, cuando las musas te asaltan, te asaltan. Voy a necesitar otra habitación, obviamente —dice la señora Muller—. No puedo trabajar en medio de este desbarajuste.

Dinah empieza a aspirar detrás de nosotros. Es incapaz de estar en un sitio durante cualquier periodo de tiempo, corto o largo, sin ponerse a aspirar algo con empeño. Eso ayuda a disimular el gruñido que dejo escapar en voz baja.

—Señora Muller, ya sabe que ahora mismo solo disponemos de cinco habitaciones —le digo.

Ella me mira fijamente desde la butaca del rincón. Veo que hay una mancha de pintura azul en la tapicería y agradezco una vez más el sonido de la aspiradora de Dinah. La mujer es clienta habitual del hotel, una huésped importante. También es exigente, pero eso lo entiendo. Sospecho que yo también lo sería.

—Veré lo que puedo hacer, señora Muller. Déjemelo a mí —concluyo.

—¿Qué? —le pregunto a Izzy cuando vuelvo al vestíbulo.

—¿Qué de qué? —contesta ella distraída mientras revisa una caja de libros de bolsillo—. ¿Y si llevamos algo de esto a un mercadillo? En tu coche. Mi maletero es enano.

La miro horrorizado.

—¿Quieres que meta toda esa basura en mi coche?

—¡No es basura! Estos libros de bolsillo pueden venderse a una libra cada uno. Todo suma.

—Necesitamos decenas de miles de libras de inversión, así que una libra no va a ayudar mucho. —Izzy se desanima un poco y comenta algo sobre la cantidad de artículos que todavía quedan por vender. La observo mientras cuenta los libros que hay en el suelo, detrás del mostrador, y siento una inesperada punzada de culpabilidad por haber hecho que se le hundan los hombros de esa manera. Nuestro interminable toma y daca es parte de mi día a día aquí, por lo que esperaba una réplica mordaz. Tal vez se vengue más tarde; a veces le gusta hacer eso. Seguro que esta tarde vuelvo a encontrarme con que algo pegajoso se ha caído «sin querer» encima de mi teclado—. Entonces ¿el anillo de boda era de Tiffany Moore? —me sorprendo preguntando.

Izzy me mira, primero con asombro y luego con suficiencia.

—Mira quién quiere subirse al carro de la Operación Anillo.

Por supuesto, ese plan disparatado ya tiene un nombre molón.

—Yo no quiero subirme a ningún carro. Solo te estaba dando conversación.

—Caray, no sabía que supieras hacer eso. En fin, no era suyo —dice Izzy, volviendo a los libros de bolsillo—. Ha dicho que su anillo de casada sigue a salvo en su dedo. Lo he intentado con un par de personas más, pero quiero acabar con esta caja antes de continuar con el resto de la lista. A no ser que quieras ayudarme y llamar a alguien ahora.

—No pienso participar en ese plan tan infantil —digo, volviendo a centrarme en la hoja de cálculo de los objetos perdidos.

—Uy, claro que no —replica Izzy en un tono cantarín exasperante—. Supongo que para entender el concepto de «valor sentimental» hay que ser capaz de experimentar emociones humanas.

La ignoro mientras revolotea a mi alrededor. Tiene una energía desbordante. Lo normal sería que saliera del trabajo agotada, pero parece que todas las noches queda para hacer algún plan con alguien; debe de tener un montón de amigos. Siempre se están pasando por el hotel, abrazándola por encima del mostrador y prometiéndole que no volverán a estar tanto tiempo sin verse.

Sin embargo, últimamente no he visto a ningún novio por aquí. El año pasado había uno pululando, pero, desde que hemos vuelto a hacer turnos juntos, no me he topado con ningún hombre con pantalones demasiado ajustados y una guitarra a la espalda esperando en el vestíbulo, así que yo diría que ahora mismo Izzy está libre.

—Hola, ¿es usted Kelly? —pregunta por teléfono mientras lo sujeta entre el hombro y la oreja y pega una taza vieja de té con ambas manos.

La oigo explicarle la situación a la persona que está al otro lado de la línea.

—No es mío —berrea la mujer. Lo oigo todo perfectamente desde mi sitio. Me distrae muchísimo tener que enterarme de las conversaciones telefónicas de Izzy. Hace tiempo que sospecho que sube el volumen del teléfono justo por eso—. ¿Dice que estuve en su hotel en 2018? —pregunta Kelly—. Me extraña bastante. New Forest no es mi rollo, la verdad. No hay muchas cosas que hacer. Demasiados árboles. Un coñazo, vaya.

No puedo evitar indignarme. Adoro New Forest y bajo este mostrador hay al menos quince folletos que pueden demostrar con exactitud la cantidad de cosas que se pueden hacer aquí. Este sitio se ha convertido en mi hogar. Lo defendería igual que Niterói, el sitio donde me crie. Tiene sus defectos, pero es mi ciudad.

—Vino a pasar un fin de semana largo con su marido —la informa Izzy.

—Ah, con aquel marido —dice Kelly—. Sí... No, ya no estamos casados. Pero no puede ser mi anillo. Tengo las alianzas viejas en el trastero.

Izzy sonríe, sorprendida.

—Ya. Bueno. En fin, gracias por su ayuda, Kelly.

—Eres de las que lo dan todo, ¿verdad? —dice la mujer.

Izzy levanta la barbilla.

—Bueno, sí, creo que es...

—Pues ahí va una pequeña lección vital gratis. Entre tú y yo: deja de romperte los cuernos. A la gente le importa una mierda y acabarás agotada. ¡Chao!

Izzy se queda mirando el teléfono durante un rato después de que Kelly cuelgue. No puedo evitar reírme. Me lanza una mirada altiva y vuelve a dejar el aparato en la base antes de volver a ponerse con las cajas. Ha avanzado algo desde la última vez que he mirado. O al menos ahora las cosas están en montones diferentes.

—¿Tienes algún sistema? —le pregunto.

Ella pone los ojos en blanco.

—Pues claro. Sin clasificar, invendibles, para suprarreciclar, para el proyectito de Mandy de colgar fotos en Twitter, para mercadillos, para Etsy, para Gumtree, para lavar, para la basura.

Señala tan rápido cada montón que cuando dice «para suprarreciclar» ya me he perdido; de todos modos, no entiendo esa palabra. Lo miro todo fijamente, sin ganas de pedirle que lo repita.

Al cabo de un momento, empieza de nuevo, más despacio.

—Sin clasificar. Invendible. Para suprarreciclar, es decir, cosas a las que puedo dar un poco de glamur. Esto es para que la Pobre Mandy haga fotos bonitas. Y esto para mercadillos, Etsy, Gumtree… Después, esto hay que lavarlo y esto tirarlo a la basura.

Esta vez la sigo. Odio que la barrera del idioma me frene; ahora rara vez me sucede, pero me pasaba constantemente cuando me mudé al Reino Unido, hace tres años. Hoy en día incluso pienso en inglés la mayor parte del tiempo. A mi *vô* le horrorizaría oír eso. Para él, no había un idioma más bonito que el portugués de Brasil. Pero a mí me gusta el inglés, a pesar de sus rarezas. Creo que suele merecer la pena dedicar tiempo a aprender algo difícil.

Observo a Izzy mientras teclea. Emite un sonidito de irritación cada vez que el sistema tarda un poco en cargarse. Aún sigo viendo a la mujer que creía que era el año pasado. Independiente, testaruda, pero también amable y divertida.

Y entonces pienso en el día que me gritó en el jardín del hotel, el diciembre pasado. Y en la cantidad de veces que me ha tocado las narices durante el último año, en su crueldad a la hora de marcarse tantos y en ese sentido del humor tan mordaz cuando yo soy el objetivo.

Desvío la mirada y me pongo a clasificar la siguiente caja. No todo lo difícil merece la pena.

Izzy

Los siguientes días transcurren entre turnos en el restaurante, chapucillas varias y polvo de las obras. Lucas y yo nos ponemos de acuerdo en algo, inusitadamente y muy a nuestro pesar: ya que tenemos que trabajar juntos, mejor mantenernos lo más alejados posible el uno del otro. Así pues, mientras uno de los dos se ocupa de algunas de las cuatro mil millones de cosas que hay que hacer por aquí, el otro se queda a cargo de la recepción, aunque eso solo signifique estar pendiente del mostrador desde la cocina y salir corriendo cuando suena el teléfono.

Poco a poco, empiezan a desaparecer objetos del hotel. Una cómoda antigua de madera, varios retratos de ancianos cuya importancia ha caído en el olvido hace tiempo (lo cual seguramente los habría molestado mucho) y los dichosos jarrones. Nunca pensé que los echaría de menos, pero, cada vez que alguien viene a recoger uno, siento una pequeña punzada en el pecho.

En cuanto a la Operación Anillo, no he avanzado una mierda. La verdad es que está resultando mucho más difícil de lo que creía, aunque para Lucas estoy a puntito de devolverlos todos, por supuesto.

Recibo un correo electrónico esperanzador sobre el anillo de compromiso de diamantes desde una dirección compuesta por una retahíla incoherente de letras y números. Pone: «Espere, la llamo cuando vuelva al Reino Unido». Sin nombre ni nada. Es todo un poco raro. Pero no recibo ninguna llamada, así que me olvido del tema, envuelta como estoy en un torbellino de objetos perdidos, lluvia y compromisos sociales.

Cuando por fin recibo esa llamada, me pilla comentando un menú nuevo para la comida con Arjun, que ahora tiene un número muy limitado de personas con las que hablar de esas cosas (Ollie le ha propuesto servir Doritos con su chile de cuarenta y ocho horas y se le ha prohibido opinar).

—Hay que compensar ese punto amargo —dice Arjun.

—Sí, está claro —digo mientras envuelvo en plástico de burbujas una bola de nieve vintage que acabamos de venderle a alguien de Northumberland por unas satisfactorias ochenta y cinco libras. Es un precio estupendo, pero odio vender ese tipo de cosas; sobre todo la decoración navideña. Quiero que el hotel tenga el mismo aspecto que en la primera Navidad que pasé aquí: resplandeciente y deslumbrante, con las repisas de las chimeneas llenas de ramas de abeto gruesas y lucecitas doradas.

—¿Qué tal unas chirivías a la sal?

—A la sal —repito, cortando la cinta adhesiva con los dientes—. Perfecto.

—¿Me estás siguiendo la corriente? —me pregunta Arjun, asomando los ojos por detrás de la carta que tiene a escasos cinco centímetros de la cara. Lleva tanto tiempo sin ir al oculista que hasta me he planteado pedirle yo misma una cita y engañarlo diciéndole que he descubierto una tienda nueva de delicatesen increíble.

—Te estoy proporcionando lo que necesitas, que es alguien que te escuche y valide tu opinión —respondo.

Él baja un poco más la carta.

—¿Por qué no te cambias por Ollie? Por favor —dice Arjun.

—Ollie es genial. Lo que pasa es que es nuevo y tú odias las novedades. Yo te parecí una pesada al menos durante un año.

—¡Si siempre has sido mi favorita! —me asegura, indignado por el comentario. Tiene memoria selectiva para su propia mala uva.

—Dale una oportunidad a Ollie.

—Puf —resopla mientras me roba el bolígrafo para apuntar algo sobre las chirivías—. Dale tú una oportunidad a Lucas.

Levanta la vista y se ríe al verme la cara. Arjun suele ser la última persona en sugerir que te portes bien con alguien. Recuerdo la primera vez que Drew vino a verme al trabajo. Le echó un vistazo a través de la puerta de la cocina y dijo: «¿Esa es la compañera de piso por la que tanto te desvives? Yo pasaría de ella. Ha pedido tres guarniciones, Izzy. Es una aprovechada».

El teléfono suena antes de que me dé tiempo a contestarle.

—¡Hotel Spa Forest Manor, soy Izzy! ¿En qué puedo ayudarle?

—Hola —dice una voz masculina y cavernosa—. ¿Su nombre completo, por favor?

—Eh… Izzy Jenkins. Isabelle Jenkins.

—¿Y puedo pedirle que confirme la dirección de su lugar de trabajo?

Me quedo perpleja.

—¿Qué es esto, un control de seguridad para algo?

Se hace un breve silencio.

—He recibido un correo electrónico y necesito confirmar que hablo con la persona correcta —dice el hombre.

—¿El correo era sobre un anillo de boda o de compromiso? —pregunto esperanzada.

—Afirmativo —dice el tipo. Uy, me encanta. Yo también voy a empezar a decir «Afirmativo». La próxima vez que Jem me mande un mensaje preguntándome si veo *Mira quién baila*, pienso contestarle exactamente eso—. Le respondí que me pondría en contacto con usted cuando volviera al Reino Unido. Acabo de llegar y me gustaría que me enviara otro correo electrónico con una fotografía del anillo de compromiso en cuestión —añade.

—¡Por supuesto, no hay problema!

—Volveré a ponerme en contacto con usted una vez lo haya recibido —dice—. Adiós.

—¿La Operación Anillo? —me pregunta Arjun mientras vuelvo a dejar el teléfono en la base, un tanto confusa.

—Sí. Mierda. Ha sido todo tan raro que ni siquiera le he preguntado el nombre. Aunque creo que tengo bastante claro quién era. —Levanto la vista hacia Arjun—. ¿Estoy siendo una boba con lo de los anillos, como dice Lucas?

Él ladea la cabeza, dando unos golpecitos con el bolígrafo en la carta.

—Estás siendo optimista —dice finalmente—. Y romántica.

—Es decir, una boba.

—No —replica, dedicándome toda su atención, cosa rara en Arjun—. Estás siendo Izzy y eso es maravilloso —declara, como si fuera así de simple—. Bueno, tengo que irme a salar chirivías.

Lo observo con un nudo en la garganta mientras se aleja. Lo he visto casi todos los días durante los últimos ocho años. Al principio no congeniábamos, pero poco a poco, semana tras semana, nos fuimos convirtiendo en algo más que compañeros de trabajo, incluso en algo más que amigos. He llorado en su hombro unas cuantas veces y él lloró en el mío tras un divorcio terrible y tóxico. Puede que nunca hubiéramos sido amigos fuera de este lugar, pero ahora dependemos el uno del otro: forma parte de mi vida. Para Lucas, perder este trabajo probablemente solo sería una faena. Para mí sería como volver a perder a mi familia. Y no puedo permitírmelo.

El último lunes de noviembre, cuando solo quedan dos días para que tenga que vender ese extraño táper lleno de anillos, un señor muy estirado con un traje impecable entra en el vestíbulo. La Pobre Mandy todavía se está instalando, tratando de hacerse un hueco con valentía entre las numerosas cajas de objetos perdidos, y yo ya estoy a punto de salir. Voy a ir a tomar algo con un par de extras con los que trabajaba cuando empecé en Forest Manor.

—Eric Matterson —anuncia el hombre cuando llega al mostrador—. Estoy aquí por un anillo. —Los ojos de Mandy se encuentran con los míos. Acudo corriendo. Eric aparenta unos sesenta años, tiene canas en las sienes y una arruga profunda en el entrecejo. Es exactamente como me lo imaginaba por teléfono. Va tan planchado como un militar e irradia una severidad intimidante—. Un diamante francés de talla rosa del siglo diecinueve engarzado en un anillo de oro en forma de «D» de unos tres milímetros de ancho —dice.

—Hola —digo yo.

Él me mira.

—Hola —responde, como siguiéndome la corriente—. Con unos diamantes de talla cojín a ambos lados de la piedra central.

Sé muy bien a cuál se refiere, le envié la foto por correo electrónico hace dos días. Es un anillo precioso. Salta a la vista que es antiguo, incluso para una aficionada como yo. Siento mariposas en el estómago de la emoción.

—¿Es suyo? —le pregunto.

Él se me queda mirando.

—Sí. Obviamente.

Un chico entra detrás de él, sacudiendo el abrigo y dando lugar a una lluvia de gotas, como un perro recién salido del agua. La Pobre Mandy se acerca para cogerle el paraguas, empapándose de forma inesperada los zapatos al cerrarlo. Se mira los pies, cabizbaja, antes de volver al mostrador con aspecto de mujer a la que no le extraña que el universo la recompense mojándole el calzado.

—Papá, ¿te importaría dejar de hacer eso? —dice el chico, intentando arreglarse el pelo en el gran espejo que cuelga de la pared del vestíbulo. La señora S. B. lo ha estado midiendo esta mañana; dudo que siga aquí mucho más tiempo.

—¿De hacer qué? —pregunta Eric.

—Escabullirte —dice su hijo, indignado—. Mi padre fue espía en la Guerra Fría —nos explica, reuniéndose con su padre en el mostrador—. Al parecer, hay costumbres imposibles de eliminar. Prácticamente acabo de convencerlo para que se comunique a través de una aplicación de correo encriptada, en vez de mediante esas tan blindadas que usan los terroristas.

—Charlie, ¿puedes hacer el favor de dejar de ir por ahí contándoles a los desconocidos que fui espía en la Guerra Fría? —le pide Eric, con una cara de paciencia infinita. Me mira a mí y luego a Mandy, apenas sin cambiar de expresión—. No era espía —asegura.

—No, por supuesto —dice Mandy mientras Lucas aparece de repente detrás de ella como salido de la nada, en plan Lucifer.

Para ser tan grande, puede ser sorprendentemente sigiloso. Sigue con el uniforme puesto, aunque lleva unas zapatillas en lugar de sus lustrosos zapatos negros de cuero calado con cordones, como si hubiera empezado a cambiarse y luego se lo hubiera pensado mejor. No sé qué hace merodeando por aquí. Todos sabemos que él opina que la Operación Anillo es absurda y sentimentaloide. Espero que no se le ocurra sabotear esto para vengarse de lo del alfiletero de objetos perdidos que dejé ayer sin querer sobre su silla.

—Pruebas —dice Eric, metiéndose la mano en el bolsillo y dejando una fotografía sobre el mostrador que hay entre nosotros.

Está ajada y descolorida, y es de tamaño A5, como las de los álbumes de fotos de mis padres. No cabe duda de que el hombre de la imagen es Eric, con un aspecto tan estirado como el de hoy. La mujer que está a su lado, enseñando el anillo a la cámara, parece igual de seria.

—Mi esposa —dice y, por primera vez, veo en él un ápice de emoción.

—Gracias —respondo. No se me había ocurrido pedirle una prueba, así que me alegro de que me la ofrezca—. Tome, es suyo. Me alegro mucho de que se hayan reencontrado.

Eric se aclara la garganta al verme abrir el táper y me doy cuenta de que debería cambiar los anillos a un recipiente menos cutre. Esta caja no transmite «Hemos cuidado muy bien de sus pertenencias», precisamente. El problema es que Lucas ya me ha echado la bronca por guardar objetos de valor en una fiambrera, así que ahora, si los meto en otro sitio, parecerá que estoy dando el brazo a torcer.

—Déselo a mi hijo —dice Eric cuando le tiendo el anillo. Luego desvía la mirada—. Ahora es tuyo, Charlie, ¿entendido?

Charlie dibuja con la boca una «O» casi perfecta. Nos mira a todos uno por uno, incluido Lucas, que se limita a seguir allí plantado con actitud amenazante, sin molestarse siquiera en presentarse.

—¿Lo… lo dices en serio? —le pregunta Charlie a su padre.

—¿Tengo que decírtelo dos veces?

—No… Pero como… Sabes que si me quedo el anillo de mamá, voy a…

—Usarlo para declararte a ese joven con el que estás, sí —dice Eric en tono cortante. Luego mira hacia el techo—. Me parece bien. Ya lo has hecho esperar bastante.

—¿Que ya lo he hecho…? —Charlie cierra la boca de golpe—. Qué fuerte. —Sabía que ese anillo era importante. Lo presentí al verlo brillar por primera vez sobre aquel trozo de papel de cocina. Miro a Lucas. Suele ser difícil interpretar su expresión (casi siempre se decanta por permanecer impasible), pero está mirando muy fijamente a Charlie, que se ha echado a llorar delante de nosotros—. Es lo que habría querido mamá —le dice a su padre—. Gracias…, de verdad.

—Ya, bueno —replica Eric—. Puede que haya sido un poco…

exigente contigo. Hiro tampoco está tan mal. Solo quiero que seas feliz. —Esa última parte parece una novedad para Charlie. Lo asimila con un leve temblor del labio inferior—. Les daremos una recompensa —dice, volviéndose bruscamente hacia nosotros y sacando el teléfono—. Déjenme hacer números.

—¿Perdón? —digo—. ¿Una...?

—Recompensa económica. Este anillo tiene un gran valor. Aprecio todo lo que han hecho para devolvérnoslo. Es... importantísimo para mi familia.

Se le mueve la nuez mientras traga saliva y, muy a mi pesar, me doy cuenta de que se me están llenando los ojos de lágrimas. Mi padre no se parecía en nada a Eric: era cariñoso, abierto y risueño. Pero no puedo evitar pensar en él. Y en el anillo que me regaló cuando cumplí veintiún años, que ahora yace en el fondo del mar, después de que me diera por hacer la estupidez de bañarme borracha en Brighton el día que cumplí los veintidós. Me llevo la mano al cuello para acariciar la cadena de oro que me regaló mi madre, también en mi vigésimo primer cumpleaños: «Cada uno una cosa distinta, ya sabes cómo somos, ¡incapaces de ponernos de acuerdo en nada!».

—Es muy amable por su parte, caballero —dice Lucas al ver que no le contesto. Me lanza una mirada extraña antes de volver a centrar la atención en Eric—. ¿Podemos invitarlo a tomar una copa con su hijo?

Vuelvo a la realidad.

—¡Sí! Y de hecho... —Miro a Charlie, que se acerca para coger con gran respeto el anillo de la palma de mi mano—. Si busca un sitio especial para declararse, ha encontrado el lugar ideal.

Este echa un vistazo a su alrededor, como si por primera vez se diera cuenta de dónde está.

—Mmm —dice—. Sería bonito, ¿verdad? Teniendo en cuenta que el anillo de mamá ha estado aquí todo este tiempo.

—Podemos reunirnos para hablar del tema ahora mismo si

quiere —dice Lucas, sin duda oliéndose los beneficios—. Estoy disponible.

—¡Y yo también! —exclamo mientras redacto mentalmente un mensaje para cancelar el plan que tengo por la noche. Sospecho que Charlie se va a declarar a lo grande y que el dinero no debe de ser un problema para su familia, lo que significa que ahora mismo soy su fan número uno.

—Perfecto —dice Eric, yendo hacia la barra—. ¡Charlie! Una copa antes de la reunión.

Charlie sigue a su padre, aturdido.

—No vas a llevarte el mérito de esto si es lo que pretendes, metiendo con calzador lo de la «reunión» —le digo a Lucas—. La Operación Anillo ha sido idea mía.

—No esperabas que sucediera esto ni de coña —se burla él.

Eso me molesta, así que sonrío. Sé que esa sonrisa lo exaspera. Es la más complaciente y cautivadora que tengo, la que siempre hace que los huéspedes se calmen cuando están enfadados. En Lucas causa el efecto contrario. Sospecho que sabe que, cuando sonrío así, en realidad estoy pensando: «Eres gilipollas y voy a ser tan amable contigo que ni siquiera te vas a dar cuenta de que te la estoy metiendo doblada».

—Si crees que puedes acoplarte ahora como si nada y decirles a la señora S. B. y a Barty que has conseguido una recompensa para el hotel...

Lucas echa ligeramente la barbilla hacia atrás, con los ojos llenos de rabia.

—¿Me crees capaz de hacer eso? —Me quedo callada. Sus actos de sabotaje no suelen ser tan deshonrosos, hay que reconocerlo. Pero, si no piensa llevarse el mérito, ¿por qué está colaborando?—. A mí también me importa este sitio, ¿sabes? —declara.

Ladeo la cabeza, como diciendo: «¿En serio?». Sé que a Lucas le gusta este trabajo, pero no creo que sea capaz de amar nada tanto como yo Forest Manor.

—Si tú lo dices… —replico—. Tengo que volver a ponerme el uniforme si vamos a tener esa reunión.

Llevo un jersey de punto blanco que me llega hasta las rodillas, unos vaqueros desgastados y las zapatillas de deporte de color rosa chicle; me encanta esta ropa, pero no es muy profesional. Me cuelgo el bolso en el hombro y me dirijo a la sala de objetos perdidos. Hay algo de espacio ahora que la hemos vaciado un poco, o, como Lucas ha dicho hace un rato, «trasladado el contenido de esta habitación horrorosa al vestíbulo, donde todo el mundo lo ve».

Me quito el jersey y las zapatillas, y me agacho para volver a sacar el uniforme de la bolsa. Me gusta el uniforme de Forest Manor. Es sencillo: unos pantalones negros y una camisa blanca con el logotipo del hotel sobre el pecho izquierdo; pero me siento bien cuando lo llevo. Es como convertirme en la persona que soy en el trabajo. En el hotel no estoy agobiada ni agotada; no soy la anécdota trágica de nadie. Soy la que…, ¿cómo dijo la señora Hedgers? La que aporta la chispa.

—Ah, Izzy, quería preguntarte por la caja de… ¡Uy! —exclama la Pobre Mandy, que ha entrado detrás de mí y acaba de darse cuenta de que solo llevo puestos los vaqueros y el sujetador.

Me doy la vuelta. Lucas está al otro lado del mostrador, detrás de ella, y por un breve instante, antes de que esta cierre la puerta, nos miramos a los ojos.

Últimamente, suele mirarme con una especie de hastío indiferente, como si estuviera esperando que le tocara las narices. Cada vez me resulta más difícil de creer que alguna vez hubiera visto algo más que eso en sus ojos. Pero, en este momento, mientras cruzamos la mirada, algo cambia. Me doy cuenta de que no es del todo dueño de sí mismo y lo que veo me produce un cosquilleo en la piel. Por primera vez desde aquella humillante pelea a gritos en el jardín del hotel, Lucas da Silva me observa como si me deseara.

La puerta se cierra de golpe y la magia del momento desaparece, pero todavía me arde la piel por su mirada.

Madre mía. Le entrego a ese hombre mi corazón, le pido que se reúna conmigo bajo el muérdago y luego me lo encuentro besando a mi compañera de piso. Le grito por ser un capullo desconsiderado y me dice que estoy montando un drama. Se pasa todo el año haciéndome la vida imposible en el trabajo y negándose a ceder en nada, a pesar de lo que hizo las Navidades pasadas.

Y aun así es capaz de ponerme cachonda con una simple mirada.

LUCAS

Explícame por qué no la soportas —me pide Pedro en portugués, con la cafetera zumbando detrás de él.

—Es complicado —digo, observando cómo sale el café de la máquina y cae en mi taza favorita, la gris alta con el asa del tamaño justo.

Llevo casi dos años yendo a Smooth Pedro, una cafetería en la que también sirven batidos de frutas. Nos conocimos en el gimnasio; en cuanto oí su acento al otro lado de la sala de musculación, fue como volver al hogar. Es de Teresópolis y lleva en el Reino Unido unos cuantos años más que yo. Da unos consejos pésimos, pero hace un café excelente.

—Soy capaz de entender cosas complicadas —asegura—. Venga, ponme a prueba —añade al ver que no parezco muy convencido—. Deja que te sorprenda. ¿No tenía razón con lo de echarle aguacate a tu batido?

Esto es un poco distinto, pero le sigo la corriente.

—El año pasado tonteamos un poco, pero ella siempre estaba saliendo con alguien y la cosa no pasó de ahí. Luego, en la fiesta de

Navidad del hotel, besé a una chica que resultó ser su compañera de piso. Pero solo porque estábamos bajo el muérdago, ni siquiera fue de verdad. Pero Izzy se puso muy a la defensiva. Me sacó al jardín y me dijo a gritos que me había portado como un cerdo antes de soltarme... Espera... —Rodeo con las manos la taza de café mientras intento recordar las palabras exactas—. «Que sepas que no eres lo suficientemente bueno para ella, robot humano de corazón frío y zapatos brillantes».

—Uf. Veo unas cuantas señales de alarma —dice Pedro.

—Ya.

—¿Crees que estaba celosa?

—¿Izzy? Qué va. De todos modos, no tendría sentido. No estábamos juntos. Ni siquiera nos habíamos besado...

—Mmm —dice él, no muy impresionado—. ¿Así que no te consideraba lo suficientemente bueno para su amiga?

—Exacto.

Trago saliva. Me conozco lo bastante como para saber que creer que no estoy a la altura es mi punto débil. Pero no es solo eso. Me gustaba Izzy. Respetaba su opinión. Saber que pensaba que Drew no debería besar a un hombre como yo no solo me tocó la fibra sensible, sino que me recordó que, esté en el rincón del mundo en el que esté, las mujeres siempre me verán de la misma forma. «Tú no tienes corazón, así que no me vengas diciendo que te lo he roto», me soltó mi ex antes de coger la puerta y largarse. Cuando me confesó que me engañaba, a Camila le sorprendió muchísimo verme llorar. «La verdad es que no me lo esperaba de ti», me dijo.

Cierro los ojos y bebo un sorbo de café mientras Pedro prepara su local de batidos para abrirlo. Hoy y mañana libro, pero voy a estar trabajando aquí, en mi asiento favorito al lado de la ventana. Llevo el portátil en la bolsa que está a mis pies. Voy con retraso en el curso; tengo que entregar un trabajo el viernes y encima Izzy ha convencido a Charlie para que le pida matrimonio a su novio el jueves y le ha prometido todo tipo de detalles exclusivos que ahora tenemos que conseguir con un presupuesto ajustadísimo. Tengo que concentrarme.

Y, sobre todo, tengo que dejar de imaginarme a Izzy Jenkins en vaqueros y sujetador rosa.

—Tengo que hablar con Izzy —dice distraídamente la señora S. B., cruzando el vestíbulo y viniendo hacia mí con varias carpetas de anillas metidas de mala manera debajo del brazo.

Es jueves por la mañana. Ya casi he terminado el trabajo para el curso y los detalles de la pedida de mano de Charlie están tan ultimados como me ha sido posible sin tener que venir al hotel ni coordinar nada con Izzy fuera del horario laboral. La señora S. B. esquiva a una pareja que sale del restaurante, sonriendo de oreja a oreja, en plan «Está todo controlado». Pero entonces se le cae una carpeta al suelo y se le escapa un taco.

—Izzy está…

—¡Aquí mismo! —chilla esta, entrando en el vestíbulo por la puerta del restaurante.

Está increíblemente guapa, con el uniforme de camarera y un par de mechones de cabello sedoso que se le han soltado de la coleta. Intento sin éxito no pensar en el sujetador rosa.

—Ah, estupendo —dice la señora S. B. antes de mirar hacia el pasillo que conduce a la habitación Sweet Violet. Luego baja la voz—. El señor Townsend está muy enfadado por lo de los obreros.

Miramos todos a una a los albañiles, que en estos momentos están discutiendo en lo alto de la torre de andamios, al lado de la escalera. Son tremendamente invasivos. Les he pedido que guarden silencio un montón de veces, pero lo único que he conseguido es que dejen de saludarme cuando llego por las mañanas.

El señor Townsend es un huésped muy especial. Creo que lleva décadas viniendo, al principio con su mujer y luego, cuando esta falleció, él solo, en invierno. No suelo tener conversaciones personales con los huéspedes, pero hasta yo le he cogido cariño. Cada quince días más o menos, lo llevo en coche a hacer la compra y hemos empezado a tomarnos después un café juntos. Me recuerda a mi *vô*, con sus gafas de lectura de montura metálica y su sonrisa pausada y amable. Tiene Parkinson y cada año se le notan más los síntomas, pero lo lleva con mucha entereza.

—Mmm —dice Izzy, dándose unos toquecitos con los dedos en el labio inferior—. Vale. Déjemelo a mí.

La señora S. B. sonríe, ya en marcha de nuevo.

—Mi frase favorita. ¡Gracias, querida!

Observo a Izzy mientras ayuda al señor Townsend a acomodarse en un sillón al lado de la ventana y se agacha para hablar con él. Con qué atención lo escucha, con qué dulzura le explica la situación y con qué cariño la mira él. Acaban hablando de la Operación Anillo, que parece que es de lo único que se habla por aquí, para mi desgracia.

—Sé por qué este proyecto te importa tanto, Izzy —dice él. Eso me hace acercarme un poco más para oír mejor. Pero entonces se pone a hablar de su mujer—. Me parece algo precioso. Mi Maisie guardó como oro en paño su anillo hasta el día que me la arrebataron —dice, recostándose en el sillón mientras la lluvia resbala por el cristal que tienen a sus espaldas—. Cuando empezamos a salir juntos…

Desvío la mirada. Entiendo por qué la señora S. B. contrató a Izzy para este trabajo. La gente la adora sin que tenga que esforzarse siquiera. No ven a la Izzy que yo veo a diario, no saben lo cortante e intransigente que puede llegar a ser.

Parece que es la perfección personificada para todos menos para mí.

Charlie empieza a venirse arriba con la planificación de la pedida de mano a medida que se va acercando el día. A última hora de la tarde, el único jardinero que nos queda está instalando fuegos artificiales en el fondo del jardín, Arjun está peinando el condado en busca de un tipo de champán tremendamente específico y varios miembros de las familias Matterson y Tanaka se van a reunir en el bar para una celebración sorpresa tras la cena íntima de Charlie y Hiro bajo la pérgola.

Agradezco salir un rato. No puede decirse que sea un momento de paz, porque Izzy está conmigo. Pero la lluvia vespertina brilla sobre los árboles que nos rodean y el aire se vuelve agradable y fresco a medida que se acerca la noche.

Cuando me mudé aquí, no esperaba que me gustara tanto el bosque. Suponía que me resultaría pintoresco, pero no imaginaba que algo tan antiguo y bonito podría hacerme sentir así. Es fácil encontrar la paz en un lugar que tiene mil años más que tú.

—No parece apropiado para una pedida de mano. Necesitamos más brillibrilli —dice Izzy, dando un paso atrás para observar la pérgola mientras ladea pensativa la cabeza.

Exhalo por la nariz. Ella anula las propiedades calmantes de New Forest. Ya me está subiendo la tensión.

—¿Y por qué una pedida de mano necesita brillibrilli, si se puede saber?

La pérgola ha quedado muy elegante: hay velas, arreglos florales de buen gusto y unas discretas guirnaldas luminosas enroscadas en las vigas que unen las ocho columnas de roble.

—¡Es un momento importantísimo! Tiene que ser impresionante —dice Izzy. Entonces ve que pongo los ojos en blanco y añade—: Déjame adivinar… Odias las pedidas de mano. Y la alegría. Y el amor.

—Yo no odio la alegría ni el amor. Ni las pedidas de mano. ¡Deja esas guirnaldas luminosas! —exclamo, enfadado—. Lo vas a estropear. Ya hay suficientes luces.

¿Qué le pasa a esta mujer con esas cosas? Si por ella fuera, andaríamos todos por el hotel envueltos en ellas.

—No hay suficientes luces —insiste Izzy, subiéndose ya a la escalera para colgar otra guirnalda—. Y no te creo. No te imagino ni de broma declarándote a nadie. Soltarías algo como… —Deja la frase a medias—. Vale, no voy a intentar poner acento brasileño. Pero dirías algo totalmente desapasionado. Como: «Deberíamos casarnos, aquí tienes todas las razones por las que me parece una buena idea».

—Si lo haces imitando el acento, a lo mejor te digo cómo me declararía —replico, poniéndome al pie de la escalera. Sé que, si se cae y se rompe algún hueso, acabará echándome la culpa a mí.

Eso la pilla por sorpresa. Se aturulla con las luces y me mira. Yo la observo después de haberme pasado todo el día evitando por todos los medios establecer contacto visual con ella. Tiene unos ojos increíbles. Por su color de piel y de pelo, lo lógico sería que fueran de color avellana o marrones, pero son verdes como las hojas de las *palmeiras*, almendrados y con unas pestañas larguísimas. Cualquier hombre consideraría que Izzy es una chica «mona»: menudita, con la cara redonda y nariz chata. Mona, no sexy. Hasta que la miras a los ojos y cambias de opinión.

—No pienso imitar tu acento —dice al cabo de un rato, volviendo a concentrarse en la guirnalda luminosa.

—Vale.

—No pienso hacerlo, sería ofensivo.

—Muy bien.

Se queda callada. Yo también.

—Bueno, vale: «Deberíamos casarnos» —dice, intentando imitarme—. ¡Lo he hecho bien! ¡A mí me ha sonado bien! —exclama mientras me echo a reír.

—Has empezado en español y has acabado en australiano —digo, volviendo a enderezarme y resoplando mientras recupero la compostura.

Incluso en la penumbra veo que se ha puesto colorada de vergüenza; sonrío, ya mucho más animado.

—Déjame en paz, Lucas. A ver, ¿cómo te declararías? —pregunta mientras se baja de la escalera y la cambia a la siguiente columna.

—Así no —respondo.

Con las estufas de exterior encendidas y la mesa vestida de gala, técnicamente es el lugar ideal para una pedida de mano. Pero resulta algo forzado.

—Es demasiado...

—¿Natural? ¿Romántico? —dice ella, volviendo a subir por los peldaños mientras el rubor de las mejillas le desaparece.

—Iba a decir «pretencioso». ¿Y si Hiro dice que no? La mitad de su familia está esperando en el bar.

—Disfrutas quitándole el encanto a todo, ¿verdad? Estamos ayudando a crear algo mágico y tú te pones a hablar de que Hiro podría romperle el corazón a Charlie. —Ignoro el comentario y me refugio, como pienso hacer muchísimas veces más, en el recuerdo de Izzy tratando de imitar el acento brasileño. Es obstinadamente ingenua con este tipo de cosas. Yo solo estoy siendo realista—. De todos modos, pedirle a alguien que se case contigo no deja de ser una pregunta —dice, mirando hacia atrás mientras hace equilibrios sobre un pie para enroscar un poco más las luces en la viga—. Así que siempre existe la posibilidad de que la otra persona te diga que no.

—Si existiera la posibilidad de que me dijera que no, no se lo pediría —manifiesto. Me parece una obviedad, pero Izzy se queda callada mientras baja de la escalera, mirándome fijamente.

—¿Ya sabrías que te diría que sí? ¿Y dónde está la emoción?

—Una propuesta de matrimonio es un acuerdo —declaro—. Un compromiso para toda la vida. No es algo que se haga de forma impulsiva.

—Bueno, al menos eso tiene sentido —dice Izzy con frialdad—. Nunca te he visto hacer nada por impulso. ¿Puedes encenderlas?

Procedo a ello mientras la rabia empieza a crecer en mi interior. ¿Qué tiene de bueno ser impulsivo? ¿No es simplemente una forma más de decir que no se piensan bien las cosas?

—¿Y a ti qué te gustaría, entonces? —le pregunto mientras retrocedemos para ver el efecto en conjunto—. ¿Preferirías que te sorprendieran?

—No, claro que no, pero me gustaría que fuera algo romántico, no una cosa acordada con anterioridad, ¿me explico? ¡Uy, ya están aquí! —susurra, comprobando con una mano que la estufa de exterior más cercana funciona y encendiendo con la otra la vela del centro de la mesa. Le hemos dado instrucciones a Ollie para que salga y se quede en la mesa quince minutos, como mucho, después de que Charlie y Hiro se hayan sentado. El primero quiere declararse al principio de la velada, para poder disfrutar de la cena. O (no puedo evitar pensarlo) para que le dé tiempo a escabullirse si el otro dice que no—. ¡Vamos! ¡Vamos! ¡Vamos! —murmura Izzy.

Sale corriendo hacia el bosque. Miro fijamente el punto por el que han desaparecido su cabello alborotado y las suelas blancas de sus zapatillas antes de seguirla. No hay ninguna necesidad de correr. Además, no sabe ni a dónde va. Vacilo al llegar al camino que me lleva al hotel y al plan que tenía para esa noche: conducir hasta casa, calentar una ración de *feijoada* congelada y comérmela delante de *A Grande Família*. Es lo que hago todos los jueves. Preparo cada dos meses una olla enorme expresamente para eso.

Es seguro y cómodo. Una pequeña alegría en medio del estrés de la semana.

Si sigo a Izzy a algún lugar de New Forest, sospecho que no tendré una noche ni segura ni cómoda. Dudo mientras oigo sentarse a Charlie y a Hiro; el murmullo de entusiasmo de Hiro y la risa nerviosa de Charlie. Me desvío del camino.

Izzy

Ya estoy subida a un árbol cuando me doy cuenta de que Lucas me ha seguido. Es sorprendentemente sigiloso.

—Izzy, ¿estás en el árbol? —Su tono es tan seco e inexpresivo como siempre. Cambio de posición sobre la rama para tener mejor vista, ignorando la humedad que me cala la ropa. Entre los árboles veo las luces doradas de la pérgola y, si Lucas hiciera el favor de callarse, oiría todo lo que están diciendo Hiro y Charlie. Este lugar es precioso por la noche. Si New Forest ya parece un bosque encantado de día, en la oscuridad es como si estuviera habitado por duendes y brujas. Da igual lo húmedo o frío que sea: la magia flota en el ambiente. Una vez vi un búho blanco descendiendo entre los árboles justo delante de mí cuando volvía a casa, con el rostro pálido vuelto hacia el mío y los ojos abiertos de par en par con gesto de sorpresa. Y por las noches el cielo aquí es impresionante: hay montones de estrellas, tan densas y brillantes como si hubieran vaciado un tarro de purpurina—. Izzy, he oído un ruido en la copa del árbol. ¿Eres tú o es un gato? —Yo resoplo—. Eres tú. ¿Qué estás haciendo?

—¿Quieres callarte? ¡Estoy intentando ver algo!

—¿Te has subido a un árbol para espiar a Charlie declarándose?

—Pues claro.

—Es un momento íntimo entre dos personas que no conoces.

—Venga ya. Tampoco pensaba retransmitirlo en directo. Oooh..., qué bonito.

—¿El qué?

—Está... Ay, Dios, no puede ser más mono.

—¿Qué es lo que no puede ser más mono?

—O subes o te callas.

—No pienso trepar al árbol.

Se hace un silencio breve y maravilloso. Entre las ramas, la luz le ilumina la cara a Hiro, que se tapa la boca con las manos con gesto de asombro y alegría, y siento que se me saltan las lágrimas. Lucas es un incrédulo. Esta propuesta de matrimonio es justo lo que el chaval deseaba y está claro que van a ser felices y a comer perdices.

—Dime qué está pasando —me exige.

—¿Estás de coña?

—¿De verdad quieres que me suba al árbol? —Es bastante pequeño.

—Vale. Ha dicho que sí. Están... Ooohhh...

—Esto se te da fatal.

—¿Qué quieres, que lo comente como un partido de fútbol?

—Pues no estaría mal.

—Y se está inclinando, el anillo está en el dedo de Hiro, no me lo creo, ¡Charlie lo ha conseguido! ¡Sí, señor, lo ha conseguido! Charlie Matterson le ha propuesto matrimonio a Hiro Tanaka y este ha aceptado. Hoy, en el Hotel Spa Forest Manor, Charlie le ha demostrado al mundo de lo que es capaz y... Uy... ¡Se está acercando para darle un beso! ¡Y vuelve a marcar!

—Por favor, para.

Me entra la risa floja. Salto a la rama inferior y aterrizo en el suelo con algo menos de gracia de la que me habría gustado; tropiezo y tengo que agarrarme a algo, que resulta ser el brazo de Lucas, aunque es difícil distinguir entre eso y el tronco de un árbol, la verdad.

Él se aleja de mí en la oscuridad, como si se hubiera quemado.

—¿Qué? No tengo nada contagioso —le suelto, incapaz de morderme la lengua.

Me cuesta interpretar su expresión: aquí abajo los árboles tapan las luces de la pérgola y Lucas está entre las sombras, ribeteado de dorado oscuro.

—¿Qué he hecho ahora? —pregunta, sin alterarse demasiado.

El suelo del bosque está húmedo, con el musgo empapado por la lluvia de hoy. Echamos a andar de nuevo hacia el hotel, rodeando el claro donde está la pérgola para dar intimidad a Charlie y Hiro. Oficialmente, nuestro trabajo ha terminado. Ahora es el turno de Arjun, Ollie y los camareros.

—¿De verdad te parezco tan repulsiva? ¿En serio?

Echo un vistazo al perfil de Lucas; a su ceño fruncido, su mandíbula apretada y su corte de pelo preciso.

—Una vez expresaste tu deseo de no estar nunca a menos de dos metros de mí, «con o sin pandemia» —responde—. Yo solo estoy respetando tu voluntad.

Qué vergüenza. Es verdad que dije eso. Cuando él lo repite, suena más fuerte que gracioso. Me recuerdo a mí misma que este hombre leyó la tarjeta de Navidad en la que le confesaba lo que sentía por él y se rio de ella. No tengo por qué sentirme mal por haberlo ofendido.

—Eso fue después de que te chivaras a la señora S. B. de que me había saltado las normas del confinamiento para aquella boda. Estaba enfadada —digo, bajando la vista hacia el camino. Unas pequeñas luces empotradas nos iluminan y los zapatos de Lucas brillan absurdamente a cada paso que da.

—Yo no me «chivé». Expresé mi preocupación, porque, si hubieras seguido poniendo en riesgo la salud de todo el hotel para complacer a unos cuantos huéspedes, podrías haber hecho que lo cerraran.

—Era el día de su boda —me defiendo mientras me invade la creciente ola de frustración que siempre aparece tras una exposición prolongada a Lucas—. Querían que estuviera toda la familia y lo único que hice fue encontrar una solución innovadora para que pudiera haber más de quince personas celebrándolo sin estar técnicamente en la misma...

—Lo hecho hecho está —dice él, interrumpiéndome mientras salimos al jardín—. Ya llegamos a la conclusión en su día de que no íbamos a ponernos de acuerdo en si había estado bien o no.

Aprieto los dientes. Ya casi estamos en el aparcamiento del hotel. Ya falta poco para cerrar la puerta de mi precioso Smart azul cielo, poner el disco navideño de Harper Armwright y alejarme de Lucas cagando leches.

Me suena el móvil en la mano, iluminándose, y ambos bajamos la vista hacia la pantalla. Es un correo electrónico de la señora S. B. En el asunto pone: «15.000 libras de recompensa de Eric Matterson?!?!».

—Joder —murmuro, deteniéndome para abrir el correo.

Cambio de planes. Devuelve todos los anillos. Otra recompensa más como esta y el esfuerzo habrá merecido la pena. Qué barbaridad. Eres la mejor, Izzy. ¡BUEN TRABAJO!

—Bueno, sin duda te han reconocido el mérito —dice Lucas con frialdad mientras echa a andar de nuevo hacia el aparcamiento.

—Ya —digo—. Es que he sido yo la que lo ha conseguido. —Tengo que acelerar el paso para alcanzarlo—. No te pongas celoso. Ahora es una misión del hotel. Así que, oficialmente, ya formas parte de la Operación Anillo.

Él se queda callado un buen rato antes de responder.

—Es una recompensa importante.

—Perdona, ¿estás diciendo que la Operación Anillo ha sido una idea excelente y que a partir de ahora piensas ayudarme?

—No lo hiciste para conseguir una recompensa.

—Lo hice porque me parecía lo correcto y porque, si haces cosas buenas, el universo te recompensa con cosas buenas. —Extiendo los brazos mientras pasamos entre los setos y entramos en el aparcamiento—. ¿No es más o menos lo mismo?

Lucas me mira fijamente.

—Espero que no pienses de verdad que el mundo funciona así.

Estoy convencida de ello, así que lo miro y pongo los ojos en blanco. Él aminora el paso y le echo un vistazo a su coche. Es un modelo elegante y oscuro con los cristales tintados, el típico que conduciría el malo de la película. Cómo no.

—Respondiendo a tus preguntas: sí, pienso ayudarte con ese rollo de los anillos, ya que es lo que la señora S. B. quiere. Y no. No me pareces nada repulsiva. —Levanto las cejas, sorprendida. Lucas gira la cabeza hacia el hotel, cuyas magníficas ventanas del siglo dieciocho están iluminadas con luz dorada. Aprovecho para observarlo como es debido. Sus cejas son dos rayas severas que se acercan entre sí debido a su habitual ceño fruncido, pero tiene unos labios increíblemente carnosos. Y una boca gruesa y grande que podría describirse como «expresiva» si se tratara de alguien que tuviera más de una expresión—. Es una de las muchas cosas que me molestan de ti —dice.

Estoy a punto de soltar una carcajada y aprovechar que por fin ha cedido en algo para largarme. Pero me quedo mirando las luces y las sombras que juguetean sobre su cara y, en vez de hacer eso, me sorprendo diciendo de repente:

—Lo mismo digo, Lucas da Silva. Eres insultantemente guapo.

—Está claro que eso lo pilla desprevenido, algo que me extraña, porque sabe muy bien que antes me gustaba. Además, su belleza es tan obvia que no me parece revelador en especial; es como decirle que es alto o que tiene mala leche. Hace tintinear las llaves del coche en la mano y tengo la sensación de que lo he dejado sin palabras, algo que me excita bastante. De repente me entran ganas de cometer una imprudencia. Hacía tiempo que no sentía ese impulso temerario y había olvidado lo divertido que era—. Ya que me vas a ayudar con la Operación Anillo, ¿te apetece que lo hagamos un poco más interesante? —propongo.

—¿A qué te refieres? —pregunta Lucas, que sigue haciendo tintinear las llaves.

Saco las mías del bolsillo y las luces del Smartie parpadean en la oscuridad del aparcamiento mientras pulso el botón de desbloqueo. Creo que es mejor poner fin a esta conversación cuanto antes.

—A una apuesta. El que devuelva el próximo anillo gana.

El viento azota la explanada, agita los setos y hace rodar una botella de plástico solitaria por debajo de los coches.

—¿El qué? —pregunta Lucas.

—No sé, ¿a ti qué te gustaría?

Deja en paz las llaves y, de pronto, se queda muy quieto.

—¿Que qué me gustaría?

—Mmm.

Da la sensación de que ahora hace más frío, como si el viento soplara más fuerte. La inmovilidad de Lucas me recuerda a la de un gran felino a punto atacar.

—Me gustaría que hicieras lo que yo quiera durante un día —responde—. Que yo mande y tú obedezcas.

—Eso te encantaría, claro —digo con sorna, pero se me acelera la respiración.

Él me mira con sus ojos oscuros y brillantes.

—Y si ganas tú, pues lo mismo.

¿Tener a Lucas a mi entera disposición, dándome la razón en todo y haciendo lo que yo diga? Es casi demasiado bueno como para imaginarlo. Y seguro que devuelvo otro anillo antes que él. Este tipo de reto está hecho para mí; él lo intentará usando estadísticas y hojas de cálculo, pero aquí lo importante es entender a la gente. Levanto la barbilla, tratando de ignorar la extraña sensación de frío y calor que me invade mientras me mira fijamente.

—Trato hecho —digo, extendiendo la mano para estrechar la suya.

Nuestras palmas chocan con fuerza. El hecho de sentir sus dedos apretándome hace que se me acelere el corazón; como en los instantes previos a una carrera, cuando todavía no estás corriendo, pero sabes que estás a punto de hacerlo.

LUCAS

uando llego al hotel a la mañana siguiente, veo que Izzy ya
está allí, con un montón de calcetines esparcidos por el mostrador. Al cabo de un rato, deduzco que está intentando emparejarlos, algo que me parece una pérdida de tiempo enorme, pero le encanta «darlo todo», como ella dice.

—He solucionado tu problema con la señora Muller —comenta, sin molestarse en saludarme.

—¡Hola, Izz! —le grita uno de los albañiles al entrar, todavía vapeando. Ella esboza una gran sonrisa y lo saluda con la mano. Eso me molesta. A pesar de haberme pasado dos horas en el gimnasio, sigo estando tenso. Llevo así toda la semana. Es por el estrés de hacer turnos con Izzy Jenkins, sin duda.

—No es «mi» problema —digo, cambiando con cuidado la ropa que está amontonada en mi silla a la pila que hay sobre la suya, que está empezando a tambalearse—. Los problemas de la señora Muller nos conciernen a todos.

La Pobre Mandy nos ha dejado una nota para que despertemos a Louis Keele a las ocho y cuarto, así que lo llamo, cuelgo lo antes posible —mientras todavía sigue gruñendo, medio dormido— y espero a que Izzy me cuente lo que ha hecho. Pero ella sigue ordenando calcetines mientras tararea «Bad Habits», de Ed Sheeran. Me ha dejado un pósit en el teclado —no sé qué sobre la pintura de la sala de suministros—, aunque, como de costumbre, su letra es totalmente ilegible. Además, ha puesto el bote de los lápices en su lado del mostrador, aunque debería estar justo en medio. Ambas cosas me molestan sobremanera. Puede que tenga que volver al gimnasio después del trabajo.

—¿Qué? —digo.

—¿Qué de qué?

—¿Qué has hecho con lo de la señora Muller?

Ella sonríe con satisfacción y saca el móvil para enseñarme una foto de las salpicaduras de pintura que hay en la pared de su suite. La observo atentamente, intentando ver qué es lo que me quiere enseñar, hasta que lo acerca más a mí y hace un zoom de la esquina inferior del estropicio. El cabello le cae hacia delante —hoy lleva unas mechas verdes y azules— y cometo el error de inhalar. Vuelve a oler a canela.

—¿Lo ves? —pregunta. Me acerco un poco más, hasta quedarme con la cabeza a escasos centímetros de la suya. Hay un cartelito pegado en la pared. Pone: «Cuando las musas te asaltan, de M. Muller. Diciembre de 2022». Es igual que las cartelas que hay junto a las obras de arte en los museos—. Estaba encantada. Ha dicho que es un honor. Y que, a partir de ahora, piensa alojarse todos los años en «su» habitación del hotel.

—¿Así que tenemos que dejar esa porquería ahí?

—Es arte —replica Izzy. Un mensaje aparece en la parte superior de la pantalla. Es Sameera: ¿A qué esperas para matarlo de un polvo en una de las habitaciones libres del hotel? Ella lo oculta y se aleja de mí de inmediato—. Mmm —dice.

Yo me siento delante del ordenador, mirándolo fijamente, aunque tengo el corazón desbocado. ¿A quién cree Sameera que debería matar a polvos Izzy? Que yo sepa, la única persona del hotel a la que quiere cargarse… es a mí.

—Supongo que habrás visto el mensaje —dice ella, ordenando los calcetines con tal entusiasmo que uno sale volando del borde del mostrador y aterriza sobre la alfombra del vestíbulo.

—Sí —contesto, echando un vistazo a la bandeja de entrada del hotel antes de volver a repasar los correos no leídos, porque creo que no he retenido el asunto ni de uno solo.

—No es lo que… La mujer de mi amigo Grigg es un poco exagerada. No pienso echar un polvo con nadie. Y mucho menos con intención de matar. Acostarte con alguien al que odias nunca es buena idea. Aunque tampoco es que sea asunto tuyo.

—Yo no he preguntado nada —señalo en un tono lo más cortante posible. Necesito que mi ritmo cardiaco se ralentice. Seguramente el mensaje se refería a alguien de fuera del hotel. Que dijera lo de la habitación no tiene por qué significar que hablara de un compañero de trabajo.

—Buenos días, Izzy. Hola, Lucas.

Louis Keele. Le sonrío con amabilidad y vuelvo a centrarme en la bandeja de entrada. Que Izzy se ocupe de él. De todas formas, la prefiere a ella. Estoy escribiendo unos cuantos correos electrónicos a posibles propietarios de anillos cuando el resto de los albañiles entran detrás de Louis, dejando un rastro de barro húmedo en el vestíbulo. Cojo el teléfono para llamar al servicio de limpieza, pero justo aparece Dinah, como invocada por la desconsideración, y los sigue con el ceño fruncido, fregona en mano.

Me cae bien. Ella nunca lo da todo, solo lo suficiente, y eso me inspira un gran respeto.

—Quería poneros sobre aviso —dice Louis. Vuelvo a levantar la vista. No es un hombre corpulento ni especialmente imponente, pero es justo el tipo de tío que me pondría de los nervios, si no lo estuviera ya. Es una persona segura de sí misma y su encanto cálido hace que sea fácil hablar con él. En otras palabras, no se parece en nada a mí—. ¿Sabéis el señor Townsend, el anciano entrañable con el temblequé? Pues cuando salía de la habitación lo he oído farfullar algo sobre «este sitio deprimente» y sobre que estas van a ser «unas Navidades penosas». —Louis pone cara de lástima. Siempre es mucho más amable cuando Izzy está delante—. Lo siento, he pensado que os gustaría saberlo...

Todos nos giramos cuando aparece el señor Townsend. Está visiblemente alterado: lleva la cabeza gacha y hace movimientos espasmódicos. Desvío la mirada —sospecho que el hombre preferiría no tener a toda la recepción observándolo— y me fijo en el teléfono de Louis, que descansa entre sus manos sobre el mostrador. En la pantalla hay una foto del vestíbulo. Frunzo el ceño.

—Ay, Dios —murmura Izzy, rodeando la mesa—. Gracias, Louis. Te lo agradezco mucho. ¡Señor Townsend! ¿Cómo se encuentra hoy?

—Qué bien se le da —dice Louis, observándola mientras tranquiliza al señor Townsend. Se apoya en el mostrador y empieza a amontonar los calcetines que tiene delante. A Izzy le molestará, así que dejo que lo haga—. Ha nacido para esto. —Me mira de reojo—. Y además es muy mona. —La furia que se me está gestando en el pecho empieza a cobrar fuerza—. Estoy pensando en invertir —añade antes de que me dé tiempo a responder—. En Forest Manor.

—Ah. Qué gran noticia. —Puede que por eso esté haciendo fotografías. Debería alegrarme que se plantee invertir, pero no puedo evitar preguntarme qué le haría a este hotel si tuviera voz y voto en su gestión.

—Mmm. Creo que tiene potencial —dice, sin dejar de mirar a Izzy, que está llevando al señor Townsend hacia un sillón mientras él la escucha con la cabeza gacha—. A mi padre le encantan los edificios como este, los sitios antiguos, ya sabes, con historia.

—Es un hotel muy especial —digo con frialdad. No puedo

evitar darme cuenta de que Louis parece más interesado en mirar por debajo de la camisa de Izzy que en valorar su futura inversión.

—Desde luego. El edificio tiene muchísimo potencial. Mmm. También tiene muy buen tipo, ¿verdad? —añade, ladeando la cabeza.

«¿El edificio tiene muchísimo potencial?». Me muerdo la mejilla tan fuerte por dentro que me hago daño. Eso es lo típico que dirías si fueras a comprar una mansión, no a invertir en un hotel. ¿Esas son las cartas de Louis? ¿Y los Singh-Bartholomew estarían dispuestos a vender, ahora que la situación es tan desesperada? Miro lo que he escrito en el borrador del correo electrónico que tengo delante, para un posible cliente que quiere celebrar su boda: «Hiog[rwJIPR;Wkgk». Pues sí. Si hubiera una palabra que expresara lo que siento ahora mismo, probablemente se parecería a esa. Louis no ve por qué Izzy no iba a desear sus atenciones, al igual que no ve por qué no iba a poder hacer lo que le diera la gana con este hotel maravilloso, y eso me hace hervir la sangre—. Bueno, me voy. Gracias por la conversación —dice, guiñándome un ojo al marcharse.

Esquiva al señor y la señora Hedgers, que van hacia su habitación con los niños a la zaga, peleándose en voz baja. Izzy intentaría averiguar cuál es el problema. Los observo mientras pasan y llego a la conclusión de que tienen pinta de preferir que los dejen en paz.

Vuelvo a centrarme en la pantalla mientras me bajan las pulsaciones. Hay un correo electrónico nuevo. Lo abro: «¡Madre mía, si es mi anillo de bodas! ¿Puedo ir el lunes a recogerlo? Mi marido estará encantado».

—*Porra!* —susurro, respondiendo de inmediato al mensaje.

Izzy

e recuesto en la cama, apoyo el portátil en las rodillas y
cojo la infusión: un té especiado que se vende a granel.
Es un engorro prepararlo, pero me encanta y últimamente se ha
convertido en una especie de ritual para las raras y preciadas noches
que tengo para mí solita. Abro Netflix para buscar algo nuevo, aunque
sé que acabaré viendo otra vez *Embrujadas*, y cometo el error de mirar
el móvil. Sesenta y ocho mensajes sin leer de siete conversaciones.

Soy una persona sociable. Siempre he tenido un montón de amigos y es algo que me encanta, pero hace no mucho empecé a tener la
sensación de que me mantengo al día con los mensajes por inercia. Contesto solo para deshacerme de los mensajes sin leer, no porque realmente quiera saber cómo están los hijos de mis antiguos compañeros de
trabajo o cómo le va a una amiga de la universidad en su nuevo puesto.

Un exnovio me dijo una vez que coleccionaba gente y no la
soltaba, y el comentario se me quedó grabado. En aquel momento le
dije que nunca se tienen demasiados amigos y que ser leal no tiene
nada de malo, pero, cuando me pasó lo de Drew el año pasado, empecé a ver las cosas de forma diferente.

En cuanto la conocí, supe que nos llevaríamos bien. Llegó para ver el piso con su sonrisa grande y pícara, y sus gafas cuadradas supermolonas, y me quedé prendada. Yo estaba en ERTE y necesitaba algo de dinero extra, aunque era consciente de que quien se mudara a mi caja de cerillas pasaría mucho tiempo conmigo: el peligro de compartir piso durante un confinamiento. Pero parecía tan divertida que me relajé al instante.

Y es que Drew podía ser muy divertida cuando quería. Por ejemplo, cuando pretendía conseguir una habitación en tu piso. Pero, una vez instalada y con un contrato de doce meses, se convirtió en una persona totalmente distinta. Intenté con todas mis fuerzas redescubrir esa parte de ella. La persuadí para que tuviera una actitud más positiva mientras no paraba de quejarse en el sofá de que se aburría y hasta accedí a cambiar la decoración de mi casa porque le parecía que quedaba «demasiado infantil» y «demasiado rosa» como fondo de sus videollamadas. Total, que estaba tan decidida a hacerme amiga de mi compañera de piso que aguanté casi doce meses de gilipolleces varias. Hasta que besó al hombre que sabía que me gustaba y me di cuenta de que me estaba esforzando demasiado por una persona a la que yo le importaba una mierda.

Mi punto de vista ha empezado a cambiar a partir del año con Drew. Puede que ya no sea necesario hacer que la gente siga en mi vida a toda costa. A lo mejor ya no necesito sentirme tan arropada como cuando mis padres murieron. Hay algunas personas que siempre me harán feliz: Jem, Grigg, Sameera... Pero, mientras veo las últimas conversaciones, me pregunto con quién tengo ganas de ponerme al día de esa lista y la respuesta es un poco sorprendente. En realidad, casi no hay nadie a quien me apetezca ver.

Me suena el móvil en la mano y doy un gritito de sorpresa, derramando el té sobre la funda nórdica.

—Mierda —digo mientras contesto a la videollamada.

—Hola —dice Grigg, sin inmutarse por que lo haya saludado con una palabrota.

A él casi nada lo altera: es el padre exhausto de un niño de siete meses que se despierta cinco veces por noche, y, aun así, conserva la serenidad. Nos conocimos un verano sirviendo mesas en el pub The Jolly Farmer, a las afueras del bosque, y ya con dieciséis años era como un anciano bonachón. Recuerdo que una vez vi cómo se le caía una bandeja llena de pintas. Se quedó inmóvil un momento, observando pensativo la que había liado a su alrededor, y luego dijo: «¿Sabes, Izzy? No creo que esta sea mi vocación». Ahora es contable y le gusta mucho más.

Su mujer, Sameera, aparece en segundo plano y me saluda con un trozo de pizza en la boca.

—¡Hola, guapa! —farfulla.

—¿Cómo está mi ahijado favorito? —pregunto.

—¡Durmiendo! ¡Y a la hora que toca!

—¡Increíble!

—¿A que sí? ¿De verdad el gruñón del recepcionista guaperas ha visto el mensaje de Grigg? —pregunta Sameera, riéndose.

—No era mío —protesta él—. Solo estaba transmitiendo un mensaje tuyo, mi querida esposa. Nunca en mi vida había dicho «matar a polvos».

—¡No te rías, Sam! —digo, aunque yo hago lo mismo mientras ella se troncha por detrás de Grigg—. ¡Ha sido incomodísimo!

—¿Crees que se ha dado cuenta de que se refería a él? —grita Sameera, desapareciendo de la pantalla.

—No lo sé —contesto antes de coger la almohada libre y enterrar la cara en ella—. Obviamente, intenté que pareciera que no. ¡Si ni siquiera me apetece tirármelo! ¡Eres tú la que lo ha dicho, no yo! Pero ahora va a pensar que me pone.

—¿Y no es verdad? —pregunta Grigg, mordisqueando el borde de la pizza. En los raros ratos en los que Rupe duerme, suelen hacerlo todo a la vez; seguro que Sameera está poniendo una lavadora—. ¿No le escribiste una carta de amor las Navidades pasadas?

Desde algún lugar de fuera de la pantalla, Sameera le lanza un montón de ropa sucia. Él apenas se altera.

—¡Grigg!

—No era una carta de amor, era una postal de Navidad —digo—. Y sí, en su día estuve pillada por él, pero lo único que te dije en aquel mensaje fue que, en ese momento, había un poco de química, pero eso no significa que me ponga. Todavía seguimos odiándonos.

—No hace falta que alguien te caiga bien para que te guste —dice Sameera.

—¿Ah, no? —pregunta Grigg tranquilamente.

—Que no me gusta —insisto, pero, mientras lo digo, sé que estoy mintiendo. En el fondo, sé que no quise taparme cuando Lucas me vio medio desnuda a través de la puerta de la sala de objetos perdidos y que, si no siguiera sintiéndome atraída por él, habría chillado y me habría escondido a la velocidad del rayo—. Mierda —digo, volviendo a enterrar la cara en la almohada.

—¡A mí me parece algo positivo! —dice Sameera—. Siempre te pillas por…

—Tíos desastrosos —dice Grigg, acabando la frase por ella.

—¿Perdona?

—Por causas perdidas, por tíos que viven en sótanos poco iluminados, por hombres con grandes sueños que van a poner en marcha en algún momento del verano siguiente… —explica Grigg, dándole un buen mordisco a la pizza.

—¡Eh! —protesto, aunque lamentablemente ha dado en el clavo. Pienso en el piso de Tristan, que estaba encima del garaje de sus padres, y en los planes empresariales de Dean, y hago una mueca de dolor.

—Grigg tiene razón —dice Sameera emocionada—. ¡El guaperas avinagrado tiene iniciativa y ambición! ¡Te pega mucho más!

¿No dijiste que había perdido el trabajo por el que vino aquí porque el sitio había tenido que cerrar y que luego había conseguido trabajo en tu hotel, un par de días antes de que le caducara el visado?

—Pues sí —digo antes de morderme el labio. Es de la poca información personal que le he sacado a Lucas; surgió en una conversación sobre las normas del confinamiento. Afortunadamente, esa época ya es agua pasada. Discutíamos más que nunca cuando las directrices del Gobierno cambiaban cada pocas semanas—. Está claro que tiene iniciativa. Pero también es un gilipollas integral —les recuerdo.

—¿Has dicho algo de su polla? —grita Sameera, volviendo a aparecer con un montón de ropa sucia apoyada contra el pecho.

—He dicho «gilipollas», Sam —aclaro, riéndome al ver su cara de decepción—. Os juro que Lucas ya no me interesa después de lo que pasó las Navidades pasadas. —Levanto una mano mientras los dos abren la boca para hablar—. Aunque reconozco que me sigue pareciendo atractivo.

—¿Qué tiene de malo tontear un poco, entonces? Si te odia tanto como tú a él, no tendrás que preocuparte por darle falsas esperanzas ni por herir sus sentimientos. ¿Que el tonteo os lleva al mataros a polvos? ¡Genial! —Sameera levanta una mano y lanza por los aires unas bragas—. ¿Que decides que no quieres acostarte con él? Pues lo habrás vacilado durante unas cuantas semanas ¡y también genial!

—Bueno… —digo antes de beber un sorbito de té—. Visto así…

—Oye, ¿a qué dirección te enviamos el regalo de Navidad? —me pregunta Grigg, girando la cámara hacia él—. Por cierto, siempre me olvido de preguntártelo, ¿dónde vive Jem ahora?

—Mándaselo aquí —digo, cambiando la almohada de sitio—. Se lo llevo yo cuando vaya. No puedo creer que os dé la cabeza para hacer las compras tan pronto, cuando Rupe se pasa media noche despierto. Lo estáis haciendo muy bien.

—¡Esta mañana me he tirado cuarenta minutos llorando en el sofá, bonita! —grita Sameera. La oigo cerrar con fuerza lo que supongo que será la puerta de la lavadora.

—Jo, Sam…, ¿puedo ayudarte en algo? —Por millonésima vez, deseo que no se hubieran mudado a Edimburgo. Si aún estuvieran aquí, en New Forest, yo podría poner esa lavadora, hacerles la cena y dormir a Rupe.

—¿Tener una tórrida aventura amorosa y luego contármelo todo? —sugiere Sameera, desplomándose por fin en el sofá al lado de Grigg. Este tira de ella y le da un beso en la cabeza.

—Te quiero un montón, pero no tanto como para lo de «tórrida» —digo—. Suena muy guarro.

—Suena emocionante —me corrige ella—. Y tú necesitas un poco de emoción.

—Si mi vida ya es superemocionante —le aseguro—. Bueno, os dejo con el millón de cosas que tendréis que hacer mientras el bebé está KO. Adiós, amores. Espero que Rupe duerma del tirón.

—Y yo —dice Sameera con vehemencia.

Dejo caer el móvil sobre el edredón y sigo viendo *Embrujadas* mientras me bebo el té e ignoro los mensajes. E intento que no me importe que Grigg y Sameera se hayan reído cuando he dicho que mi vida era superemocionante.

Normalmente, los inviernos en el hotel son una locura. Comidas navideñas de empresa, reuniones de chicas en el spa, escapadas románticas en pareja y suntuosas bodas invernales. Pero ahora todo está demasiado tranquilo. En un día normal, suelo tener que desempeñar cientos de papeles diferentes (relaciones públicas, animadora infantil, desatrancadora de ventanas…, lo que requiera la crisis en cuestión), pero los que me ocupan ahora no son tan divertidos como de costumbre. Hoy lunes, por ejemplo, me estoy pasando el día limpiando la moqueta a fondo y clasificando paraguas en la sala de objetos perdidos. Todos son negros. El negro me recuerda a los funerales; no tengo ninguna prenda de ropa negra y mi paraguas actual es azul claro con lunares, aunque los pierdo con tanta frecuencia que es difícil llevar la cuenta.

La Operación Anillo es lo único que me anima un poco ahora mismo. Después de que el sábado por la mañana llamáramos por teléfono a la misma persona con escasos minutos de diferencia (qué incómodo), Lucas y yo hemos decidido centrarnos cada uno en un anillo y minimizar así el riesgo de estrangularnos a causa de la frustración. Cómo no, él ha elegido un sofisticado anillo de diamantes, mientras que yo me he decantado por una alianza de oro maltrecha y ajada. Los otros dos —el precioso anillo de compromiso con la esmeralda y la elegante alianza de plata martillada— tendrán que esperar hasta que le gane la apuesta a Lucas.

Parece que está teniendo todavía peor suerte que yo. Ayer oí que le gritaban al teléfono por molestarlos «por un anillo de boda cinco días después de la ruptura». Uy. Sé que debería querer que encontrara al dueño por el bien del hotel, y quiero que lo haga, claro que sí, solo que… no ya.

Vuelvo sonriendo de la pausa para el almuerzo (he comido unas sobras en la cocina con Arjun) y me encuentro al señor Townsend en el sillón que está junto a la ventana del vestíbulo. Eso sí que es un triunfo. Me llevó un par de intentos averiguar qué necesitaba para estar a gusto aquí. Al principio intenté ofrecerle una sesión de spa, pensando que quería paz y tranquilidad, pero con esto he dado en el clavo.

La gente viene a un hotel en esta época del año por muy diversas razones y me di cuenta de que la del señor Townsend era exactamente la misma que la mía: evitar pasar las Navidades solo.

Así que lo he puesto ahí, en medio de toda la acción. Lo he animado a considerar a los albañiles no como una interrupción de la actividad del hotel, sino como parte de ella. Ahora que sabe que el alto odia al de la coleta y que es obvio que el jefe está enamorado de la única mujer del equipo, está encantado de apoltronarse en el vestíbulo y observar sus payasadas… y las nuestras.

—¿Has tenido suerte con el anillo? —grita.

—¡Estoy en ello! —respondo, también a gritos—. ¿Quiere que le lleve algo? ¿Un té? ¿Un libro nuevo?

—No, gracias. Han llamado por teléfono —dice, señalando el mostrador—, pero han dejado un mensaje de voz.

—Vamos a tener que ponerlo en nómina —repongo mientras Louis entra en el vestíbulo.

—Hola, Izzy —dice—. ¿Vamos a la piscina esta noche?

Lleva puestos unos vaqueros y un jersey de lana, y tiene las manos guardadas en los bolsillos. Me da la sensación de que hay algo más detrás de ese descaro infantil…, tal vez cierta arrogancia. Me pica la curiosidad. No se parece en nada a los hombres que me suelen gustar, y, tras mi conversación con Grigg y Sameera, creo que sin duda eso es bueno. Quizá debería darle una oportunidad.

Intento imaginar lo que mi madre habría dicho de él. Ella y mi padre siempre me decían que debía elegir a alguien amable y atento. «Lo que necesitas es un hombre al que no le cueste sonreír», me dijo mi madre una vez.

Esa idea inclina la balanza.

—¿Por qué no? —digo justo cuando Lucas sale del restaurante, cabreado por algo.

Louis sonríe.

—Genial. Nos vemos cuando acabes el turno. A las cinco, ¿no?

—Perfecto. —Centro la atención en Lucas y su ceño fruncido—. ¿Qué? —le pregunto.

Nos hemos estado evitando más que nunca desde nuestra interacción en el aparcamiento. Cada vez que lo veo, me viene a la mente aquella conversación: su intensidad y la forma en la que me miró cuando le dije que era «insultantemente guapo».

—¿Me has propuesto como voluntario para hacer de camarero en la comida de la despedida de soltera?

Aprieto los labios, esforzándome al máximo por no sonreír. Me había olvidado de eso.

—¿No puedes? —digo.

—Puedo, pero no quiero —dice despacio—. Sabes que odio hacer de camarero de grupos grandes. Sobre todo cuando están borrachos. Y más aún si son chicas.

—¡Pero si te llevas genial con las chicas!

—Como alguien intente desnudarme, te denuncio —dice enfadado.

—Bueno, yo voy a clasificar las monedas de la sala de objetos perdidos para llevarlas a la oficina de correos. Si quieres, te lo cambio.

Señalo los tarros que están alineados en el borde del mostrador. Lucas les echa un vistazo.

—¿De verdad es necesario hacer eso?

—Es dinero —señalo—. ¿Estás sugiriendo que lo tire a la basura?

Él gruñe en voz baja y va hacia el restaurante. De repente se detiene y se gira, con la mano en la puerta.

—¿Qué tal va la búsqueda del dueño de tu anillo de bodas?

—¡De maravilla! —exclamo—. Solo me quedan cinco aspirantes. —Cinco, diecisiete…, ¿qué más da?

—Me alegro por ti —dice Lucas.

Entorno los ojos. Su tono es demasiado… agradable.

—¿Cómo va la tuya? —le pregunto.

—Una mujer va a venir a las tres a recoger el suyo —contesta, empujando la puerta del restaurante y cerrándola tras él.

Mierda.

Miro el reloj. Faltan dos minutos para las tres. La dueña del anillo de Lucas va a llegar en cualquier momento. ¿Estaría mal por mi parte interferir? ¿Cerrar las puertas del hotel durante diez minutos? ¿Enviarlo a hacer algo urgente y luego decirle a la huésped que el anillo ya ha sido reclamado por otra persona?

Definitivamente, sí. Aunque…

—Ni se te ocurra —dice Lucas, sin levantar la vista de los candelabros de plata que está limpiando al otro lado del mostrador.

—¡Si no he hecho nada!

—Estás… *tramando*.

—No sé lo que significa eso.

—Maquinando algo. Conspirando.

—¿Cuándo he hecho yo eso? —pregunto mientras él se gira para mirarme. Pongo cara de no haber roto nunca un plato.

—Conmigo eso no funciona —me advierte.

Clava sus ojos, oscuros y astutos, en los míos. Siento mariposas en el estómago. Entonces desvía la mirada hacia la puerta mientras una mujer entra en el vestíbulo, trayendo consigo una ráfaga de aire helado.

—¡Hola! —exclama Lucas. No lo había visto tan entusiasmado desde que alguien sugirió actualizar el sistema de reservas de mesas del restaurante—. ¿Es usted Ruth?

—¡Sí, hola, soy yo! —dice la mujer, sonriendo de oreja a oreja.

Sospecho de inmediato. Es cierto que yo también me juego algo en esto, pero en este trabajo conozco a mucha gente y he desarrollado un sexto sentido para identificar a aquellos que van a causar problemas. Como los que no pagan la cuenta del bar, los que se llevan cosas del hotel que no son estrictamente artículos de aseo o los que imprimen dos veces el mismo cupón de Groupon. Y a esta tal Ruth se le nota a la legua que es una lianta de la cabeza a los pies, desde la coleta impecable hasta las punteras de las botas, que pretenden pasar por caras.

No creo que el anillo de Lucas sea de esa mujer. Es una alianza impresionante, pero en absoluto llamativa: los diamantes son diminutos y el diseño es de lo más sutil. Y yo diría que una mujer con un bolso de marca falso seguramente elegiría una alianza de boda ostentosa, no algo pequeño y bonito.

—Muchas gracias por venir —digo, poniéndome en pie y dedicándole mi mejor sonrisa—. Como comprenderá, tenemos que hacer algunas comprobaciones para asegurarnos de que le entregamos el anillo a la persona adecuada.

Hay que reconocer que la mujer ni se inmuta.

—Desde luego —dice, pegándose más el bolso al costado—. ¿Qué necesitan? ¿Alguna identificación?

—¿Tiene el tique de compra? —le pregunto.

—O podría describirlo —dice Lucas, mirándome de reojo.

Yo lo observo levantando las cejas, con cara de «¿En serio? ¿Estás tan preocupado por ganar la apuesta que estás dispuesto a entregarle una joya así de valiosa a una posible estafadora? ¿Y si eso le causa problemas al hotel?».

Su expresión se ensombrece mientras llega a la misma conclusión.

—Lo compré en una joyería, así que no tengo tique digital —dice la mujer, arreglándose el pelo—. Fue hace muchos años. Pero puedo decirle que es una alianza estrecha de oro con diamantes engastados.

Vuelvo a mirar a Lucas. Su cara de abatimiento me revela que eso ya se lo había dicho él en el primer correo electrónico.

—Entenderá que nos encontramos ante un dilema —digo, todavía sonriendo—. ¿Tiene alguna forma de demostrar que el anillo es suyo?

—¿Pueden ustedes demostrar que no lo es? —pregunta ella. Su tono se ha vuelto más cortante.

—¿Podría decirnos cuándo se alojó aquí? —le pregunta Lucas.

Ella nos mira a ambos y traga saliva.

—En 2020 —responde.

—Uy, vaya. No encaja —digo.

—¿En 2018? —pregunta mientras su confianza se reduce considerablemente.

—¡Ya sé! —Miro a Lucas—. Podríamos preguntarle si sabe lo del diamante astillado. Ay, mierda —digo, tapándome la boca.

—¡Sí! —exclama ella, aliviada—. ¡Uno de los diamantes estaba astillado! ¿Cómo he podido olvidarlo? Eso es. No puede haber muchos anillos que se ajusten a esa descripción, ¿verdad? Y… —agita la mano desnuda en nuestra dirección— está claro que yo he perdido mi alianza.

Vaya, esto sí que es incómodo. Me giro hacia Lucas, que tiene cara de póquer y parpadea sin parar.

—Te cedo la palabra —le digo con dulzura, volviendo a sentarme. Aunque está mal que yo lo diga, comentar lo del diamante astillado ha sido una jugada magistral. Obviamente, todos los diamantes están en perfecto estado.

Esto ha sido superútil. Me he dado cuenta de la ventaja que tengo en esta competición en particular, porque mi anillo está grabado por dentro. Así que, aunque tenga una larga lista de candidatos, cuando encuentre al dueño sabré con seguridad que es él. Así de fácil. Me convertiré en la ganadora, me llevaré los laureles y Lucas tendrá que satisfacer todos mis deseos.

Y pienso hacerlo sufrir.

LUCAS

Hoy he entrado tarde, así que también me quedaré hasta tarde. Es lo más lógico. Y las zonas de asientos que hay alrededor de la piscina necesitan un repaso urgente. Hay revistas de la época en la que la única preocupación del Reino Unido era si un presentador de televisión llamado Jeremy Clarkson le había pegado a alguien o no.

Por eso estoy aquí: para darle un buen repaso. Mi presencia no tiene nada que ver con el hecho de que Louis Keele esté ahora mismo haciendo largos en la piscina mientras espera a que llegue Izzy para su… encuentro. Quedada. ¿Cita?

—Ve a buscarme una cerveza, Lucas, ¿quieres? —me grita desde la piscina, girándose para hacer el muerto.

«Ve a buscarme una cerveza». Ni que fuera un perro. Me doy la vuelta con intención de protestar, pero ella aparece en la puerta del vestuario femenino y me quedo completamente mudo.

—Lucas —dice sorprendida. Lleva un albornoz abierto por encima de un biquini—. ¿Qué estás haciendo aquí?

Reconozco ese traje de baño: estaba en la caja que Izzy guarda debajo del mostrador. Lo vi cuando la ordené, algo que sabía que le molestaría un montón y que acabó pareciéndome un poco sórdido, en parte por ese biquini. No puedes ver un biquini sin imaginarte a la persona que va dentro.

Además, es diminuto. Azul turquesa con tirantes finos. Ahora mismo solo asoma unos cuantos centímetros entre ambos lados del albornoz, junto con un impactante flashazo de piel suave y pálida, pero la imagen me deja sin palabras. Mi imaginación no le había hecho justicia.

Izzy está muy diferente. Va descalza, con el pelo sin mechas y recogido en un moño. Con ese aspecto tiene cierto aire de vulnerabilidad y siento una punzada de una emoción que, en otro contexto, podría ser miedo. Pero no es eso, no puede serlo, porque no hay nada que temer.

—Hola —digo, detestando la frialdad de mi voz—. He llegado tarde, así que me voy a quedar un rato más.

Ella entorna un poco los ojos. Estamos en el espacio acristalado que une la zona principal del hotel con el spa, que antes eran los establos. El espacio está iluminado solo por unas cuantas bombillas de bajo consumo situadas sobre el agua, lo que permite que reine la penumbra. Oigo el suave chapoteo de Louis detrás de mí, que recorre metódicamente la piscina.

—¿Te vas a quedar hasta tarde… en la piscina?

—Sí, voy a darle un repaso al spa.

—¿Esta tarde?

—Sí.

Izzy entorna todavía más los ojos.

—¿A qué estás jugando, Lucas da Silva? —me pregunta.

—No es ningún juego. Estoy trabajando.

—Mmm.

Estoy sudando. Yo tampoco sé a qué estoy jugando, esa es la verdadera respuesta. Ahora que me he interpuesto entre ella y la piscina, no puedo ignorar cuánto me cuesta hacerme a un lado y dejarla pasar. No quiero que pase la tarde en biquini con Louis Keele. No me fío de ese hombre en relación con el futuro de este hotel y mucho menos en lo tocante a Izzy.

Lo cual es absurdo. Trago saliva y me aparto, antes de centrarme otra vez en las revistas maltrechas que están en las cestas de mimbre, junto a las sillas. Cuando vuelvo a mirarla, está dejando el albornoz sobre una tumbona.

«Joder». Aparto la vista bruscamente, con el corazón a mil por hora, dándome cuenta de repente de que no debería estar ahí. Izzy no se ha puesto ese biquini para mí. Se supone que no debería haber visto la suave curvatura de su cintura desnuda, sus largas piernas al descubierto y el pequeño tatuaje que tiene justo donde se ata la parte de arriba del traje de baño. Verla en un contexto tan diferente hace que me resulte más difícil recordar que se trata de la insoportable de Izzy Jenkins, y, sin eso, solo es una mujer peligrosamente guapa en bañador.

—¡Lucas! ¿Y esa cerveza, tío? —grita Louis.

Sé por qué me la pide. No es porque se le haya antojado, sino porque quiere que ella me vea llevársela.

—No se puede beber en el spa —digo.

—No me jodas. ¿No puedes hacer una excepción? —me pregunta.

—¡Nada de excepciones, Louis, ni siquiera contigo! —grita Izzy, metiéndose en la piscina—. ¡Te echo una carrera!

Louis la mira descaradamente. Siento otra punzada de ese miedo nuevo y extraño. Mientras compiten, él se va acercando a ella mientras su silueta se abre paso en el agua. Entonces doy media vuelta y me dirijo a la zona principal del spa, porque ¿qué otra cosa puedo hacer? Igual que ese biquini no era para mí, no puedo ponerme nervioso cuando Izzy tiene una cita.

Además, la odio, me recuerdo a mí mismo. Yo la odio y ella me odia a mí.

Después de una hora fregando el suelo del spa, me quedo solo con la camiseta de tirantes que llevo debajo de la camisa. He estado entrando y saliendo porque me ha hecho falta algún material que estaba en la zona principal del hotel y hay que cruzar la piscina para llegar hasta allí. Pero esta vez, mientras me dispongo a volver a guardar la bolsa de los productos de limpieza en su armario habitual, Izzy sale de la piscina y tengo que ir más despacio para darle tiempo a coger la toalla.

—¿Qué tal la cita? —le pregunto en voz baja mientras se envuelve en ella y la sujeta debajo del brazo.

Louis acaba de entrar en el vestuario masculino. Me relajo un poco cuando la puerta se cierra detrás de él.

—Dímelo tú. Has estado aquí casi todo el rato —replica ella.

—Has ganado todas las carreras, así que yo diría que no es rival para ti —digo, posando la bolsa y cruzando los brazos sobre el pecho.

—A lo mejor no estoy buscando a un chico que intente ser mejor que yo —me suelta, abriendo un poco más los ojos y sujetando mejor la toalla. Aquí las voces resuenan y el agua chapotea con suavidad a nuestro lado.

—Pues él lo ha intentado. —Sonrío—. Conozco a ese tipo de tíos. Son unos prepotentes. Siempre quieren ganar, seguramente para compensar algo. Lo que pasa es que le ha faltado rapidez.

—No me digas. —Izzy ladea la cabeza—. Pues yo creo que se ha portado como un caballero.

—¿Crees que eso es lo que necesitas?

Ella arquea las cejas, incrédula.

—¿Crees que necesito otra cosa?

—Creo que empiezas a aburrirte de los hombres que se rinden a tus pies cuando se lo ordenas —digo, encogiéndome de hombros—. He visto a tus novios merodeando por aquí, esperando a que les digas lo que tienen que hacer y ejerciendo de chóferes para ti con su coche destartalado...

A Izzy le brillan los ojos de indignación.

—Cuando gane la apuesta, esa será tu primera tarea —declara—. Llevarme a casa en tu coche destartalado.

—Mi coche está impecable.

—Pues que sepas que ahora tiene un pequeño arañazo —dice—. Parece que hay alguien con un Smart al que no se le da muy bien maniobrar.

—No habrás sido capaz —gruño—. Eso es...

—Gravísimo —dice ella, partiéndose de risa—. Es mentira. Pero ¿a que te he hecho rabiar?

Pues sí. Me he puesto tenso. Y tengo calor.

—Musculitos y cochazo... ¿Seguro que no eres tú el que intenta compensar algo? —pregunta, yendo hacia el vestuario.

El jueves por la tarde, cuando vuelvo a recepción después de haberme pasado el día clasificando objetos perdidos, mi hermana me envía un mensaje al grupo de WhatsApp de la familia: Lucas, saudade! Está gostando do clima de Natal britânico?

Quiere saber si estoy disfrutando de la Navidad inglesa. Enviarme mensajes a través del grupo familiar es un recordatorio poco sutil de que llevo demasiado tiempo callado y, probablemente, un indicio de que mi madre está preocupada.

Mi tío Antônio no forma parte del grupo de WhatsApp de la familia. A veces me siento culpable por eso, pero no me apetece crear otro espacio en el que Ana y yo acabemos sintiéndonos de manera irremediable como unos ineptos.

Me sobresalto al notar que algo me aterriza sobre la cabeza y, cuando me giro, veo a Izzy detrás de mí. Cojo los cuernos de reno que acaba de intentar ponerme.

—No —digo.

—¡No hay suficiente ambiente navideño! —se queja, colocándose sus propia cornamenta. Vuelve a recogerse el pelo en un moño, como aquella noche en la piscina—. Ya estamos en diciembre, los albañiles no me dejan decorar todavía el pasamanos y mi belén ha desaparecido…

—¿Y qué me dices de eso? —pregunto, señalando el enorme árbol de Navidad que ocupa gran parte del vestíbulo.

A Izzy le llevó medio día decorarlo. Hubo un momento en el que incluso llegó a plantearse bajar haciendo rápel desde el andamio para colocar la estrella en la punta, y no creo que lo dijera en broma. Yo me mantuve al margen, con lo cual ha quedado recargadísimo, pero estoy intentando aprender a elegir mis batallas. Puedo vivir con ese exceso de bolas.

Aunque la verdad es que me molesta. Constantemente. Mucho.

—Todo el mundo tiene árbol de Navidad —dice Izzy, haciendo un gesto con la mano para restarle importancia—. Hay que ir un paso más allá. Puede que no estemos hasta la bandera, pero el restaurante está completo la mayoría de las noches hasta Navidad… y todos los comensales cruzarán el vestíbulo y pensarán que estaría bien venir a pasar un fin de semana cuando acaben las reformas…

Tiene razón. A pesar de las obras, en este momento es importante hacerle buena publicidad al hotel. Echo un vistazo al caos que nos rodea y pongo cara de disgusto.

—Ordenar todos estos objetos perdidos sería un buen comienzo.

—La mayoría están aquí porque van a venir a recogerlos los compradores. Algo de lo que, por cierto, me he encargado yo solita. ¿Qué has vendido tú, últimamente?

Frunzo el ceño.

—Hoy he subastado una caja entera de artículos. He recaudado casi mil libras. Tú solo andas por ahí emparejando calcetines e intentando completar juegos de pendientes.

—¡Sí, claro, porque tú no paras de llevarte los objetos que tienen más valor! —dice Izzy antes de contestar al teléfono, que ha empezado a sonar—. Hola. Gracias por devolverme la llamada. Sí, me encantaría hablar con Hans sobre el anillo. —Se gira en la silla para descargar sobre mí todo el peso de su arrogancia—. Estupendo. Cuando a él le venga bien.

Merda. No he avanzado nada con el mío desde el intento de fraude de Ruth, que fue de lo más incómodo. Todavía hay cuatro aspirantes que no me han respondido a las llamadas ni a los correos electrónicos. Borro mentalmente todo lo demás de mi lista de tareas pendientes. Esta es mi nueva prioridad.

—¡Halaaa, diademas de cuernos! —exclama fascinada la Pobre Mandy, que acaba de entrar tambaleándose en el vestíbulo a causa del peso de dos bolsas gigantes de Sainsbury's. Se las desengancha de los hombros y aterrizan sobre la alfombra del vestíbulo con un ruido sordo. Luego saca el móvil, levanta la tapa de la funda y empieza a hacernos fotos—. ¡Venga, Lucas, póntela tú también! Va a quedar genial en Facebook.

Izzy vuelve a dejar el teléfono en la base violentamente antes de girarse hacia mí.

—¡Ponte la cornamenta, Lucas! —exclama—. ¡Hazlo por Facebook!

La fulmino con la mirada, pero me la pongo. Debería comprobar qué está haciendo la Pobre Mandy en las redes sociales de Forest Manor. Es una de las muchas cosas que tengo en la lista de tareas pendientes, justo debajo de crear una zona de juegos en el bosque y convencer a alguien que no sea yo para que limpie a fondo la freidora.

—Ay, esta es chulísima. Os la mando también a vosotros —dice la Pobre Mandy, escribiendo algo en el móvil. Tiene la costumbre de mover los labios o murmurar mientras lo hace, así que adivino lo que ha escrito incluso antes de que mi teléfono pite: Salís genial los dos, con cariño, Mandy.

Me quedo mirando la imagen un momento. Izzy sale saltando a mi lado; está sonriendo y con los cuernos ya medio caídos sobre el pelo. Hoy lleva una especie de brillo rosa pálido en los pómulos y las luces del árbol de Navidad la hacen resplandecer.

Al cabo de un rato, recorto la foto para que se me vea a mí solo con los cuernos, mirando hacia un lado. La envío al grupo de la familia, diciéndoles que ya me estoy contagiando del espíritu navideño.

—Chicos, chicos, chicos —dice Ollie, acercándose a toda prisa desde la cocina. Le han dicho mil veces que no corra por el hotel, así que ahora camina rapidísimo y de una forma superextraña, moviendo un montón los brazos.

La puerta de la cocina oscila detrás de él y está a punto de darle en las narices a Arjun, que es el siguiente en aparecer. El chef tiene tal cara de cabreo que me entran ganas de echarme a reír.

—La señora S. B. está…

—Llorando —dice Arjun, adelantándose al otro—. Ollie, hay cinco sartenes en los fogones, ¿qué haces aquí? Menudo peligro.

Ollie vacila un instante, agobiado, decidiendo si poner de manifiesto o no que Arjun también está allí fuera en vez de estar pendiente de ellas y que además ha sido el segundo en salir. Ollie toma la decisión más sabia para su carrera y vuelve corriendo a la cocina.

—¿Qué? ¿Dónde? —pregunta Izzy, inclinándose sobre el mostrador mientras Arjun señala hacia la ventana.

La señora S.B. pasa por delante llevándose un pañuelo a la mejilla. Izzy sale disparada. La sigo y llego justo a tiempo para sujetar la pesada puerta de madera del hotel y evitar que me dé en todos los morros. Supongo que Ollie le ha dado la idea.

Fuera hace un frío que pela y la oscuridad empieza a envolver los jardines. La mujer se aleja del haz de luz que emiten las lámparas situadas a ambos lados de la puerta del hotel y desaparece por el sendero que conduce a Opal Cottage.

—Señora S. B., ¿se encuentra bien? —grita Izzy, acelerando el paso.

—¡Sí, cariño! —responde esta con voz ahogada. No suena muy convincente.

—Cuéntenos qué le pasa, a lo mejor podemos ayudarla —dice Izzy a medida que nos acercamos.

La señora S. B. gira la cara para que Izzy no vea las lágrimas, pero se encuentra conmigo al otro lado.

—Mierda —murmura, deteniéndose entre los dos. Estamos en medio de la rosaleda, iluminados por las pequeñas luces de los bordes. Su resplandor capta cada bocanada de aliento de la señora S. B., que intenta recuperar la compostura mientras se seca los ojos con un pañuelo de papel—. Es que ahora mismo estoy un poco... desbordada —dice finalmente.

—Normal —responde Izzy, frotándole un brazo con dulzura.

—Os pido disculpas a los dos. Sé que os he defraudado muchísimo.

—¡Usted no ha defraudado a nadie! —replica Izzy—. Ha conseguido mantener el hotel abierto durante estos años de confinamientos y crisis económica. Es increíble. Normal que este sitio esté pasando por un bache, lo raro sería lo contrario. —Me siento tremendamente incómodo ahí de pie, de brazos cruzados. Tengo ganas de abrazar a la señora S. B., pero Izzy ya se está ocupando de eso, así que lo único que puedo hacer es proyectar lo mucho que me importa, algo que sé que nunca se me ha dado demasiado bien, ni siquiera cuando la opción del abrazo está disponible—. Se echa demasiadas cosas a la espalda —dice Izzy—. ¿Podemos ayudarla en algo más? ¿Tal vez con la gestión y la administración? A Lucas se le dan muy bien ese tipo de cosas: las hojas de cálculo, la organización y todo eso.

La miro sorprendido. Ella se ruboriza. Abro la boca para devolverle un cumplido similar; hace tiempo que pienso que podrían sacarle más partido a Izzy en el hotel. En mi opinión, debería encargarse de las reformas. Tiene buen ojo para saber lo que hace que un espacio funcione y se le da genial coordinar grupos grandes de gente.

Pero la señora S. B. empieza a hablar de nuevo antes de que yo sea capaz de encontrar las palabras adecuadas.

—Me da vergüenza enseñaros las cuentas, la verdad. Y sé que a Barty le pasaría lo mismo.

—Que no le dé apuro. —Mi voz suena más áspera de lo que me gustaría. Me aclaro la garganta—. Me encantaría ayudar. Yo quiero lo mismo que usted y que Barty. Quiero que este lugar salga adelante y que nuestra... que la familia que hemos construido aquí... —¿Por qué es tan difícil decirlo?—. Que estoy encantado de ayudar, vaya —concluyo bruscamente.

Izzy me observa como si acabara de anunciar que a partir de ahora preferiría que enviáramos todo el correo interno por paloma mensajera. Desvío la mirada y levanto la vista hacia el cielo. Las estrellas están empezando a brillar entre los nubarrones grises.

Debería estar buscando otro trabajo. Este sitio seguro que se irá a pique antes de acabar el año. Pero, mientras estoy aquí de pie, respirando el aire del bosque y con el imponente edificio del hotel a mis espaldas..., no puedo imaginarme experimentando esta sensación de pertenencia en ningún otro lugar. Sé por qué a Izzy le sorprende tanto que hable del hotel como si fuéramos una familia: ella cree que no me importa. Que no tengo corazón. Pero, si es así, ¿por qué me duele el pecho cada vez que pienso en dejar atrás esta etapa de mi vida?

—Supongo que podría enviarte las cuentas. A lo mejor encuentras cosas en las que podamos ser más eficientes. —La señora S. B. se sorbe la nariz, despegándose de Izzy—. Yo me aturullo un poco, la verdad. Nunca se me han dado bien los números.

Aprieto los puños ante la idea de tener acceso a las cuentas que rigen las decisiones que se toman en el hotel. Veré cómo funciona Forest Manor. Conoceré todos sus entresijos. Podré hacer algo más que recaudar unos cuantos cientos de libras con los trastos viejos de objetos perdidos: podré ayudar.

—Pues a mí me encantan los números —declaro y el dolor de pecho remite—. Puede enviármelo todo.

—Gracias. Gracias. —La señora S. B. nos estrecha el brazo a ambos y echa a andar hacia Opal Cottage.

La observamos mientras se aleja.

—Te agradezco lo que has dicho sobre las hojas de cálculo —le digo por fin a Izzy—. Cuando pueda, me gustaría comentarle que tú también te mereces la oportunidad de ampliar tus conocimientos aquí, en el hotel.

—¿Qué?

—Bueno, tú también podrías estar haciendo muchas más cosas.

Izzy se pone a la defensiva.

—Ya hago bastantes, gracias. Y de nada. Pero… no te pases cuando la pongas al día de la contabilidad, ¿vale? Algunos somos humanos, no robots.

Se aleja a través de los rosales y va hacia el hotel. La palabra «robot» me sienta como una patada en el culo. «Yo también soy humano —tengo ganas de decirle—. Cuando eres cruel conmigo, me duele».

En mi móvil aparece la respuesta de Ana mientras sigo a Izzy para volver adentro. Mi hermana me ha devuelto la foto con un gran círculo rojo alrededor del trocito de hombro de Izzy que sale en la imagen.

Quem é essa pessoa???

Puf, *porra*. Quiere saber quién es.

É uma mulher??, pregunta mi madre.

Merda. Ya han descubierto que es una mujer. Pero ¿cómo? Solo se ven tres milímetros de camisa blanca y… Ah. Un mechón de pelo largo y rosa muy revelador. Joder.

Vacilo, preguntándome cómo enfocar el tema. Mi madre y mi hermana están empeñadas en que necesito una novia, aunque llevo varios años sin ella y me ha ido fenomenal. Además, cuando la tenía, la mayor parte del tiempo no era feliz.

?? LUCAS??

Esa es Ana. Me froto los ojos con el pulgar y el índice.

É só uma colega de trabalho, escribo. «Solo es una compañera de trabajo».

Ela é bonita?, pregunta Ana.

Detengo el pulgar sobre el teclado. Si les digo que sí, que es guapa, no pararán hasta que haya metido a Izzy en un avión rumbo a Brasil para celebrar una boda por todo lo alto. Así que lo más seguro es decirles que no, que no es guapa. Miro a Izzy mientras volvemos a entrar en el vestíbulo: se sujeta el pelo detrás de la oreja con una mano pequeña e impaciente y su pendiente de aro dorado se balancea mientras camina.

Es muy difícil trabajar con ella. No nos llevamos bien, escribo en portugués, con la esperanza de salirme con la mía y esquivar la pregunta.

Então ela é linda!, responde Ana. «¡Así que es guapa!».

Cierro el chat. No es momento para esta conversación. Se supone que debería estar trabajando.

IZZY

Estoy empezando a pensar que mi superanillo de oro es un superpercallejón sin salida cuando, por fin, el viernes doy en el blanco.

Hola, Izzy:

Muchas gracias por tu correo electrónico. Me ha recordado lo bonito que es vuestro hotel… ¡Sin duda volveré a alojarme allí pronto!

Sonrío para mis adentros. Si aportas cosas buenas al universo…

Estoy casi seguro de que ese anillo es de mi mujer. Se compró uno nuevo cuando lo perdimos, pero aun así nos encantaría recuperarlo. Te mando unas fotos de su mano con él y también de la inscripción. ¿Coincide?

Saludos,

Graham

Coincide totalmente. Me recuesto en la silla de oficina, disfrutando de la sensación mientras levanto la vista hacia la escalera, que está tapada por el andamio. Ganar es lo mejor.

Hago otra foto del anillo y pulso «Responder» en el correo de Graham. Frunzo el ceño: la dirección desde la que me ha contestado es un poco distinta a la que yo utilicé para ponerme en contacto con él. Para asegurarme, pongo también la otra en copia.

¡Hola, Graham!

¡Qué buena noticia! ¡Puede venir cuando quiera a buscar el anillo de su mujer! Me alegro mucho de que lo haya recuperado. ¡Y qué foto tan bonita de los dos el día de su boda! Aquí tiene otra foto del anillo para que vea que la inscripción coincide. ☺

Saludos,

Izzy

Después de haber pulsado «Enviar», aunque ya es demasiado tarde, me planteo si me habré pasado con las exclamaciones. Siempre he sido muy fan de los signos de exclamación. Los puntos me parecen demasiado… maduros. Cuando deje de cenar gominolas, empezaré a usar puntos. Esa es la verdadera madurez.

—Madre mía —dice la Pobre Mandy, entrando y encajando el bolso en un hueco que hay entre las cajas de objetos perdidos.

Me encanta que se haya tomado este proyecto con filosofía y no se haya quejado ni una sola vez del desorden; ojalá Lucas fuera más como ella.

—Acabo de encontrarme fuera a la señora Hedgers, la *coach* profesional. Es muy… —Mandy se abanica la cara como si necesitara refrescarse, aunque fuera hace dos grados y aquí dentro no hace mucho más calor. Estamos intentando escatimar en calefacción todo lo que podemos sin que los huéspedes se mosqueen—. Es un poco intensa, ¿no?

Recuerdo lo que me dijo la señora Hedgers sobre lo de desconectar y hago una mueca de dolor. Ayer por la noche, después de salir a tomar algo con mis amigas de la universidad, me tiré dos horas intentando organizar la logística para ir a una despedida de soltera en enero; llegué a la conclusión de que me costaría trescientas ochenta libras, empecé a rayarme preguntándome si podía permitírmelo dadas las circunstancias y acabé quedándome dormida en el sofá viendo la última temporada de *Casados a primera vista: Australia*; le había prometido a Jem que lo vería para recuperar nuestras antiguas noches de CAPVA la próxima vez que hiciéramos un Zoom.

No tengo muy claro que eso cuente como desconectar.

—¿Qué te ha dicho? —le pregunto, poniéndome a organizar una nueva caja de objetos perdidos. Esta es de bolígrafos. Hasta yo opino que a lo mejor no deberíamos haberlos guardado todos.

—Me ha preguntado si me costaba hacerme valer —dice la Pobre Mandy—. Le he contestado que no lo sabía, pero que creía que no. Y entonces ha empezado a darme un montón de información sobre la importancia de poner límites claros y ahora me siento un poco… rara —reconoce, sentándose de golpe en la silla.

Me muerdo el labio, sonriéndole a la señora Hedgers y saludándola con la mano cuando pasa hacia la habitación Sweet Pea. Está clarísimo que Mandy tiene problemas para imponerse. Es excesivamente servicial. ¿Significa eso que la señora Hedgers también tenía razón sobre mí?

Cuando estoy en el trabajo, siempre intento dar un poco más, ir un poco más allá, ser un poco más amable. Pero tampoco querría ser de otra manera: me gusta destacar en lo que hago, ser la persona que aporta la chispa. Así es como me ven todos y así quiero ser.

Aunque, a decir verdad, de vez en cuando sí me gustaría bajar un poco el pistón y pasar un día con el pelo sin lavar y siendo desagradable. Solo de vez en cuando. Además, tampoco tengo muchas oportunidades para hacerlo fuera del trabajo: siempre estoy con gente y, últimamente, desde que Jem, Grigg y Sameera se mudaron, esa gente ya no es «mi gente». No son personas con las que pueda desconectar por completo. Con ellas tengo que ser simpática y alegre, ser todo el tiempo Izzy la sociable.

Menos con Lucas, claro.

Mandy se inclina hacia delante para contestar al teléfono.

—Hola, Hotel Spa Forest Manor. —Me mira—. No, ahora mismo Lucas no está, ¿quiere dejarle algún recado?

La Pobre Mandy apunta una cosa con la lentitud y el esmero habituales. ¿Así es como la gente consigue tener buena letra? Pues creo que no merece la pena.

Estiro la cabeza para fisgar por encima de su hombro.

«Devolver llamada por el anillo de bodas. Urgente». Y luego un número de teléfono.

Mierda, mierda, mierda.

—Ya se lo llevo yo a Lucas —digo, cogiendo la nota del mostrador.

—¡Ay, gracias, bonita! —dice la inocente de la Pobre Mandy mientras me alejo.

Dicen que en el amor, en la guerra y en los conflictos laborales todo vale, ¿no?

Marco el número que ha apuntado la Pobre Mandy en el móvil y hago una bola con la nota. Al final he acabado en el spa. Iba en dirección al cubo de la basura del restaurante, pero tirarla me ha parecido demasiado fuerte. Sin embargo, si esta se mojara por casualidad y el número se perdiera antes de que devuelva mi anillo, por ejemplo... Total, ya me falta poquísimo. Graham debe de estar a punto de aparecer para recuperar la alianza que su mujer perdió.

Me acerco a la piscina con la nota en la mano. El sonido del agua resuena en el ambiente denso y cargado.

—¿Qué es eso?

Me doy la vuelta y resbalo sobre el suelo mojado. Me tambaleo y, por un instante, me veo cayéndome de culo sobre las baldosas delante de Lucas da Silva, como si el universo hubiera decidido que no me he humillado lo suficiente delante de ese hombre. Pero recupero el equilibrio justo a tiempo. Él se cruza de brazos, con una sonrisa en los labios.

Todavía tengo la nota en la mano.

—Pues... una cosa —contesto. Pongo mala cara ante mi ocurrencia—. Me lo ha dado Mandy —añado, recuperándome—. Nada importante.

—¿Por eso la sostenías sobre el agua?

Observo la cara de suficiencia de Lucas y su mandíbula cincelada, y entorno los ojos.

—No estaba haciendo eso.

—Claro que sí. Más o menos. —Extiende la mano—. Mandy me ha dicho que tenías una nota para mí.

—Puf. Vale. Pero no iba a tirarla a la piscina —digo, entregándosela—. Probablemente —añado, sin demasiadas contemplaciones.

—Conque jugando sucio —dice Lucas—. Se dice así, ¿no?

Yo me ruborizo.

—Se llama «estrategia» —digo, pasando junto a él. Sus grandes hombros ocupan demasiado espacio. Lo esquivo por el lado de la piscina y, como estoy de mala leche y puede que también tenga un pelín de ganas de ver qué hace si nos rozamos, me pego demasiado él. Pero justo en ese momento Lucas se acerca un poco a mí, como si hubiera tenido la misma idea. Yo lo miro... y me caigo al agua—. ¡Mierda! —farfullo. Me llevo tal susto con el chapuzón que me quedo sin aliento. Cojo aire y pataleo, con el rímel escociéndome en los ojos—. ¡Serás capullo! —grito—. ¡Me has tirado a la piscina!

—De eso nada —replica él, agachándose y tendiéndome una mano para ayudarme a salir. Con la otra se guarda la nota en el bolsillo de atrás y, mientras la rabia se apodera de mí y la ropa empapada me tira de las extremidades, se me ocurre una idea.

Hay más de una forma de mojar esa nota.

Agarro la mano de Lucas y tiro con fuerza. Él está en cuclillas, en equilibrio sobre las punteras de sus zapatos relucientes…, hasta que yo lo desequilibro.

Se hunde en el agua como una roca gigante. Cae a cámara lenta, con las rodillas pegadas al pecho. A pesar del enfado, me echo a reír, más por la sorpresa que por otra cosa. No puedo creer que lo haya tirado a la piscina.

Él sale a la superficie y me mira de inmediato. Le brillan los ojos de furia.

—Uy —digo, nerviosa. Ahora sí que está mosqueado. He visto a Lucas enfadado en muchísimas ocasiones, pero raras veces furioso de verdad. Está… Madre mía. ¿Está mal que me parezca sexy?

Pronuncia una frase larga y seguramente muy insultante en portugués. Me pongo a nadar de espaldas para intentar crear un poco de distancia entre ambos, pero él es mucho más grande que yo y le basta una brazada para agarrarme de la pierna.

—No vas a ir a ninguna parte —dice indignado, con voz grave.

En realidad me la suelta en cuanto doy una patada, pero, en vez de alejarme nadando, me quedo inmóvil, intentando no sonreír. Mi arrebato de ira se ha ido tan rápido como ha llegado y me está costando horrores que no me entre la risa nerviosa.

—Si tú me empujas, yo te empujo —declaro. La camisa se me pega a la piel al moverme: no es nada cómodo nadar vestida—. Cuando uno hace algo, Lucas, tiene que asumir las consecuencias.

—Yo no te he empujado.

—Bueno, verás, técnicamente yo tampoco a ti —digo. Sé que le está molestando que sonría, lo que hace que me resulte aún más difícil dejar de hacerlo.

—Qué infantil eres —me suelta, secándose los ojos y avanzando hacia mí.

—¿Qué vas a hacer, mojarme?

—Pues sí, algo así —dice antes de lanzarme una ola enorme sobre la cabeza con las dos manos.

Me atraganto y empiezo a toser.

—¡Venga ya!

Yo también lo salpico. Él contraataca. Estamos empapados, el agua está revuelta, ya he chocado con la espalda contra el borde de la piscina y la camisa se me resbala como si fuera de seda. Cuando el agua se calma, Lucas está justo delante de mí, con los brazos apoyados a ambos lados de los míos y agarrándose con las manos al bordillo. El pecho le sube y le baja rápido. Siguen brillándole los ojos, pero, mientras nos miramos empapados, la mejilla se le estremece ligeramente.

—Puedes sonreír, no es peligroso —le digo mientras echo los codos hacia atrás para apoyarlos en el borde de la piscina, lo que me tensa la camisa calada.

Él lo hace. Retiro lo dicho. Este Lucas mojado de mirada penetrante es una bestia muy diferente al hombre uniformado que suele estar junto a mí en recepción. Con la camisa blanca pegada a los músculos del pecho y las gotitas de agua brillándole sobre la piel del cuello, no es que sea insultantemente guapo, sino que está buenísimo.

—Voy a ganar la apuesta y lo sabes —declara en voz baja. Estamos tan cerca que veo las motitas de sus ojos marrones y sus diferentes tonalidades—. Por eso vas por ahí tirándome a piscinas e intentando cargarte números de teléfono.

—Yo no…

Me quedo callada. Lucas ha bajado la vista y me está mirando de arriba abajo. Noto una gota de agua persiguiendo a otra sobre la clavícula hasta la camisa empapada y veo que él capta ese pequeño movimiento con las pupilas encendidas.

—¿Sí? —dice.

Me mira fijamente a los labios. Y, por un instante de locura y temeridad, me planteo la posibilidad de besarlo, de rodearle los hombros con los brazos, de pegar nuestros cuerpos húmedos...

Respiro de forma entrecortada.

—He guardado el número en el móvil. Sabes que nunca haría nada que perjudicara al hotel. Ni siquiera para cabrearte.

Lucas me analiza con expresión impenetrable.

—¿Por qué siempre estamos así? —me pregunta al cabo de un rato.

—¿Así cómo?

Me pica la garganta a causa del cloro; trago saliva. Ahora él tiene los ojos clavados en los míos.

—Discutiendo. —Hace una pausa y coge un poco de aire, como si no supiera qué decir. Luego desvía la mirada y yo exhalo, como si acabara de perdonarme la vida—. Bueno. Desde las Navidades pasadas —añade.

Tenía que sacar el tema. Giro la cabeza. Ya no me apetece mirarlo, al menos mientras hablamos de esto.

—Yo diría que acabas de responder a tu propia pregunta. Sabes perfectamente por qué te odio. —Se estremece un poco cuando pronuncio esa palabra y casi desearía poder retractarme, aunque no sé por qué: ambos sabemos que el sentimiento es mutuo. Vuelvo a inhalar, ya más tranquila, y lo miro de nuevo a los ojos—. Siempre he creído que me odias porque soy un compendio de todo lo que no te gusta concentrado en un único ser humano —continúo—. Y sabes muy bien que te portaste como un capullo las Navidades pasadas, aunque no te guste que tenga razón. ¿Qué tal? ¿He acertado?

Lucas levanta una mano del bordillo de la piscina para secarse los ojos. La tensión que había entre nosotros empieza a desaparecer y algo mucho más familiar la sustituye.

—¿Crees que eres un compendio de todo lo que no me gusta concentrado… en un único ser humano?

—¿No lo soy?

Vuelve a mirarme.

—No —responde finalmente—. Para nada.

Me revuelvo, incómoda.

—Pero te parezco peculiar.

—Un poco. —Eso me duele más de lo que debería. Creía que ya no me afectaban sus insultos, pero acabo de sugerirle el que más daño podría hacerme. Lucas se hace a un lado para apoyar la espalda en el bordillo—. ¿Tan malo es ser peculiar? —me pregunta.

Está claro que me ha visto en la cara lo que estaba pensando.

—No. Ahora incluso me gusta un poco serlo.

—¿Ahora?

—Digamos que en el colegio era el bicho raro. —Me encojo de hombros, tragando saliva—. No era muy agradable. Los otros niños no siempre se portaban bien conmigo. A los trece años, lo peculiar no mola nada.

—¿Te acosaban? —dice.

Me quedo mirando fijamente el jardín, empañado y borroso a través de las ventanas de la piscina. Pensaba que podría contárselo sin sentirme patética, para que entienda por qué he reaccionado así cuando me ha llamado peculiar, para que sepa que no estoy dolida por eso, sino por cosas del pasado. Pero es más difícil de lo que pensaba, sobre todo con este hormigueo que sigo sintiendo en el cuerpo. Estoy al límite, con las emociones a flor de piel; odio esa sensación. Espero que no se haya dado cuenta de que he estado a puntito de besarlo.

—Sí, un poco —reconozco, empezando a patalear lentamente dentro del agua—. Te parecerá una tontería, pero esas cosas se te quedan grabadas.

—¿Te ayudó alguien? ¿Tus padres? ¿Los profesores?

Niego con la cabeza.

—No lo sabían.

—¿Ni siquiera tus padres?

—No. Se me da muy bien fingir que estoy feliz cuando me siento como una mierda. —No he elegido el tono adecuado. Lucas me mira de reojo y a mí me da demasiado miedo mirarlo a él, por si veo lástima en su cara.

—No es ninguna tontería —susurra—. ¿Ahora lo saben? ¿Tus padres?

Uf. Esa conversación también no. Estoy empezando a ponerme preocupantemente sentimental. Esto ha sido demasiado.

—Mis padres murieron cuando tenía veintiún años, así que no. No tuvimos la oportunidad de hablar de ello —respondo, impulsándome con los brazos para salir de la piscina.

—¿Tus padres murieron? —me pregunta Lucas.

—Sí. —Saco las piernas del agua, me quito las zapatillas oscuras y empapadas, y me despojo de los calcetines. Necesito salir de aquí. En la sala de la piscina hace demasiado calor y la ropa mojada me está agobiando.

—Lo siento mucho. —Qué solemne. Ojalá no se lo hubiera contado. La gente siempre cambia cuando se entera. Como empiece a ser amable conmigo porque soy huérfana, me da algo—. ¿Cómo murieron? —Me quedo pasmada—. Perdón. Creo que me he pasado un poco.

—Pues sí —replico, girando la cabeza para mirarlo mientras meto los calcetines mojados en los zapatos igualmente calados.

Oigo el chapoteo del agua al agitarse. Me estoy levantando para marcharme cuando Lucas dice:

—Mi padre también murió, pero yo era demasiado pequeño y no me acuerdo. Mi madre no me contó lo que le había pasado hasta que fui adolescente, así que siempre me inventaba cómo había muerto. Por una mordedura de tigre. En un salto fallido en paracaídas. Y, cuando estaba nervioso, me daba por pensar que había sido por una enfermedad hereditaria que mi madre sabía que yo también tenía y por eso no me lo contaba.

Giro lentamente la cabeza para mirarlo. Su actitud no deja entrever cómo se siente; su voz suena tan inexpresiva como si estuviera hablando del restaurante del hotel. Pero lo que acaba de contarme... Puede que no me caiga bien, pero eso me hace compadecerme del niño que fue.

—Lo siento mucho, Lucas, es terrible.

—En realidad murió por un accidente laboral. Era albañil. Pero siento haberte preguntado cómo fue lo de los tuyos. La fuerza de la costumbre.

Tras vacilar un instante, me siento con las piernas cruzadas sobre las baldosas para escurrirme el agua de la piscina del bajo de los pantalones.

—A mis padres siempre les gustó navegar, ir por todo el mundo viviendo aventuras locas —digo. Mi voz apenas se oye por encima del ruido del agua—. La verdad es que yo no compartía esa pasión, pero, cuando me fui de casa, se compraron un barco nuevo y empezaron a viajar a todas partes: América, el Caribe, Noruega... Hasta que un día... se hundieron. —Miro a Lucas, que continúa imperturbable. Me pregunto si eso estaría en su lista. Es el tipo de muerte que un niño podría imaginar para un padre al que no recuerda. Para mí, sin embargo, no tenía ni pies ni cabeza. Eran navegantes experimentados, sus aventuras nunca me habían parecido peligrosas. Era algo que hacían con mucha frecuencia—. Fue tan repentino... La gente cree que es mejor que sea así, pero yo no lo tengo tan claro. Básicamente, fue como si el mundo se convirtiera en un lugar horrible en una fracción de segundo y yo no estuviera preparada para afrontarlo. —Me doy cuenta de lo rara que suena mi voz, aunque estoy intentando quitarle hierro al asunto—. En fin, ahora ya sabes por qué soy tan «infantil», como tú dices. ¡La vida es muy corta! Puedes irte en un tris. —Chasqueo los dedos mientras me levanto y observo el charco gigante que he dejado sobre las baldosas, a mis pies—. Hay que exprimir al máximo cada momento y disfrutarlo.

Lucas ladea la cabeza en silencio. Echo a andar hacia donde están las toallas, pero me detengo cuando dice:

—No es verdad.

—¿Perdona?

—A mí no me parece que haya que exprimir al máximo cada momento. Nadie puede hacer eso. Sería... agotador.

Me quedo estupefacta. Creo que no tendría que haberme preocupado tanto por que fuera más considerado conmigo por lo de la muerte de mis padres.

—Bueno, pues yo lo hago —replico, un poco a la defensiva—. Es mi forma de vivir la vida.

—No —dice Lucas. Se vuelve para mirarme; las gotas le resbalan por el anguloso perfil de la mandíbula—. No lo haces. Tú también tienes días malos. Todo el mundo los tiene. Como tanto te gusta recordarme, tú también eres humana.

—¿Sabes qué te digo? Que eres de los pocos que aprovechan la noticia de la muerte de mis padres para decirme que no estoy viviendo la vida como es debido —replico. Pero me cuesta hacer acopio de mi rabia habitual; no soy capaz de olvidar su voz inexpresiva y grave diciendo: «Siempre me inventaba cómo había muerto».

—Yo no estoy diciendo eso —protesta Lucas—. Solo digo que no estás siendo sincera. —Se impulsa para salir de la piscina, e, incluso en medio de esa conversación, no puedo evitar dar un respingo al ver el agua adhiriéndole la camisa a la piel. Percibo todos sus músculos de acero, todas sus curvas. Al cabo de un rato, me pregunto qué estará viendo él, y, al mirar hacia abajo, me doy cuenta de que tengo la camisa pegada al sujetador, como si estuviera en una comedia universitaria de los años dos mil. Mierda. Me giro y cojo una toalla de la cesta que hay al lado de la pared—. Eres muy positiva, sobre todo teniendo en cuenta lo mal que lo has pasado en la vida —dice Lucas detrás de mí—. Pero, aun así, sigues siendo una persona de carne y hueso. Dices palabrotas cuando se te caen las cosas y algunos huéspedes te parecen idiotas. Y juegas sucio para ganar las apuestas.

—Ya, bueno, pero... —«solo cuando estoy contigo», estoy a punto de decir. A ninguna otra persona de este hotel se le ocurriría pensar que digo palabrotas o que me caen mal los huéspedes. Si le preguntaras a Ollie si yo sería capaz de jugar sucio para ganar una apuesta, diría: «¿Izzy Jenkins? Ni de coña. Si es un amor». Me envuelvo en la toalla, pero lo único que consigo es que la ropa empapada y fría se me pegue a la piel; necesito quitármela y darme una ducha caliente. Empiezo a temblar y me invade el torbellino de emociones que Lucas siempre despierta en mí: frustración, incertidumbre y ese oscuro dolor que lleva rondándome desde el invierno pasado—. Parece que ninguno de los dos es perfecto.

—Exacto —replica él con satisfacción antes de ir hacia el vestuario masculino con la camiseta pegada a los músculos de la espalda, sin molestarse en coger una toalla. Me quedo con la irritante sensación de que, de algún modo, acabo de darle la razón.

La tinta no se ha emborronado. La Pobre Mandy ha debido de usar algún bolígrafo mágico del equipo de Lucas. El sábado por la mañana, lo oigo con fastidio mantener una segunda conversación con el dueño de la alianza de diamantes. Estoy intentando averiguar cuál es exactamente el problema, porque está claro que hay alguno.

—Claro, lo entiendo —dice—. Hoy no va a ser posible, pero... —Se me queda mirando. Intento parecer ocupadísima—. Sí —añade—. Allí estaré.

No le pregunto nada cuando cuelga. Continúo sin hacerlo el

máximo tiempo posible, hasta que al final me rindo porque llevamos coexistiendo en un mutismo glacial desde que he llegado por la mañana y no soy precisamente de las que llevan bien el silencio.

—¿Qué? —digo.

—Mañana voy a llevarle el anillo a su verdadera propietaria.

—¿A llevárselo? ¿Vas a salir del hotel?

—¿Por qué no? Es un asunto de trabajo. Y de máxima prioridad.

Supongo que en teoría tiene razón. Frunzo el ceño.

—¿Y estás seguro de que es suyo? —le pregunto.

—No —admite—. Pero mañana lo averiguaré.

—Entonces, te acompaño —digo, alejando la silla del ordenador y girándome hacia él—. No me fío de ti.

Lucas arquea las cejas lentamente, mientras sigue ordenando facturas antiguas.

—¿Y quién se va a quedar en recepción?

—Ollie. Me debe un favor.

—Arjun te va a matar como se lo quites todo el día.

—Ya me encargo yo de él. Pienso ir contigo. Además, quiero ver el reencuentro del anillo. Esto no es solo una apuesta, ¿recuerdas? —digo, aunque parece que la que lo ha ido olvidando soy yo—. ¿Dónde vive esa mujer?

—En Londres. En Little Venice. Voy a comprar ya el billete para el tren de las... —mira la pantalla del ordenador— nueve y treinta y tres.

—Vale, genial —replico—. Nos vemos en el andén.

—Genial —dice él con frialdad, grapando un montoncito de recibos. Oigo el clic de la grapadora. Tan concienzudo, meticuloso y tremendamente exasperante como siempre.

LUCAS

La señora S. B. me ha enviado las cuentas de los últimos cinco años y me he pasado cuatro horas revisándolas.

No recuerdo la última vez que me sentí tan feliz.

Todo lo que aprendí en el curso cobra vida, ahora que veo la contabilidad de un hotel real: es completamente diferente de los casos prácticos que hemos estudiado. Esto no es algo teórico. Es un lugar que me importa de verdad y, mientras examino todos los gastos para localizar los aspectos en los que podríamos ahorrar, me doy cuenta de lo impotente que me he sentido sentado aquí en recepción mientras el hotel se desmoronaba a mi alrededor.

—¿Qué tal, Lucas? —dice Louis Keele, tocando el timbre varias veces, a pesar de que estoy aquí mismo. En fin, adiós a mi buen humor—. ¿Dónde está Izzy?

—No lo sé.

Eso ha sonado muy borde. Levanto la vista e intento parecer educado y profesional, pero él no se ha dado cuenta de mis malos modales. Está mirando la hoja impresa que tengo delante.

—¿Son las cuentas del hotel? —pregunta.

Las cubro con un brazo, intentando que parezca que simplemente estoy cogiendo el ratón. No sé muy bien qué hacer. ¿Los inversores potenciales tienen acceso a todos esos números? ¿O debería esconderlos? No me han hecho falta ni cuatro horas para descubrir que no son demasiado halagüeños. Si la señora S. B. no ha compartido esos datos, desde luego no seré yo quien lo haga.

—¿Para qué quiere ver a Izzy? —le pregunto. Aunque no me gusta nada hablar de ella con Louis, me viene bien distraerlo.

—Estoy pensando en invitarla a cenar —responde él, mirando fijamente los papeles. Quizá debería enseñarle las cuentas—. En realidad, tú podrías ayudarme —dice, levantando por fin la vista hacia mí—. La conoces mejor que yo. ¿Cuál es mi mejor baza? ¿Rosas rojas? ¿Un pícnic improvisado? —Su expresión se vuelve un poco maliciosa—. ¿Qué harías tú si quisieras salir con ella?

Muy a mi pesar, me pongo a reflexionar al respecto. A Izzy le gustan cosas de las que otras personas pasan olímpicamente: la bisutería barata de segunda mano, esos dramas malísimos para adolescentes que nadie más reconoce ver y los cócteles con nombres absurdos. Una vez la pillé buscando en Google si se podía tener una rata callejera como mascota. No le gustarían las rosas rojas. Preferiría un ramo de hierbajos interesantes.

Lo del pícnic improvisado ya está un poco mejor. Le gustan las sorpresas. Pero hace un frío que pela y es muy friolera; por la tarde, cuando sale del hotel, siempre va tan abrigada como si se fuera a la Antártida.

Un poemilla gracioso podría ser un arma de doble filo. Aunque es de risa fácil, también es muy divertida y no creo que Louis pueda igualar su sentido del humor.

Debería darle una respuesta que tuviera todo eso en cuenta. No hay ninguna razón para no ayudarlo. Pero entonces veo en sus ojos esa mirada calculadora, la misma expresión que tenía cuando vio por primera vez los daños en el techo del hotel, hace varias semanas, y la sensación que se apoderó de mí cuando Izzy se metió en la piscina con él reaparece.

—Yo apostaría por una cita clásica. Rosas rojas y champán en un restaurante caro —me sorprendo respondiendo.

—Ah, ¿sí? —dice Louis, frunciendo un poco el ceño—. No creía que fuera tan convencional.

—En el fondo es muy clásica —declaro, volviendo a centrarme en la pantalla del ordenador.

—Vale. Gracias, tío —repone él y, aunque no lo estoy mirando, intuyo esa sonrisa encantadora y afable que sin duda lo habrá hecho llegar muy lejos en la vida.

Bajo la vista hacia el móvil mientras se aleja y me encuentro un mensaje nuevo de mi tío Antônio. Me ha enviado el enlace a un artículo, así, sin más. Se titula: «Diez señales de que no estás aprovechando todo tu potencial (aunque creas que sí)».

Pongo boca abajo el teléfono y respiro hondo, intentando recordar lo que de verdad me importa: mi madre, mi hermana. Su felicidad y, cada vez más, la mía. Y todos los pequeños detalles con los que contribuyo a mejorar la vida de la gente aquí.

Pero, con la colonia cara de Louis todavía en el aire, me resulta más difícil que nunca recordar que la vida que he construido aquí es más que suficiente para mí.

El domingo por la mañana hace tanto frío que me cuesta respirar. El parte meteorológico pronostica fuertes nevadas, aunque en Gran Bretaña siempre auguran un clima extremo que suele acabar en llovizna, así que no me alarmo demasiado.

Izzy llega a la estación de Brockenhurst antes que yo, con unas botas forradas de piel y un abrigo acolchado con capucha que me recuerda a un saco de dormir. Está haciendo una videollamada con alguien, seguramente con uno de sus millones de amigos. Cuando me acerco, la reconozco: se trata de Jem, una mujer alta y risueña que tiene el pelo lleno de trenzas, un montón de piercings en la cara y un perrito pequeño y juguetón. Vivía cerca del hotel y venía de visita a menudo, con el perro bajo el brazo. La última vez que la vi fue hace un par de meses, cuando vino a despedirse antes de mudarse. Ella e Izzy se abrazaron durante tanto tiempo que no pude evitar preguntarme si el perro seguiría respirando allí dentro.

—¿Grigg y Sameera han planeado unas supernavidades en Escocia? —pregunta Jem.

—¡Sí! —contesta ella con demasiado entusiasmo—. Me muero de ganas de ir. Y tu Navidad va a ser... va a ser...

La otra se ríe.

—Ni siquiera Izzy Jenkins es capaz de ver el lado positivo de mi Navidad en familia. Pues sí que estoy jodida.

—Va a ser... una Navidad —dice ella, echándose a reír también—. Pero bueno, así ya habrás cumplido y el año que viene podrás celebrarla aquí conmigo.

—Bien —dice Jem, sonriendo. La miro por encima del hombro de Izzy. Lleva un gorro peludo que estoy seguro de haberle visto puesto a ella y que le llega justo hasta los brillantes piercings de las cejas—. Eso ya me gusta más. Qué envidia, poder pasarte las Navidades emborrachándote con tus amigos.

Izzy se da cuenta de que estoy detrás de ella.

—¡Tengo que dejarte! Dale un achuchón a Piddles de mi parte. ¡Te quiero mucho!

—Y yo a ti, pichoncito —dice Jem, lanzándole un beso a la pantalla antes de desaparecer.

Me pongo a su lado.

—¿Piddles?

—El perro. Es un pesado y un borde. A menos que seas Jem, en cuyo caso es una monada y un incomprendido.

—¿Y lo de «pichoncito»?

—Es una broma interna. Un apodo cariñoso. No lo entenderías.

Me limito a levantar las cejas. Las palomas tienen cierta terquedad que encaja de maravilla con la versión de Izzy que he visto este invierno; puede que lo entienda mejor de lo que ella cree.

Nos ponemos en la cola más cercana mientras llega el tren. Yo he reservado un asiento, pero ella no y, como se lo he echado en cara, presume al encontrar uno libre justo enfrente del mío.

Tenía previsto pasarme el viaje en tren elaborando un presupuesto provisional para la señora S. B., pero me cuesta concentrarme. Izzy se ha quitado toda la ropa de abrigo y está jugando al solitario con una baraja destrozada, vestida solo con un top palabra de honor azul cielo.

—¿Te apetece jugar a algo? —me pregunta.

Miro fijamente las cartas para intentar no centrarme en la piel blanca y tersa que asoma por encima de ese top azul. Me lo pienso unos instantes.

—¿Al póquer? —propongo.

—¿Con solo dos personas?

—Se puede. ¿Al Texas Hold'em? Aunque… —De repente me arrepiento de haberlo sugerido—. No es que quiera apostar dinero —añado, avergonzado.

—Claro que no —dice ella, como si fuera una ocurrencia absurda—. Pero estamos en un tren, así que el *strip* queda descartado.

La idea de que, de no ser así, esa versión podría haber sido una opción me desconcierta. Izzy rebusca en la mochila y saca una cajita de pasas, de las que les dan a los niños para merendar.

—Fichas —dice, abriéndola—. El que vaya ganando al llegar a Waterloo elige cómo decorar el vestíbulo, ¿vale?

—Yo no quiero decorar el vestíbulo más de lo que está —digo, frunciendo el ceño.

—Exacto. Sin embargo, yo creo que necesita urgentemente

más espumillón. —Izzy me sonríe y trago saliva—. ¿Aceptas el reto? —me pregunta.

—Por supuesto —contesto, cogiendo las cartas.

Intento ser magnánimo durante el viaje de Waterloo a Little Venice. Sabía que a Izzy se le daría fatal el póquer. Su cara es un libro abierto. Se toma muy mal la derrota, como era de esperar, y va enfurruñada todo el camino hasta el piso de Shannon.

La mujer que nos recibe al llegar lleva un gorro enorme que dice: «Siguiente, por favor». Echo un vistazo al salón de planta abierta que tiene detrás y veo que todo el mundo lleva el mismo sombrero. La música está altísima, aunque todavía es la hora del almuerzo.

—No os conozco —dice la mujer de la puerta—. ¿Venís de parte de él? Si es así, decidle que Shannon tiene todo el puto derecho del mundo a…

—No venimos de parte de nadie —le asegura Izzy rápidamente—. Nos ha invitado Shannon. Estamos aquí por lo del anillo.

—¡Ah! —A la mujer se le ilumina la cara—. Entrad, está en la cocina preparando la tarta.

Izzy cambia la expresión por esa radiante de fascinación que pone cuando se está divirtiendo de verdad. Tiene mal perder, pero se le pasa rápido.

Shannon es una mujer alta y rubia que lleva un vestido de lentejuelas y un delantal por encima. Lo primero que pienso al entrar en la cocina impoluta es que parece un ama de casa de un programa de televisión estadounidense. Aunque la tarta que está decorando tiene forma de pene y eso desvirtúa un poco la imagen.

—Hola —dice, dejando la manga pastelera y limpiándose las manos en el delantal—. ¡Tú debes de ser Lucas! ¿Has traído a tu pareja?

—No somos pareja —decimos al unísono.

—Mejor todavía —replica Shannon.

—Soy Izzy —dice ella, tendiéndole la mano—. ¡Enhorabuena!

Al parecer, ha dicho lo correcto, porque la mujer sonríe de oreja a oreja.

—¡Muchas gracias! Estaba ilusionadísima con esto. Quería dedicarle tanta energía como al día de mi boda. ¿A que es genial que todos se hayan cogido vacaciones? Nos vamos de fin de semana largo a Madeira para celebrar mi no luna de miel. —Shannon señala a la gente que está en la sala de estar—. ¿Sabéis lo que hice en la de verdad? Una ruta de senderismo por los Alpes. ¿Acaso me gustaba el senderismo? ¿Acaso me gustaba la nieve? ¡Ni de coña! ¿Sabéis lo que me gusta de verdad? —Coge de nuevo la manga pastelera y nos señala con ella—. Tomarme unos cócteles al sol con las personas que siempre me han apoyado.

—Mis vacaciones ideales —declara Izzy—. Me encanta. ¿Puedo coger un sombrero?

—Por supuesto, son obligatorios —dice Shannon, señalando un montón de ellos que hay sobre la encimera de la cocina.

Izzy me mira.

—¡Genial! A Lucas le encantan los accesorios originales para la cabeza.

—He traído el anillo —le digo a Shannon. Alguien tiene que reconducir la conversación. Aunque no puedo evitar pensar que no es muy probable que obtengamos una recompensa de quince mil libras por un anillo que representa el fin de un matrimonio—. Tendremos que confirmar de alguna forma que es suyo. Si todavía lo quiere, claro.

—Ya me he adelantado a eso —dice Shannon, que sigue adornando la tarta mientras saca el móvil con la otra mano—. Toma, las fotos de mi boda. —Observo la pantalla antes de volver a mirarla—. No te preocupes —dice—. Ya no me ponen triste. Ahora estoy en el punto en el que quiero estar. Da igual cómo haya llegado hasta aquí.

—Vaya, qué actitud más guay —dice Izzy con la boca llena mientras mastica una magdalena que ha encontrado en algún sitio. Con el sombrero de «Siguiente, por favor», ya tiene la misma pinta que el resto de la fiesta. Está como pez en al agua. Me sorprendió mucho cuando me contó que la habían acosado en el colegio. Todo el mundo quiere a Izzy. Pero ahora me doy cuenta de lo bien que se le da mimetizarse. Sospecho que es una habilidad que adquirió por necesidad.

—¿Estás segura de que es tu anillo? —le pregunta a Shannon—. ¿Es posible que se trate... de uno parecido? —La mujer le dedica una mirada de sorpresa. Izzy la mira avergonzada, con la magdalena en un carrillo—. Lo siento. Es que hemos hecho una apuesta —le explica, tragando saliva—. Si el anillo es tuyo, pierdo.

—Ah. Vaya, lo siento —dice Shannon—. Pero, si te sirve de consuelo, una derrota también puede ser una victoria, ¿no? —dice, abriendo las manos.

Ella lo asimila y se gira hacia mí.

—¿Puedo hablar contigo? —me pregunta, arrastrándome al rincón donde está el carrito de las bebidas—. No ha demostrado que sea suyo —susurra.

—Qué poca dignidad, Izzy —digo, encantadísimo—. Creo que deberías aprender a perder con elegancia.

—¡A lo mejor se lo compró en la misma joyería!

—¿Y se alojó en el hotel al mismo tiempo que otra persona que tenía el mismo anillo y que también lo perdió?

—¡Sí! —Me cruzo de brazos y me quedo mirándola. Lleva el pelo revuelto debajo de ese sombrero ridículo y, por un instante, su implacable competitividad no me resulta irritante, sino entrañable. Se preocupa demasiado. Deja caer los hombros—. Mierda —suelta.

Parece tremendamente desilusionada. Desvío la mirada. Ganar no me hace sentir tan bien como creía.

—Este es un día para celebrar los nuevos comienzos. Para hacer borrón y cuenta nueva —dice Shannon cuando volvemos con ella—. Si eso tiene algún sentido para vosotros, estáis invitados a la fiesta.

Miro la hora en el reloj que hay sobre la puerta de la cocina. Deberíamos irnos ya. Ollie está solo en recepción y, en teoría, nuestro trabajo aquí ha terminado.

—Tenemos que irnos —respondemos Izzy y yo al unísono.

Se hace el silencio.

—A lo mejor podemos quedarnos un rato. Una horita, o así —me sorprendo diciendo.

Ella me mira fijamente, con la boca entreabierta. Siento un pequeño subidón por haberla sorprendido.

—¿Quieres quedarte en la fiesta?

—Podemos irnos, si lo prefieres —contesto mientras Shannon le da los toques finales a la tarta.

—No. Me apetece quedarme. De todas formas, Ollie esperaba cubrirnos todo el día —dice Izzy, poniéndose de puntillas para ponerme un sombrero en la cabeza—. Necesito animarme un poco. Y estoy convencida de que cualquiera de las personas con las que trabajamos opinaría que a ti y a mí no nos vendría mal empezar de cero.

Ahora entiendo por qué Shannon tenía tantas ganas de recuperar hoy el anillo. Estamos congregados alrededor de un hombre que lleva gafas protectoras y guantes de trabajo, y que está colocando unas herramientas misteriosas en el suelo del salón. En el centro hay una gran losa sobre la que descansa el anillo de bodas.

—Shannon, ¿quieres decir unas palabras antes? —dice el hombre, haciéndole un gesto para que ocupe su lugar.

—Gracias —responde ella, poniéndose unas gafas de metacrilato—. Nos hemos reunido hoy aquí para celebrar la unión, no de dos personas, sino de toda una comunidad. —Sonríe—. Habéis estado a mi lado de forma incondicional durante estos cinco años terribles. Vosotros me enseñasteis que renunciar a un amor que no es sano no es fracasar, porque eso no es amor. Sin vosotros, hoy no estaría aquí. —Todo el mundo aplaude. A mi lado, una mujer menuda de pelo rizado se seca una lágrima con el dorso de la mano. También hay parejas presentes y parecen tan emocionadas como los demás. Qué acto tan extraño. No sé qué opinar al respecto. Quiero creer que el matrimonio es para siempre. Cuando yo decida casarme, así será. Pero esto también tiene algo especial, no me cabe duda, y, al mirar a Izzy, veo hasta qué punto la ha cautivado. Por naturaleza, es mucho más abierta de mente que yo. Normalmente, esa actitud me parece demasiado idealista, pero ahora mismo me da un poco de envidia su forma de enfrentarse a las cosas nuevas. Vuelvo a mirar a Shannon e intento verla como lo haría Izzy: sin juzgarla. Trato de imaginar lo que ese anillo significa ahora para ella y me doy cuenta de lo bonito que es lo que está diciendo. Todos nos equivocamos y nos confundimos de vez en cuando. Quizá no sea algo de lo que debamos avergonzarnos, siempre y cuando nos demos cuenta antes de que sea demasiado tarde para cambiar—. Hoy quiero dejar atrás el pasado —anuncia Shannon—. Quiero recordar siempre que, cuando quemas un diamante…, solo lo haces más duro.

Dicho lo cual, se arrodilla y dirige el soplete hacia el anillo de boda que está sobre la losa.

El oro se funde muy rápido, mucho más de lo que me esperaba. Con la ayuda del hombre de las gafas, Shannon lo transforma en un montón de diamantes y una bolita de oro.

Todo el mundo empieza a gritar, vitoreándola. Vuelvo a mirar a Izzy, que está inmersa en una conversación con dos desconocidos; se está tapando la boca con la mano para reírse. Últimamente, cuando la miro siento un montón de cosas. Miedo, lujuria, recelo, posesividad. Pero, al observarla ahora a través del anonimato de la multitud, veo a una chica joven, inteligente y valiente, cuyos padres estarían muy orgullosos de ella, y ese pensamiento me hace sentir un poco de presión en el pecho.

Al cabo de un rato, me descubre en el cuarto de invitados. Estoy con el portátil en un sillón, repasando la hoja de cálculo de la señora S. B. Izzy se detiene en seco, con una copa de champán en la mano y los hombros desnudos salpicados de purpurina roja y dorada. Por la ventana que tiene al lado, caen copos de nieve gruesos y ligeros.

—Por Dios —dice—. No puedo creer que estés trabajando.

Me pongo a la defensiva de inmediato.

—Los dos deberíamos estar haciéndolo.

—¡Venga ya! Si has sido tú el que ha propuesto que nos quedáramos. Además, no hay absolutamente ningún trabajo que yo pueda hacer a distancia. Ven a bailar. Están poniendo temas de los noventa con unas letras tan misóginas que me sangran los oídos. La mitad de la gente se lo está pasando pipa y la otra mitad está analizando las canciones conflictivas. Total, que esta fiesta es una pasada. —Me tiende la mano. Nunca se la he dado, salvo el día que me tiró a la piscina—. ¿Empezamos de cero? —me pregunta bajando un poco la voz—. ¿Lo intentamos? Solo durante un ratito, hasta que volvamos a casa.

La miro a los ojos. Veo en ellos un brillo de picardía, como cuando me miró a través de la puerta de la sala de objetos perdidos, con aquel sujetador rosa. Como cuando tenía la espalda pegada al borde de la piscina.

Soy un hombre prudente por naturaleza, pero Izzy hace que me comporte de forma temeraria.

La atracción física entre nosotros es cada vez más evidente. Pero no me respeta. No hay nada que le impida conseguir lo que quiere de mí y largarse.

Algo que debería parecerme bien. Y lo haría si la odiara tanto como ella a mí. Así estaríamos al mismo nivel y no habría peligro de herir los sentimientos de nadie.

De repente, identifico el problema: yo no odio a Izzy Jenkins. En absoluto.

—Soy Izzy —dice al ver que no le contesto—. Encantada de conocerte.

Extiendo la mano despacio para estrechar la suya, fría y pequeña dentro de la mía. El corazón empieza a latirme más fuerte. Demasiado fuerte.

—Igualmente. Lucas da Silva —digo.

Bailamos. Al principio mantenemos las distancias; supongo que tal y como lo haríamos si fuéramos los desconocidos que fingimos ser. Pero las vamos acortando poco a poco, canción a canción, hasta que chocamos las caderas y su pelo me deja un rastro en el brazo cada vez que mueve la cabeza. Están poniendo pop estadounidense del malo, pero me da igual. Quiero bailar con Izzy. Quiero dejarme llevar por el deseo que me invade cuando la veo. Quiero ignorar el mundo real por una vez y fingir que soy un tío cualquiera, en una fiesta, bailando con una chica guapa.

—¡Eres bueno! ¡Bailas genial! —grita ella por encima de la música.

—Tú también.

—Sí, claro —dice, como si fuera obvio—. Pero pensaba que eso de que todos los brasileños bailaban bien era un tópico.

—Es que lo es. No todos bailamos bien —replico, pensando en mi hermana, que suele bromear diciendo que tiene tanto sentido del ritmo como capacidad para que le duren los novios.

—Pero imaginaba que si había algún brasileño que bailara mal serías tú —dice Izzy.

Le lanzo una mirada asesina. Ella se ríe.

—¿Cómo sabes que soy brasileño?

Hace una mueca al darse cuenta de que se ha salido del personaje.

—Quiero decir, ¿de dónde eres? —pregunta.

—De Niterói —respondo. La canción cambia y ella se adapta al ritmo nuevo—. Está en Brasil, en Río de Janeiro.

—¡Brasil! ¿Cómo es en esta época del año?

—Caluroso —digo, mirándola a los ojos. Le doy un trago a la cerveza.

El latido del deseo es cada vez más fuerte. Izzy se acerca y me mira, con la purpurina de los hombros brillando bajo la luz de la lámpara de araña de Shannon.

—¿Y tú? ¿De dónde eres?

—De Surrey —contesta, rozándome la pierna con la suya al bailar—. Muchísimo menos interesante. Aunque de pequeña me encantaba.

Veo algo reflejado en su rostro…, tal vez algún recuerdo de sus padres.

—¿Y a qué te dedicas? —le pregunto, para que vuelva conmigo.

Da un pequeño traspié cuando alguien pasa junto a nosotros y la sujeto poniéndole una mano en la cintura. No sé por qué, pero me parece bien dejar la mano ahí y ahora no solo estamos bailando, sino que lo estamos haciendo juntos. Ella me posa suavemente las palmas sobre los hombros y mueve las caderas al ritmo de las mías.

—Trabajo en un hotel.

Intento imaginar qué diría después si no estuviera a su lado en recepción todas las mañanas. Cada vez me cuesta más concentrarme. Su cuerpo se mueve con el mío y lo único que hay entre mi mano y su piel es el tejido suave de su top azul celeste. Desprende calidez y está un poco sofocada. Percibo su aroma a canela cada vez que inhalo.

Me decido por una pregunta que me hacen a menudo.

—¿La gente se registra con nombres falsos para tener aventuras amorosas?

Izzy esboza una pequeña sonrisa de complicidad.

—Entre eso y los tíos que se abren la gabardina y no llevan nada debajo, es un no parar.

—Anda —digo cuando ponen «Envolver», de Anitta. Ella levanta la vista y me mira a los ojos. Estamos cuerpo con cuerpo; ya no tiene los brazos sobre mis hombros, sino alrededor de mi cuello, y yo tengo la mano en la parte baja de su espalda. Sincronizamos los movimientos de las caderas.

—¿Puedes traducirme esta canción? ¿De qué va? —me pregunta.

—Bueno, en realidad es en español…

—Ah —dice, sonrojándose—. Perdón. Creía que era en portugués.

Por una vez, no me interesa avergonzarla.

—Se me da bastante bien el español, así que puedo intentarlo. Pero bueno, es un poco fuerte.

—Acabamos de bailar «212» —dice Izzy, echando la cabeza hacia atrás hasta el punto de hacerme cosquillas con el pelo en la mano que tengo en su cintura mientras me mira—. Creo que puedo soportar unas cuantas alusiones sexuales.

Le doy un trago a la cerveza.

—Está diciendo algo así como: «Dime qué hacemos con todo este deseo que hay entre nosotros. Si nos acostamos…, no vas a durar ni cinco minutos».

Izzy se ríe, sin dejar de bailar.

—¿Qué más?

—Dice que no piensa dejar que ese tío tenga nada serio con ella. Que lo que pase ahí se queda ahí.

Creía que ya estábamos bailando cerca, pero ella elimina los escasos centímetros que nos separan y me doy cuenta de lo que es estar cerca de verdad. Tiene el abdomen pegado a mis caderas y el pecho contra el mío. El contacto hace que el deseo se apodere de mí. Estoy cachondo y ella tiene que notarlo, pero sigue bailando.

—Qué idea tan interesante —dice, mirándome a los ojos.

En ese preciso instante, siento vibrar su móvil. Así de cerca tengo la mano en el bolsillo trasero de sus vaqueros. Izzy baja la vista y se aparta mientras saca el teléfono.

—Es Ollie —dice y, de sopetón, volvemos a la realidad. Estamos en medio de una pista de baile improvisada en el salón de una desconocida, cuando deberíamos estar trabajando. De pronto la habitación me parece más pequeña y me da la sensación de que la música está altísima.

No puedo oír la conversación telefónica, pero salgo de la pista de baile detrás de Izzy y analizo su lenguaje corporal. Se pone tensa, se recoge el pelo en una coleta con una mano y vuelve a soltárselo mientras habla.

Cuando cuelga, se gira y se topa conmigo.

—Tenemos que volver —dice.

—¿Qué ha pasado?

—Pues… —Se muerde el labio—. La mujer de Graham se ha presentado en el hotel.

—¿La dueña de tu anillo?

—No —dice Izzy—. Su otra mujer.

Izzy

Resulta que Graham tiene dos direcciones de correo electrónico parecidas pero diferentes por algo. Porque tiene dos vidas parecidas pero diferentes.

Y, cuando puse en copia la otra dirección en el correo electrónico..., le proporcioné a la Esposa Uno acceso a una pista sobre un anillo de boda que pertenecía a la Esposa Dos, liándola parda, obviamente. La Esposa Uno ha irrumpido en el vestíbulo gritando y chillando, pidiéndole explicaciones al pobre Ollie, que no tenía ni idea de qué estaba hablando. Y, al parecer, ahora se niega a abandonar las instalaciones. «Quienquiera que haya enviado ese correo electrónico tiene que responder a unas cuantas preguntas», ha dicho.

—Podemos llegar hasta Woking.

Lucas camina de un lado a otro por el pasillo del piso de arriba de Shannon, ajeno a la gente que llega para ir al baño y tiene que esquivarlo como si fuera el malo de un juego antiguo de la Game Boy. Está mirando fijamente la pantalla del teléfono, donde tiene abierta la aplicación de los horarios de los trenes. No puedo creer que hace media hora estuviera perreando con ese tío en la pista de baile. Es de lo más surrealista.

—Bien, genial —digo, mordiéndome la uña del pulgar.

He metido la pata hasta el fondo. Bueno, Graham es el responsable de la mayor parte del lío. Pero yo he involucrado al hotel en ese drama bígamo y ahora, en vez de estar allí para resolverlo, estoy aquí, bailando en plan sexy con Lucas. ¿Qué me está pasando?

—Puede que haya algún autobús desde Woking —dice Lucas, tecleando como un loco en el móvil.

Miro por la ventana de la escalera. Los copos de nieve están cayendo muy rápido, enredándose entre ellos, arremolinándose y descendiendo en picado, como en uno de esos cuadros de estrellas de Van Gogh.

—Las carreteras británicas no están preparadas para las tormentas de nieve —digo, apoyándome en la pared, mientras una persona sale del baño y vacila antes de pasar corriendo justo antes de que Lucas gire sobre los talones y siga dando vueltas—. Creo que las probabilidades de que haya autobuses dentro de un par de horas son bastante escasas.

—¡Si solo son cuatro copos de nieve y un poco de frío! —exclama él.

—Oye, yo no soy la puñetera ministra de Transporte, ¿vale? —replico, molesta.

Se está comportando como si nunca hubiéramos bailado juntos. El hombre relajado y sonriente que hace media hora movía las caderas pegadas a las mías ha desaparecido para dar paso al Lucas gruñón y estirado que paga conmigo cosas que no son culpa mía.

—¿Por qué nos hemos quedado hasta tan tarde? —protesta, deslizando el pulgar hacia abajo para actualizar de nuevo los horarios de salida de los trenes. Las letras en rojo parpadean y los retrasos aumentan.

—Porque nos estábamos divirtiendo. Ahora vuelves a ser el Lucas de siempre, que es incapaz de divertirse y me echa la bronca por todo.

Él me mira por fin, sorprendido.

—No te estoy echando la bronca.

Pongo cara de incredulidad y extiendo los brazos.

—¿Perdona? Literalmente me acabas de decir a gritos que solo hace un poco de frío.

—No te he gritado por el frío. ¿Por qué iba a gritarte por eso? No es culpa tuya, ¿no?

Parece desconcertado de verdad. Lo observo en silencio, intentando entenderlo.

—Perdón, ¿es la cola para el baño? —pregunta un hombrecillo vestido con unos chinos desde la escalera.

Le hago señas para que entre.

—¿Así que solo estabas… gritando porque sí?

—Todo esto es muy frustrante —dice Lucas, volviendo a mirar el móvil para actualizar la página—. Quiero volver al hotel. Y me cabrea este contratiempo. Pero no estoy enfadado contigo.

—Vale. —Me quedo en silencio mientras jugueteo con la cadena del cuello—. O, mejor dicho, no vale. No me parece bien. —Él me mira sorprendido, sin entender nada—. No hacía falta que levantaras la voz —digo. Estamos entrando en territorio inexplorado. Nunca le había llamado la atención por eso, pero, en cuanto se lo suelto, me doy cuenta de lo mucho que me mosquea. En el hotel lo hace todo el rato. Pienso en la cantidad de veces que hemos empezado a discutir porque él ha levantado la voz y eso en sí ya me pone de los nervios—. Yo también estoy frustrada y no grito.

—No, tú solo sueltas borderías, que es mejor, ¿no? —replica Lucas.

—¿Perdona? —Acabo de quedarme a cuadros. Me han llamado muchas cosas a lo largo de los años: rara, imbécil, cabeza loca…, pero nunca borde.

—Acabas de decir que soy incapaz de divertirme.

—Venga ya… —Es verdad que se lo he dicho. Supongo que esa

es la dinámica que siempre he tenido con Lucas: yo le suelto perlas como esa y él me las devuelve, así que nunca había pensado que pudiera parecerle borde. Me doy cuenta de que me estoy poniendo colorada. Me toco la piel caliente de las mejillas con el dorso de las manos—. Creía que… Es… nuestra forma de hablarnos. Una especie de… broma.

—Ah, ¿sí? —Lucas se pone a dar vueltas otra vez—. Pues ninguno de los dos se está riendo mucho.

No sé qué decir. Estoy muerta de vergüenza.

—¿Estáis bien? —grita Shannon desde abajo—. El vuelo se ha retrasado, así que todo el mundo se va a ir a su casa a dormir. ¿Creéis que vais a poder volver?

Nos miramos.

—¡Sí, seguro que no hay problema! —grito—. Los trenes funcionan regular, pero llegaremos.

—Genial —dice Shannon, aliviada—. Os ofrecería la habitación que tengo libre, pero unos amigos que viven lejos necesitan un sitio donde quedarse, así que…

—Vamos yendo, entonces —digo, mirando los horarios de los trenes en la pantalla del móvil de Lucas. Acaban de cancelar otro. Hay triángulos con signos de exclamación amarillos por todas partes—. ¡Muchas gracias por invitarnos, Shannon!

—¡Buen viaje! —grita ella mientras vuelve a la cocina taconeando.

Si esto fuera una película de Navidad, nos habría alojado en la habitación de invitados y habríamos estado hablando toda la noche. Habría sido una experiencia íntima y maravillosa. Pero no es una película de Navidad, así que Lucas y yo acabamos sentados en la puerta del WHSmith de Waterloo mirando enfurruñados las pantallas de salidas porque seguimos enfadados tras nuestra última discusión.

Y pensar que hace un rato, debajo de la lámpara de araña de Shannon, he estado a puntito de besarlo. Lucas es insoportable, irascible y hay cientos de cosas que no me gustan de él, pero no puedo negar lo mucho que me atrae. No dejaba de pensar en Sameera y en Grigg diciéndome que no pasaba nada si nos liábamos, que no podíamos hacernos daño si ni siquiera nos caíamos bien.

Pero ¿es normal querer tirarte a alguien a quien odias? ¿Debería hacérmelo mirar? Fui a terapia durante varios años después de la muerte de mis padres y aprendí lo suficiente sobre pensamientos saludables como para sospechar que este es un tema del que mi antigua terapeuta seguramente habría querido hablar.

Miro a Lucas. Se está comiendo un sándwich con rabia, algo que no sabía que fuera posible, pero él lo está bordando. Pongo los ojos en blanco. No se puede ser más dramático. Ni melancólico, ni gruñón, ni impertinente.

Y luego soy yo la borde. Me pongo la mano debajo de las costillas cuando me asalta ese pensamiento, acompañado de una sensación repentina de vergüenza. Mis padres tenían un cartel colgado encima de los fogones de la cocina que decía: «Ningún acto de bondad es inútil». Para ellos era importante que, ante todo, hiciera lo que hiciese en la vida, fuera siempre buena persona, y de repente me aterra la posibilidad de haberlos defraudado. La idea me deja hecha polvo.

—¡Allí! ¡Andén siete! —exclama, levantándose de golpe del asiento.

El envoltorio de su sándwich sale volando mientras echamos a correr compitiendo por ver quién llega antes al tren cubierto de nieve. Él es muy rápido, pero yo soy más ágil, así que, mientras yo me subo de un salto, Lucas sigue intentando esquivar a dos turistas y su equipaje.

—¡Ja! —digo, sacándole la lengua, mientras él cruza por fin por la puerta, jadeando. Espero algún comentario sobre lo infantil que estoy siendo, pero, cuando me mira, por un instante lo pillo con la guardia baja. Está sonriendo—. ¿Qué? —pregunto con desconfianza.

Su sonrisa se desvanece.

—Nada —replica, dejándome atrás para hacerse con el único asiento libre, por supuesto.

La señora S. B. me envía un mensaje con las novedades cuando llegamos a Woking: Le he ofrecido a la señora Rogers Uno la habitación de invitados de Opal Cottage para pasar la noche y he invitado al señor Graham Rogers y a la señora Rogers Dos a que vengan a tomar el brunch mañana por la mañana para hablar civilizadamente. Es increíble lo que se consigue invitando a alguien a comida gratis. El mensaje termina con un pulgar hacia arriba. La señora S. B. nunca usa ese emoji de forma irónica, así que debe de estar más tranquila que cuando me llamó Ollie. Aun así, me siento fatal por causarle todos estos problemas. Es lo último que necesita en estos momentos, y, aunque ha sido majísima al permitir que ambos nos ausentáramos para hacer este viaje, me siento superculpable por haber dejado el hotel por algo para lo que, en realidad, solo hacía falta uno de los dos.

La estación de Woking está llena de pasajeros cabreados que miran alternativamente el móvil y las pantallas de salidas. Hace demasiado frío; me duele la nariz. Solo quiero llegar a casa y meterme en la cama.

—«Servicio de autobuses de sustitución cancelado» —refunfuña Lucas, sin levantar la vista del teléfono. Luego murmura algo en portugués—. ¿Y ahora qué hacemos?

Me sorprende que me lo pregunte. A él le encanta enfrentarse a los retos, tomar sus propias decisiones y esperar que yo vaya corriendo detrás de él.

—¿Un taxi? —propongo, haciendo una mueca de dolor.

—No puedo permitírmelo —dice Lucas, agobiado solo de pensarlo.

Lo entiendo perfectamente. A mí tampoco me sobra el dinero y un taxi desde aquí nos costaría al menos doscientas libras. Saco el móvil y busco en Google. Hay un hotel barato justo al lado de la estación con habitaciones libres por cuarenta libras. Dudo que sigan a ese precio durante mucho tiempo, porque pronto otras personas tendrán la misma idea que yo.

—Oye, parece que ahora mismo todos están bien en Forest Manor y no podemos permitirnos un taxi, así que… —Le enseño la pantalla. La observa durante unos instantes. Luego me mira a los ojos—. Podemos coger dos habitaciones, si quieres —digo rápidamente.

—Preferiría… Bueno, decide tú.

—A mí me parece bien una. Yo puedo dormir en el suelo.

Él se ofende.

—No, yo dormiré en el suelo.

—No sé si habrá superficie suficiente para ti —comento, señalando su cuerpazo con la cabeza.

Él esboza una sonrisa casi imperceptible.

—Resérvala antes de que sea demasiado tarde —dice con decisión—. Ahora te ingreso mi parte.

Vuelve a concentrarse en el teléfono mientras yo abro la boca dispuesta a decirle que no se preocupe, que no hay prisa. Pero me muerdo la lengua. Sé que está sin blanca, pero también que es muy orgulloso.

—Gracias —digo en vez de eso.

Unos cuantos clics más y listo. Por muy increíble e incomprensible que parezca, estoy a punto de pasar la noche en una habitación de hotel con Lucas da Silva.

Lo primero que pienso al ver la estancia es que nadie va a poder dormir en el suelo. Un escritorio, una silla, dos mesillas de noche y un taburete demasiado grande para ese espacio ocupan hasta el último centímetro disponible. Además de esa cosa ridícula que ponen para el equipaje, esa especie de minihamaca para las maletas. ¿Quién la usa y por qué?

Nosotros no tenemos bultos, obviamente. Yo ni siquiera tengo cepillo de dientes. Intento lamérmelos con especial ahínco, pero lo único que consigo es hacerme daño en la lengua, así que me tiro en la cama con un largo y sonoro «Uf».

Al menos no hace frío. Hay un aparato de aire acondicionado zumbando sobre la puerta del baño, expulsando aire caliente. Aquí todo es de un color gris oscuro de lo más sufrido. Resulta completamente impersonal, al contrario que el Hotel Spa Forest Manor. En este sitio la gente no se esfuerza al máximo, sino que los empleados se lían entre ellos cuando no deberían.

Levanto la cabeza para mirar a Lucas, que sigue observando la habitación de brazos cruzados. Nosotros no vamos a hacer eso, como es obvio.

Aunque reconozco que hace unas horas me moría por acostarme con él y la idea no se me ha ido del todo de la cabeza.

—Hoy has hecho algo bueno —dice de pronto. Pienso inmediatamente en la pista de baile. La canción de Anitta, la mano de Lucas sobre la parte baja de mi espalda...—. Es mejor que esas dos mujeres sepan la verdad.

Ah. Graham. Sí. Graham el bígamo. El otro gran acontecimiento del día.

—Pues para el hotel no ha sido tan bueno —replico—. He añadido todavía más estrés a la vida de la señora S. B. y de Barty.

Lucas se encoge de hombros.

—Hay cosas por las que merece la pena un poco de dramatismo.

Levanto las cejas. No le pega nada defender los dramas.

—Es pronto para irse a la cama —comenta, mirando el reloj—. Creo que voy a ir a dar un paseo.

—¿Un paseo? ¿Por el centro de Woking? ¿En plena tormenta de nieve? —Lucas se gira hacia la ventana, como si acabara de recordar el problema—. ¿Bajamos al bar? —sugiero, incorporándome sobre los codos. Él hace una mueca. Ah, es verdad, nada de gastar dinero innecesariamente. Cojo el mando a distancia y enciendo la televisión. Están echando *Love Actually*. Doy un grito de alegría y repto hacia la parte superior de la cama para apoyarme en las almohadas—. La has visto, ¿no? —le pregunto.

Lucas se queda mirando la tele unos segundos.

—No.

—Madre mía. Siéntate. Aquí eso es un crimen contra la Navidad. ¿En Brasil no triunfó? Si hasta sale un brasileño buenorro supermusculoso y todo.

Él sonríe.

—¿Crees que los brasileños buenorros supermusculosos vamos por el mundo buscándonos unos a otros?

Me ruborizo.

—No me refería a… Da igual. Tienes que verla.

No parece que le haga demasiada ilusión, pero se sienta en la cama a mi lado y al cabo de un rato sube las piernas.

—¿Es *Love Actually*? Mi hermana no para de decirme que tengo que verla —comenta—. ¿Qué me he perdido? ¿Quién es ese hombre?

—Tú limítate a mirar —digo. Porque, obviamente, Lucas es uno de esos petardos que hablan durante los diálogos cruciales.

En la pantalla, David ve a Natalie por primera vez. Se acomoda a mi lado, con los dedos entrelazados sobre el pecho.

—¿Se va a enamorar de esa mujer? —pregunta cuando Annie aparece en pantalla.

—No, esa es la jefa de personal —digo, riéndome—. Se enamora de Natalie. Tienes un radar sentimental pésimo. —Hago una pausa. ¿Eso ha sido borde?—. Lo siento —añado.

Casi a la vez, Lucas dice:

—¿Qué pasa, que por ser compañeros de trabajo no pueden estar juntos?

Me concentro en la escena que está teniendo lugar en la pantalla y renuncio a conseguir escuchar nada.

—Bueno, supongo que no sería muy buena idea que el primer ministro se liara con la jefa de personal.

—Mmm —dice Lucas, pensativo.

—¿Es que los líos de oficina en Brasil están bien vistos o qué?

—Depende de cómo te comportes en el trabajo —dice él—. Hay que ser discreto.

—Ya, más o menos como aquí.

Pienso en ambos completamente vestidos en la piscina, salpicándonos como locos. No creo que nadie dijera que estábamos comportándonos con discreción.

Vemos la película en silencio. Me pregunto por qué habrá sacado el tema de las relaciones sentimentales entre compañeros de trabajo. Si será por mí. Si estaremos a punto de hacer algo que no se puede deshacer y si eso me importa, aunque ya sé que no.

Lucas se pone de lado, mirando hacia mí. Giro la cabeza para verlo. Lo observo con detenimiento: sus ojos marrones y serios, sus cejas rectas, el hueco sutil bajo el pómulo. Estamos tan cerca que siento su aliento rozándome la mejilla.

—Tú siempre me has dicho lo que piensas de mí —dice por fin en voz baja, con el ruido de la tele de fondo—. Siempre has sido sincera.

—Es verdad. —Cambio de postura para ponerme también de lado y meto una mano debajo de la mejilla. Él me imita mientras da golpecitos nerviosos con la otra sobre el trozo de edredón que nos separa.

—¿Puedes decirme qué piensas de mí ahora mismo?

No me esperaba esa pregunta. No sé lo que pienso de Lucas últimamente. Creo que es demasiado serio y que no sabe reírse de sí mismo; que es pedante e impertinente. Creo que las Navidades pasadas se portó como un capullo. Pero también creo que es sexy y complicado, y que hay cierta ternura en él, tras ese ceño fruncido.

—Pienso que en realidad no te conozco —digo despacio.

Su expresión cambia de forma imperceptible. Si no estuviéramos tan cerca, ni lo habría notado. De repente me entran ganas de... zarandearlo. Se controla demasiado. Quiero que se deje llevar.

Levanto una mano y la poso sobre su mandíbula, enmarcándole el rostro, apoyando la parte de atrás en su cuello. Noto la aspereza de su barba incipiente en la palma. Él aprieta la mandíbula, pero se queda muy quieto, observándome con esos ojos oscuros y profundos. El calor que sentí en la pista de baile se enciende de nuevo en las profundidades de mi vientre, como un latido sordo e intenso.

Es una mala decisión; aunque soy consciente de ello, sigo acercándome a él mientras miro sus labios entreabiertos. No me importa. Me da igual. Es lo que deseo y estoy harta de intentar averiguar por qué.

Lo beso. El calor se multiplica por diez dentro de mí, como si hubiera encendido una llama, y por un segundo, quizá dos, Lucas me devuelve el beso.

Luego se aparta y se vuelve para sentarse de espaldas a mí. Observo sus hombros caídos, cómo suben y bajan con cada respiración. Yo también estoy respirando agitadamente y tengo las mejillas ardiendo.

—Mierda —susurro—. Lo siento. Creía que...

—No pasa nada —replica él con voz cortante—. Es que... no es buena idea. —Mira hacia atrás un instante antes de volver a bajar la vista hacia la alfombra. Es demasiado rápido como para que pueda interpretar su expresión.

—No quiero una relación, si eso es lo que te preocupa —digo, molesta—. Ya sé que no vas a llevar a alguien como yo a conocer a tu madre.

Al oír eso, se gira y se me queda mirando. El sonido de *Love Actually* se interpone entre nosotros y yo cojo impaciente el mando a distancia y apago la tele.

—¿Qué quieres decir con «alguien como yo»?

—Pues que seguramente tu tipo serán las mujeres que entrenan contigo, que llevan ropa deportiva minúscula y que beben zumos verdes. Y que además ven películas serias con subtítulos. Y partidos de fútbol. Y que tienen las piernas larguísimas.

Pierdo el hilo, acalorada por el deseo y la vergüenza a partes iguales. Necesito volver a controlar la situación. Por fin veo una expresión que reconozco: se trata de esa cara de ligera exasperación que pone cuando intenta seguirme la corriente. Bien. Al menos no es pena.

—Está claro que no tienes ni idea de cuál es mi tipo —dice.

—Bueno, un poco sí, ¿no? —Me siento y voy hacia el borde de la cama—. Mira, da igual. Tú no me caes bien y yo no te caigo bien a ti; pensaba que a lo mejor podríamos pasárnoslo bien una noche, pero tú no has querido, así que fin de la historia. Me voy a dar un paseo.

—¿Por el centro de Woking? ¿En plena tormenta de nieve?

Lo fulmino con la mirada por repetir mis palabras como un loro.

—Sí —digo, levantando la barbilla mientras cojo el abrigo y voy hacia la puerta—. Nos vemos a la hora de dormir.

Madre mía, eso sí que va a ser incómodo.

LUCAS

No sé si es posible que las cosas hubieran salido peor.

¿Por qué me habrá besado justo después de decirme que casi no me conoce? ¿Por qué lo habrá hecho precisamente en ese momento? Esa frase me ha dolido y a la vez me ha dado esperanzas: nunca ha intentado conocerme, pero quizá, si consiguiera que lo intentara, podría…

Me aprieto los ojos con las manos. Qué día tan desagradable. Como un tren a punto de arrollarme, una gran verdad se ha ido acercando a toda máquina y, mientras estoy aquí tumbado en esta habitación de hotel cutre, no me queda más remedio que reconocer que quiero gustarle a Izzy Jenkins.

Porque a mí me gusta ella. Me gusta su pelo con mechas y me gusta que juegue sucio. Me gusta que me ponga a prueba. Me gusta que sea mucho más interesante de lo que parece a primera vista. Quiero ser la única persona que conozca a fondo a la verdadera Izzy.

Me suena el teléfono; es otro mensaje del grupo familiar, que se ha convertido en una partida larguísima de tocarle las narices a

Lucas, con un pequeño paréntesis para unas preguntitas rápidas de mi hermana sobre adobos de barbacoa.

Hola, Lucas, cómo va la cita?, me pregunta Ana, con un GIF de un elefante riéndose cuyo significado no alcanzo a comprender.

Dudo un momento y luego, por impulso, pincho en su nombre y hago clic en «Videollamada».

Me responde al tercer tono. Lleva los rizos recogidos y unas pestañas postizas enormes que le llegan hasta las cejas.

—Anda, hola —dice, ladeando la cabeza.

—No es una cita —le suelto. Cada vez que llamo a mi familia, me cuesta empezar a hablar otra vez en portugués. Soy un poco diferente en mi lengua materna. Más atrevido, más resuelto, más chillón. No creo que ninguno de los dos Lucas sea más auténtico que el otro, ni el inglés ni el brasileño, pero cada idioma muestra una cara diferente de mí y ahora mismo quiero recordar la versión de mí mismo que aspira las erres y persigue lo que quiere.

—Pero te gustaría que lo fuera —dice Ana. Se está mirando al espejo para colocarse bien las pestañas.

—¿A dónde vas?

—Tengo una cita de las de verdad —contesta, poniendo morritos delante del espejo—. Va a venir a casa.

—¿No es media tarde?

—Es la hora de la siesta. Tengo un par de horas libres y un tío muy abierto de mente. No cambies de tema, por algo me has llamado. ¿Qué pasa?

—Nah, no quiero acaparar tu par de…

—Lucas.

—Vale. Seré breve. Creo que me gusta Izzy. Mi compañera de trabajo. Ha intentado besarme y le he dado calabazas porque… me odia. Y no quiero besarla así, ¿entiendes?

Ana coge aire entre dientes.

—Y se ha enfadado.

—Mmm. Ahora me odia más que nunca.

—Has herido su orgullo. Existe un motivo por el que a las mujeres nos cuesta más abordar a los hombres que al revés: cuando la vida te enseña que tu valía depende de que ellos te deseen, cuesta aceptar que no lo hagan y nos asusta que nos rechacen. Le has dado un buen golpe. Ahora vas a tener que esforzarte mucho más para que vuelva a sentirse mejor.

—¿Y cómo lo hago?

Ana frunce los labios. No sé si tiene algo que ver con el carmín o si lo hace por mí.

—¿Qué le gusta? ¿Qué la hace sentirse bien consigo misma?

—Es muy independiente. Y tiene muchos amigos. Y le gustan las cosas de segunda mano y las chuches a granel.

Ana sonríe de repente.

—Oooh, estás coladito por ella. —Yo refunfuño—. Seguro que se te ocurre algo. Si de verdad te gusta, lo encontrarás, porque, si es correspondido, estás hecho para consolarla cuando sufre. Tengo que dejarte, pero me alegro de que me hayas llamado. Estoy orgullosísima de que estés ahí estudiando, trabajando y luchando por lo que de verdad quieres. Te echo de menos.

—Yo también. Te quiero —digo. Otra cosa que me resulta mucho más fácil de decir en portugués—. Disfruta de la cita. Espero que…

La puerta se abre e Izzy, con la nariz colorada y cubierta de nieve, asoma la cabeza.

—Uy, perdón, ¿estás al teléfono? —dice, deteniéndose en seco.

—¿Es ella? —me pregunta Ana, afortunadamente en portugués.

—Adiós —le digo antes de que suelte algo incriminatorio y fácil de traducir—. Tranquila, ya habíamos terminado —le digo a Izzy mientras cuelgo.

—Oye, hace muchísimo frío fuera y un autobús me acaba de empapar de aguanieve, así que necesito con urgencia una ducha caliente —dice—. ¿Podríamos limitarnos a coexistir en silencio y olvidar que eso de ahí ha pasado? —pregunta, señalando la cama.

No pienso olvidar ese beso. Es cierto que ha llegado en un mal momento y que la cabeza me iba a mil por hora, pero sentir los labios de Izzy pegados a los míos, su mano sobre mi piel, su lengua… y ese olor a azúcar y canela… Me ha encendido, como si hubiera sido una cerilla arrojada a una hoguera, y he tenido que hacer acopio de todas mis fuerzas para resistirme.

—Vale —digo aclarándome la garganta—. Como quieras.

Izzy entra en el baño y cierra la puerta. Pienso en lo que ha dicho Ana: si soy la persona adecuada para ella, sabré cómo hacerla sentirse mejor. Pero está claro que, sea lo que sea lo que le hace falta, ahora mismo no se lo estoy dando. Levanto la vista hacia el techo e intento pensar. Querrá dejar claro que no me necesita. No le gusta necesitar a nadie. Querrá sentirse atractiva, porque yo soy un capullo y seguramente le habré hecho creer que no la deseo, aunque llevo soñando con ella mucho más tiempo del que me gustaría admitir.

Y querrá volver a quedar por encima de mí, porque esa es nuestra dinámica.

Puede que esa sea la respuesta. Puede que, muy a mi pesar… Puede que tenga que permitir que Izzy se anote otro tanto.

Sale del baño con una toalla tentadoramente pequeña, los pies descalzos y el cabello mojado. Las mechas han desaparecido. Nunca me había parado a pensar en que tiene que quitárselas cuando se lo lava, aunque tampoco las llevaba en la piscina. Nunca había visto a nadie con el pelo a rayas antes de conocerla a ella. Debería parecerme una horterada, pero no es así. Izzy tiene ese efecto sobre las cosas.

Fiel a su palabra, se niega a hablar conmigo. Simplemente coge el bolso, vuelve al cuarto de baño y cierra la puerta con un contundente chasquido. Cuando vuelve a aparecer, ya está vestida, con el pelo seco y se ha puesto otra vez las mechas. Entretanto, yo he acabado de ver *Love Actually* y estoy muy sentimental.

—Oye… —digo, pero ella levanta una mano.

—Eso parece el principio de una frase sobre el incidente del que hemos acordado no hablar. —Izzy se sienta en el taburete y empieza a quitarse las pelusas de los vaqueros.

—Solo quería decirte que…

—Lucas.

—No quiero que pienses que…

—¿No he sido clara?

—No es que…

—Madre mía, ¿eres incapaz de escucharme o qué?

—No es que no me parezcas guapa. —Casi tengo que gritar para que se me oiga, pero, en cuanto lo digo, se queda callada. Y por fin me mira. Me recuesto sobre las almohadas y cruzo los brazos sobre el pecho—. Eres preciosa —añado en voz más baja—. Y el beso ha sido…

—Lucas… —Esta vez la advertencia es más débil.

—También ha estado genial. Pero…

—Ya. Ha sido una estupidez. La gente que no se cae bien no debería besarse, es… raro y retorcido —dice, mirando por la ventana que tiene al lado—. Acabo de recordarlo durante mi agradable y pintoresco paseo.

Elijo las palabras con cuidado.

—No me gustan las mujeres con ropa deportiva minúscula que ven películas serias. Ahora mismo solo puedo pensar en una inglesa insoportable de ojos verdes y perversos, aunque mi cerebro sabe que no debería. ¿Me entiendes? —Izzy abre los ojos de par en par—. Pero no vamos a besarnos.

—Estás siendo muy autoritario. Y ya sabes cuánto me molesta. —No parece muy molesta, la verdad.

—Lo de besarnos no es una opción —digo. Ella levanta una

ceja—. Es demasiado peligroso —declaro. Me inclino hacia delante y observo cómo responde su cuerpo a mis movimientos. Se acerca un poco más a mí una fracción de segundo después de que yo lo haga, como si hubiera tirado de ella. Como si siguiéramos bailando—. Tienes razón, sería una estupidez —añado bajando la voz—. Pero que sepas que sí sé divertirme. Por eso te propongo otra partida de póquer.

Si tuviera alguna duda de lo que siento por esa mujer, cada mano triunfal que gana me lo dejaría bien clarito, porque es una agonía dejarla ganar al póquer. Una agonía total.

—Esto se te da fatal —dice encantada, haciéndose con todas las fichas (que siguen siendo pasas)—. Lo de antes fue un golpe de suerte, ¿no?

—Sí —digo entre dientes—. Eso parece.

—Pues adiós camiseta —repone, levantando la vista hacia mí mientras vuelve a repartir las cartas. Su mirada está llena de malicia. *Strip* póquer. No sé si soy un genio o un idiota por haberlo propuesto. Por un lado, está claro que he conseguido animar a Izzy, pero, por otro, acabo de comprometerme a quedarme desnudo con ella en una habitación sin poder tocarla. Suena a un tipo de autotortura especialmente cruel. Me quito la camiseta despacio, sentándome sobre la colcha. Ella se ha quedado con el top azul palabra de honor y los vaqueros, y no pienso dejarla llegar más lejos. Aunque me muero por quitarle la ropa, no va a ser así. Si alguna vez veo a Izzy desnuda, será algo consensuado. Me mira de arriba abajo. Yo exhalo, intentando no ponerme demasiado tenso. Me gusta lo que siento al verla mirarme. Al dejar que se salga con la suya sin intentar obtener nada a cambio por una vez—. Dime, ¿a qué viene tanto musculito? —me pregunta, repartiendo las cartas sobre el trozo de edredón que hay entre ambos.

Estoy a punto de soltarle alguna bordería —eso de «tanto mus-culito» me parece de lo más despectivo—, pero me muerdo la lengua. Lo que me ha dicho de que levanto la voz me ha afectado mucho, porque así es como se discute en casa de mi tío. Todo el mundo está siempre hablándose mal y gritando. No me había dado cuenta de hasta qué punto se me había pegado.

—A veces me estreso un poco. El gimnasio me ayuda a rela-jarme.

Me dedica una sonrisa fugaz.

—¿Que a veces te estresas? ¡Quién lo diría!

Me alegro de volver a ver esa sonrisa. Echo un vistazo a mis cartas: as de diamantes, jota de diamantes. *Ah, cara...,* pienso en por-tugués.

—Empecé a entrenar duro cuando era adolescente. —Trago saliva, preguntándome hasta dónde puedo contarle. Acordándome de Camila saliendo de mi casa y diciéndome que no tenía corazón—. Creo que era por mi padre. Por miedo a tener también alguna enfer-medad mortal. Me sentía más seguro llevando una vida saludable y cuidando mi cuerpo.

Izzy abre los ojos de par en par.

—Lo siento, Lucas. Es horroroso. Ojalá tu madre te hubiera contado lo que le pasó a tu padre.

Niego con la cabeza.

—Le costaba hablar de eso. No fue culpa suya. Además, me hizo darme cuenta de lo bien que sienta hacer ejercicio. De cuánto ayuda a calmarte. Así que... no todo fue negativo.

—Mmm —dice Izzy, todavía con el ceño fruncido—. No voy —dice, dejando las cartas—. Menuda mierda de mano.

—¿Y tú qué haces para calmarte cuando te estreso? —le pre-gunto—. No, déjame adivinar. ¿Llamas a alguna amiga y me pones verde?

Esboza una pequeña sonrisa.

—A veces sí. O me acurruco en el sofá y veo algo agradable en Netflix si no he quedado con nadie. Para recordarme a mí misma que el mundo está lleno de amabilidad y ternura, no solo de brasileños gruñones.

Le concedo esa. Vuelve a repartir las cartas. Durante un rato nos limitamos a jugar al póquer, hablando solo cuando el juego lo requiere. Debería romper el silencio, pero ahora mismo no tengo ni idea de qué decir. Hoy han pasado demasiadas cosas. Todo me parece *esquisito*, como si alguien me hubiera trastocado la vida.

—¿Así es como va a ser a partir de ahora? —pregunta Izzy por fin—. Si llego a saber que lo único que tenía que hacer para que te callaras era besarte, lo habría hecho mucho antes. —Baja la vista hacia las cartas y el pelo le tapa la cara. Quiero echárselo hacia atrás y levantarle la barbilla. Pedirle que no se esconda de mí—. Acabo de llamarte gruñón y ni siquiera has protestado —dice, mirando fijamente las cartas—. Se me hace raro.

—No es por el beso —digo—. Estoy intentando ser menos… irascible. Por lo que me has dicho de que levantaba la voz. —Vuelvo a respirar hondo—. Mi tío grita mucho. Yo no quiero ser así. —El hecho de abrirme de esa forma hace que me sienta como si estuviera doblando algo en el sentido equivocado; no me resulta natural. Tengo el cuerpo cada vez más tenso por el esfuerzo. Izzy me mira a través de las pestañas, inusitadamente callada—. No es que mi tío sea mala persona —digo. De repente me siento mucho más desnudo que hace veinte segundos—. Es que es un poco… autoritario. Solo respeta a las personas valientes que le plantan cara. Estuvo muy presente en mi infancia, así que me hice fuerte.

—¿Y tu madre cómo es? —pregunta Izzy en voz baja.

—Ella también es fuerte. —Sonrío—. Pero de la forma que lo eres tú. Sabe defenderse, pero también da mucho a los demás.

Ella traga saliva. Me doy cuenta de que la he sorprendido. Baja los ojos hacia mi pecho por un instante y se queda mirándome el tatuaje, una única palabra escrita justo debajo del corazón.

—No me lo esperaba —dice, señalándolo con la cabeza—. No tienes pinta de que te gusten los tatuajes.

La verdad es que no me entusiasman. Pero, cuando tomé la decisión de venirme a vivir al Reino Unido, de repente entendí la necesidad de la gente de dejar constancia de algo de forma permanente, de decir: «Esto nunca cambiará».

—¿Qué significa? —me pregunta—. *Sau... da... de?*

—*Saudade*. «Sou-da-di». —Izzy vuelve a intentarlo. No acaba de pronunciar bien la última sílaba, pero me gusta oírla hablar portugués—. Significa... «nostalgia». «Añoranza». No hay ninguna palabra en inglés que se le parezca. Me hice el tatuaje cuando decidí irme a vivir lejos de mi familia: mi madre, mi hermana y mi abuela. Y también de mi abuelo, que había fallecido hacía poco. Esa parte de la familia está muy unida y sabía que los iba a echar mucho de menos. Quería dejar constancia de lo importantes que son para mí.

Ella ladea la cabeza.

—¿Por qué te mudaste?

Qué pregunta tan difícil y compleja. Las razones por las que quería vivir en Inglaterra de niño son diferentes a aquellas por las que me mudé de adulto y los motivos por los que me he quedado también difieren. Además, no quiero contarle a Izzy lo del curso, que fue un factor decisivo para que me mudara a esta parte del Reino Unido.

Los únicos que saben que estoy estudiando son mi familia. Ni siquiera Pedro lo sabe. Él cree que, cuando voy a trabajar a la cafetería, hago cosas del hotel. Al principio creía que me sentiría cómodo hablando de ello cuando me hubieran admitido. Luego empecé a pensar que me sentiría cómodo cuando aprobara el primer trimestre. Pero, en cuanto pienso en contárselo a algún amigo o compañero, me imagino teniendo que confesar que he suspendido, que lo he dejado o que no puedo pagar la matrícula de este trimestre y se me cierra la boca de golpe.

Sé que soy demasiado orgulloso y que no debería preocuparme tanto por lo que pensarán los demás si no consigo acabar el curso. Pero me resulta difícil librarme de la voz de mi tío, aun después de todos estos años, y él nunca ha tolerado el fracaso.

—Siempre me ha atraído el Reino Unido —digo—. Y no me apetecía quedarme en mi país. Trabajar en hostelería hizo que lo tuviera aún más claro: todo el mundo venía de algún lugar apasionante y yo estaba en el mismo sitio en el que había empezado. Nunca me pareció que estuviera en el lugar adecuado.

—¿Y ahora?

Paso los dedos por el dorso de las cartas.

—No lo sé. Creo que a lo mejor no era un lugar lo que buscaba. Pero me gusta estar aquí. Me gusta el trabajo. Me gusta el campo. —Me gusta estar en uno de los mejores sitios del mundo para estudiar Dirección y Gestión Hotelera y estar haciéndolo por mí—. ¿Y tú, qué me dices del tatuaje que tienes en la espalda?

Me mira fijamente a los ojos, analizando mi expresión.

—Mmm… ¿Cuándo me lo has visto?

Me ruborizo. Acabo de confesar haberla mirado cuando estaba de espaldas en biquini.

—Cuando estabas… Cuando fuiste a nadar con Louis.

Ella levanta las cejas.

—Ah, ¿sí?

—Te diste la vuelta cuando yo estaba… y lo vi. Sin querer.

Izzy sonríe con lentitud y se lleva una mano a la espalda para acariciar el punto de la columna en la que vi el tatuaje.

—¿Y cuánto tiempo estuviste mirándome «sin querer» en traje de baño? ¿Viste algo más que te interesara? ¿Te hago un examen sobre la ubicación de los lunares?

—Solo fue un momento —me excuso, pensando automáticamente en el lunarcito perfecto que tiene en la curva de la cadera.

—Mmm. Vale. Es una clave de sol —dice. Me quedo callado—.

Es por mis padres. Siempre estuvimos los tres solos. Mi padre no tenía relación con su familia y mi madre era hija única, así que no había tíos ni tías, montones de primos ni nada de eso... Éramos solo nosotros tres. Un trío de soles en apuros, como solía decir mi padre. De ahí lo de la clave de sol. —Se encoge de hombros—. Es un juego de palabras absurdo. Tenía veintiún años y me pareció ingenioso.

—A mí no me parece absurdo. Es creativo. —Izzy me dedica una pequeña sonrisa diferente a las habituales—. No puedo imaginar lo duro que sería para ti perderlos.

—Pues no, no puedes —dice simple y llanamente—. Me cambió por completo.

—¿Cómo eras antes?

Se queda callada, como si no se esperara la pregunta.

—Más retraída, la verdad —dice—. Me contenía mucho. Ahora voy a saco, porque, como te he dicho, la vida es demasiado corta como para tener remordimientos.

Dudo antes de contestar. No tengo tan claro que Izzy vaya «a saco». Sin duda es espontánea y muy trabajadora. Pero no me parece que su vida se caracterice por correr riesgos. Basta con echar un vistazo a los hombres con los que sale, que no le llegan ni a la suela del zapato. O al trabajo en el que lleva ocho años sin ascender. O a las raras ocasiones en las que se toma unos días libres para ir a visitar a los amigos que tiene esparcidos por el mundo.

—¿Crees que ahora lo estás dando todo? ¿Que de verdad estás yendo a por todas?

Me mira con agudeza. Al cabo de un rato, resopla.

—Fuera pantalones, Lucas. Lo de distraerme haciendo de señora Hedgers no cuela.

Lo más curioso es que, por un momento, casi había olvidado que estaba aquí sentado sin la parte de arriba puesta.

—¿La señora qué?

—La señora Hedgers, la *coach* profesional de la habitación

Sweet Pea. ¿Aún no te ha pillado por banda? A la Pobre Mandy y a mí nos ha hundido en la miseria. A ella le dijo que no sabía imponerse.

Izzy vuelve a estar feliz y contenta, como si nunca hubiéramos hablado de sus padres. Aunque me gustaría insistir y seguir haciéndole preguntas, sé que no voy a conseguir nada.

—Desde que conozco a Mandy, no se ha hecho valer ni una sola vez —digo.

—Ya, ¿verdad?

—¿Y qué dijo la señora Hedgers de ti?

Izzy cambia de postura y se sienta sobre los pies en la cama. No tiene calcetines: los ha perdido al jugar una mala mano al principio de la partida.

—Me dijo que no sabía desconectar.

Qué interesante.

—Pues el jueves vas a probar algunas de mis formas de relajarme y desconectar.

—No me digas.

Levanto las cejas, recostándome sobre las almohadas con las manos detrás de la cabeza.

—¿Ya te has olvidado? El jueves es mi día. Mando yo.

—Mierda, es verdad. —Se le cambia la cara. Me pregunto si será por la preocupación.

—No voy… Si quieres cambiar de opinión sobre lo de la apuesta…

—¿Estás de coña? Por favor, yo jamás te habría dado esa opción si hubiera ganado.

—Pero lo mío es distinto. Yo soy un hombre. Nosotros mandamos siempre, así que… —No suena como pretendía e Izzy me mira fijamente. Me devano los sesos buscando las palabras adecuadas, recordando lo concisa que ha sido Ana al explicar por qué cuando una mujer le entra a un tío es diferente que a la inversa—. No, lo que quiero decir es que no es lo mismo porque la sociedad siempre da el control a los hombres, así que, si yo te digo lo que tienes que hacer, puede ser un poco…

—Ah. —La expresión le cambia—. Ya. Un poco retorcido. Bueno, la verdad es que, por extraño que parezca, sé que te portarás como un caballero. ¿Quieres que pongamos una palabra de seguridad o algo así? —Se ríe al verme la cara—. Si te digo que te vayas a la mierda es que tienes que parar. ¿Hecho?

—Es una buena frase de seguridad —digo solemnemente y, por su cara, me doy cuenta de que no sabe si estoy bromeando.

—Los pantalones —me recuerda, señalándome las rodillas.

—Ah, sí. —Voy hacia los pies de la cama y me levanto para quitármelos.

El ambiente de la habitación cambia en cuanto empiezo a desabrocharme el cinturón. Izzy mira en silencio cómo me abro los vaqueros, acariciándose el labio inferior con el índice y el pulgar. Creía que hacer que me desnudara la haría sentirse poderosa, pero no se ríe ni me humilla; me observa sin más y me estremezco bajo su mirada. Hacía tiempo que no me desnudaba para una mujer, aunque por norma general a estas alturas ya me están tocando. La distancia entre nosotros debería hacer que esto fuera menos íntimo, pero curiosamente es todo lo contrario.

Vuelvo a tumbarme boca arriba, con la cabeza en la almohada. Expuesto para ella, con las cartas y ese absurdo montón de pasas entre nosotros. La oigo contener la respiración y ese sonido me remueve por dentro.

—Si gano la próxima mano, te quedas desnudo —dice Izzy.

—Mmm.

—Tenía intención de hacerte salir corriendo al aparcamiento bajo la nieve, pero ahora me parece un poco cruel.

—¿Cómo pensabas obligarme a hacer eso? —pregunto, divertido.

Ella se encoge de hombros.

—Retándote. —La habitación es muy pequeña y está muy en silencio. Ahora Izzy tiene el labio inferior entre los dientes y se lo está mordisqueando. Yo también contengo la respiración—. Aunque puede que ahora mismo los retos también sean una mala idea.

Me siento como si este fuera un momento clave. Estamos a punto de tomar una decisión que no podremos deshacer. Me esfuerzo por recordar por qué no debería inclinarme sobre las cartas de póquer y atraerla hacia mí para darle un beso. Pero no como el que ella me dio, dulce y lento, sino un beso ardiente y apasionado, de los que te ponen cachondo en medio segundo.

—Voy a prepararme para irme a la cama, Lucas —afirma Izzy con voz grave y tranquila.

—Vale —digo.

Pero no se mueve.

—No te entiendo —repone—. En serio. —Ladeo la barbilla y ella exhala un suspiro, inmóvil—. ¿Eres capaz de desnudarte delante de mí, pero no quieres besarme?

—Yo no he dicho que no quiera besarte.

Me mira de arriba abajo.

—Pues entonces bésame. —Aprieto los dientes. La tengo al alcance de la mano. Podría agarrarla con un brazo y pegármela antes de que se diera cuenta. No he olvidado su aspecto en la piscina con aquel biquini: la curva suave de los pechos, el valle de la parte baja de la espalda. Sé cómo encajaría su cuerpo con el mío. Se me da bastante bien controlarme, pero hasta yo tengo un límite. El instante se prolonga, poniéndome a prueba—. Vale —dice Izzy, moviéndose por fin—. Madre mía, parece que no me canso de que me rechaces.

La magia se rompe. Izzy se encierra en el baño dando un portazo y yo me quedo tumbado, respirando con dificultad y recordándome a mí mismo que la filosofía aplicable en el gimnasio también es válida aquí: aguantar un poco más siempre compensa.

Creo que es la noche que peor he descansado en mi vida, y eso que he dormido en suelos de aeropuertos, en cantidad de sofás minúsculos y hasta en un armario una vez, en una fiesta terrible a la que me arrastró mi hermana.

Izzy duerme plácidamente. Está acurrucada mirando hacia mí, con las rodillas dobladas y las manos bajo la mejilla. Aun en la oscuridad, descubro cosas en las que nunca antes me había fijado. Me doy cuenta de que el arco de las cejas acaba un poco en punta y que una arruguita muy fina le enmarca la comisura de los labios como si fuera un proyecto de sonrisa.

Durante unos peligrosos minutos, más o menos entre las dos y las tres de la mañana, imagino cómo sería mi vida si Izzy formara parte de ella. Pienso en lo que opinaría de mi piso, me pregunto qué lado de la cama elegiría, imagino lo que sentiría al cogerla en brazos y empotrarla contra la pared de mi habitación, con sus piernas alrededor de la cintura.

Y luego me paso al menos otra hora preguntándome si habré cometido un error terrible al decidir no besarla. ¿Y si nunca deja de considerarme un robot insensible que no hace más que tocarle las narices? Entonces lo único que habré conseguido es desperdiciar mi única oportunidad de tener algo con ella. A las tres de la mañana, un beso con las intenciones equivocadas me parece mucho mejor que fracasar en mi intento de hacerla cambiar de opinión y quedarme sin beso alguno.

Consigo dormir unas cuantas horas antes de que el sol de invierno se cuele entre las cortinas raídas y vuelva a despertarme. Izzy no se ha movido, pero su pelo sí y ahora tiene dos mechones sobre la mejilla. Estoy a punto de levantar la mano para apartárselos cuando recuerdo lo inapropiado que sería.

Me escabullo de la cama en silencio y cojo la ropa antes de entrar en el baño. Quiero volver a Forest Manor. Esta habitación es una especie de trampa; como pase mucho más tiempo aquí con ella, voy a acabar besándola.

Ella levanta la cabeza cuando salgo del baño.

—Ah —dice, frotándose la cara—. Ya me acuerdo. Woking. Nieve. Uf.

Ahueco la almohada. No sé hacia dónde mirar. Izzy ha dormido en camiseta y bragas; sus vaqueros están doblados encima del taburete.

—Tenemos que irnos. Los trenes ya vuelven a funcionar.

—¿Sí? ¿Ha cuajado? —me pregunta—. La nieve —aclara al ver que no la entiendo. Desliza las piernas fuera de la cama y se dispone a coger el resto de la ropa. Me doy la vuelta inhalando bruscamente mientras ella se agacha para ponerse los vaqueros—. ¡Hala! —exclama al abrir las cortinas.

Rodeo la cama y miro por encima de su hombro. Allá fuera, el pueblo parece otro: está envuelto en un manto de nieve; los ángulos se han suavizado y los bloques de pisos tienen una capa nívea por encima.

—Es como un lienzo en blanco —dice Izzy y la pequeña sonrisa que esboza por encima del hombro me llena de esperanza.

Izzy

Volvemos a casa en medio de un silencio que solo se rompe dos veces. Una cuando Lucas dice: «Por favor, deja de darle patadas a la pata de la mesa» y otra cuando yo protesto porque se ha sentado despatarrado, aunque, en cuanto aparta la rodilla y deja de invadir mi espacio, descubro alarmada que quiero que vuelva a la posición inicial.

Estoy agobiadísima por lo de anoche. El beso. El *strip* póquer. Lucas en calzoncillos. Me cuesta saber siquiera por dónde empezar a procesarlo todo, así que me limito a contemplar el paisaje nevado mientras escucho un pódcast de suprarreciclaje, muy consciente de que estoy olvidando automáticamente todo lo que el *podcaster* dice.

Cuando volvemos al hotel, vemos a una mujer morena sentada en los escalones de la entrada, encorvada y con los hombros temblorosos por el llanto. Aunque una capa fina de nieve recubre la superficie de piedra que la rodea, lleva el abrigo azul marino abierto, como si no notara el frío. Lucas y yo nos miramos y aceleramos el paso.

—Señora, ¿podemos ayudarla? —le pregunta él.

Ella nos mira a través de unas gafas de montura azul empañadas por las lágrimas.

—Por fin —replica con rabia—. Vosotros sois los que estáis haciendo lo del anillo, ¿no?

Mierda. ¿Será la Esposa Uno? ¿O la Esposa Dos? ¿O tal vez otra persona cualquiera cuya vida he logrado arruinar?

—Sí —contesta Lucas tranquilamente, agachándose para sentarse en el escalón junto a ella—. Somos nosotros.

Es un detalle por su parte. Creo que todos sabemos que este pequeño proyecto es mío, como me apresuré a recordarle cuando conseguimos una recompensa de quince mil libras.

—Lo habéis echado todo a perder. Graham es... era... era un buen marido. Éramos felices.

Las lágrimas le han dejado surcos en el maquillaje. Es guapísima; tiene esa belleza clásica y escultural que siempre envejece bien. Me sorprendo a mí misma pensando en cómo alguien puede engañar a una persona así. Como si las personas guapas fueran inmunes a los destrozos que puede causar un hijo de puta.

Se me revuelven las tripas. Me siento fatal. Jamás imaginé que la Operación Anillo fuera a causar ningún daño. En realidad solo pensaba en cuánto me gustaría que me devolvieran el anillo que me regaló mi padre si alguien lo encontrara. Pero puede que algunas cosas estén mejor perdidas.

—Señora...

—Rogers. Aunque ese es el apellido de mi marido, así que... señora Ashley, supongo.

—Ya —dice Lucas—. Señora Ashley, siento mucho el dolor que esto le ha causado. —Ella se echa a llorar de nuevo. Me siento a su otro lado retorciéndome las manos y me muerdo el labio mientras la nieve helada me empapa la parte trasera de los pantalones—. Pero Graham no era un buen marido —declara con firmeza. Lo miro a la cara, sorprendida. Creía que se limitaría a escuchar y a emitir sonidos de apoyo, pero ha entrado pisando fuerte—. Alguien capaz de mentir con tanta naturalidad y de entregar su amor a otra persona después de haberle jurado amor eterno a usted… no es un buen marido.

La señora Ashley deja caer la cabeza y la apoya sobre las manos.

—Dios santo. Si Graham es encantador. Todo el mundo lo dice. —Levanta la vista hacia mí. Su expresión casi me hace retroceder—. Nunca hagáis caso a lo que dice la gente. ¿Me oís? La gente es idiota. Fíate de tu instinto. Al vuestro y al de nadie más. ¡Todo el mundo me decía que debería salir con Graham porque era un buen hombre y miradme ahora, joder! —Intento no sobresaltarme cuando empieza a gritar. Levanto la vista: un coche está entrando en el aparcamiento. La señora Ashley se pone de pie—. Son ellos. ¡Cabrón! —grita hacia el vehículo. Miro a Lucas con los ojos como platos, me levanto y me sacudo la nieve de las piernas.

—¡Ah, veo que todo el mundo ha llegado pronto para el brunch! —dice la señora S. B. detrás de nosotros. Está en la puerta del hotel—. Estupendo. Señora Rogers…

—Señora Ashley —la corregimos los dos al unísono.

—Señora Ashley —dice la señora S. B. deprisa—, la estaba buscando. ¿No quiere volver adentro para entrar un poco en calor?

—No creo que pueda hacer esto —declara la mujer, mirando fijamente el cuatro por cuatro que ahora mismo está aparcando, con una pareja muy seria dentro: Graham, se supone, y la otra señora Rogers—. ¿Y ese coche? ¿Es suyo? Él nunca tendría un coche así. Pero ahí está, al volante de uno. ¿Cómo es posible? —Vuelve a mirarme—. Era demasiado bueno para ser verdad —murmura, agarrándome del brazo—. No sé cómo no me di cuenta.

Yo le estrecho la mano de inmediato, un poco angustiada. Tengo ganas de abrazarla, pero no creo que quiera que lo haga.

—Usted no podía saberlo. Señora Ashley, no es culpa suya.

—No puedo hacerlo —dice—. No puedo estar sentada en la

misma habitación que ellos. Ayer creía que sí, pero no puedo. Dios santo.

Salen del coche. La otra señora Rogers parece enfadadísima. Da un portazo y deja atrás a su marido. Es más joven, con más curvas y lleva el cabello rubio rojizo recogido en una trenza.

—Cariño —dice Graham, corriendo detrás de ella—. Por favor. Habla conmigo. Te quiero.

La verdad es que parece un buen tío. El típico británico atolondrado, lleno de tweed y buenas intenciones. Me doy cuenta de que aún no ha visto a la señora Ashley, que está oculta detrás de uno de los setos redondos de boj. Esta sale de su escondite con los brazos cruzados, temblando de pies a cabeza.

—¿Con qué «cariño» estás hablando? —pregunta.

Es impresionante verlo a él tomando su decisión. En un par de segundos, pasan por su cara todo tipo de emociones: indecisión, astucia, reflexión. Ahora ya no parece tan bueno. Mientras la otra señora Rogers vacila al ver a la señora Ashley, Graham elige la vida que quiere vivir.

—Cariño, en realidad todo esto es una confusión terrible —le dice a la mujer rubia que ha venido con él—. Es verdad que conozco a esta mujer. Pero siento decirte… que es una desequilibrada.

La señora Ashley se queda con la boca abierta. La rubia entrecierra los ojos, mirando fijamente a la mujer que tiene delante.

—Cuéntamelo todo —le pide.

Aquella no titubea.

—Se casó conmigo hace ocho años en Godalming. Vivimos juntos en New Milton. Pasa mucho tiempo fuera por trabajo. Hemos tenido dos gatos, un aborto involuntario, ocho viajes a España y hace tres días me dijo que me quería más que nunca.

—Eso es mentira —dice Graham de inmediato.

La señora Rogers asiente una única vez.

—En ese caso, nada de brunch —anuncia, mirando a la señora

S. B.—. Mejor vamos a llamar a la policía. —La señora Ashley se pone tensa. Nos quedamos todos callados, preguntándonos exactamente a quiénes se refiere al hablar en plural, hasta que esta se gira despacio para mirar a su marido—. La bigamia es un delito grave, *cariño* —dice.

Cuando el coche de policía se detiene en el amplio camino de grava del hotel, la mayor parte del personal, el señor Townsend y hasta los Jacob (cuyo bebé saluda alegremente con la mano) han salido a presenciar el drama.

Las dos ex señoras Rogers están cada una en una esquina del grupo, muy serias, mientras el señor Rogers mira boquiabierto al policía que le está leyendo sus derechos.

—Esto es absurdo —exclama, mirándonos a todos. Esa actitud que dice que a los hombres como él no les pasan cosas como estas es asquerosa y me hace desear que el agente utilice las esposas que lleva colgadas del cinturón—. ¿En serio vais a hacer que me detengan?

—A mí me parece que van bastante en serio, amigo —dice el policía—. Desde luego, yo sí. Suba al coche.

—Todo esto es un malentendido terrible —asegura Graham, mirando hacia donde están sus dos mujeres.

El agente da unos golpecitos en el techo del coche.

—Suba ahora mismo.

—¡Oiga! —dice Graham y entonces, entre los abucheos de la multitud, el agente le pone una mano en la cabeza con decisión y lo hace subir al asiento de atrás.

La puerta del coche se cierra de golpe. La señora Brown le hace una peineta mientras el vehículo policial se aleja y la señora Ashley le grita un insulto tan pintoresco que el señor y la señora Hedgers reúnen inmediatamente a sus hijos y abandonan el lugar antes de que Ruby le pida a alguien que lo repita.

—¿Es demasiado pronto para emborracharse? —les pregunta la señora Brown a Barty y a la señora S. B.

—Lo dejo a su criterio —dice él—. Pero la informo de que tenemos licencia de veinticuatro horas.

—Perfecto —replica la señora Brown, entrando en el hotel—. Vamos —le dice a la señora Ashley, sin mirarla—. Creo que tú y yo tenemos que hablar.

Se sientan en la suntuosa barra de caoba con un bloody mary cada una y, mientras les llevo la carta, me doy cuenta de que me tiemblan las manos. El problema es que yo siempre intento ver algo bueno en la gente. Me gusta pensar que, en el fondo, todo el mundo es más o menos decente. Y entonces alguien comete una fechoría como esa y me hace plantearme cómo narices podemos saber en quién confiar.

Jugueteo con la cadena que me regaló mi madre. En momentos así es cuando más echo de menos a mis padres.

—Ahora mismo, te odio con todas mis fuerzas —está diciendo la señora Ashley cuando llego a la barra.

—Lo mismo digo, querida —contesta la señora Brown—. A lo mejor después llegamos a la fase de la solidaridad.

—Si bebemos suficiente alcohol... —replica la señora Ashley, mordiendo con saña la rama de apio.

—¿Puedo ofrecerles algo de desayuno para acompañar? —les pregunto con un tono de voz un poco chillón.

—Aquí está la metomentodo del anillo —dice la señora Ashley, mirándome, antes de beberse medio cóctel por la pajita.

—Lo siento muchísimo, de verdad —me disculpo, desolada. Parece que hoy he hecho todo lo contrario de añadir chispa. He conseguido que todo sea mucho más gris.

—No es culpa tuya, cariño —dice la señora Brown, que ya le está pidiendo a Ollie otra copa—. Hay mucho cabrón suelto. Una hace lo que puede para esquivarlos, pero...

Ollie se encoge y agita el siguiente cóctel con la máxima discreción posible.

—¡Izzy! —grita Arjun—. ¡Hay una cosa para ti en recepción! ¡Pregúntame por qué lo sé!

Me giro para mirarlo. Tiene el pelo revuelto y no lleva delantal, lo cual siempre le da un aspecto un poco raro, como si fuera sin zapatos.

—¿Por qué lo sabes? —pregunto obedientemente.

—¡Porque tú estás aquí, Lucas ha desaparecido y Ollie está detrás de la barra cargándose ese bloody mary, así que he tenido que salir de la cocina para contestar al timbre de recepción!

Miro a las dos mujeres, pero no parece importarles que otra persona pegue unos cuantos gritos más.

—No queremos comer nada, cariño —me dice la señora Brown—. Pero que no nos falte bebida. —Eso último va para Ollie.

Me dispongo a seguir a Arjun, hasta que me acuerdo de algo.

—¡Ah! ¿Quieren el anillo? —digo de repente, dándome una palmadita en el bolsillo.

La señora Brown me mira fijamente, baja la vista hacia su mano y luego desvía la mirada hacia la de la señora Ashley. Las dos llevan puesta su alianza.

—Yo creo que por aquí vamos sobradas de anillos, ¿verdad? Vendedlo. Quedaos con el dinero. Tiene pinta de que a este sitio no le vendría mal. Y contratad a alguien para ayudar a ese hombre, ¿vale, cielo? —dice, señalando con la cabeza a Arjun.

No creo que este anillo valga lo suficiente como para contratar a un *sous-chef*, pero agradezco la intención y me alegro de que hayamos sacado algo de este desastre. Les doy las gracias y dejo a las señoras Rogers a lo suyo. Voy hacia el vestíbulo mientras Arjun vuelve corriendo a la cocina.

Louis me está esperando en recepción. A su lado hay un ramo gigante de rosas rojas. Son increíbles, pero en el sentido de que no parecen reales, con esos pétalos tan perfectos y esas hojas tan respingonas. Están atadas con un lazo blanco ancho y van acompañadas por una nota escrita con tipografía repujada. Me da un vuelco el corazón. No es para nada mi estilo.

—Lee la tarjeta —me pide, dándole unos golpecitos contra el mostrador.

Abro el sobre: «Te invito a cenar esta noche en The Angel's Wing».

—Louis... —digo.

Es un restaurante superpijo que está cerca de Brockenhurst. Es el típico sitio al que van los londinenses cuando quieren estar en el campo pero comer como si estuvieran en la ciudad. Hay que ir de etiqueta y todo.

—¿Me he pasado? —pregunta.

No sé muy bien por qué, pero no quiero ir. Sí me apetecía cuando quedamos para nadar y hay muchas razones para intentarlo con él: es guapo, atento y sin duda tiene la disposición y la ambición que Sameera cree que debería buscar en un hombre.

—The Angel's Wing es carísimo...

—Invito yo —dice Louis—. Debería habértelo dicho.

—¡Izzy! —grita Lucas desde la cocina—. ¡Arjun te necesita!

¿En serio? Si acabo de estar con él. No sé de dónde ha salido Lucas, pero es muy suyo reclamarme urgentemente cuando lleva desaparecido en combate al menos una hora.

Louis señala con la cabeza las flores y la tarjeta.

—He pensado que estaría bien tener un detalle romántico, dado que...

—¡Isabelle! —grita Lucas. ¿Isabelle? ¿Perdona? La única persona a la que le permito que me llame así es a Jem y solo porque es mi amiga desde los ocho años y en las últimas dos décadas se ha ganado el derecho a llamarme como le dé la gana. Mi compañero sale de la cocina. Al ver el ramo de rosas, la expresión le cambia por un instante—. ¿Interrumpo algo? —pregunta en un tono que sugiere que sabe perfectamente que lo está haciendo y que cree con firmeza que su presencia no debería ser nunca una interrupción.

—¿Puedes darnos un minuto? —dice Louis, con una crispación poco habitual.

Lucas aprieta la mandíbula.

—La necesitan. Está trabajando. Estará disponible para hablar de temas personales a las cinco de la tarde, cuando acabe el turno.

Me quedo pasmada. En serio, qué cara más dura. De repente se ha convertido en don Profesional, después de haber estado ayer bailando una canción de Anitta en un piso de Little Venice. En parte me alegro de que siga siendo el de siempre, ahora que estamos de vuelta: así me resultará más fácil olvidar al hombre que vi desnudo en aquella habitación de hotel y que bailó conmigo en el piso de Shannon. Es más fácil imaginar que las últimas veinticuatro horas nunca han existido.

Y también es más fácil tomar esta decisión.

—Gracias, Louis —digo, girándome hacia él con una sonrisa—. Me encantaría quedar para cenar esta noche. Nos vemos a las siete y media.

No he vuelto a compartir piso desde lo de Drew y esta es la primera vez que me arrepiento de la decisión de vivir sola. No sé qué ponerme y nadie responde a mis mensajes desesperados de WhatsApp pidiendo ayuda urgente para que me aconsejen qué ropa elegir. Intento concentrarme en la cita que voy a tener, pero, en lugar de eso, no dejo de pensar en la cara de censura de Lucas al decir: «¿Interrumpo algo?». Al final, después de mancharme de rímel el puente de la nariz por tercera vez, me doy cuenta de por qué me molesta tanto.

Creo que estaba celoso. No me estaba juzgando simplemente por ser poco profesional: tenía celos.

Pero ¿qué narices quiere que haga?

Mientras me abrocho tres de mis cadenas favoritas, me doy cuenta de que tengo las manos húmedas. Hace tiempo que no tengo una cita. Lo de dejar de salir con chicos no fue una decisión consciente, más bien me harté de buscar en Bumble y de afeitarme las piernas por hombres que no merecían verlas.

Me miro al espejo y el recuerdo se dispara de nuevo: los labios de Lucas pegados a los míos y luego ese silencio terrible e incómodo cuando me dio la espalda.

Qué humillante.

Al menos le gané al *strip* póquer. Aunque ¿se puede considerar una victoria si la consecuencia es tener su imagen en calzoncillos con un aspecto increíblemente sexy grabada a fuego en la mente?

Cuando llego a The Angel's Wing, Louis me está esperando fuera con traje y sin corbata. Me abre una puerta, luego la otra, me coge el abrigo y me separa la silla. Le doy las gracias demasiadas veces y acabo aturullándome un poco.

La cita en sí es… agradable. Es divertido hablar con él, no hay nada que no pueda gustarme. Y la comida y la bebida son una pasada. Arjun es un chef estupendo, así que estoy acostumbrada a la buena cocina, pero no es muy fan de todas esas cosas francesas con nata que hacen en The Angel's Wing.

Aun así, cuando llega la hora del postre, entre la gran cantidad de vino y lácteos que tengo en el estómago percibo una sensación de miedo. No puedo dejar de pensar en lo que dijo la señora Ashley: «Fíate de tu instinto». Y, aunque en teoría Louis es sin duda el chico ideal, y a pesar de que estoy segura de que a mi madre y a mi padre les habría encantado lo caballeroso que es…, tengo la sensación de que hay algo que no encaja.

Debería. Pero no.

—Louis…

—¿No hay química? —Su tono de voz es tranquilo y desenfadado, como el que ha usado hace un momento para hablar de su afición al golf.

—Lo siento mucho. Eres un chico encantador…

Él hace un gesto con la mano para que no siga.

—Lo entiendo, entiendo que ahora tengas dudas. —Frunzo un poco el ceño. Le he hablado de mis dos últimas relaciones, pero ahora me pregunto si no habré exagerado todas las cagadas de Tristan y Dean, porque ese comentario me parece un poco raro—. Ha sido demasiada presión con lo de las flores y todo eso —reconoce Louis, rellenándome la copa de vino mientras la camarera nos trae los flanes de chocolate—. Vamos a aflojar un poco.

—No estoy segura de que encajemos —digo.

Él niega con la cabeza.

—Vamos, no te cierres en banda antes de conocerme, Izzy. Deja que vuelva a invitarte a salir dentro de unos días. A lo mejor podríamos quedar solo para dar un paseo y tomar un café; algo más informal. Podemos probar a salir unas cuantas veces, a ver cómo nos sentimos, cómo fluyen las cosas… —Toma una cucharada de flan y cierra los ojos con un gemido—. Madre mía, prueba esto.

—A ver, podemos salir otra vez, si quieres —me sorprendo diciendo—, pero tengo que ser sincera: no creo que vaya a cambiar de opinión. Lo siento. No quiero que pierdas el tiempo conmigo si…

—Lo que hago con mi tiempo es cosa mía. Sé arreglármelas solito, Izzy —dice, guiñándome un ojo—. Tú diviértete y relájate, ¿vale? Por mi parte, no hay presión.

No tengo muy claro cómo oponerme a eso. Y la cita ha sido agradable, técnicamente hablando. ¿De verdad ha sido más agradable que con Tristan o con Dean? No recuerdo haberme sentido impresionada en especial en la primera cita con ellos y los dos acabaron siendo mis novios. Así que ¿por qué no Louis?

Le mando un mensaje a Jem al llegar a casa para contarle cómo me siento y ella me responde con un audio: «Pichoncito, entiendo lo que dices…, pero tus padres querían que salieras con un chico dulce y amable… hace ocho años. Eras muy joven cuando te dijeron eso, Izz. Ahora eres adulta. Eres más sensata. Sé que te duele mucho que no estén aquí para aconsejarte, pero, si te sirve de algo, yo creo que ahora mismo te dirían que tú te conoces mejor que nadie. Y, si el corazón te dice que ese chico no es el adecuado para ti, ellos querrían que fueras consecuente».

Me hace llorar. Lo escucho dos veces más. Tiene razón: me duele que mis padres no estén aquí para aconsejarme qué hacer. Me duele tener que descubrir cómo ser adulta por mí misma y que todos los consejos que me dieron estén al menos ocho años desfasados. Ya nunca podré invitar a un chico a la casa en la que me crie, cerrar la puerta de la cocina y preguntarles: «¿Qué tal? ¿Qué os parece? ¡Sed sinceros!».

Louis me ha enviado un mensaje mientras escuchaba el de Jem: Te apetece dar un paseo por el mercado navideño de Winchester el viernes por la tarde? No te lo pienses mucho 😊 Sin presión, solo por probar!

Mmm. Ahora resulta que es un paseo vespertino y probablemente incluya comida; eso me parece bastante más que un simple paseo y un café.

En ese momento tomo una decisión: iré al mercado de Navidad con Louis y, si sigue sin gustarme, pondré punto final a mi relación con él. Puede que diga que no le importa perder el tiempo, pero la vida es demasiado corta y yo no quiero perderlo.

Recibo otro mensaje de Jem: Siempre estaré a tu lado.

Cojo el teléfono. Me ha costado no sentirme un poco abandonada durante el último año, teniendo en cuenta que todas mis personas favoritas se han ido a vivir a otros lugares del mundo. Sé que no es nada personal, pero no puedo evitar desear que siguiéramos estando todos aquí para apoyarnos como antes.

Aunque hay otras formas de estar presente. Escucho el audio de Jem una vez más y me siento muy afortunada por tener unos amigos que siguen haciéndome un hueco en su ajetreada vida, unas personas que saben a la perfección cuáles son las cosas que me duelen y qué decir para hacerme sentir mejor.

Gracias. Yo también... Siempre, le respondo. Luego cojo mi pijama favorito, pongo el hervidor para rellenar la bolsa de agua caliente y me acurruco en la cama. Me esperan unos días inusitadamente tranquilos y creo que los voy a pasar en el sofá. Ha sido una semana de locos, incluso para mí. Necesito volver a tomar tierra. Cuando vuelva al trabajo, seguro que estaré otra vez tan a tope como siempre, preparada para enfrentarme a lo que sea.

Aunque, ahora mismo, esa idea me parece agotadora.

LUCAS

Hoy es jueves. Mi día. El día de Lucas. Mi oportunidad de hacer cambiar de opinión a Izzy.

Me presento en su casa a las seis de la mañana. Tarda bastante en abrir la puerta.

—Madre mía, pero ¿a ti qué te pasa? —me pregunta, volviendo a meterse dentro. Me lo tomo como una invitación para seguirla, pero ella da media vuelta y extiende una mano—. Ni se te ocurra entrar.

—Es jueves —le recuerdo, esperando en la puerta y manteniéndola abierta con un brazo.

—Sí, ya lo sé.

Lleva un pijama rosa de lunares. Tiene el pelo recogido en un moño en lo alto de la cabeza y el mismo aspecto cautivadoramente desaliñado de aquella mañana en Woking. Se prepara un bol de cereales y empieza a comérselos de pie en medio del piso, como si estuviera medio perdida y no supiera cómo ha llegado hasta ahí.

—Hoy es mi día. Por haber ganado —le recuerdo.

—Pero ¿por qué has venido tan temprano? —dice en un tono un poco lastimero.

—Porque vamos a ir al gimnasio.

—¿Al gimnasio? —Izzy se da la vuelta—. ¿Por qué?

—Porque lo digo yo. —Me lanza una mirada asesina. Disimulo una sonrisa—. ¿Tienes ropa de deporte?

—Claro que tengo ropa de deporte. No soy… A veces hago ejercicio —responde, un poco avergonzada.

Recuerdo su comentario sobre las mujeres que creía que me gustaban y su «ropa deportiva minúscula», y me doy cuenta de que estoy siendo un capullo.

—Vamos a ir al gimnasio porque es mi forma de relajarme. No es por ti. Tú no necesitas hacer ejercicio. No estoy insinuando que tengas que hacerlo. No estoy intentando decir eso.

Su expresión se vuelve un poco más amable mientras yo sigo en la entrada, abochornado.

—Quédate ahí —me ordena, dándome la espalda—. No pienso invitarte a entrar. He visto demasiados episodios de *Crónicas vampíricas* como para caer en la trampa.

Me apoyo en el marco de la puerta mientras ella cierra la del dormitorio. Su apartamento está en la última planta de una casa rehabilitada. Lo ha decorado en tonos pastel serenos; hay una alfombra mullida de color crema y una manta azul clarito sobre el respaldo del sofá verde menta. La decoración me recuerda vagamente a una confitería británica antigua.

Izzy sale de la habitación. Lleva puesta la ropa de deporte: unos leggins grises ajustados, un top corto de color amarillo claro y mechas rojas y naranjas en el pelo.

Está impresionante. Por un momento, deseo volver a sentir lo mismo que antes del viaje a Londres, mirarla y pensar: «Vale, es guapa, pero no hay quien la aguante».

Sigo pensando esas cosas, pero de repente también me entran ganas de abrazarla. De rodearle los hombros con el brazo mientras salimos de casa. De besarla como si fuera algo que hacemos todo el rato.

Se agacha para coger unas zapatillas de detrás de la puerta antes de echarse una bolsa enorme al hombro.

—Llevo un poco de todo, por lo que pueda pasar. Tengo la sensación de que me has preparado varias actividades peculiares —dice, ante mi mirada de extrañeza.

—Solo vamos a entrenar —repongo, divertido—. No es una despedida de soltera.

—Mmm —dice ella, cerrando la puerta de su casa con llave al salir—. Pues, desde que trabajamos juntos cinco días a la semana, me han tirado a una piscina, he bailado con desconocidos en una fiesta de divorcio y me he caído de bruces en la nieve delante de un Papa Johns en Woking.

Arqueo las cejas mientras bajamos a la calle.

—Eso no lo sabía.

—Ah. Cierto. Bueno, pues mi paseo por Woking no fue tan divertido.

Hay un poni de New Forest pequeño y fornido mordisqueando el seto de al lado de la carretera. Ninguno de los dos hace ningún comentario al respecto. Cuando llegué aquí, me sorprendió encontrarme atrapado en un atasco provocado por una manada de ponis impertérritos, pero ya me he acostumbrado. Vagan salvajes por ahí: no es más raro que ver una paloma.

—Dios, qué reluciente está tu coche —dice Izzy a medida que nos acercamos a él—. ¿Le sacas brillo?

La verdad es que sí, pero la conozco lo bastante como para darme cuenta de que es mejor que no lo confiese. Este vehículo es mi bien más preciado. Es de tercera mano y tiene ciento trece mil kilómetros; lo arreglé yo mismo a conciencia, con la ayuda de un amigo que vive en mi calle. Ahora está como nuevo. De niño, soñaba con vivir en Inglaterra y tener un coche como este. Entonces era porque quería ser James Bond y no conocía la diferencia entre un Aston Martin de doscientas mil libras y un BMW del 55 reacondicionado.

Ahora es por lo que simboliza: la libertad de vivir y trabajar en este país desconocido, lluvioso y extraño del que me he enamorado tan inesperadamente.

Le abro la puerta del copiloto a Izzy. Ella se sorprende y luego desconfía.

—¿Por qué eres tan amable? —me pregunta.

—Forma parte de mi plan maquiavélico para torturarte durante todo el día —respondo, cerrando la puerta del coche después de que haya subido. Sus expectativas con respecto a mí son bajísimas. Aunque no es de extrañar. Llevamos meses picándonos; he sido cruel, difícil y peleón.

Exactamente como mi tío, de hecho. Me duele asumirlo.

Mientras vamos hacia el gimnasio, Izzy lee algo en el teléfono y se muerde el labio. La miro de reojo.

—Otro que dice que el anillo de la esmeralda no es suyo. Los dos últimos están siendo complicadísimos.

—¿Aún no has tirado la toalla, después de lo de Graham Rogers?

—Ni de broma. Que haya una manzana podrida no significa que el resto del frutero también lo esté. —No sé si se trata de un anglicismo extraño o de un «izzysmo», pero mejor limitarse a asentir—. Sigo pensando que lo que estamos haciendo es algo valioso. Puede que el anillo de la esmeralda de verdad significara algo para alguien.

—Estoy a punto de preguntar de qué le sirve eso al hotel en realidad, pero me muerdo la lengua a tiempo. Esto es importante para ella. No entiendo por qué, pero estoy intentando ser más abierto de mente y eso significa aceptar que la gente no siempre es sensata. Al fin y al cabo, yo tampoco he sido lo que se dice sensato últimamente. Por ejemplo, estoy intentando conquistar a una mujer que se ha pasado el último año haciéndome la vida imposible. Hasta se tiró dos meses tratando de convencer a la señora S. B. y a Barty para que implantaran los «viernes de gaita» en el vestíbulo solo porque yo había mencionado por casualidad que era un instrumento que no soportaba—.

El otro también tiene pinta de caro —comenta, acariciándose el labio inferior con el índice y el pulgar mientras mira por la ventanilla—. Podríamos conseguir otra recompensa.

—Ojalá —digo mientras entro en el aparcamiento—. La necesitamos.

Izzy asiente en silencio. Ella no ha visto las hojas de cálculo. Ignora el enorme agujero que atraviesa de lado a lado las cuentas del hotel y también que el dinero que hemos recaudado vendiendo cosas se ha hundido en ese pozo sin rozar siquiera los bordes. Pero tampoco es tonta. Veo por su ceño fruncido que es consciente de la realidad: a no ser que se produzca un pequeño milagro, el año que viene no habrá Hotel Spa Forest Manor.

Cuando entramos en el gimnasio, empiezo a preocuparme. Izzy se pone tensa y empieza a juguetear con la parte inferior del top mientras se balancea sobre las puntas de los pies. Eso me pilla por sorpresa. Yo me siento cómodo en cuanto entro en un gimnasio. Hasta el olor me relaja: esa mezcla de ambientador, sudor limpio y caucho.

Está claro que aquí hay trabajo que hacer. Primero la llevo a las colchonetas. Allí no hay máquinas intimidantes y, en este momento, están vacías.

—Primero unos estiramientos —le digo.

Eso la anima.

—Vale —contesta—. Eso sí lo sé hacer.

No está mintiendo. La observo mientras se toca los dedos de los pies e intento no tener pensamientos impuros.

—¿Por qué no te gusta ir al gimnasio? —le pregunto mientras estiro los cuádriceps. Los tengo agarrotados porque ayer salí a correr, pero los brazos los noto bien. Me salté la rutina de la parte superior del cuerpo el martes para estar descansado hoy. Pero es fundamental que Izzy no se entere de eso.

—Es que aquí todo el mundo es tan… —mira a su alrededor, todavía doblada sobre sí misma y con las manos en los pies— como tú. Parecen superpersonas.

Soy consciente de que no pretende ser un cumplido, pero aun así no puedo evitar sentir cierto placer al oírlo.

—Pues no lo son —digo. Miro a mi alrededor, viendo lo que ella ha visto, y levanto la mano para saludar a unos cuantos conocidos—. En un gimnasio todo el mundo es bienvenido. Y, si hablas con los habituales, verás que no somos tan chungos como aparentamos.

No parece muy convencida, pero eso ya no me preocupa, porque acaba de llegar el as que tengo guardado en la manga.

Kieran: el primer amigo que hice en New Forest y el mejor entrenador personal que he conocido nunca. Es un tío blanco, bajito, flacucho, sin pelo, con demasiados tatuajes y la extraña cualidad de haberme caído bien a la primera de cambio.

—¡Lucas! —exclama, sonriendo y saludándome con ambas manos, como si estuviera guiando a un avión—. ¡Eh, hola! —le dice a Izzy mientras esta vuelve a levantarse.

—¡Hola! —responde ella, un poco sorprendida.

Una reacción habitual a la llegada de Kieran, que vive cada día como si estuviera en el plató de un programa de televisión infantil.

—¡Vamos a entrenar! —exclama este, dando saltitos en el sitio—. ¡Pero de una forma divertida! ¡Muy divertida! ¿Disfrutas cuando le ganas a Lucas?

—Pues sí, la verdad es que sí —contesta ella. Podría haberle dado a Kieran un poco de información antes de reservar la sesión. Me ha costado más de lo que podía permitirme, pero sé que va a merecer la pena—. Aunque nunca le ganaré en el gimnasio. No hay más que verlo —dice Izzy, señalándome con la mano.

—Ja, espera y verás —dice el entrenador, frotándose las manos.

Izzy

Tengo que reconocerlo: me siento genial. Kieran me recomendó que me pasara al menos quince minutos en la ducha después de la sesión y ahora, seca y con el uniforme de trabajo puesto, me siento como si fuera flotando varios centímetros por encima del suelo. No recuerdo cuándo fue la última vez que hice ejercicio intenso… ¿Siempre me ha hecho sentirme así? Es como si me hubieran dado un masaje, pero en el cerebro además de en todos los músculos del cuerpo.

Obviamente, durante el entrenamiento lo he pasado fatal. Pero Kieran dice que la cosa mejora con la práctica y que el efecto es maravilloso.

Ganarle a Lucas también ha molado bastante. El entrenador tenía razón: ha habido cosas que se me han dado mejor que a él. He sido mejor saltando a la comba y he esprintado más rápido en las cintas de correr. Incluso cuando hemos hecho cosas que, obviamente, eran más su especialidad que la mía, Kieran no me ha hecho sentir como si estuviera perdiendo. Y Lucas tampoco, a decir verdad.

Ha sido interesante verlo aquí. Es un hombre diferente en este contexto. Parece que todo el mundo lo conoce: todos se acercan a abrazarlo y me dicen cosas como «No podría haber hecho la mudanza sin este tío» o «Cuando murió mi gato, Lucas se portó genial». Me gustaría decir que me sorprende saber que hay gente que confía en él, pero lo cierto es que no; seguro que es de gran ayuda si se te muere el gato o si tienes que mudarte de casa. Siempre y cuando no sea tu archienemigo.

El principal problema que he tenido esta mañana ha sido la rotunda «musculosidad» de Lucas. En este sitio es demasiado ineludible. Sus bíceps desnudos, esos hombros increíblemente anchos, el sudor. (¿Por qué será que cuando los hombres sudan me parecen sexys, pero cuando yo sudo parezco un cruce entre una mujer y un tomate?). Nunca me han atraído los tíos grandes y fuertes, y, de hecho, el resto de los que hay aquí no me ponen nada. Es un problema que tiene que ver con Lucas en concreto. Un problemón.

Lo único que me consuela es que yo también lo he pillado mirándome. He levantado la vista durante el calentamiento y me he encontrado con sus ojos en el espejo; me estaba observando embobado, con los párpados entrecerrados. Ha girado la cabeza rápidamente al darse cuenta de que lo había visto. Eso sí que no me ha sorprendido. Después de todo, ya me ha rechazado tres veces. Es posible que Lucas me desee, en cierto modo, pero tiene un autocontrol brutal y su cerebro ha decidido que no le convengo, así que no hay más que hablar. Bueno, en realidad mi cerebro ha decidido lo mismo.

Pero es bastante agradable ver que no soy la única a la que le cuesta ser fiel a esa decisión.

Me ha pedido que me reúna con él en el vestíbulo del gimnasio y cuando llego está hablando con la recepcionista. Lleva el uniforme del trabajo puesto y tiene un aspecto tan impecable como de costumbre. Con sus peligrosos bíceps bien tapados.

—Déjame pagar la sesión —digo, acercándome a él.

Pone esa expresión impenetrable que adopta cuando se siente avergonzado.

—No hace falta —contesta con frialdad.

Mmm. Está claro que es mentira. La recepcionista le tiende el datáfono, pero yo me acerco y paso la tarjeta antes de que a Lucas le dé tiempo a sacar la cartera.

—Izzy —me regaña, exasperado.

Le dedico la más dulce de mis sonrisas.

—Uy.

Lo veo debatirse consigo mismo. No soporta que le haga un favor, pero en el fondo sabe que no puede permitirse pagar. Se me encoge el corazón.

—Gracias —me dice, sin mirarme a los ojos—. Ahora, a desayunar —añade, yendo hacia la puerta. Se le olvida sujetarla mientras salgo, así que supongo que ese rollo tan caballeroso de abrirme la del coche ha sido algo pasajero.

—Ni de coña —digo al ver a dónde vamos—. ¿Un zumo? Eso no es comida.

—Son batidos —replica Lucas, agarrándome por el codo para conducirme hacia el interior con firmeza. Siento calor en el punto de contacto y luego también en el resto del cuerpo. Nos hemos tocado muy pocas veces. Nos hemos rozado la mano en alguna que otra ocasión, pero nada más. Sin contar cuando estuvimos bailando. Y cuando lo besé, claro.

Uf. El recuerdo vuelve a aparecer. ¿Dejará alguna vez de ser tan desagradable?

—Los batidos son zumos que no sabes si masticar o no.

Lucas parece un poco molesto.

—Bueno, pero son gratis porque Pedro es amigo mío. Así que es lo que hay. Además, hace un café excelente —asegura, señalando con la cabeza al hombre que está detrás de la barra mientras me hace un gesto para que me siente. En realidad, es justo el sitio que yo habría elegido: uno de los taburetes rosa fucsia de la barra que hay pegada a la ventana principal, con vistas a la calle.

—¿Un amigo del gimnasio? —le pregunto, mirando a Pedro, que tiene pinta de estar sano como una manzana. Qué asco, de verdad.

—Sí. También es de Río.

—¡Anda! Eso debe de ser agradable.

Le sonrío con timidez. Él me devuelve la sonrisa. Tiene el pelo oscuro, ondulado y peinado con esmero, y lleva una camiseta que le marca toda la musculatura; podría ser perfectamente la estrella revelación de *Love Island* del año, el típico del que se enamora todo el país.

—Hola —dice, limpiándose las manos mientras sale de la barra—. ¿Tú eres Izzy?

—Sí —respondo, un poco recelosa—. ¿Por qué? ¿Qué te ha contado Lucas de mí?

—Solo lo guapa que eres —dice Pedro con una sonrisa, poniendo un taburete a mi lado.

Lucas lo quita justo cuando su amigo está a punto de sentarse. Este consigue no acabar en el suelo agarrándose con fuerza a él, lo que hace que ambos estén a un tris de caerse. Me echo a reír a carcajadas, igual que Pedro; Lucas se sacude la ropa y permanece imperturbable.

—Yo no he dicho nada de eso —replica él, sentándose en el taburete que quería su amigo—. Ignora a Pedro. Ni caso de lo que te diga. —Miro de nuevo al susodicho con renovado interés.

—Bueno, pues eres guapísima y Lucas debería decirlo —opina este—. ¿Qué te pongo? Invita la casa. ¿Puedo recomendarte el Sweet Peach Party?

Repasa la carta conmigo comentándola mientras nos mira. Una sonrisa pícara se le dibuja en los labios mientras Lucas parece cada vez más y más enfadado. Tengo la sensación de formar parte de un plan para tocarle las narices que no entiendo muy bien, pero da igual, porque me parece estupendo. Hasta que al final este coge la carta y se acerca a la barra.

—¡Eh! —protesto, girándome—. Todavía no he elegido.

—Hoy es mi día —me recuerda—. ¿Puede atenderme alguien? —Pedro se levanta con una risita burlona.

—¡No me pidas uno de esos de proteínas! —le grito a Lucas—. No quiero acabar tan cachas como tú.

Él aprieta la carta con fuerza y se gira hacia mí.

—No te pones cachas bebiendo y ya está... —Se queda callado al ver que me echo a reír—. ¡Pedro! —bufa—. Prepárale algo con brócoli, por favor.

—Creo que he encontrado a mi alma gemela —declara el amigo antes de volver rápidamente a la barra rebotando con sus zapatillas de deporte impolutas por el suelo de madera pulida—. Alguien a quien se le da casi tan bien como a mí vacilar a Lucas.

Nos tomamos los cafés en el bar y vamos bebiendo los batidos de vuelta al coche. Desafiando a Lucas, Pedro me ha preparado encantado algo delicioso, con un toque de jengibre fresco y un montón de frutas tropicales. Hay que reconocer que es bastante refrescante, pero sigo diciendo que esto no es un desayuno. Los Choco Krispies: eso sí que es un buen desayuno.

Al llegar al hotel, nos cruzamos con la señora Muller, que está saliendo del comedor. Lleva el pelo cubierto por un pañuelo de seda y tiene un pincel detrás de la oreja.

—¡Buenos días, señora Muller! —exclamo.

—¡Las musas me han asaltado! —responde ella, moviendo la mano con languidez—. ¡No me distraigas!

Asiento. Me parece perfecto. El señor Townsend nos sonríe desde la butaca y dobla el periódico sobre las rodillas a medida que nos acercamos.

—¡Lucas! —grita—. ¿Podrías llevarme a Budgens mañana?

—Por supuesto. —Se trata de una tradición quincenal: al hombre le gusta tener en la habitación unos aperitivos muy específicos y a Lucas le gusta tener cualquier excusa para usar el coche.

—Y luego nos tomamos un café, ¿no?

Miro sorprendida a Lucas. No es propio de él socializar con un huésped, pero el señor Townsend lo ha dicho como si se tratara de algo habitual.

—Perfecto. Disculpe, tengo que hablar con Arjun —dice él, haciendo un gesto con la cabeza.

—¿Qué tal la noche? —le pregunto al señor Townsend cuando Lucas entra en la cocina. Ahora mismo no tenemos recepcionista nocturno, pero el señor Townsend suele estar al tanto de todo lo que sucede: se acuesta muy tarde y se levanta muy temprano.

—El bebé ha dormido como un lirón —responde el señor Townsend, señalando con la cabeza la habitación de la familia Jacob—. Solo le han dado una toma a las dos de la mañana. Esos estores opacos que encargaste han funcionado de maravilla.

—¿Y usted?

—He tenido suficiente descanso —dice con una sonrisa—. Maisie siempre decía que era mejor estar un poco cansado. Que eso te hacía seguir peleando.

Hago una mueca, echando un vistazo al vestíbulo en busca de tareas pendientes.

—Por lo que comenta, debía de ser de armas tomar.

—Era actriz de teatro. Aunque creo que solo quería una excusa para salir hasta más tarde de lo que ya lo hacía. Cuando se ponía a bailar, no había quien la parara.

—Era de las mías —digo, recolocando la rama de abeto que está en la repisa de la chimenea. Aunque la verdad es que hace siglos que no salgo a bailar. Sin contar lo de aquel día en el piso de Shannon, en el que intento por todos los medios no pensar.

—Bueno, ¿y qué te tiene preparado? —me pregunta el señor Townsend, señalando con la cabeza el punto por el que ha desaparecido Lucas.

—¿Cómo dice?

—Hoy es el día de Lucas, ¿no?

—¿Quién se lo ha dicho?

El señor Townsend intenta hacerse el misterioso por un momento, pero luego se da por vencido y responde:

—Ollie.

—¿Y a él? No, no me lo diga, ha sido Arjun. Entonces ¿lo sabe todo el mundo?

—Menos Barty, creo —dice el señor Townsend—. Aunque él nunca se entera de lo que pasa por aquí, ¿verdad?

Intento no reírme y, algo raro en mí, me pongo un diez en profesionalidad. Una familia pasa de camino al comedor para el brunch y el señor Townsend y yo hacemos una pequeña pausa de cortesía antes de seguir con lo nuestro.

—Puede que oficialmente sea el día de Lucas, pero yo creo que, en realidad, es el día de Izzy. Al fin y al cabo, usted está contento...

—Mucho —dice el señor Townsend, cogiendo las gafas.

—Las musas han asaltado a la señora Muller...

—Sin duda el equipo de limpieza estará encantado de oírlo.

—¡Y he conseguido que el bebé de los Jacob duerma!

—Definitivamente, es el día de Izzy —declara el señor Townsend con solemnidad.

Levanto la barbilla mientras hago los últimos retoques en la decoración de la chimenea. Yo diría que Lucas va a tener que esforzarse más.

—Ay, madre. No.

—¿No?

—¡No!

—¿Eso es un «Vete a la mierda, Lucas»?

Hago una mueca.

—Bueno, a ver, no. Pero no quiero hacerlo. ¡Creía que me obligarías a hacer cosas asquerosas, como fregar los baños! No imaginé que fueras a obligarme a... —agito las manos a ambos lados de la pantalla del ordenador— digitalizar datos.

—Cuando te familiarices con el sistema, verás lo útil que puede llegar a ser. Hasta la Pobre Mandy le ha cogido el gusto.

—Le ha cogido el gusto si se lo preguntas tú. Si le pregunto yo, dice que prefiere el Registro de Reservas.

—No lo dudo. Pero ¿qué pasa si hay un incendio y el Registro de Reservas se quema? Se perdería todo para siempre.

—Ya sé que el sistema online tiene más sentido. No odio tanto la tecnología. Pero me encanta el ritual del Registro de Reservas y a los huéspedes también: firmar con la pluma estilográfica, hojear esas páginas tan finas, el sonido de la tapa de cuero al cerrarse sobre el mostrador... Todo eso forma parte de la experiencia de alojarse en el hotel, como el timbre dorado que tocan cuando nos necesitan y no estamos. Podríamos tener un intercomunicador para esos casos, pero no lo tenemos porque tocar el timbre es divertido.

—Esta mañana voy a actualizar los perfiles de los huéspedes —me informa Lucas—. Eso significa que tú también lo vas a hacer. Toma —dice, pasándome uno de los libros de reservas antiguos—. Puedes quedarte con el de 2011. Tu anillo se perdió el verano de ese año, a lo mejor encuentras algo útil.

A regañadientes, lo cojo y lo deslizo hacia mí. Él asiente satisfecho, vuelve a centrarse en la pantalla del ordenador y empieza a teclear.

—¿Durante cuánto tiempo tengo que estar haciendo esto? —le pregunto, iniciando la sesión.

—Hasta que yo lo diga.

Casi siento su sonrisa.

No me deja moverme del mostrador en hora y media. Creo que nunca había estado tanto tiempo sentada en el trabajo, al menos con Lucas al lado, sin que ninguno de los dos charle con ningún huésped o salga corriendo a hacer otra cosa.

Es curioso, pero me resulta bastante agradable. Casi no hablamos, aunque de vez en cuando él hace algún comentario trivial, y, en un momento dado, me deja boquiabierta al prepararme una taza de té. Básicamente, nos limitamos a coexistir. Me sorprende que seamos capaces de hacerlo.

Me fastidia reconocerlo, pero Lucas tenía razón: encuentro algo útil relacionado con mi anillo. Mientras transfiero todo a su sistema, me doy cuenta de que había pasado por alto a algunos de los huéspedes de larga estancia al hacer la lista de las personas con las que ponerme en contacto, porque se habían registrado varias semanas o meses antes del momento en el que se encontraron los anillos.

Empiezo a anotar los nombres y dejo de escribir al toparme con los del señor y la señora Townsend. Me alegra y a la vez me entristece pensar que Maisie todavía vivía por aquel entonces. Decido hablar con él. El anillo no puede ser de Maisie, porque ella llevó el suyo puesto hasta el día de su muerte, pero quizá el señor Towsend recuerde si alguien perdió un anillo de compromiso durante alguna de sus estancias en el hotel.

Finalmente, Lucas mira el reloj, cierra el bolígrafo y da la tarea por terminada. Coloca el cartel de Barty encima del mostrador —«Por favor, toque el timbre si necesita ayuda y estaremos con usted en un periquete»— y me lleva hacia la sala de suministros. Está más ordenada que la última vez que entré allí: ha organizado las estanterías y ha sacado todos los botes de pintura para limpiarles el polvo de las tapas.

—¿Puedes coger ese de ahí? —me pide. Lo fulmino con la mirada y me doy cuenta de que me está tomando el pelo—. Recuerda que ahora ya te he visto en el gimnasio —dice, cogiendo dos botes de pintura—. Nunca más podrás fingir que me necesitas para levantar cosas pesadas.

Mierda. Odio mover los muebles del jardín y los huéspedes siempre quieren cambiarlos de sitio. Una de las pocas ventajas de compartir turno con Lucas es que suelo conseguir convencerlo para que lo haga por mí.

Cruzo la cafetería detrás de él y llegamos a la galería que hay en la parte trasera del hotel. Está enmoquetada y sobrecargada por un montón de butacas variopintas. Siempre ha sido un espacio un poco desaprovechado. Suele ser donde las personas mayores acaban reuniéndose en las bodas para alejarse del ruido. Hacía tiempo que no pasaba por allí y me detengo en la entrada, boquiabierta.

—¡Lucas!

—¿Qué te parece?

Miro a mi alrededor, asimilándolo todo. Ha vaciado completamente la habitación, ha quitado la moqueta y lo ha limpiado todo. Las ventanas están relucientes y a través de ellas se ven los extensos jardines helados del exterior. Ya no es una galería cochambrosa, es más bien...

—¡Un invernadero! —exclamo, aplaudiendo—. Lo llamaremos así. La gente puede traerse la comida de la cafetería. O incluso celebrar su boda. ¡Para ceremonias pequeñas, sería precioso! —Giro sobre mí misma, alucinando con el espacio—. ¿Y la pintura es para el suelo? —Lucas asiente. Me mira con calidez cuando nuestros ojos se cruzan; creo que se alegra de que me guste. Me vuelvo hacia otro lado—. Una capa fina —digo, inclinando los botes de pintura para ver el color—. Es una especie de blanco lavado, ¿no?

Él vuelve a asentir.

—Este va a ser tu trabajo hasta la hora de comer.

Me remango y empiezo a hacer palanca para abrir la pintura. Esto es mucho mejor que digitalizar datos. Lucas ni se imagina que acaba de encomendarme una de mis tareas favoritas. Sonrío mientras mojo la brocha y me pongo manos a la obra. Definitivamente, este es el día de Izzy.

LUCAS

Me encanta tocarle las narices a Izzy. Me gusta hacerle picar el anzuelo, que me fulmine con la mirada entornando los ojos y su agudeza al replicarme.

Pero resulta que hacerla feliz es mil veces más satisfactorio.

—Listo. Ha quedado genial —declara, cruzando el vestíbulo hacia mí—. Y ahora qué.

—Ahora, a comer —respondo. Arjun suele prepararnos cualquier cosa para almorzar, pero hoy le he pedido algo especial. Me miró con bastante desconfianza cuando le dije que necesitaba un favor, pero, al contarle que era para Izzy, accedió sin rechistar. Fue una experiencia agradable y poco común—. Pero vamos a ir arriba —digo, señalando con la cabeza a Irwin, el albañil que me ha dado permiso para utilizar la escalera recién reconstruida. Su primera advertencia fue: «Saltaos el cuarto y el octavo escalón». Y la segunda: «Como te caigas por el techo mientras usas el piso de arriba para ligar, espero que acabes bien muerto para no demandarme».

La llevo arriba del todo, a la habitación de la torreta. Es la segunda más cara del hotel, después de la que está usando Louis. Es la mitad de grande, pero el doble de impresionante, en mi opinión. Está dividida en dos plantas y una de las paredes es curva. En la planta superior hay una sala de estar con vistas al jardín y al bosque, y ahí es donde vamos a comer.

—No, por favor —dice Izzy, frenándose un poco mientras se acerca a las sillas. No es la reacción que esperaba ante el despliegue que he montado en la mesa. Tenemos *moqueca*, arroz, *feijão tropeiro* y, por supuesto, *farofa*; hay pocas comidas que mi madre sirva sin esto último. Una estupenda selección de algunos de mis platos brasileños favoritos. Aunque Arjun me saque de quicio, es un cocinero excepcional y tuvo en cuenta los consejos de mi madre que le transmití mientras preparaba los platos. No huelen exactamente como los de casa, pero es lo más parecido que he probado desde que he llegado al Reino Unido y se me está haciendo la boca agua—. Pescado —dice, agobiada. Desvía despacio la mirada hacia mí—. Buena jugada. —*Merda*. Se ha puesto un poco pálida. ¿Sabía que a Izzy no le gustaba el pescado? Entro en pánico y repaso todas las veces que hemos picado algo rápido juntos algún día ajetreado.

—Dios, qué olor… —dice, tapándose la nariz con la manga—. ¿Me lo tengo que comer?

Me siento y reprimo mi decepción.

—No —contesto. Me doy cuenta de lo áspera que suena mi voz y me quedo inmóvil un momento. No es culpa de Izzy que le haya preparado una comida que no le gusta. No le he preguntado si le gustaba el pescado guisado. «No te vengas abajo. Tú no eres de esos»—. Pero a lo mejor te sorprende.

No es el caso. Veo cómo intenta tragarse la *moqueca* e inmediatamente le sirvo otro vaso de agua, que se bebe de un tirón.

—Ya está —dice, limpiándose la boca—. Ya lo he probado. ¿Ahora puedo comerme esa cosa de salchichas con judías? Madre mía —suelta, metiéndose una cucharada en la boca—, esto sí que está riquísimo.

Bueno. Algo es algo.

Me suena el móvil justo cuando estamos acabando de comer. Es Ana.

Miro a Izzy, que se está zampando el resto de la *farofa*, evitando cuidadosamente la pequeña cantidad de pescado guisado que sigue intacto en su plato. ¿Es buena idea? El teléfono sigue sonando. Tengo que decidirme ya.

—¡Lucas! Parece que por una vez estás comiendo bien —dice Ana en portugués cuando descuelgo.

Izzy abre los ojos como platos al darse cuenta de lo que está pasando.

—¿Quieres que...? —me pregunta, señalando hacia la puerta.

Siento una punzada de nervios mientras giro la pantalla para enfocarla.

—Ah, hola, ¿quién es? —pregunta Ana, con los ojos tan abiertos como los de Izzy. En cuanto dice que hay otra persona en la pantalla, mi madre aparece corriendo—. ¡Hola! —dice en inglés—. ¡Tú debes de ser Izzy!

Me pregunto por qué estoy haciendo esto. La única respuesta que se me ocurre es que quiero que Ana y mi madre la conozcan. Y también que ella vea que la gente de mi familia es buena y amable. Quizá eso haga que me vea de otra manera.

—¡Sí! —dice Izzy, sentándose un poco más erguida—. Hola. Encantada de conoceros.

—Hemos oído hablar mucho de ti —dice mi madre mientras mi hermana pone los ojos en blanco a su lado—. Soy Teresa, la madre de Lucas. Esta es Ana.

—Cuéntanos, Izzy —dice Ana—. ¿Cómo es Lucas en el trabajo? ¿Los huéspedes se quejan de que es un gruñón?

Ella se ríe. Menos mal que tengo a mi hermana, que siempre está dispuesta a aliviar los trances más difíciles. Sigue cuidando del torpe de su hermano pequeño incluso a ocho mil kilómetros de distancia.

—No. La verdad es que la mayoría lo adora. Soy yo la que se queja —dice Izzy.

Ana sonríe.

—Seguro que a los niños les cae genial. A todos les encanta Lucas. —Hace una mueca, imitándome—. «Hola, persona bajita, ¿cómo estás hoy? ¿Hablamos de política?». Es como si se convirtiera en nuestro tío Antônio. —Hago una mueca de dolor y Ana se da cuenta—. Perdona. Ha sido una broma absurda. No te pareces en nada a él, Lucas.

—Esta Izzy es muy guapa —le dice mi madre a Ana en portugués, cambiando de tema. El rubor de las mejillas de Izzy demuestra que ha sido una frase fácil de traducir.

—¿Qué tal estáis? —les pregunta ella, sonriendo tímidamente y mirándome de reojo—. ¿Deseando que llegue la Navidad?

Ambas contestan a la vez en una mezcla de inglés y portugués mientras Bruno empieza a llorar en algún sitio muy cerca del teléfono. Izzy parece tan fascinada como abrumada.

—Sí —resumo—. Lo están deseando. Y están bien. Y me echan de menos.

—Nadie ha dicho eso —dice Ana.

—¡Te echo muchísimo de menos! —exclama mi madre al mismo tiempo. Sonrío al ver que Izzy reconoce la palabra *saudade*—. Ese guiso de pescado está muy seco —añade en portugués, mirando fijamente la pantalla—. ¿Lo has hecho tú, Lucas?

—Tengo que dejaros —digo en inglés, para que ella no se sienta excluida—. Pero me alegro de que hayamos coincidido.

—Sí que está seco —dice mi hermana, cogiendo a Bruno en brazos—. A ver cuándo vienes a casa a comer la *moqueca* de mamá.

Se me pone un nudo en la garganta.

—Pronto —les prometo—. *Em breve.*

—Oooh, ¿quién es ese? —pregunta Izzy, sonriéndole a Bruno. Ana se lo presenta con orgullo sosteniéndolo delante de la cámara, algo que a él no le hace demasiada gracia, a juzgar por su cara de indignación—. Qué mono —dice. En cuanto veo su expresión al mirar a mi sobrino, me doy cuenta de por qué he contestado al teléfono. Eso era lo que quería: reunir a todas las personas que más me importan—. Caray —exclama Izzy después de despedirnos y colgar. Y entonces, para mi horror, se le llenan los ojos de lágrimas. Casi sin darme cuenta, me agacho a su lado y le pongo una mano en el hombro—. ¡Estoy bien! —asegura ella, secándose los ojos con la manga—. Lo siento. Dios, qué vergüenza.

Cojo la caja de pañuelos de papel que hay sobre la mesa de centro e Izzy se limpia la cara, intentando no emborronarse el maquillaje.

Continúo agachado a su lado, enfadado conmigo mismo. No había pensado en cómo podía sentarle esta encerrona. Ella no tiene familia: no hay una sola persona en su vida que pueda decirle que la echa de menos al mismo tiempo que critica su guiso de pescado.

—Lo siento —digo—. Ha sido una falta de delicadeza por mi parte haberle contestado a mi familia.

—No sé por qué estoy tan disgustada. —Izzy se suena la nariz—. Antes me afectaba mucho ver a las típicas familias superfelices, pero hacía años que no me pasaba. Me ha pillado desprevenida, supongo. Y… no sé. Me he confiado un poco. No estaba preparada. —Sonríe con pena—. Puede que no me haya estado cuidando lo suficiente. Suele influir en mi capacidad de gestionar este tipo de cosas. —Trato de encontrar las palabras adecuadas, pero lo único que me viene a la cabeza es: «Yo quiero cuidar de ti para que no tengas que hacerlo tú todo por una vez»—. En fin. Hoy es tu día, no el mío ¿no? —dice, secándose los ojos con decisión—. Mejor dejar a un lado el tema de los autocuidados.

La comida ha sido un desastre. Por unos instantes, me planteo mandarla a casa para que se dé un buen baño y vea una película.

Pero... confío en que el plan que tengo para por la tarde la haga sonreír. Creo que puedo arreglarlo. Así que me levanto y le digo:

—Tómate tu tiempo. Nos vemos abajo.

Izzy está de pie con los brazos en jarras, examinando el fruto de mis días libres.

—Si creías que no iba a ser capaz de atreverme es que me has subestimado —dice, con los ojos brillantes.

Pensaba tener listo el parque de aventuras infantil para Navidad, pero, cuando acordamos que el jueves iba a ser el Día de Lucas, decidí terminarlo antes. Me cobré todos los favores que me debían y le di la tabarra a Pedro más que nunca con mi *chatice* y *perfeccionismo* (meticulosidad y perfeccionismo). Aunque dista mucho de estar acabado, se puede usar perfectamente. La Pobre Mandy ha tenido el detalle de cubrirnos en recepción un par de horas, así que no tenemos otra cosa que hacer que escalar por las cuerdas y colgarnos de los puentes de anillas.

Conozco a Izzy. Tiene la mente tan abierta como la de una niña: le encantan las aventuras. Pasar la tarde en las tirolinas y trepando a los árboles seguro que la hará feliz. Y, si acaba aterrizando en mis brazos durante alguno de los desafíos, tampoco me parecerá mal.

—Vas a ser mi cobaya —le explico—. Vamos a hacer todo el recorrido. —Le enseño el mapa que dibujé ayer casi de madrugada, en el que se indica el orden en el que hay que abordar cada elemento del parque infantil.

Su sonrisa es contagiosa.

—Pues vamos allá —dice.

Se le ilumina la cara mientras sube por la escalera y cruza el puente colgante. No tengo ninguna oportunidad de abrazarla, de ayudarla a subirse a alguna de las torres que he construido con palés ni de meterme en la casa del árbol con ella, porque, en cuanto entra, ya se está lanzando por la tirolina. Pero no pasa nada. Tal vez sea lo mejor. Ya sabemos que hay química entre nosotros. Hoy quiero demostrarle que podemos estar a gusto juntos. Que podemos dialogar en vez de pelearnos. Estar sentados uno al lado del otro en un silencio agradable en lugar de gélido.

Y también quiero demostrarle que no soy un capullo. Aunque eso me está costando más de lo que me esperaba.

—¡Ja! ¡Ya está! ¡Chúpate esa, Lucas da Silva! —grita Izzy, lanzando el casco al suelo mientras salta hacia la hierba desde la red de cuerdas—. Creías que me iba a hacer caquita, ¿verdad?

—No —respondo tranquilamente.

Me mira como si no me creyera.

—Confiesa. Querías que me quedara colgada en medio de la tirolina como Boris sobre el Támesis.

Esa referencia se me escapa, pero capto la idea.

—No lo he hecho para dejarte en ridículo —le aseguro, pero las tres últimas palabras quedan ahogadas por la llegada de los hijos de los Hedgers. Su padre los sigue corriendo varios metros por detrás, con el fino cabello gris al viento.

—¡Señorita Izzy! —grita el mayor de los niños—. ¡Yo quiero subir!

—Mierda —murmuro—. ¡Esta zona todavía no está abierta!

—Perdón, perdón, ya he visto la señal… —se disculpa el señor Hedgers, cogiendo en brazos al niño más pequeño y agarrando a Ruby de la mano mientras avanza hacia el mayor—. No, Winston, no te subas al… Ay, madre. Tranquilos, prometo no demandaros —nos dice a Izzy y a mí mientras Winston trepa por la torre de palés.

—Gracias —dice ella, mirando a Winston y volviendo a coger el casco—. Voy a… —Se acerca al niño para ayudarlo.

—Por cierto, quería hablar contigo —me dice el señor Hedgers, observando a Izzy mientras se pone debajo de su hijo, con las rodillas dobladas y los brazos extendidos, preparada para cogerlo si se cae.

—Usted dirá.

Ruby se suelta de la mano de su padre y dejo que se me enganche a la rodilla y se cuelgue como un mono mientras levanta la vista hacia mí, encantada.

—Una de las cosas que más me gusta de mi mujer es su firme convicción de que es capaz de conseguir cualquier cosa —dice el señor Hedgers. Parece cansado. Es un hombre alto y delgado, encorvado por naturaleza, pero tiene los hombros más caídos que de costumbre—. Pero no es verdad. Así de claro. Y necesitamos ayuda. Los del seguro dijeron que nos pagarían la estancia aquí por lo de la inundación, pero solo cubren hasta cierta cantidad. Y resulta que a partir del veintitrés de diciembre tendríamos que empezar a pagar nosotros. Annie ha peleado todo lo posible, pero ni siquiera ella es capaz de convencerlos. Estaba en el contrato… y nosotros lo firmamos. —Se encoge de hombros cansinamente—. Había un montón de páginas sobre esas cosas, pero, claro, solo le echamos un vistazo por encima y…

—Deberían habérselo explicado.

—Ya. Pero no lo hicieron. Y a los niños les hace muchísima ilusión pasar las Navidades aquí. No queremos tener que irnos a un sitio más económico justo antes del día de Navidad.

Reprimo un suspiro y miro hacia el parque infantil. Los Hedgers son una familia encantadora; los niños han llenado de alegría el hotel en los dos últimos meses. Se merecen una Navidad maravillosa, pero…

—Hablaré con los propietarios —prometo—. Pero debo advertirle que el hotel está pasando por un mal momento. Puede que no… Bueno… Déjeme hablar con la señora Singh-Bartholomew y con su marido.

El señor Hedgers me dedica una sonrisa lúgubre y cansada.

—Gracias —dice—. Y, si no te importa, no le digas a Annie que te lo he pedido… No soporta las obras de caridad.

Cuando por fin conseguimos sacar a Winston del parque infantil —un proceso que me recuerda al de arrancar un percebe de una roca—, pongo a Izzy al corriente de la situación con la aseguradora. Indignada, me acompaña a Opal Cottage con el pelo lleno de mechas de color fuego cayéndole sobre los hombros.

—¿Por qué son tan gilipollas? Si a las aseguradoras les sobra el dinero.

—Para ellos no es más que un negocio —respondo y me trago cualquier comentario sobre el tema al ver la mirada de furia que me lanza.

—Pues ellos son personas de verdad, no solo cifras. Pobres niños. Bastante trastorno está siendo ya todo esto para ellos. ¡Con lo que nos estamos esforzando para que se sientan como en casa, aquí en el hotel! —A Izzy se le saltan las lágrimas—. ¡Si hasta he puesto la estrella favorita de Ruby en lo alto del árbol! —¿Cómo he podido odiar a esta mujer en algún momento de mi vida?—. Las hojas de cálculo de contabilidad en las que has estado trabajando… ¿pintan muy mal? —me pregunta, mirándome.

Ya pintaban mal antes de que se hundiera el techo. Mientras intentábamos recuperarnos de las pérdidas de la pandemia, hemos ido acumulando deudas, nos hemos saltado las labores básicas de mantenimiento y hemos bajado los precios de las habitaciones para intentar estimular la demanda, una medida que no ha dado resultado. Tenemos muy pocas reservas, lo que a su vez hace que sea difícil asegurar la inversión. La señora S. B. y Barty dicen a menudo que no son «gente de números» y es obvio que el hotel no se estaba gestionando de forma rentable, ni siquiera cuando daba beneficios. El resultado es que ahora tenemos problemas muy graves.

—Sí —digo en voz baja—. Muy pero que muy mal.

Izzy suspira mientras llama a la puerta de Opal Cottage, ciñéndose el abrigo.

—¡Uy, qué bien! —exclama la señora S. B., dando media vuelta y regresando a las profundidades de la casa en cuanto abre la puerta. Entramos en la cálida vivienda, nos quitamos los abrigos y los colgamos en los ganchos de hierro flojos que hay al lado de la entrada—. ¡Estoy haciendo un bizcocho! —grita la mujer.

Izzy y yo nos miramos. Nunca hemos visto a la señora S. B. haciendo bizcochos. Cuando entramos en la cocina, nos damos cuenta de a qué se refiere: Barty está amasando con el delantal puesto y ella le está leyendo las instrucciones de un libro de recetas de AGA.

Les explicamos la situación financiera de los Hedgers mientras Barty le da unas palmadas a la masa y la señora S. B. le dice que no ha puesto suficiente levadura. Él se lo toma bastante bien. Los observo mientras Izzy habla. Es increíble cómo se complementan, aunque no dejan de pincharse discretamente. Nunca había analizado de esa forma a otras parejas, pero, de repente, ahora que me he dado cuenta de lo que siento por Izzy, veo a todo el mundo de otra forma. Me entran ganas de sentarlos a todos y preguntarles: «¿Cómo lo conseguisteis? ¿Cómo pasasteis de ser unos desconocidos a convertiros en una especie de persona dividida en dos?».

Yo nunca he tenido una relación así. Y, por mucho que piense que mi ex estaba equivocada cuando me dijo que no tenía corazón..., mientras estoy aquí de pie, al calor de la cocina de los Singh-Bartholomew, no puedo evitar preguntarme si alguna vez le entregué de verdad ese corazón a Camila.

—En circunstancias normales diría que sí sin pensármelo —dice la señora S. B. con tristeza—. Sabéis que me encantaría ayudar a los Hedgers. Pero, ante todo, tengo que cuidaros a vosotros. Es mi trabajo y no lo he hecho como era debido.

Barty extiende una mano harinosa para estrecharle la suya un instante y luego sigue amasando.

—Señora S. B., eso no es… —dice Izzy, pero la mujer le hace un gesto con la mano para que no siga.

—No —dice—. Me vas a hacer llorar. Si no os importa, prefiero hablar de trabajo. —Se sorbe la nariz—. La fiesta de Navidad.

—Ambos nos quedamos paralizados. Es un tema que no sacamos nunca—. ¿Qué? —pregunta, mirándonos a los dos.

—Nada —respondo, recuperándome antes que ella—. ¿Qué iba a decir?

—Solo quería saber qué tal van los preparativos para la de este año.

—¿Quiere dar una fiesta de Navidad? —pregunta Izzy, disimulando fatal el pánico.

—Por supuesto. Al fin y al cabo, puede que sea la última —dice Barty, secándose la frente húmeda.

La señora S. B. nos mira expectante. El año pasado se celebró a mediados de diciembre, en parte porque yo tenía los vuelos de vuelta a casa reservados para el 17 de ese mes y me había encargado de organizar el evento. Pero ya estamos a día quince.

—Ya que los dos vais a pasar aquí la Navidad, ¿qué os parece si la hacemos el día de Nochebuena? —pregunta la señora S. B.

En Brasil, el 24 es el día grande de las celebraciones navideñas, así que me viene de maravilla. No tengo planes para entonces y organizar una fiesta en el hotel será la forma ideal de no echar tanto de menos a mi familia.

Miro de reojo a Izzy. Parece tensa. Sin duda está recordando la discusión que tuvimos en el jardín las Navidades pasadas, el día de la fiesta. Le hablé a gritos y ella me respondió igual. Drew se quedó mirándonos en la puerta del hotel antes de soltarle: «¿Sabes lo que te digo? Que ninguno de los dos somos de tu propiedad».

Lo cual era cierto. Pero a ella le sentó como una patada en el culo.

Cuanto más estoy conociendo a Izzy este invierno, menos entiendo la forma en la que reaccionó aquella noche. Siempre he dado por hecho que estaba protegiendo a su amiga, pero Drew ha desaparecido de su vida sin dejar rastro. Creía que eran íntimas, pero, si lo fueran, Izzy no la habría dejado marchar; nunca deja marchar a ningún amigo.

Entonces ¿por qué estaba tan furiosa conmigo por haber besado a Drew?

Quiero pensar que Pedro tiene razón y que estaba celosa. Pero, aunque lo estuviera…, su reacción fue de lo más irracional. Llevo todo el año diciéndome que esa irracionalidad es algo típico de ella, aunque nadie más parece verlo. Pero eso no encaja con la Izzy que está a mi lado ahora.

—El 24 me parece genial —dice con un hilillo de voz.

—Uf, supongo que tendré que preguntarles a los albañiles cómo estarán las obras para esas fechas… —La señora S. B. mira distraída el teléfono.

Aprovecho la oportunidad.

—Si quiere delegar el tema de los albañiles y los decoradores, Izzy sería una excelente elección.

Esa es la expresión que quiero verle todos los días en la cara. Me veo obligado a desviar la mirada.

—¿Izzy?

—Por supuesto. Me encantaría. No me importa ocuparme de eso a partir de ahora. Si me reenvía toda la información sobre los presupuestos y demás…, puedo quitárselo de encima.

—Eso es delegar —dice Barty, señalando a su mujer con un dedo lleno de masa—. ¿Lo ves?

—¡Pues muchas gracias a los dos! ¿Y qué tal va lo de los anillos? —Nos miramos—. Uy. —Deja de sonreír—. Decidme que no vamos a tener otra bronca en la entrada. No más bígamos, por favor.

—No, no —dice Izzy inmediatamente—. Es que estamos… un pelín estancados. Pero tranquila. Lucas y yo estamos en ello.

—¡Bien! Pues venga, poneos a trabajar codo con codo en lo de la fiesta —dice la señora S. B., echándonos con la mano. Mientras salimos, la oímos regañar a su marido—. ¡Barty! Si haces eso, le quitas todo el aire.

Izzy

Lucas me pide que me reúna con él en su coche a las cinco y cuarto. Estoy allí a y diez, tiritando con mi abrigo de peluche y mi gorro de lana.

Él llega a las cinco y cuarto en punto. Se ha vuelto a poner la ropa de calle y, bajo el abrigo abierto, lleva un jersey grueso de color gris oscuro y unos vaqueros: parece un famoso al que han pillado tomando un café una mañana de invierno. Tiene el tipo de belleza que te lanza al estrellato.

—Gracias por llevarme a casa —digo mientras subimos al coche.

—No vamos a tu casa —replica Lucas.

—¿Qué?

—Aún sigue siendo mi día.

—Pero si ya hemos salido de trabajar —protesto. El día de hoy ha sido confusamente agradable, pero he tenido que pasar un montón de tiempo con él y no sé cuánto más voy a aguantar.

—Aún no he terminado contigo —dice con una leve sonrisa.

—¿A dónde vamos?

—A mi casa —contesta, saliendo del aparcamiento.

Nunca he visto dónde vive Lucas. Me imagino un sitio muy ordenado, con muchas cosas de madera pulidísima. La idea de invadir su espacio privado me pone un poco nerviosa y me despierta una curiosidad tremenda.

Vamos en silencio todo el camino. Tengo la mochila sobre el regazo y me aferro a ella como si fuera un animal de apoyo emocional. Vive a unos quince minutos en coche del hotel, pero a mí me parecen horas.

Pone la radio y por los altavoces del coche empieza a sonar «Last Christmas». Resoplo y giro la cara hacia la ventanilla. Esa canción siempre me hace pensar en él y no precisamente en plan bien. Sé que me está mirando y que no entiende nada, pero yo sigo concentrada en la nieve medio derretida que hay a los lados de la carretera. La canción es un oportuno recordatorio de que, por muy guapo que sea y por mucho que le hable bien de mí a la señora S. B., sigue siendo el hombre que besó a mi compañera de piso el día que le confesé lo que sentía por él y que luego actuó como si estuviera loca al ver que me había molestado. Total, una bandera roja tras otra.

Su piso no es en absoluto como me lo había imaginado. Es sorprendentemente acogedor y tiene mucho carácter. El sofá es de cuero viejo gastado y la mesa de centro de madera parece hecha a mano. Hay una cantidad impresionante de libros en las estanterías, una mezcla de obras brasileñas e inglesas; ignoraba que Lucas leyera. La mayoría son de no ficción, así que sospecho que aún estoy lejos de convencerlo para que lea mi colección de Sarah J. Maas, pero aun así estoy impresionada.

—¿Quieres una cerveza? —me pregunta, abriendo la nevera.

—Vale, gracias. —Cojo la botella que me ofrece—. ¿Qué vamos a hacer? ¿Qué clase de tortura me tienes preparada?

—Vas a hacer lo que yo hago por las noches —dice, cogiendo un surtido de verduras de la nevera—. Nada especial. Aunque seguro que tú encuentras la forma de convertirlo en una tortura.

Señala con un cuchillo una tabla de cortar que está colgada en la pared de la cocina.

—Jengibre, por favor. Bien picadito.

Una tarea ingrata, como era de esperar. Me pongo a pelar y miro a Lucas disimuladamente mientras corta un pimiento.

—¿Sabes? Hoy te has equivocado en un par de cosas. El parque de aventuras infantil me ha encantado. Y con lo de pintar el suelo has dado en el clavo. Me refiero a que es el tipo de cosas que me gusta hacer —le explico al ver que frunce el ceño como cuando no entiende bien lo que digo.

—¿Por qué te gusta pintar suelos?

—Me encanta mejorar las cosas —digo tras pensármelo un rato. Lo de cocinar juntos tiene un punto de intimidad. Me resulta inquietante. Echo de menos la presencia sólida y tranquilizadora del mostrador de recepción y el murmullo familiar de las voces del restaurante—. Antes de que murieran mis padres, estaba haciendo un curso de interiorismo —revelo para romper el silencio—. Se me había ocurrido la idea de montar una empresa de redecoración de espacios, pero sin materiales nuevos. Utilizaríamos todas las cosas recicladas que pudiéramos y, en la medida de lo posible, lo que ya hubiera allí, pero mejorado.

—Suprarreciclaje —dice Lucas.

—¡Sí! —exclamo—. Justo. En fin. Obviamente, tuve que dejarlo de lado, pero a lo mejor retomo el curso si nos quedamos sin trabajo.

Veo que se pone tenso al oír eso, mientras coge el jengibre, lo mezcla con el ajo que tiene en la tabla y echa todo en el aceite que chisporrotea en la sartén. Tiene el ceño fruncido. Me doy cuenta de que está preocupado por el tema. No sé cómo no se me había ocurrido antes. Supongo que es porque yo, más que preocupada, estoy triste. Perder a la familia que hemos formado en el hotel es lo que más me agobia. No he dedicado mucho tiempo a pensar en que tendría que buscar otro trabajo porque confío bastante en mi currículum y sé que hay unos cuantos puestos vacantes en la región. Pero supongo que Lucas lo tiene más difícil. No sé cuánto tiempo podría quedarse en el Reino Unido si se quedara sin empleo y sé que anda justo de dinero.

—A lo mejor todo se soluciona. Creo que Louis está pensando en invertir —comento.

—Mmm —dice él—. Louis tiene algo en mente, eso seguro.

Frunzo el ceño.

—¿A qué te refieres?

—A que lo que quiere es quedarse con el edificio. No creo que quiera el hotel.

Abro los ojos de par en par.

—¿Crees que quiere comprar la mansión? ¿Quitársela a los Singh-Bartholomew? —Ahora que lo dice, recuerdo a Louis las Navidades pasadas ofreciéndose a comprar el hotel y a la señora S. B. tomándoselo a broma. ¿Sería capaz de hacerlo? Nunca me había planteado que Forest Manor pudiera ser otra cosa, pero supongo que sería un bonito bloque de apartamentos, o de oficinas, o...—. No —digo, negando con la cabeza—. Louis me lo habría dicho.

Lucas se pone tenso al oír eso.

—La comida está lista —dice, pasándome un cuchillo y un tenedor.

Comemos en el sofá. Supongo que va a encender la tele, pero en vez de eso coge un montón de tarjetas amarillas de la mesita y se pone a leerlas mientras come. Echo un vistazo por encima de su hombro: parecen tarjetas de repaso.

—¿Estás estudiando? —le pregunto, sorprendida. No me había dicho nada. Él asiente mientras mastica. Espero a ver si dice algo más, pero no lo hace y tampoco me mira a los ojos. Me inclino hacia delante para coger el taco de tarjetas que hay sobre la mesa y empiezo a leerlas: «Modelos de toma de decisiones del consumidor»,

«Segmentación del mercado», «Productos perecederos y existencias», «Prestación de servicios hoteleros»...

—¿Gestión Hotelera? —pregunto—. ¿Estás estudiando Gestión Hotelera? —Lucas vuelve a asentir y pasa a la siguiente tarjeta como si nada—. ¿Así que ese es tu plan? —digo mientras el calor me sube por el pecho. Apuñalo el revuelto con el tenedor—. ¿Llegar a dirigir Forest Manor algún día?

—No. Para nada.

—Así podrías darme órdenes y yo no podría hacer nada al respecto.

—Aunque no te lo creas, no estoy estudiando para intentar ganarte en nada, Izzy. Lo estoy haciendo por mí.

—Ya —digo. Me siento aturullada y triste y no sé por qué. Ojalá no hubiera mencionado lo del curso de diseño de interiores que no terminé—. Bueno, me alegro por ti.

Siempre he sabido que Lucas cree que es mejor en el trabajo que yo, pero también he pensado siempre que está equivocado. Solo que ahora va a hacerlo oficial, sacándose un título y todo. Aunque nada de eso importa, porque es probable que nuestros caminos se separen el año que viene. Él se irá por ahí a dirigir algún hotel pijo y yo me quedaré con ese trabajo de camarera que siempre anuncian en la ventana de la cafetería Tilly's de Brockenhurst. Y no hay ningún problema. Por mí, encantada.

Lucas se levanta de repente, va hacia las puertas acristaladas que tenemos enfrente y las abre de golpe. Solo lleva una camiseta y unos vaqueros —se ha quitado el jersey mientras cocinábamos— y hace un frío que pela. Levanto las cejas cuando el viento frío me golpea al cabo de unos segundos y él dice:

—Aquí hace demasiado calor. —No puedo evitarlo: me viene a la cabeza una imagen de él en el gimnasio, con una gota de sudor resbalando entre los omóplatos. Dios. ¿Cómo es posible que este hombre me resulte a la vez tan repelente y tan sexy? Hasta en estos momentos, mientras sale al balcón diminuto y apoya los antebrazos en la baranda de cristal, me fijo en los músculos redondeados de sus hombros y en su nuca desnuda y morena. Lo lógico sería que el rechazo que me causa me hiciera desearlo menos, pero no es así. No sé en qué lugar me deja eso. Al menos soy coherente. No me dejo engañar con facilidad por la realidad. Lucas se queda en el balcón sin decir nada, así que cojo la manta que hay sobre el respaldo del sofá y me la pongo en las rodillas para sentirme más arropada, literalmente. La necesito: me siento superinestable, como si hubiera un terremoto en el edificio y todo estuviera temblando—. Izzy —dice. Nada más. Solo mi nombre. Ni siquiera se da la vuelta. Ha empezado a llover. Está cayendo esa lluvia fina y ligera que brilla al reflejar la luz—. No te caigo bien, ¿verdad?

La pregunta me sorprende. Eso se da por hecho, ¿no? Lucas y yo nos odiamos, todo el mundo lo sabe. Es testarudo, huraño y tiene mal genio; se empeña en ser borde conmigo en el trabajo y me ha rechazado tantas veces que, aunque careciera de orgullo, me resultaría difícil no guardarle un pelín de rencor. Y sobre todo, básicamente, siempre será el hombre que besó a mi compañera de piso el día que le entregué mi corazón.

—No —respondo despacio—. No me caes bien.

—Pero antes sí —dice Lucas, mirando hacia atrás un instante antes de volver a centrarse en la lluvia—. Antes de besar a tu compañera de piso. —Me envuelvo más en la manta. Nunca sacamos el tema. La única vez que hablamos de eso acabamos gritándonos en el jardín del hotel y él volvió a Brasil a la mañana siguiente. Pienso todo el rato en aquella tarjeta. Ahora que conozco mejor a Lucas, me lo imagino sintiendo vergüenza ajena al leer las partes más sentimentales. «Mi tierno y romántico corazón». Uf. Escribir eso en su tarjeta de Navidad me había parecido valiente y atrevido, lo típico que haría una mujer en una comedia romántica. Jem estaba convencida de que acabaríamos juntos y yo no dejaba de imaginarnos besándonos bajo el muérdago mientras él me abrazaba y me decía que sentía exactamente lo mismo que yo. Maldigo a Jem y sus novelas románticas—. ¿Y eso… ha desaparecido? —Baja la vista hacia la botella de cerveza que tiene en las manos.

—Pues sí, la verdad es que la cagaste —digo, volviendo a revivirlo todo: la sorpresa, la vergüenza, aquella conversación horrible con Drew cuando llegamos a casa. Ella sabía lo que sentía por Lucas y aun así lo besó. Y, vale, puede que no fuera el momento de recordarle el dinero que me debía del alquiler, pero, cuando se largó, me tiró una bola de Navidad a la cara, literalmente, así que creo que gané por goleada el concurso de niñas buenas.

—¿Que la cagué? —Por fin se da la vuelta—. ¿Qué querías que hiciera?

Lo observo.

—No sé, ¿no besar a mi compañera de piso bajo el muérdago?

—Venga ya, Izzy. Nunca he entendido por qué te pareció tan grave.

Desvío la mirada.

—Obviamente, tenías y tienes derecho a besar a quien te dé la gana.

—Gracias.

Ese «Gracias» me hace hervir la sangre. Dejo la cerveza sobre la mesa con demasiada fuerza.

—¿Es necesario que siga aquí? —le suelto. Él retrocede.

—No. Claro que no.

—Vale. Pues te dejo tranquilo, entonces. Buenas noches, Lucas.

—Izzy.

Otra vez, solo «Izzy». Empiezo a alejarme, pero inhalo bruscamente al darme cuenta de que Lucas está justo detrás de mí, agarrándome por el brazo. Se ha acercado rapidísimo; el contacto es inesperado y me pilla desprevenida. Estoy hirviendo de rabia, recordando cómo me sentí el año pasado, y el roce de su piel hace que me acalore aún más. Me tira del brazo para darme la vuelta y levanto la vista hacia él. Siento mi aliento frío en los labios entreabiertos.

Lucas parece cabreadísimo. He visto su mirada de frustración cientos de veces, pero esta noche es mucho más intensa y sé... sé que me desea.

—Me vuelves loco —dice con voz grave, con la mirada fija en mi boca. Me quedo callada. Ambos estamos respirando agitadamente, pegados, pero no pienso caer en la trampa y hacerle otra proposición para que vuelva a rechazarla. Si quiere algo esta noche, va a tener que dar el primer paso—. Lo he intentado —dice—. Lo he intentado con todas mis fuerzas. Y aun así...

Se acerca todavía más y me obliga a levantar la barbilla para mirarlo a los ojos. Es enorme, puro músculo, y está muy tenso.

No puedo resistirme. El hecho de que se esté reprimiendo apela a una parte de mí que es incapaz de rechazar un desafío. Siento que está a punto de sucumbir.

Le rozo el pecho con el mío. Él inspira bruscamente y ya está: fuera lo que fuese lo que impedía que Lucas se lanzara desaparece. Y me besa.

Es puro fuego. Me inclina hacia atrás y se apodera de mí con tanta pasión que me quedo a la vez sin aliento y sin equilibrio; me coge en brazos para lanzarme sobre los cojines del sofá, poniéndome una mano en el muslo mientras yo lo rodeo con las piernas. Me besa de forma agresiva y feroz, como si nos estuviéramos peleando. Me roza la lengua con la suya y yo le clavo las uñas en la espalda. El deseo nunca me había inundado de semejante forma, jamás había sucumbido tan rápido. Si él quisiera en este preciso instante, sería toda suya.

Entonces empieza a besarme un poco más despacio; no deja de hacerlo, pero se ralentiza un poco. Sus labios se vuelven lentos y lánguidos en lugar de voraces. Suelto un gemido y giro la cabeza hacia un lado, avergonzada por el deseo que habrá percibido en mi voz. Él vuelve a girarme la cabeza con un dedo y me mira fijamente a los ojos.

—Si vamos a hacer esto, no quiero que desvíes la mirada —dice con voz ronca y un acento muy marcado.

Trago saliva. Estoy aquí tumbada, sin aliento, con las emociones a flor de piel y Lucas encima de mí, mirándome. No sé si es por costumbre o por orgullo, pero de repente siento la imperiosa necesidad de volver a tener la sartén por el mango.

—Si vamos a hacer esto, habrá que poner unas cuantas reglas —replico.

Estamos sentados cada uno en un extremo del sofá, mirándonos con desconfianza. Él tiene un cojín sobre el regazo, como un adolescente, y yo me estoy abrazando las rodillas para que no note que me tiemblan. Me aclaro la garganta.

—¿Por qué no me has besado antes? ¿En la habitación del hotel, por ejemplo? —le pregunto—. ¿Por qué precisamente ahora?

Lucas mira hacia las puertas acristaladas. Siguen abiertas, pero creo que ninguno de los estamos sintiendo el frío.

—Porque tenías razón. Que dos personas que se odian se besen... —traga saliva— es raro y retorcido.

—Ya. —¿Lo dije en serio? ¿De verdad eso es lo que creo? Ahora mismo solo puedo pensar en cuánto me ha gustado y en lo mucho que me gustaría volver a hacerlo—. Y, entonces, ¿qué ha cambiado?

Lucas baja la mirada hacia el cojín.

—Lo que ha cambiado es que ha dejado de importarme que sea «retorcido». Yo te deseo. —Levanta la vista—. Y tú me deseas. Somos adultos, podemos tomar nuestras propias decisiones mientras no hagamos daño a nadie.

Asiento.

—Opino lo mismo. Y por eso creo que tenemos que poner algunas reglas. Vamos a hacerlo de forma prudente y sensata, para poder quitarnos esta espinita de una vez por todas. —Lucas da un respingo—. ¿Qué? —pregunto, poniéndome tensa. Sé que me desea, ahora mismo eso es innegable, pero, después de haberme arriesgado tantas veces, no puedo evitar esperar que vuelva a salir al balcón y que la cosa se enfríe de nuevo.

—Entonces ¿solo va a pasar una vez? —pregunta.

—Pues claro —contesto, un poco escandalizada—. Por favor, no me refería… No te voy a pedir que salgas conmigo ni nada de eso, estoy hablando de una sola noche.

Su expresión es inescrutable. Al cabo de un rato, asiente.

—Vale.

—A ver, regla número uno —digo, poniendo la espalda recta—. Esto no cambia nada. No hace falta que finjas que nos llevamos bien después de habernos acostado.

Él me mira fijamente.

—¿Quieres que nos comportemos como siempre en el trabajo?

—Exacto.

—¿Así que piensas seguir reorganizando el cajón del material de oficina y haciéndome decir «Registro de Reservas» todo el rato?

—¿Qué? ¿Creías que besándome ibas a conseguir que fuera amable contigo?

Lucas esboza una sonrisa ladeada.

—No —dice—. No exactamente. Vale. ¿Cuál es la siguiente regla?

—No contárselo a nadie del trabajo.

Él se pone serio.

—¿Tanto te avergüenzas de mí?

—No —digo, frunciendo el ceño—. No es eso, es que… trabajamos juntos.

—Mmm.

—No sería bueno para el hotel que todo el mundo empezara a cotillear sobre nosotros. Ya sabes cómo es la gente.

Recupera su habitual expresión pétrea.

—Vale. De todas formas, no pensaba decírselo a nadie.

Me doy cuenta de que le molesta que intente hacerme con el control de esto. Pero me da igual, porque ya estoy acostumbrada. Además, mi cuerpo sigue vibrando por la intensidad de ese beso y esto me gusta. Me gusta que nos presionemos mutuamente.

—Última regla —digo—. Es solo sexo. No pienso quedarme a pasar la noche. Olvídate de hacer la cucharita. Así será más... —la palabra que me viene a la mente es «seguro», pero digo—: sencillo.

Lucas aprieta los dientes.

—«Sencillo» —dice.

Se me queda mirando durante tanto tiempo que empiezo a sentirme incómoda y mi confianza flaquea un poco. He encajado demasiados golpes de él. Sé que no le caigo bien. Me lo ha dejado clarísimo. Solo espero que la atracción que hay entre nosotros prevalezca sobre eso, pero siempre existe la amenaza de que su cerebro entre en acción en cualquier momento y le recuerde todas las razones por las que no deberíamos hacer esto.

Además, se nota que está pensando. Y eso no es nada bueno.

Pero el momento pasa y, de repente, como si hubiera tomado una decisión, Lucas tira el cojín al suelo y me agarra por el tobillo, rodeándolo con el índice y el pulgar. Su expresión no ha cambiado, pero veo que el pecho le sube y baja más rápido de lo normal.

—¿Alguna regla más? —pregunta, subiendo la mano por la pantorrilla—. ¿O ya has terminado?

No se me ocurren más reglas. No soy capaz de pensar en nada más mientras me toca.

—No.

—Vale —dice, llegando con la mano al muslo—. ¿Y ahora qué?

Va subiendo los dedos despacio, muy despacio. Mi tensión también aumenta, propagándose como el fuego por la yesca.

Posa las yemas de los dedos sobre la costura de mis vaqueros. Me quedo inmóvil, mirándolo fijamente a los ojos. No tengo ni idea de cómo hacer esto. Me he imaginado tirándome a Lucas un montón de veces, pero siempre había pensado que arrancaría de forma explosiva, como el beso de hace un rato. Nunca imaginé que la cosa empezaría mirándonos a los ojos mientras me acaricia despacio; creí que nos lanzaríamos a los brazos del otro y que yo no tendría que dar el salto.

Me analiza la cara. Siento una mezcla explosiva de excitación y terror. Lucas me pone muchísimo, pero no confío en él en absoluto. ¿Seré capaz de hacerlo? ¿Seré capaz de acostarme con él sin implicarme, sin bajar la guardia? Por muchas reglas que haya puesto, la verdad es que nunca me he enrollado con nadie que me caiga mal.

Lucas vuelve a bajar la mano por mi pierna y se detiene en el tobillo, donde ha empezado.

—En la legislación sobre los derechos del consumidor hay una cosa que se llama «periodo de reflexión» —dice.

Me quedo perpleja.

—Ah, ¿sí? —Hemos pasado de la mano en la parte superior del muslo a la legislación sobre los derechos del consumidor a la velocidad del rayo; yo sigo estremeciéndome de deseo.

—Sí. Hay un periodo de tiempo durante el que se puede cambiar de opinión. Creo que eso es lo que nosotros necesitamos.

—¿Qué? No —digo rápidamente, incorporándome—. A mí me parece bien. Ya me he decidido.

Me acerco más a él en el sofá y sonríe. Es una sonrisa lenta y lánguida que nunca había visto antes. Es muy muy sexy y dice: «Sé lo que quieres y sé que puedo dártelo».

—Aun así, creo que es mejor… esperar un día o dos —dice, alejando la mano de mi pierna.

—¿Qué? No. ¡No!

—Solo un día o dos.

Lo miro fijamente. ¿Está loco? ¿Quiere que me vaya de su casa justo ahora?

—No tenemos por qué esperar.

Él levanta un poco las cejas.

—Solo un día o dos.

Dios. ¿Cómo puede ser tan capullo?

—Lucas…

—Un par de días.

Joder.

—¿No quieres hacerlo? —le suelto, retrocediendo y volviendo a doblar las rodillas contra el pecho—. Porque…

—Izzy, estoy intentando portarme como un caballero —dice—. Hoy es mi día, ¿recuerdas? No quiero que te sientas… presionada.

—¡No me siento presionada! —aseguro—. Creo que he dejado bastante claro lo que quiero.

—Mmm. —Lucas ladea la cabeza—. Pues entonces mañana seguirá estando claro. Podemos esperar una noche. —Yo trago saliva y me paso las manos por el pelo, intentando tranquilizarme. Me siento como si no tuviera huesos. Lo único que quiero es fundirme con él—. Izzy —continúa, con un tono de voz más dulce—, quiero que te lo pienses. Quiero que estés segura.

—Ya lo estoy —declaro una vez más, pero me quedo callada al ver su expresión resuelta. Conozco esa cara. Lucas ya ha tomado una decisión—. De acuerdo —digo, poniéndome en pie—. Mañana, después del trabajo. —Siento por todas partes el rastro de la última media hora: el calor de su mano en el tobillo, la aspereza de su barba incipiente en la mejilla, el deseo frustrado en las entrañas. Bajo la mirada hacia él, que sigue en el sofá, y vuelve a sorprenderme lo diferente que es aquí. En el trabajo es muy serio y reservado, pero ahora lleva puesta una camiseta arrugada, parece relajado y tiene los ojos vidriosos. Me resulta supersexy verlo así. Solo quiero sentarme en su regazo y besarle la insolente curva del labio inferior—. Pero que sepas que, si de verdad vas a hacerme esperar a mañana por la noche, pienso amargarte el día todo lo que pueda —le advierto.

Él esboza una sonrisa casi imperceptible.

—Es la oportunidad ideal para torturarme —replica—. No esperaba menos de ti.

LUCAS

I zzy dio por hecho que el periodo de reflexión era solo para ella y no la corregí. Pero yo también lo necesito.

—Ha sido una idea genial —dice Pedro en portugués, por encima del ruido de la máquina de café—. ¿No te dije que deberías haberte acostado con ella al principio?

—Supongo que por eso he venido a verte esta mañana, en vez de llamar a mi hermana —digo con ironía, echando un vistazo a los clientes que esperan a ser atendidos en Smooth Pedro. Estoy sentado en un taburete al lado de la caja registradora. Había pensado en ofrecerme a ayudar en la hora punta del desayuno, pero la última vez que lo hice Pedro no paró de darme azotes con el paño de cocina, así que he llegado a la conclusión de que es mejor no hacerlo—. Esperaba que me dijeras que no estoy loco de remate.

—¡Claro que no estás loco de remate! ¿Un moca con poco café y leche de avena? —pregunta, cambiando al inglés y dedicándole una sonrisa insinuante a la mujer que está primera en la cola.

Ella le devuelve la sonrisa y se echa los rizos rubios por detrás del hombro.

—Gracias, Pedro —dice—. Eres el mejor.

—Y tanto —responde él, guiñándole un ojo. Exhalo un suspiro—. ¿Qué? —me dice.

—Me estás poniendo aún más difícil pensar que eres una persona sensata. Los hombres sensatos no van por ahí guiñando el ojo —digo, pensando con amargura en Louis, que lo hace al menos una vez al día y es un capullo integral.

—¿Por qué narices quieres ser sensato? Quieres liarte con esa chica, ¿no? —Asiento mientras me bebo el batido Yowsa (jengibre, rúcula, naranja y zanahoria)—. ¡Pues a por ella!

—Pedro...

—Solo digo que te está ofreciendo algo. No es exactamente lo que tú quieres, claro, porque tú quieres matrimonio, bebés... —Lo fulmino con la mirada. Él sonríe—. Pero por algo se empieza.

—Por algo se empieza.

Eso mismo me dije anoche. Parece que Izzy está programada para pensar lo peor de mí. La razón por la que todo lo que hice ayer me salió mal fue porque ella estaba dando por hecho en todo momento que yo intentaba fastidiarla al máximo. Cuando llegamos a mi casa, me sentía frustrado; ella se iba a marchar y yo sabía que, si la besaba, me correspondería. Resistirme más me parecía imposible.

—Lo de las reglas es una buena idea: así evitas colarte por ella —opina Pedro, limpiando la cafetera y echándose el trapo al hombro. Esas dichosas normas me sacan de quicio. Pero sé que Pedro tiene razón: mis sentimientos empiezan a ser peligrosos y, si no existe ningún límite cuando nos acostemos, corro el riesgo de pasarlo mal—. Ya eres mayorcito, Lucas. ¿De qué tienes miedo?

Cierro los ojos.

—Me siento como si me estuviera guardando la única carta que me quedaba y ahora fuera a jugarla —reconozco finalmente—. Solo hay una cosa que le interesa de mí y estoy a punto de dársela.

La siguiente mujer de la cola está pidiendo. Pedro agacha la cabeza para escucharla y se da la vuelta para empezar a preparar un café con leche y chocolate blanco.

—Pareces una chica estadounidense a punto de perder la virginidad, *cara* —dice Pedro. Entonces se da cuenta de que está hablando en inglés y se echa a reír mientras toda la cola se gira para mirarme.

—Gracias.

—Perdón. Solo digo que no estás renunciando a nada. Acostarte con ella implica cercanía. Implica conversaciones íntimas y todas esas hormonas que las mujeres segregan cuando se acuestan con alguien.

— Pedro —digo, frotándome la frente.

—Vale, si quieres verlo en plan romántico, vas a enseñarle cómo podrían ser las cosas si estuvierais juntos. Muchas historias de amor importantes empezaron en el dormitorio. ¡Mi hermano se enrolló con su mujer una noche de rebote! Y ahora tienen una cantidad de hijos tremenda.

La verdad es que eso me resulta muy útil.

—Gracias, Pedro —digo.

—¡De nada! Y no olvides usar protección, *cara*, ¡los condones son tus amigos!

Por supuesto, lo dice en inglés. Me bebo el resto del batido, lo fulmino con la mirada mientras se ríe por lo bajini y voy hacia la puerta.

Cuando llego a Forest Manor para hacer el turno, me doy cuenta de que la sensación que tengo en el estómago me resulta bastante familiar: es la de llegar al trabajo y preguntarme con qué me sorprenderá hoy Izzy. Aunque en parte también es nueva. Y se debe a la emoción y la expectación por lo de esta noche. Al hecho de pensar en su cuerpo sabiendo que tengo derecho a hacerlo, porque, en cuestión de horas, a menos que ella haya cambiado de opinión, la tendré entre los brazos.

Pero no es Izzy la que entra por la puerta en ese momento, sino Louis. Con una camisa blanca desabrochada y un abrigo de lana caro, su imagen es la del típico inglés moderno.

—Hola, Lucas —dice, dando una palmada sobre el mostrador, que está lleno de estuches viejos para puros. Mandy les ha estado haciendo fotos al acabar el turno para «esos vídeos breves de Instagram con canciones»—. ¿Está Izzy?

—Aún no ha llegado. ¿Quiere tomarse un café en una mesa del bar?

No soporto tener que ser educado con este tío. No soporto que él pueda comprarle flores a Izzy y yo no.

—No, no puedo entretenerme. Solo quería preguntarle si sigue en pie lo de esta noche.

Tardo demasiado en contestar y él ladea la cabeza, arqueando las cejas. Recordándome que es un cliente y que ignorarlo no es una opción.

—No lo sé —contesto—. Pero no ha comentado que tuviera ningún plan.

—La voy a llevar al mercado navideño de Winchester. Aparcar es una pesadilla, pero tengo un amigo con una plaza en Fulflood, así que eso está solucionado —explica con una pequeña sonrisa, como diciendo: «¿A que soy un suertudo?».

Izzy no puede quedar con Louis. Esta es nuestra noche.

—¿Quiere que le deje algún mensaje? —le pregunto.

—No, tranquilo —dice Louis, dando otra palmadita en el mostrador antes de irse—. Ya le mando un mensaje.

La tensión que había descargado en el gimnasio vuelve a apoderarse de mí. El teléfono suena y respondo demasiado rápido, agradecido por la interrupción.

—Ah, hola —saluda la persona del otro lado de la línea, sorprendida.

Louis me dice adiós con la mano mientras va hacia la puerta y resisto la tentación de corresponderle con un gesto grosero.

—Soy Gerry —añade el hombre del teléfono—. Mi hijo me ha comentado que una mujer lo ha llamado por algo de un anillo.

Me siento con la espalda más recta.

—Así es —respondo—. ¿Puedo ayudarlo yo?

—Ha pasado muchísimo tiempo, pero recuerdo que una señora perdió un anillo de compromiso mientras yo me alojaba en su hotel. Me pidió ayuda para buscarlo. Al final, no conseguimos encontrarlo. Me dijo que iba a encargar una réplica para no disgustar a su marido, que era un tipo encantador y la quería con locura. Lo siento, pero no recuerdo los nombres.

Tomo nota.

—¿Puede decirme a qué anillo se refiere, señor?

—A uno con una esmeralda. Una tal Izzy Jenkins me ha enviado un correo electrónico.

—Muchas gracias por llamar —le digo—. Ya lo he apuntado todo, le pasaré el recado.

Izzy entra justo cuando estoy metiendo la nota que he escrito debajo de su teclado, donde también tiene la lista de tareas pendientes. Todo yo me pongo tenso al verla y sonrío; no podría contenerme aunque quisiera. Está guapísima. Lleva el uniforme puesto, la mochila colgada del brazo, y varios anillos y pendientes dorados le brillan en los dedos y las orejas.

—Hola, Lucas —dice, arqueando fugazmente las cejas.

—Hola, Izzy.

La observo mientras se mete detrás del mostrador, guarda el bolso debajo de la silla y enciende el ordenador. Ella me mira de reojo, con la coleta dando botes. Sigue teniendo el pelo a rayas rojas y naranjas, y, además de la cadena fina de oro de siempre, lleva otra más, con un colgantito de un corazón roto. Me pregunto por qué habrá elegido esos complementos: las mechas de fuego y el corazón.

Lee la nota y frunce el ceño.

—¿Qué? —pregunto.

—Nada, es que… esto complica lo del anillo de la esmeralda. Si el otro miembro de la pareja ni siquiera sabe que lo perdió, porque la mujer lo mantuvo en secreto… — Frunce los labios—. Da igual. Lo conseguiré. —Abre un poco más los ojos al ver la lista de tareas—. Cuántas cosas tengo que hacer hoy. Hablar con Irwin sobre algunos problemas de los pasamanos, negociar precios que de verdad podamos permitirnos para el personal de la fiesta de Navidad, torturarte sin parar hasta la noche… —Me mira con una expresión de pura maldad en los ojos. El corazón me da un vuelco: al final no va a quedar con Louis. Tiene planes conmigo—. Va a ser un día largo —dice.

Me hace esperar hasta las once antes de hacer su primer movimiento.

Cuando vuelvo de la oficina de correos, me mira desde el mostrador y me dedica una sonrisa breve y maliciosa que me clava un anzuelo en el pecho antes de tirar de él. Luego se levanta, coge mi silla de oficina y la lleva rodando hasta la sala de objetos perdidos.

—¿Es que hoy voy a usar tu silla?

—¡Ven aquí, Lucas! —grita. Le sigo la corriente. Actualmente iría con ella al fin del mundo; aunque puede que siempre haya sido así. Cuando entro en la estancia, me quedo pasmado. Hay una mesa improvisada con un par de caballetes y, sobre ella, un montón de pinturas para la cara—. Estoy un poco oxidada. Necesito a alguien para practicar antes de la fiesta de Navidad —dice Izzy, señalando mi silla de oficina, que ahora está en medio de la habitación. Se acerca a la puerta y la cierra con pestillo. El sonido hace que sienta escalofríos en la piel, como si me hubieran acariciado con la yema de un dedo—. Siéntate —me pide al ver que no lo hago.

—¿Quién ha decidido que hoy es el Día de Izzy? —le pregunto, arqueando las cejas.

—Por favor, siéntate —insiste. Esta vez obedezco.

Moja un pincel pequeño y puntiagudo en un rectángulo de pintura azul, lo humedece con agua y lo vuelve a mojar. Observo cómo frunce el ceño mientras se concentra, apartándose el pelo de los ojos con el dorso de la mano. De repente, todo su ser me resulta fascinante.

Me pregunto cuándo comenzó. Si hubo un momento exacto en el que empecé a enamorarme de ella. ¿De verdad la he odiado alguna vez? Ahora me parece impensable.

Izzy me posa el pincel sobre la sien, acercándose tanto que me roza las rodillas con los muslos. La pintura está fría y me estremezco un poco. Ella hace un chasquido con la lengua mientras lo mueve, haciéndome cosquillas en la cara. Pincelada, pintura. Pincelada, pintura. Cada vez que se acerca a mí, tengo que luchar contra la tentación de mirar por el escote.

—Bueno, me tienes a tu merced —digo mientras me pinta el perfil de la mandíbula—. ¿Qué vas a hacer conmigo?

—Estaba pensando en algo tipo Jack Frost —dice, pero su sonrisa revela que sabe perfectamente a qué me refiero. Cuando vuelve a acercarse a mí con la pintura, se pega todavía más. Empiezo a entrar en calor y, sin pensármelo dos veces, muevo las rodillas para atraparle la pierna entre las mías. Ella da un respingo y el pincel se queda parado sobre mi mejilla. Sucumbiendo, echo un vistazo al triángulo de piel pálida que la camisa abierta deja entrever en el escote. Atisbo el borde de un sujetador de encaje blanco y la curva suave del pecho. No debería haber mirado. No me lo pone más fácil—. ¿Y qué? ¿Has cambiado de opinión sobre lo de esta noche? —me pregunta, apartándose para coger más pintura, pero dejando el muslo entre mis rodillas.

El pincel susurra al acariciarme el pómulo. Izzy se lame el labio inferior. Podría tenerla sobre mi regazo en medio segundo. Es lo que deseo. Y ella lo sabe.

—No. No he cambiado de opinión. ¿Y tú?

—Ya te dije que la decisión estaba tomada. —Asiento a modo de respuesta mientras ella se aleja para volver a mojar el pincel. Esta vez, cuando se gira hacia mí, me pone el pulgar bajo la barbilla y me obliga a levantar la cabeza y ladearla, dejando el cuello al descubierto. Me pasa el pincel por la zona de piel sensible que hay debajo de la oreja e inhalo cerrando los ojos. Ni siquiera me está tocando y ya me está hirviendo la sangre—. Podrías haberte acostado conmigo ayer, para tu información —dice. Ya lo sé. Y lo lamenté durante cada minuto de esa noche eterna—. Tienes un autocontrol férreo, ¿no?

—Ni se lo imagina—. Quiero saber qué pasa cuando te dejas llevar —susurra, acercándose un poco más—. Quiero hacerte perder la puta cabeza. —*Pelo amor de Deus.* Se me va a salir el corazón del pecho—. Listo —dice alegremente, retrocediendo y sacando el muslo de entre mis rodillas—. ¿Quieres verlo?

Abro los ojos. Me está mirando con esa expresión tan familiar y que tanto me cabrea: la sonrisa de satisfacción que pone cuando me gana.

Me pasa un espejito de maquillaje para que me mire. No tengo ni idea de lo que me voy a encontrar; podrían ser renos, muñecos de nieve o incluso la frase «Lucas es un capullo» escrita en la mandíbula. Pero es una pasada. Unos cuantos copos de nieve blancos y azules me bajan por la sien derecha hasta el lado izquierdo del cuello.

—No está mal —digo—. ¿Ahora puedo hacértelo yo a ti?

—¿Pintarme la cara tú a mí?

—Mmm.

Suena el timbre de recepción. Miramos hacia la puerta.

—Salvados por la campana —dice, yendo ya hacia el vestíbulo—. A lo mejor prefieres… quedarte aquí un rato.

—Sí —respondo, revolviéndome en la silla—. Creo que es mejor que vayas tú.

Al final nos toca servir las mesas durante la comida. Izzy se pone el uniforme de camarera en la sala de objetos perdidos y deja la puerta entreabierta, provocándome, tentándome para que entre con ella. Cuando sale y me ve pegado a la silla, empeñado en no mirar, me lanza una mirada de suficiencia, como diciendo: «¿Demasiado para ti?».

Imagino que sirviendo mesas estaré a salvo, pero nos cruzamos un montón de veces, siempre acercándonos tanto que nos rozamos el brazo, mirándonos a los ojos. Mientras estamos en esa habitación, no la pierdo de vista, siempre sé exactamente dónde está. En un momento dado, cuando pasa a mi lado para ir hacia la cocina, me susurra:

—¿Un día largo, Lucas? Nunca te había visto mirar tantas veces el reloj.

La estoy mirando descaradamente desde el otro extremo del comedor cuando entra el señor Townsend. Tras conseguir volver a centrarme en la pizarra con los platos especiales, me doy cuenta de que este me observa divertido, con curiosidad. Trago saliva.

—¿Puedo ayudarlo, señor Townsend? —le pregunto—. ¿Han llamado por teléfono?

Este invierno nos estamos apoyando mucho en él: es la única persona que siempre está en el vestíbulo.

—Es la hora de ir a Budgens —responde.

Merda. Echo un vistazo al reloj de los Bartholomew a través de la puerta del comedor, que está abierta para que Izzy y yo podamos ver la recepción. Tras unos cálculos rápidos, me doy cuenta de que el hombre tiene razón.

—El servicio de comidas acaba en media hora —le digo—. Después soy todo suyo.

—Estupendo. —El señor Townsend se detiene un momento—. ¿Por qué no invitas a Izzy?

—Me temo que no podemos prescindir de ella.

—Me gustaría que viniera. —Le lanzo una mirada de desconfianza. Él me mira con una cara de inocencia que me recuerda a la mismísima Izzy—. De hecho, permíteme que insista —dice el señor Townsend—. Creo que nos vendría bien a todos pasar un rato juntos fuera del hotel.

—Disculpe. ¿Puede traerme la cuenta, por favor? —me pide una mujer mientras su hijo hace garabatos en el mantel con la crema de guisantes—. Lo más rápido posible. Si puede ser ahora mismo, mejor.

—Nos vemos en media hora en el vestíbulo —le digo al señor Townsend.

—Con Izzy.

Este hombre tiene más carácter del que me esperaba.

—Eso dependerá de ella y de la señora S. B. —replico—. Y de Barty —añado al final.

El señor Townsend sonríe.

—Yo me ocupo de Uma —dice, apoyando el bastón en el suelo para ir hacia el vestíbulo—. Es incapaz de negarle nada a un huésped.

—Qué guay, ¿no? —dice Izzy, desde el asiento de atrás del coche—. ¡Una excursión en grupo a Budgens!

La cosa se ha salido de madre. No creo que el señor Townsend esté muy contento; sospecho que su objetivo era que Izzy y yo pasáramos un rato juntos fuera del hotel. Habrá visto cómo la miraba en el comedor y habrá decidido hacer de casamentero. Pero Ollie nos ha oído hablar de la excursión durante el almuerzo y, como no quería volver a quedarse en recepción, se ha inventado un ingrediente raro que supuestamente tenía que ir a buscar en persona para Arjun. Luego Barty se ha enterado y ha decidido sumarse para comprar dónuts. Creo que al final se ha quedado en recepción la señora S. B., algo que no pasa desde hace unos cuarenta años. Dudo que sepa usar el ordenador.

—¿Estás bien, Lucas? —me pregunta con amabilidad el señor Townsend desde el asiento del copiloto.

—Perfectamente —contesto, aunque siento un cosquilleo entre los hombros a causa del sudor.

Ahora mismo, en este coche, van conmigo Izzy, un huésped anciano, un pinche de cocina y mi jefe. Y, sin embargo, cuando miro por el retrovisor, solo la veo a ella. Y el fuego perverso de esos ojos verde *palmeira*. Parece que intuye cada vez que la estoy observando. Su mirada se cruza con la mía de forma brusca y contundente, como si estuviéramos intercambiado espadazos.

Ha dicho que hoy pensaba torturarme, pero apenas ha hecho falta: el día en sí ya está siendo una tortura. Cada minuto que se interpone entre una noche con Izzy y yo me parece una eternidad.

Cuando llegamos a Budgens, todo va bien durante unos impresionantes diez minutos. Aquí, lejos del hotel, me siento más tranquilo. Me resulta más fácil pensar en algo que no sea Izzy Jenkins, aunque esté en el mismo pasillo que yo.

Seleccionamos una caja de dónuts tras una larga discusión sobre cuál de los sabores disponibles es el mejor (están todos sobrevalorados; no son más que *bolinhos de chuva* con demasiado azúcar y poca personalidad). El señor Townsend elige el primero de sus tentempiés (galletas de mantequilla con una forma muy específica). «¡A la señora S. B. le gustan grandes!», grita Barty en el pasillo de refrigerados (se refiere a las placas de hojaldre). Entonces Izzy abre la mochila y saca el táper de los anillos, allí mismo, al lado de las neveras.

Inhalo bruscamente.

—¿Por qué los has traído?

—Quería hablar con el señor Townsend sobre el de la esmeralda cuando vayamos a tomar un café al salir de aquí —contesta, tratando de abrir la tapa. Aprieta el envase contra el abdomen y se encorva, intentando levantarla por una esquina con las uñas—. Estaba alojado en el hotel cuando lo perdieron y puede que recuerde algo, pero voy a comprobar si ese está aquí, porque lo he sacado para limpiarlo y… ¡Ah! —La tapa salta por los aires y los dos últimos anillos salen volando—. Mierda. ¡Mierda! —Se tira al suelo, como si estuviera bajo fuego enemigo.

—¿Qué? ¿Qué? —grita Barty, mirando nervioso a su alrededor.

—¡Que no cunda el pánico! —exclama Izzy, reptando por el suelo de Budgens—. ¡Tengo el anillo de bodas de plata! Solo falta el de la esmeralda… —Levanta la cabeza despacio. El anillo está entre los discretos zapatos de cuero perforado del señor Townsend, que lo mira boquiabierto. Un miembro del personal se detiene detrás de él, sin duda planteándose la posibilidad de preguntarle a Izzy qué está haciendo en el suelo, pero toma la sabia decisión de pasar del tema y fingir que no ha visto nada fuera de lo normal. Yo también intento fingir que no está pasando nada raro y lo hago mirando fijamente el techo—. ¿Señor Townsend? —pregunta ella.

—Ese anillo… —dice él con voz temblorosa. Izzy se levanta y se lo tiende. Las luces brillantes del supermercado rebotan en la esmeralda y una luz verdosa se proyecta sobre el suelo de vinilo—. Es el anillo de Maisie —declara el hombre, impresionado—. Es este. Pero si la enterraron con él. ¿Qué demonios está haciendo en tu táper?

Vamos todos a la cafetería y nos sentamos en una mesa redonda a comer los dónuts de Budgens con los cafés que hemos pedido. A mí me da un poco de apuro, pero a Barty no le da ni pizca de vergüenza y él es quien lo ha pagado todo.

Izzy explica lo que Gerry le ha dicho por teléfono. Que la mujer que perdió el anillo de la esmeralda encargó una réplica para que su marido no lo pasara mal. Que lo quería muchísimo y que había decidido ahorrarle el disgusto de contarle que había perdido el valioso anillo que le había regalado.

—No estoy triste —declara el señor Townsend. Parece pensativo. Gira la cara hacia la lluvia del exterior mientras parpadea lentamente detrás de las gafas—. En realidad es muy típico de Maisie. No soportaba disgustar a la gente. Me sacaba de mis casillas ver lo que era capaz de hacer para no incomodar a nadie. Además, siempre llevaba joyas falsas en el escenario, así que imagino que sabía dónde conseguir que le hicieran algo así.

—A mí me parece muy romántico —dice Izzy.

—Sí —opina Ollie—. Se tomó muchas molestias para que no se disgustara. Eso está muy bien, ¿no?

—Sí. Así es. —El señor Townsend abre la mano y mira el anillo. Es precioso. El favorito de Izzy de toda la caja, creo. Siempre está trasteando con él—. Maisie y yo no tuvimos una relación muy estable. Ella decía que íbamos y veníamos como las mareas.

—¿Rompieron alguna vez? —pregunto.

No sé si es porque el hombre es mayor o porque su mujer ha fallecido, pero siempre había imaginado que habían tenido una relación bonita y tranquila. Supongo que, en mi cabeza, la señora Townsend era una anciana de buen corazón que llevaba vestidos de flores y hacía bizcochos.

Claro que yo siempre he idealizado a los muertos. Como cuando imaginaba que mi padre había fallecido por un mordisco de víbora venenosa mientras salvaba una pequeña aldea o en una persecución a gran velocidad mientras servía en la Agência Brasileira de Inteligência.

—Uy, constantemente —dice con ironía el señor Townsend—. Pero siempre acabábamos volviendo. Nuestra historia era así. —Se encoge de hombros—. Nuestros amigos no lo entendían. Pero siempre he dicho que el amor adopta una forma distinta para cada persona. Unos se enamoran de una forma más directa y otros tienen un recorrido más… tortuoso.

El señor Townsend me lanza una mirada de lo más elocuente. Observo mi café americano mientras el teléfono de Izzy cobra vida junto a su taza.

—Perdón —dice ella, levantándose—. Me está llamando la señora S. B. Seguro que Dinah ha limpiado con lejía alguna antigüedad o algo así —comenta, dándose unos golpecitos en el labio inferior.

—Yo digo que Ruby se ha subido a algún sitio peligroso —contraoferto.

Ella disimula una sonrisa y pregunta:

—¿Gana el que más se acerque? —Asiento una vez con la cabeza mientras responde a la llamada—. ¡Hola, señora S. B.! ¿Que el bebé de los Jacob se ha hecho pis en la alfombra del siglo dieciocho…?

—He ganado —susurra Izzy mientras sale de la cafetería. Arqueo las cejas. Yo diría que eso es discutible.

—¿Nos tomamos otro? —pregunta Ollie. Se ha pedido un café gigante. No sé si deberíamos permitirle tomar tanta cafeína.

—Te acompaño para estirar las piernas —dice Barty, levantándose.

—Nunca pensé que uno de vuestros anillos especiales fuera mío —dice el señor Townsend mientras ellos van hacia la caja. Cierra la mano temblorosa con el anillo dentro—. Con la de vueltas y llamadas que habéis hecho… Siento no haber podido ahorraros las molestias.

—No es culpa suya —le digo—. Y creo que Izzy está disfrutando de la búsqueda. Parece que le importa mucho.

—Es normal, teniendo en cuenta que ella misma perdió un anillo —comenta el señor Townsend, mirando todavía fijamente el puño que tiene cerrado. Levanta la vista al ver que no digo nada—. Uy. ¿Era un secreto?

—Nunca me cuenta nada personal —comento, un poco dolido—. ¿Perdió un anillo?

—Me lo contó hace unos años, cuando estábamos hablando de su familia. Se lo regaló su padre al cumplir los veintiuno. Lo perdió bañándose en el mar, en Brighton —explica el hombre—. Muy triste.

—Recuerdo su cara cuando hablamos por primera vez del tema con la señora S. B.; tenía los ojos llenos de lágrimas. De repente me entran unas ganas absurdas de peinar el océano. A lo mejor el anillo de Izzy ha aparecido en alguna parte. Quizá podría... aprender a bucear—. Fue hace años —dice amablemente el señor Townsend—. Ese anillo se ha perdido para siempre.

Me aclaro la garganta y bajo la vista hacia la taza, avergonzado. No sabía que fuera tan transparente.

—Así que por eso le importa tanto —digo antes de beber un sorbo de café para intentar tranquilizarme.

—Supongo que en parte sí —responde él—. Pero también creo que a ella le gusta todo lo que tiene una historia. Y los anillos son objetos a los que los humanos damos mucho valor. Son símbolos de eternidad, de entrega, de todo tipo de cosas. Le habrían llamado la atención de todos modos. —Me mira fijamente—. Lucas..., ¿te gusta Izzy?

Me siento tan desconcertado y abrumado por las emociones del día que estoy a punto de contestarle con sinceridad. Pero, en cuanto abro la boca, pienso en mi tío e imagino lo que diría si supiera que le estoy contando mis problemas amorosos a un huésped. Y acto seguido me cierro en banda. Todo mi cuerpo responde a ese pensamiento. Espalda recta, barbilla alta, cara de póquer.

—Es una compañera muy profesional —digo.

No soporto seguir haciendo esto aun cuando Antônio está a miles de kilómetros de distancia. Aun teniendo mi propio coche, mi propio piso, mi propio trabajo y mi propio diploma... o casi. Pero es algo que tengo tan interiorizado que no sé cómo librarme de ello.

Estoy tan avergonzado que casi paso por alto algo importante que acaba de decir el señor Townsend: que a Izzy le gustan las cosas que tienen una historia detrás. No caigo en la cuenta hasta el viaje de vuelta a casa, mientras todos van charlando en el asiento de atrás. En las últimas semanas, ella solo se ha dado cuenta de cómo soy de verdad en contadas ocasiones y siempre ha sido en momentos en los que he dejado entrever algo que no tenía intención de revelarle. Como la razón por la que hago ejercicio. O por qué a veces levanto la voz y me cuesta tanto cambiarlo. En los momentos en los que le he demostrado que tengo una historia.

Me siento incómodo al darme cuenta. No me gusta compartir mis intimidades con nadie; no me educaron de esa forma. Pero no quiero ser así. Me gustaría tener un poco del coraje de Izzy, su amplitud de miras. Me gustaría ser capaz de pensar que, si dejara que la gente me conociera, tendrían una mejor opinión de mí, en vez de peor.

Izzy

Me alegro un montón de que el señor Townsend se lo haya tomado tan bien. No sé si podría soportar que la Operación Anillo volviera a fracasar. Hoy ya estoy bastante agotada. Torturar a Lucas también ha sido una tortura considerable para mí; la verdad es que esperaba que sucumbiera y me siguiera a la sala de objetos perdidos cuando me estaba cambiando.

—No volváis a marcharos nunca más —dice la señora S. B. cuando regresamos—. Y usted, caballero, ha agotado sus privilegios como huésped —añade, mirando al señor Townsend con severidad.

—Yo solo me he llevado a dos —señala este, yendo hacia su sillón—. Lo de los polizones no ha sido culpa mía.

—Eres un sinvergüenza —le dice la señora S. B. a Barty mientras él se inclina sobre el mostrador para darle un beso—. Más te vale haberme guardado un dónut.

Barty la mira con cara de culpabilidad. Estoy segura de que se ha zampado al menos cuatro.

—¡Bueno, otro anillo menos! —exclama Ollie, cruzando el vestíbulo a toda prisa medio agachado para que no lo vean a través del cristal de la puerta del restaurante. Todos los que hemos tenido que hacer de *sous-chef* este invierno hemos intentado evitar a Arjun, pero a él se le da especialmente bien—. Aunque sin recompensa —dice mientras se reúne con nosotros en el mostrador—. Ayer la señora S. B. me dijo que es probable que nos vayamos a pique y acabemos todos en el paro. ¿No puedes ponerte las pilas y devolver uno muy caro? Por aquello de salvarnos el culo.

—Ollie, esa es una versión muy simplificada de nuestra delicada charla entre jefa y empleado. Pero sí, conseguir otra recompensa como la que nos dieron los Matterson podría cambiarlo todo ahora mismo —dice la señora S. B., tendiéndome un montoncito de cartas y dándole la vuelta para que la de ÚLTIMO AVISO esté abajo en vez de arriba.

—El anillo que queda parece caro —comento, intentando no reírme al ver que Lucas acaba de darse cuenta de que la señora S. B. ha reajustado su silla de oficina y está haciendo un esfuerzo monumental para no protestar—. Puede que a la quinta vaya la vencida.

El último es una elegante alianza de plata martillada que está un poco torcida. Me encanta. No es tan bonito como el anillo de Maisie, pero está claro que es de diseño y apuesto a que su dueño era interesante; se nota.

Arjun se asoma por la ventana de la puerta del restaurante.

—¡Ollie! —vocifera.

—Mierda —dice este, agachándose demasiado tarde.

—¡Todavía te veo!

—Lleva desde el martes haciéndome trocear cosas sin parar —dice Ollie, desolado, volviendo a la cocina con desgana—. Si te dan una buena recompensa por el último anillo, ¿me compras una capa de invisibilidad?

—Ayer me dijiste que te encantaba ayudar a preparar la comida —comenta la señora S. B.

—Ya, pero me han salido ampollas —se lamenta Ollie, entrando en la cocina como si le hubieran encomendado salvar el mundo en contra de su voluntad.

—Pues sí que lleva con estilo el gorro de chef, ¿no? —dice con ironía la señora S. B., mientras lo observamos a través de la puerta.

—La verdad es que lo está haciendo de maravilla —opino.

—Ya lo sé. Es un fenómeno. Todos lo sois. Esto le está viniendo bien —declara la señora S. B., señalando la cocina con la cabeza—. Le gusta trabajar bajo presión. Igual que vosotros dos… disfrutáis con un poco de competencia sana. —Nos sonríe y por un momento vislumbro a la mujer que debió de ser cuando Barty y ella se enamoraron: unos años más joven que él y mucho menos convencional—. Me he enterado de que habíais hecho una apuesta con dos de los primeros anillos. ¿Hacemos otra?

—¿Otra? —pregunto mientras Lucas levanta lentamente la vista de la pantalla del ordenador.

—Sí. La Pobre Mandy ya ha hecho muchas veces de elfo de Papá Noel y este año quería darle un descanso —dice la señora S. B.

—¡No! —exclamo.

Mandy es un elfo de Papá Noel estupendo. Es la que entrega todas las tarjetas y los regalos del hotel. Yo escribo una para cada huésped, la señora S. B. y Barty compran detallitos para todo el mundo y la Pobre Mandy los reparte con ese disfraz de elfo tan ridículo, que debe de ser como de 1965. Ya es un clásico de la Navidad de Forest Manor.

—Sí —replica con firmeza la señora S. B.—. La pobre nunca se queja, pero el disfraz ya no le queda bien y no es justo. Iba a pedíroslo a alguno de vosotros dos. —Lucas gira lentamente la cabeza hacia mí.

—¿Qué os parece si… al que no devuelva el anillo le toca hacer de elfo?

—Ni hablar —suelta él.

—Es una idea genial —digo yo.

Me parece perfecto. Yo no tengo ningún problema en disfrazarme de elfo y repartir los regalos, excepto porque me gusta que la Navidad sea siempre igual que la anterior y por eso preferiría que la Pobre Mandy se encargara de ello. Pero firmo donde haga falta para que Lucas se disfrace de elfo.

—A mí seguro que no me sirve el traje —alega este.

Ahora la señora S. B. está en el lado del mostrador que usan los clientes. Se apoya sobre los antebrazos, con cara de estar disfrutando.

—Mandy es una costurera excelente.

—¿Y no puede arreglarlo para ella?

—Venga, Lucas —le digo—. ¿Es que tienes miedo?

—¿Es que tienes cinco años? —replica él, mirándome fijamente a los ojos.

—Será divertido.

—Todo esto es muy serio. No pretendo divertirme.

Le ha cambiado el tono de voz y me mira con más dureza. Trago saliva y aparto la vista, consciente de que la señora S. B. está al otro lado del mostrador. Lucas y yo llevamos así todo el día. Aunque seguimos discutiendo como siempre, esta vez hay algo de fondo, la realidad de la noche que nos espera. Cada vez que recuerdo lo que vamos a hacer, se me encoge el estómago como si estuviera en un avión que está pasando por una zona de turbulencias. Provocarlo ha sido una manera fácil de sentir que tengo el control, pero la verdad es que no tengo ni idea de lo que va a pasar en cuanto el reloj dé las cinco.

—Ya sé que la situación es muy seria, ¿vale? Soy consciente de lo que está en juego —digo con tranquilidad—. Pero la señora S. B. tiene razón. Trabajamos mejor con un poco de competitividad de por medio. —Saco una de las cajas de objetos perdidos. Necesito hacer algo con las manos—. Creo que hacer una apuesta sería lo mejor para el hotel.

—¿Y usted opina lo mismo? —le pregunta Lucas a la señora S. B.

—Totalmente —responde esta.

Él suspira.

—Vale —dice—. Voy a disfrutar mucho viéndote con esas botas de elfo, Izzy.

Otra vez ese algo de fondo y ese tonito insinuante, aunque solo estamos hablando de un puñetero disfraz de elfo.

—Esta vez no pienso perder —declaro—. Además, me quedarían genial esas botas y lo sabes.

Lucas me mira.

La señora S. B. se ríe encantada, dando unas palmaditas sobre el mostrador.

—Estupendo —dice—. ¡Estupendo!

Lucas permanece impasible. Me lo imagino con el disfraz de elfo y descubro, de forma bastante inquietante, que Lucas da Silva puede hacer que literalmente cualquier cosa resulte sexy.

Por fin, por fin, el reloj de los Bartholomew da las cinco.

Lucas deja de teclear de inmediato. Gira la cabeza para mirarme. Tras todo un día fastidiándolo a la menor oportunidad, tengo la sensación de que estoy a punto de recibir mi merecido.

—Conduzco yo —dice, cogiendo la bolsa y yendo hacia la puerta.

Salgo corriendo para alcanzarlo, peleándome con las correas de la mochila al salir.

—No pienso ir contigo —grito. Él aminora un poco el paso sin darse la vuelta y sigue cruzando la grava para ir hacia el aparcamiento.

—Ah. Prefieres salir con Louis esta noche —dice.

—¿Qué? No. No. —Por fin lo alcanzo—. ¿Cómo sabes que quería salir conmigo esta noche?

No he recordado que había quedado con él hasta esta mañana. Le envié un mensaje para cancelarlo y respondió: Mañana por la noche?

Su perseverancia es admirable, aunque un pelín enervante.

—Me lo ha contado él. —Lucas me dedica una mirada lúgubre—. Con todo lujo de detalles.

—Como esta noche tenemos... planes... he quedado con él mañana. Me refería a que no voy a ir contigo en el coche porque no me voy a quedar a dormir en tu casa —digo—. Después de... No puedo dejar el Smartie aquí.

Esta vez me mira con detenimiento. Me estremezco. Estoy excitada, nerviosa, emocionada y un poco recelosa, porque ese después del que hablo me parece una realidad incapaz de imaginar. ¿Cómo me sentiré al verlo desnudo? ¿Y al tocarlo? ¿Y al dejar que me toque?

—Ah, ya —dice Lucas lentamente, casi arrastrando las palabras—. Era una de tus reglas. —Saca las llaves del coche del bolsillo y echa a andar de nuevo—. Pues te recojo ahora en tu casa y mañana por la mañana te llevo allí de vuelta.

Se sube al asiento del conductor y lanza la bolsa al asiento de atrás.

Yo vacilo, mirando el Smartie.

—Mejor llevamos los dos coches —insisto.

—Eso es absurdo.

Lo es: la gasolina está por las nubes, el planeta se está muriendo e ir conduciendo detrás de Lucas en plan convoy haría que todo esto pareciera un poco sórdido.

Me subo a su coche e inhalo el olor a cuero limpio y a él. El interior está ordenadísimo. El mío está lleno de porquería: gomas del pelo, CD (el Smartie está anticuado) y botellas de agua que ruedan por debajo de los asientos cuando tomas una curva cerrada. El de Lucas está impecable.

Me tiemblan las piernas mientras conduce y las rodillas me chocan entre sí. Tenía intención de cambiarme antes de salir, porque este uniforme no es nada sexy. Al menos llevo ropa interior buena. Se me ha estado clavando en varias partes del cuerpo durante todo el día, pero ahora lo agradezco. Estoy acalorada por las expectativas y helada por los nervios.

Lucas me pone una mano en la rodilla.

—Todavía puedes cambiar de opinión, *meu bem*. —Tengo la sensación de que mi respiración se vuelve más ruidosa y todo lo demás más silencioso.

—No quiero.

—Aun así. Siempre puedes cambiar de opinión. —Me recuesto en el asiento, más relajada. Obviamente, ya lo sabía, pero me ha tranquilizado oírselo decir en voz alta. Algo ha cambiado desde que la puerta del coche se ha cerrado. Todo es distinto. Por ejemplo, él deja la mano en mi rodilla mientras conduce. La observo: Lucas da Silva tiene la mano encima de mi pierna. Alucino. ¿Cómo hemos llegado hasta aquí? ¿Y qué quiere decir «meu bem»?—. Hoy me has vuelto loco —comenta, apartándola para cambiar de marcha y volviéndola a poner donde estaba.

—¿No te vuelvo loco todos los días?

—Sí —dice con una voz casi sedosa, sin apartar los ojos de la carretera—. Pero no tanto.

—¿No?

—No. Hoy estabas especialmente irresistible.

Nunca me habían calificado de «irresistible». Extiendo la mano con indecisión y rozo la suya con los dedos; noto que le cambia la respiración al sentirlos. Se me hace rarísimo acariciarlo así. Considerarlo un hombre al que puedo tocar.

—Qué raro es esto, ¿verdad? —susurro—. Raro, pero...

—«emocionante», quiero decir, porque ahora mismo siento una excitación vertiginosa y embriagadora, como si volviera a ser adolescente.

—Raro pero agradable —dice él en voz baja y dulce.

—¿Puedo...? —Tengo la garganta seca. Trago saliva y me giro hacia él todo lo que me permite el cinturón de seguridad. Cambia la mano de posición sobre mi muslo y ese movimiento minúsculo hace que centre toda la atención en ese punto, como si de repente el calor de su palma sobre la pierna fuera lo único que importara en el mundo.

—Sí —contesta tranquilamente—. Puedes hacer lo que quieras. —Se gira para observarme durante una fracción de segundo, con unos ojos tan oscuros como el cielo—. Soy todo tuyo.

—Por esta noche —susurro y veo que le brillan los ojos.

—Sí. Por esta noche.

Voy a estirar la mano para tocarlo, pero, antes de hacerlo, el coche da una sacudida y salgo despedida hacia delante. Lucas me aprieta el muslo con fuerza y luego lleva la mano rápidamente al volante. El motor se ahoga un par de veces y avanzamos renqueando; entramos en un área de descanso de la oscura carretera comarcal y, de repente, estamos parados, con el freno de mano echado y jadeando.

—Joder —digo—. ¿Tu coche se ha...?

—Pues no lo sé —dice Lucas, mucho más tranquilo de lo que me siento yo.

—¿Crees que deberíamos...?

Él intenta encender el motor, que hace un ruido parecido al de un tren de vapor. Ambos ponemos cara de circunstancias. Calculo cuánto tiempo nos llevaría volver andando al Smartie desde aquí. Llevamos casi diez minutos conduciendo por vías rápidas, así que más o menos... hora y media a pie.

Mierda. Estoy demasiado excitada para una caminata.

—Voy a llamar al seguro —dice Lucas, sacando el teléfono del bolsillo. Abre la puerta como para salir del coche, se da cuenta del frío que hace fuera y vuelve a cerrarla de golpe susurrando una palabrota en portugués.

La conversación es breve —típico de él— y la conclusión es que llegarán en un par de horas.

—Yo tengo que esperar a que vengan —dice. Parece tranquilo, pero tiene los hombros tensos y murmura algo más en portugués antes de desabrocharse el cinturón y girarse hacia mí—. Pero si tú…

Se queda callado. Lo miro fijamente y observo que la concentración fría de su mirada se transforma en algo más pausado y ardiente. Nos miramos durante tanto tiempo que empieza a parecer un reto, una especie de desafío para ver quién aparta antes la vista. Me muerdo un poco el labio y el truco surte efecto: desvía los ojos hacia mi boca. He ganado.

—¿Si yo qué? —susurro. Lo observo mientras intenta serenarse.

—Si quieres irte, no hace falta que esperes conmigo.

—No me importa esperar —digo, pero la verdad es que, a estas alturas, ya no puedo más.

Él me besa primero, con rapidez y firmeza. Es justo como la última vez: pasamos de cero a cien en unos segundos, dejándonos arrastrar por una corriente de fuego, enredándonos con torpeza e intentando acariciarnos por encima del cambio de marchas a pesar del espacio que nos separa, hasta que al final nos despegamos frustrados, con el pecho agitado, y Lucas dice:

—Ven aquí.

Echa el asiento todo lo que puede hacia atrás. Me subo a su regazo. Él me mira, me aparta el pelo de la cara y me pasa las manos por los costados.

—Obviamente, no vamos a…

—No, aquí no —dice sonriendo mientras levanta la barbilla para pedirme a otro beso.

Me he liado con muchos chicos. Sé lo que se siente al dejarse llevar cuando te enrollas con alguien; el mundo desaparece y quedan solo los cuerpos y las respiraciones. Pero esto es… mucho más fuerte.

Más intenso. No sabía que un beso pudiera tener este efecto; es como si me vaciaran la mente y quedaran solo las sensaciones.

Lucas se mueve con una seguridad pasmosa, imponiéndose aun cuando está atrapado debajo de mí, pegándome más a él con una mano y enredándome la otra en el pelo para atraer mi cabeza y apoderarse de mi boca. Lo deseo tanto que siento la necesidad imperiosa y desesperada de acercarme todavía más, de tomar más de él y dar más de mí.

En diez minutos, hemos perdido el aliento y la cordura. «Obviamente, no vamos a...» se convierte en «No estaría bien» y, tras veinte minutos besándonos en el asiento del conductor como dos adolescentes, sin que un solo coche pase a nuestro lado por la oscura carretera comarcal, acaba transformándose en «A lo mejor...», «*Quero você*» («Te necesito»), «Dios, Lucas», «Por favor» y «Por favor, sí».

—Ay, madre. ¿Te lo tiraste en el coche?

Apoyo un momento la cabeza en el volante del Smartie. Estoy parada en un semáforo y Jem me habla por el altavoz desde el asiento del copiloto.

—Aún no me lo creo —digo—. Estábamos en una vía pública.

—¡Izzy! ¡No me esperaba eso de ti!

—¡Ni yo! Pero es que me puso a cien.

Jem se ríe.

—Te puso a cien. Qué mona. Bueno, pues me alegro por ti. Supongo que habrá sido genial, ¿no? ¿Fue genial?

Trago saliva y meto primera cuando el semáforo cambia. Claro que fue genial. Genial, alucinante y desconcertante. Estábamos apretujados en un coche, el volante se me clavaba en la espalda y todavía llevábamos parte del uniforme puesto, pero nunca había sido menos consciente de lo que pasaba a mi alrededor. Podría haber estado en cualquier sitio. Y todas las sensaciones se amplificaban, como en un sueño. Frente contra frente, sus manos aferradas a mi cintura, la forma en la que se movía debajo de mí, como si supiera exactamente lo que necesitaba, aunque ni yo misma habría sido capaz de expresarlo.

—Fue intenso —contesto con un suspiro mientras conduzco a toda velocidad hacia el hotel. Voy a llegar temprano. Nunca madrugo tanto, pero es que no podía dormir—. Supongo que, como nos odiamos tanto, todo se ha multiplicado, ¿no? Es un sentimiento potente y siempre ha habido atracción entre nosotros. ¿Es posible que follarte a alguien que odias sea en realidad la mejor forma de follar?

—Bueno… —responde Jem lentamente.

—¿No estás de acuerdo?

—Pues la verdad es que no, pero la cuestión es que… yo no tengo tan claro que os odiéis. ¿Tú sí?

Eso me pilla por sorpresa. Me doy cuenta de que voy a ciento diez y hago una mueca, pisando el freno.

—Por supuesto que nos odiamos. Se portó como un capullo conmigo las Navidades pasadas, ¿no te acuerdas?

—Claro que sí —dice ella—. Pero a lo mejor ya se lo has perdonado.

—¿Qué? Para nada. —Eso me ofende bastante—. ¡Si ni siquiera se ha disculpado ni me ha dado ningún tipo de explicación!

—Vale, ya sé que eres más de atesorar rencor que Gollum cosas brillantes…, pero ¿le has preguntado directamente qué fue lo qué pasó, pichoncito? A lo mejor no recibió tu tarjeta.

Me he planteado muchísimas veces esa opción durante el último año, deseando que hubiera sido así. Justo después del incidente del muérdago estaba tan convencida de que esa era la explicación que incluso seguí a la Pobre Mandy hasta su casa para volver a preguntarle si estaba segura de que le había dado mi tarjeta a Lucas y si tenía la certeza de que la había leído.

Y ella me dijo que sí, que la había leído. Y que se había echado a reír.

—Sí recibió la tarjeta —replico, con un nudo en la garganta. No me gusta pensar en eso y menos cuando todavía estoy cansada, dolorida y satisfecha por lo de anoche—. De todas formas, aún no te he contado lo peor. El servicio técnico del seguro llegó antes de tiempo y...

—¡No!

—No fue para tanto. Yo ya había vuelto a mi asiento. —Hago una mueca de vergüenza al recordar la cara de la mujer, la gracia que le hicieron mi pelo alborotado y mis mejillas coloradas—. Pero la chica se ofreció a acercarme a mi coche porque iban a tardar en arreglar el de Lucas, así que me despedí de él y me fui con ella.

—¿Cómo te despediste de él? —me pregunta Jem.

—Con un gesto raro de la mano.

—Pichoncito —dice con voz rebosante de ternura y me hace echarla de menos más que nunca—, es que no se puede ser más mona.

—Querrás decir «penosa». Pero fue genial: me fui a casa, me di una ducha y me centré en mis cosas. Creo que el sexo sin compromiso es lo mío.

—¿En serio?

—¡Claro! ¿Por qué no?

—Bueno, puede que no sea la persona más indicada para contestarte...

—Tú siempre eres la persona más indicada para contestarme —le digo.

—Sabes perfectamente que a mí nunca me pasaría algo así —dice Jem, riéndose—. Ni siquiera me entra en la cabeza, Izz.

Es demisexual, es decir, que solo se siente atraída por las personas si ha establecido un vínculo emocional. Para ella, acostarte con alguien a quien odias es una contradicción total, supongo.

—¿Crees que he sido tonta de remate? —le pregunto—. ¿Que no debería haberme acostado con él?

—¡Claro que no! No te estoy juzgando; nunca lo haría, ya lo sabes. Solo que no estoy convencida de que estés consiguiendo lo que quieres de una relación. Tú eres superromántica, Izzy. Siempre has querido una pareja que lleve jerséis de lana, que tenga una sonrisa bonita y una familia encantadora.

Ojalá no hubiera dicho lo del romanticismo. Me hace pensar otra vez en la puñetera tarjeta de Navidad.

—Bueno, de todos modos, esto no es una relación, así que no hay por qué preocuparse —le recuerdo—. Hablando de familias encantadoras… —digo, esquivando un bache.

—Ni se te ocurra. De hecho, estoy delante de casa con Piddles, en el mismo lugar en el que fumaba cuando era adolescente y soñaba con escaparme. Hay cosas que nunca cambian.

—Solo que ahora sí puedes escaparte. Ya eres adulta. No tienes que pasar las Navidades con ellos solo porque hayas vuelto a Washington. Te hacen sentir fatal, Jem.

—Ya, pero son mi familia —replica ella y oigo que se frota la frente, como hace siempre que se siente culpable o triste—. Tengo suerte de tenerlos.

Sé lo que quiere decir: «Tú no tienes a los tuyos».

—Ellos sí que tienen suerte de tenerte a ti —digo—. Ojalá pudieras entrar en esa casa y empoderarte como la mujer que siempre he sabido que eres. ¿Y qué si no eres médica, abogada o una empresaria podrida de dinero? Estás persiguiendo un sueño diferente y lo estás haciendo genial. Deberían estar orgullosos de ti.

—Soy una bailarina del montón que ha tenido su primera oportunidad a los veintinueve años, Izzy —dice Jem con frialdad—. Me pagan como doce dólares netos al mes.

—¿Y qué? Tienes un don, además de un corazón que no te cabe en el pecho, algo que personalmente creo que es muchísimo más importante que ser una «triunfadora». Que también lo eres. Así que sales ganando de todas formas. Aunque nosotras no consideremos que esto sea ninguna competición. Dios, qué difícil es estar a la altura de las expectativas de los demás, ¿verdad?

—Y tanto. —Jem resopla—. Gracias, Izz. Joder, me has hecho llorar.

—Tengo un montón de charlas motivacionales en la manga —digo—. ¿Te mando una a cada hora en punto, por si las necesitas?

—¿Quieres que me pase todas las vacaciones llorando?

—¡Solo de alegría! —exclamo, entrando en el aparcamiento del hotel.

LUCAS

Tenía un plan. Incluía vino tinto del bueno y velas. Besos lentos y charlas íntimas.

En ningún momento un coche parado en un área de descanso.

—¿Esta no es la típica conversación que deberías estar teniendo con alguno de tus compañeros del gimnasio? —me grita Ana al oído. De hecho, es donde estoy ahora mismo. Es el único lugar en el que me siento cuerdo en este momento. Estoy en la cinta, corriendo mientras sufro un ataque de pánico—. O con ese tal Pedro —propone.

—Para empezar, ha sido Pedro el que me ha metido en este lío —replico, secándome una gota de sudor de la barbilla.

Todavía no hay mucha gente y las personas que vienen al gimnasio por las mañanas son más serias y tranquilas. Lo cual me viene fenomenal.

—A no ser que Pedro sea el nombre en clave de tu pene, no creo que eso sea cierto —declara mi hermana.

Hago una mueca, avergonzado.

—La he cagado, ¿verdad?

—¿Tú crees que la has cagado? ¿No fue…? Bueno, ya sabes…, ¿bien?

Fue la experiencia más tórrida e intensa de mi vida. Jamás había deseado tanto a nadie. Cada instante que pasamos juntos en ese coche me sentí abrumado por la euforia, aunque no paraba de decirme a mí mismo que fuera más despacio para poder recordarlo todo, porque se trataba de un momento muy valioso.

Pero solo tenía una oportunidad.

Quería que Izzy me tomara en serio. Quería contarle mi historia, demostrarle que sí tengo corazón, en contra de lo que ella haya pensado siempre. Y, en vez de eso, me comporté como un adolescente impulsivo. Debería haber esperado a que llegara la grúa. Debería haberla llevado a mi casa para prepararle una cena tardía, besarla lentamente en el sofá y decirle lo guapa que es.

—Fue increíble, pero no como debería haber sido. Tenía un plan.

—Ah, un *plan*. Ya sé cuánto te gustan los planes.

Cada vez que Ana pronuncia esa palabra, rezuma desprecio fraternal. Frunzo el ceño y subo la velocidad de la cinta de correr.

—No es eso. Es que quería que fuera especial.

—¿Y no lo fue?

Sí. Pero no fue lo correcto. Era mi oportunidad de demostrarle a Izzy que de verdad había algo entre nosotros. Todo tenía que haber sido perfecto. Pero, en lugar de ello, estuve a punto de tener un ataque de pánico por el deseo, por la necesidad de que me diera más, y después llegaron aquellas personas para arreglar el coche y…

—¿Hola? ¿Lucas? Oye, aquí es tempranísimo y Bruno ya ha acabado la toma, así que en realidad solo sigo despierta porque soy una hermana increíble. Pero, como no digas algo pronto, me voy a quedar dormida.

—Lo siento. Vuelve a la cama —digo—. Te quiero. Dale un beso a mi sobrino de mi parte.

—Yo también te quiero. Y ni lo sueñes —replica—. No pienso despertar a ese bebé a menos que algo muy grande esté ardiendo.

Sonrío mientras cojo el móvil para volver a poner la lista de reproducción de entrenar. Estoy deseando volver a ver a Bruno en febrero. En cuanto se me pasa esa idea por la cabeza, me imagino a Izzy allí conmigo: dejando fascinada a mi hermana, haciéndole cosquillas a mi sobrino, riéndose conmigo mientras hacemos una barbacoa en el jardín. La imagen es tan potente que doy un traspié y tengo que agarrarme a la máquina de correr.

No quiero quitarme la espinita de Izzy. Después de lo de anoche, lo tengo más claro que nunca. Quiero el lote completo: su bondad, su entrega, su pelo en tecnicolor y su capacidad de ponerme siempre en mi sitio. Quiero llevármela a casa y hacerla mía.

En cuanto llego al hotel, queda claro que Izzy sigue tomándose sus reglas muy en serio.

—Hola, Lucas —dice, dedicándome una sonrisa radiante cuando llego al mostrador—. Tengo una pista sobre el último anillo. Será mejor que te pongas las pilas si no quieres vestirte como el pequeño ayudante de Papá Noel. Ah, también he encontrado un mago para la fiesta e Irwin dice que acabarán la escalera a tiempo. —Es tan... brusca. Fría, incluso. Pero sigue oliendo a azúcar y canela y sé cómo es la curva de su cintura. Y he pasado la lengua por el centímetro de clavícula que veo a través del cuello de su camisa—. ¿Podrías quedarte en recepción esta mañana para que me ocupe de las obras de renovación?

—Sí, claro —digo—. Pero Izzy...

Se aleja zumbando, con la melena al viento.

Me paso toda la mañana borrando las publicaciones de los objetos perdidos que hemos vendido e intentando descifrar su lista de tareas. Me muevo como un autómata, haciendo las cosas por inercia, mientras me pregunto: «¿No voy a volver a estar nunca más con Izzy?». El mero hecho de pensarlo me hace sentir vacío.

Y encima va a salir con Louis esta noche, lo cual empeora todavía más las cosas.

Nunca había estado así de celoso por ninguna mujer, aunque nadie me había engañado hasta que llegó Camila. Izzy es la primera persona que me gusta desde que esa relación terminó. Puede que Camila me cambiara, por más que se quejara de que era imposible hacerlo.

Hago un descanso en la sala de objetos perdidos, presionándome los párpados con los dedos para intentar serenarme. No soporto que mi relación con Camila me haya hecho más débil. Recuerdo lo que sentí cuando Izzy se metió en la piscina con Louis —esa sensación que estaba tan convencido de que no podía considerar miedo— y me pregunto si en realidad sí estaba asustado. Eso son los celos, ¿no? El miedo a perder a alguien.

—Esto es absurdo —susurro mientras vuelvo a recepción. Las imágenes se suceden en mi mente: Louis paseando con Izzy entre la multitud del mercado de Navidad, entrelazando los dedos, girándose hacia ella bajo el muérdago…

Suena el timbre.

—Siento molestarte, Lucas —dice el señor Hedgers al ver que me sobresalto—. Parece que tienes muchas cosas en la cabeza.

En realidad me estaba imaginando a Louis bailando lento con Izzy en una pista de hielo bajo las estrellas, pero espero que este hombre no se haya percatado de lo rápido que se me ha ido todo esto de las manos.

—¿Qué puedo hacer por usted, señor Hedgers? —le pregunto, revolviéndome en la silla. No está del todo bien desde que la señora S. B. se sentó en ella. Me muevo un poco de un lado a otro, pero no hay manera de que la cosa mejore.

El señor Hedgers me sonríe, desconcertado.

—Tengo un misterio entre manos y creo que tú podrías ayudarme. La señora Singh-Bartholomew nos dijo ayer que podíamos quedarnos. Que estábamos cubiertos hasta principios de año. Pero mi mujer dice que los de la aseguradora no han cambiado de idea; de hecho, esta mañana los estaba poniendo verdes por teléfono —comenta, haciendo una mueca—. ¿Habrá sido un error de la señora S. B.?

Frunzo el ceño. Me parece raro que haya cambiado de opinión. Ayer mismo le envié un correo electrónico con un resumen de mis sugerencias para recortar gastos en el hotel y no podemos permitirnos ir por ahí haciendo actos de caridad, por más que me gustaría ayudar a los Hedgers.

Le prometo investigarlo y le envío a la señora S. B. un correo electrónico rápido preguntándole si podemos reunirnos más tarde.

Después, me limito a trabajar.

Y ya está.

No veo a Izzy en todo el día. Entra y sale revoloteando de vez en cuando del vestíbulo, pero desaparece antes de que pueda hablar con ella. No sé si me está evitando a propósito. Espero que no. O tal vez espero que sí. ¿Qué significaría que me estuviera eludiendo?

Por fin me la encuentro delante de Opal Cottage justo cuando voy a reunirme con la señora S. B. La lluvia cae en gotas gruesas y constantes, e Izzy está bajo un paraguas azul cielo de lunares. Yo estoy usando el mío negro gigante, que es lo suficientemente grande para dos personas y nos mantiene alejados, como si cada uno caminara en su propia burbuja.

—Hola —dice, ruborizándose de inmediato.

Me relajo un poco. Esas mejillas coloradas revelan que no se ha olvidado en absoluto de lo de ayer.

—Hola —respondo. Me quedo mirándola a los ojos y ella se ruboriza todavía más.

La señora S. B. abre la puerta e Izzy entra corriendo. Yo la sigo más despacio, observando lo rápido que habla y cómo mueve las manos, como si necesitara tenerlas ocupadas. Me mira de reojo y luego vuelve a desviar la vista.

—Voy a poner el hervidor de agua —anuncia con voz aguda.

Sonrío al verla marchar. Ya me siento mucho mejor. Cuando Izzy está inquieta siente cosas que no esperaba sentir, lo cual significa cambio.

—Señora S. B., los Hedgers... —empiezo a decir mientras ella trastea en la cocina.

A la mujer se le ilumina la cara.

—Es estupendo, ¿verdad?

—Bueno, sí, me alegro de que se queden, pero... —miro a Izzy; esto no le va a gustar, y, aunque hace unas semanas me habría dado igual, ahora no soporto la idea de disgustarla— no podemos permitírnoslo.

Izzy me mira frunciendo el ceño.

—Ya lo sé —dice la señora S. B., extrañada—. Por eso me alegré tanto cuando recibimos la donación.

—¿Qué donación?

—En la página de Kickstarter del hotel. —La miro fijamente—. La abrió la Pobre Mandy —aclara, riéndose ante mi expresión de asombro—. Ha estado haciendo muchísimas cosas en internet durante sus turnos. —La señora S. B. suspira y se acomoda en el sillón mientras Izzy vuelve con varias tazas de té—. Estamos sacando algo de dinero por ese lado. Pero no va a ser suficiente. Necesitamos una inversión de verdad. He visto tu correo electrónico, Lucas, pero no te he contestado porque, francamente, es demasiado desolador para expresarlo con palabras. Lo he intentado todo, todo tipo de préstamos, todo tipo de personas. Louis Keele es nuestra última esperanza. —Me doy cuenta de que estoy rechinando los dientes y espero que no se oiga. No me fío ni un pelo de sus intenciones hacia Forest Manor—. Izzy, sé que te has hecho amiga de Louis. Por supuesto, no me gustaría pedirte que hicieras nada con lo que no te sintieras cómoda... —Definitivamente, ahora sí que se oye—. Pero ¿podrías intentar descubrir si hay alguna esperanza? Si le interesaría...

—Claro —dice ella, poniéndole una mano en el hombro a la señora S. B.—. Se lo preguntaré, ¿vale? Voy a verlo esta noche.

—Perfecto —dice la mujer, cerrando los ojos.

No, de perfecto nada. No es en absoluto perfecto.

Cuando salimos de Opal Cottage, Izzy se adelanta, pero la alcanzo en un par de zancadas y la agarro del brazo. Ella da un respingo y se gira. La lluvia ha amainado un poco y ninguno de los dos ha abierto el paraguas para el corto trayecto de vuelta al hotel. Cruza los brazos y se ciñe el abrigo.

—¿Sí? ¿Qué pasa? —pregunta.

—Hola. —Intento mirarla a los ojos, pero ella vuelve a desviar la vista—. ¿No vamos a hablar de lo que pasó? ¿Ni una palabra?

—Quedamos en eso, ¿no?

—Quedamos en seguir teniendo una actitud profesional en el trabajo. —Clavo la punta del paraguas en la hierba y aprieto con fuerza el mango—. Y solo te veo en el trabajo. ¿Eso significa que no vamos a volver a hablar del tema?

—Podemos hablar de ello, si te parece necesario. —Se me queda mirando—. ¿Te parece necesario?

No lo sé. Quiero disculparme con ella por no haber sido más romántico, aunque no era romanticismo lo que buscaba en mí. Supongo que Louis se lo proporcionará esta noche. Trago saliva y miro hacia Opal Cottage. La chimenea echa humo y por la ventana de la izquierda se ve el árbol de Navidad. Estamos en el jardín delantero, debajo del viejo roble.

—¿Ya te has quitado la espinita? —le pregunto, volviendo a mirarla. Cambio el mango del paraguas de una mano a otra varias veces mientras ella las mira.

—Mmm —responde—. Sí, todo solucionado. ¿Y tú?

Hay algo en su voz que me hace dudar. Con cuidado, poco a poco, intento acercarme más. Ella se queda donde está, mirándome fijamente a los ojos. Recelosa, pero también excitada, creo. Recuerdo lo ruborizada e inquieta que estaba cuando hemos llegado a Opal Cottage y me pregunto si habrá estado pensando en mí tanto como yo en ella hoy.

—No, Izzy. No me he quitado la espinita. —La lluvia está volviendo a caer con más fuerza, golpeando las ramas que hay sobre nosotros. Alargo la mano para limpiarle despacio con el pulgar una gota de lluvia de la mejilla. Ella inhala bruscamente al sentir el contacto y me mira a los ojos, pero no se aparta, así que dejo la mano donde está, enmarcándole la cara. Me empieza a latir el corazón con un ritmo grave, obstinado e insistente, como siempre que estoy lo bastante cerca de ella como para besarla. Detecto esos pequeños cambios que me indican lo que quiere Izzy. La espalda recta, como si la atrajera hacia mí, y las pupilas dilatadas. Un polvo en un coche y ya soy capaz de interpretar su cuerpo mejor de lo que jamás he interpretado sus pensamientos—. Pero tú ya no quieres saber nada más de mí, ¿verdad? —digo.

—¿Qué creías que iba a pasar? ¿Que nos enrollaríamos y de repente te encontraría irresistible? —exclama, pero las palabras se le atragantan y mi confianza aumenta. No ha respondido a mi pregunta.

—Hace tiempo que me encuentras irresistible —digo, sonriendo al ver un brillo de irritación en sus ojos. Para Izzy y para mí siempre ha habido una línea muy fina entre la rabia y la excitación—. Ese era el problema, ¿no?

—Yo no diría… —replica, pero se interrumpe. Me he acercado más a ella y ahora está apoyada contra la corteza del roble, con el pelo brillante por el agua de lluvia y el pecho subiendo y bajando rápidamente—. Lucas —susurra.

Tengo el corazón desbocado. Aparto la mano de su mejilla y apoyo el antebrazo en el árbol, por encima de su cabeza, de manera que nuestros cuerpos quedan solo a unos centímetros de distancia. Ella me mira con la boca entreabierta. Veo el cambio en sus ojos, el momento en el que se relaja. Se está dejando llevar. Se está olvidando de la vida real y acordándose de mí. Esperaba sentirme victorioso, pero en realidad siento una emoción inesperada: me encanta que su cuerpo confíe en el mío.

—Dime que me vaya a la mierda y te dejaré en paz —murmuro, bajando la boca para dejarla suspendida sobre el punto suave y secreto que descubrí anoche en su cuello—. Dime que no quieres saber nada más de mí.

—Pues...

No acaba la frase. Premio la confesión con un beso ardiente sobre su piel fría que la hace gemir.

—¿Qué creías que iba a pasar? —Repito su pregunta con la boca pegada a su piel—. ¿Que nos acostaríamos y que de repente seríamos capaces de resistirnos el uno al otro?

La puerta de Opal Cottage se cierra de golpe y nos movemos a la vez: ella se aparta de mí mientras yo me alejo del árbol, lanzándome a por el paraguas cuando se me escapa de la mano.

—¡Dile a los de Barclays que se lo metan por el culo! —grita Barty, caminando por el sendero—. Ah, hola, chicos —saluda al pasar a nuestro lado y vernos merodeando bajo el árbol con cara de culpabilidad—. ¿Volvéis al hotel?

—No, yo mejor... voy a... —Nunca había visto a Izzy tan colorada—. Voy hacia allí —dice, adentrándose en el bosque.

—¿Le pasa algo? —me pregunta Barty mientras echamos a andar de nuevo hacia el edificio principal.

Me aclaro la garganta mientras el calor de mi cuerpo vuelve a disminuir. No tengo muy claro qué es lo que acaba de suceder debajo del roble, pero estoy encantado. Porque, definitivamente, algo ha sido. Y, después de haberme pasado todo el día pensando que nunca más iba a volver a besar a Izzy, ese algo es genial.

—No le pasa nada —respondo—. Es que estábamos discutiendo otra vez.

—Vaya dos —dice Barty, negando con la cabeza—. Siempre estáis a la gresca, ¿no?

Vuelvo a toser.

—Sí, más o menos.

Izzy

Pero ¿qué me pasa?

El objetivo de lo de anoche con Lucas era evitar que ocurrieran cosas así. Cuando vuelvo al hotel, tras un desvío frío e innecesario por el bosque, estoy empapada y me lo encuentro en recepción. Me mira con los ojos entornados, divertido. A pesar del tranquilizador paseo por la espesura, vuelvo a entrar en calor en cuanto cruzamos la mirada.

—¿Te traigo una toalla, Izzy? —me pregunta.

—No, no hace falta —replico con obstinación, chorreando sobre la alfombra del vestíbulo.

Él sonríe y vuelve a centrarse en la pantalla del ordenador.

—Como quieras —dice, como si no acabara de acorralarme contra un árbol, besarme en el cuello y ponerme a cien.

Puñetero robot humano. Siempre tan exasperante y desconcertante.

Me cambio de ropa en el spa y consigo esquivar a Lucas durante el resto del día a base de ingenio. En un momento dado hasta tengo que fingir que me ha dado un calambre, y, cuando Ollie me pide que le lleve unos manteles, acabo rogándole a Ruby Hedgers que lo haga por mí. Ella me informa de que eso es explotación infantil e intenta chantajearme y sacarme una pasta; al final consigo evitar la visita a los tribunales dándole uno de mis paquetes de gatitos de gominola.

Al menos estoy haciendo avances con el anillo. Hay un nombre en la lista de huéspedes que esta semana me ha llamado la atención: Ricitos de Oro. Cuando algún famoso se aloja en el hotel, suele registrarse con un seudónimo; solo unos cuantos miembros clave del personal conocen su identidad. Ricitos de Oro tiene toda la pinta de ser uno de esos sobrenombres. Interrogar al respecto a todo el hotel me lleva casi toda la tarde y es la distracción ideal.

—Izzy, si recordara quién se alojó aquí en 2019 con el nombre de Ricitos de Oro, te lo diría solo para que te callaras —dice Arjun enfadado cuando me paso por la cocina para preguntárselo por tercera vez—. Hoy parece que te has metido crack. ¿Por qué estás tan nerviosa?

—¡Por nada! —grito, bajándome de la encimera y deseando que mis compañeros no me conocieran tan bien.

Una vez en casa, con el uniforme mojado secándose encima de los radiadores, todo me parece mucho más sencillo. Tuve un lapsus momentáneo en Opal Cottage, nada más. Obviamente, la cosa nunca estaría exenta de medias tintas: no podía pasar de encontrar a Lucas irresistible a parecerme de repente repulsivo. Estaba claro que iba a haber un periodo de transición. Estoy en ello. No pasa nada.

Me llega un mensaje de Sameera: Hola, queríamos saber si tú y el gruñón del recepcionista buenorro estáis follando como conejos ahora que se ha abierto la veda, jajaja.

Lanzo el teléfono al sofá, que está en el otro extremo de la habitación, y sigo poniendo la ropa a secar. La cuestión no era romper el precinto, sino quitarme la espinita. En serio. ¿De qué va Sameera?

Esa misma noche, mientras paseo con Louis por los puestos navide-ños de Winchester, respiro hondo para calmarme y recuperar el con-trol. El mercado es tan mono que mi romántico corazón está a pun-to de estallar. La sidra caliente con especias, el olor a naranjas secas y ponche de huevo, las risas de los niños correteando entre los pues-tos... No puede ser más romántico.

Una segunda cita perfecta.

Entonces ¿por qué preferiría estar en otro sitio?

—No se trata simplemente de tener dinero para invertir —dice Louis. Me pone todo el rato la mano en la espalda mientras camina-mos entre la gente. No lo hace en plan sobón, pero está empezando a molestarme—. El dinero es importante, por supuesto, pero tengo que tener en cuenta la diversidad de mi cartera —explica—. Pensar con la cabeza, no con el corazón.

—Bueno, la verdad es que ese no es mi fuerte —digo con ale-gría—. Pero que sepas que tenemos muchos planes para Forest Manor.

Intento volver a animarme y centrarme en las cosas buenas de Louis. Por ejemplo, en que cumple todos los requisitos. Y en que le dije que le daría una oportunidad. Pero, desde lo de The Angel's Wing, cada vez me gusta menos y, una vez iniciado el proceso, es muy difícil revertirlo. De repente, su pelo engominado me parece grasiento en vez de elegante y creo que guiña el ojo con demasiada frecuencia. Ni siquiera tengo muy claro que esa cara que pone de estar escuchándome caballerosamente sea sincera, la verdad.

—Ah, por cierto. Quería preguntarte por Arjun —dice—. ¿Desde cuándo está en Forest Manor?

—¿Arjun? Uf, desde siempre. Pero se formó en algún lugar del norte con un chef muy famoso que tenía varias estrellas Michelin. ¿Por qué?

—Simple curiosidad. ¿Sabe mucho de vinos?

—Muchísimo, la verdad. Somos famosos por nuestra bodega. Si quieres probar algo en particular, puedes pedírmelo a mí.

—¿Y por qué crees que Arjun se ha quedado tanto tiempo en Forest Manor?

Frunzo el ceño, pensando en lo que Lucas dijo sobre los planes de Louis para la mansión. Rodeo con dedos entumecidos el vaso de chocolate caliente con sabor a pan de jengibre.

—Creo que le encanta el hotel. Igual que a mí.

—Sí, pero... —Se da cuenta de que esto se parece más a un interrogatorio que a una conversación y se echa a reír—. Lo siento. Solo quería saber si se quedaría. Es un gran activo y si voy a invertir en el hotel... —Me relajo un poco. Si quiere a Arjun, no puede tener en mente convertir la mansión en apartamentos—. ¿Por qué os gusta tanto Forest Manor? —me pregunta—. Aunque es muy probable que se vaya a pique el año que viene, ninguno de vosotros ha cambiado de trabajo. ¿Cuál es la razón?

Intento encontrar las palabras adecuadas para explicárselo. La magia del hotel en sus momentos de máximo esplendor: con los candelabros encendidos, música en directo y el bullicio cálido de una multitud feliz en el comedor. O las bodas: todas esas historias de amor que encontraron su final feliz con nuestros preciosos muros de arenisca como telón de fondo. Y, para mí, los cafés y las conversaciones a corazón abierto con Arjun cuando las cenas han terminado y ninguno de los dos quiere volver a su casa; las amistades que se van forjando poco a poco con huéspedes como el señor Townsend, que vienen año tras año, y la sensación de formar parte de algo que aporta alegría a un mundo difícil e intimidante.

—¿Sabes cuando la gente dice que un sitio es como su segunda casa? —le pregunto—. Pues creo que para todos nosotros el hotel es precisamente eso. Así que no solo estaríamos hablando de perder un trabajo..., sino también un hogar.

—Caray. Qué pasada.

Me doy cuenta de que no lo entiende. De repente, soy incapaz de aguantar más. Pensaba esperar otro poco, pero, mientras deambulamos entre los puestos, me sorprendo diciendo:

—Louis, creo que no deberíamos seguir viéndonos en este plan. No creo que haya chispa.

—¡Otra vez con eso! —exclama, dándome un codazo—. Izzy, prometiste relajarte y darle a esto una oportunidad en serio.

Frunzo el ceño.

—Y he hecho ambas cosas.

—De acuerdo, te he oído alto y claro —dice él tranquilamente—. ¿Te apetece un vino caliente?

—¿Qué? No, Louis, quiero irme a casa, ¿vale?

—¿Estás segura?

—Segurísima —respondo con énfasis.

—Muy bien —dice, sonriendo—. Pues vamos al coche.

Sigue charlando con calma durante todo el camino de vuelta. Al principio doy por hecho que está fingiendo, dado lo entusiasmado que estaba en The Angel's Wing, pero parece que está bien de verdad. Quizá él también estaba perdiendo el interés o puede que no quiera que me sienta mal por haberlo rechazado. Sea cual sea la razón, me siento aliviada: me preocupaba que se pusiera borde o incluso que esto afectara a su posible inversión en el hotel, pero sigue haciéndome preguntas sobre Forest Manor durante un buen rato cuando estamos ya delante de mi casa y luego se despide de mí con un abrazo, como si fuéramos amigos. Es agradable despedirme de él sin ningún tipo de remordimiento.

Una vez dentro, me acurruco en el sofá con un cuenco de cereales Krave y un episodio de *Crónicas vampíricas* que he visto tantas veces que me sé la mitad de los diálogos de memoria. ¿Qué más se puede pedir?

Pero no dejo de mirar el móvil. De abrir WhatsApp y volver a cerrarlo. Para ser sincera, estoy pensando en Lucas. Necesito saber qué está haciendo esta noche.

No sé por qué.

Uf.

Me quedo mirando fijamente la televisión. El problema es que lo de ayer por la noche fue… antológico. Me siento como si lo llevara todo grabado en la piel, como si, en lugar de quitarme la espinita, me la hubiera tatuado. El sonido de su respiración, la musculatura firme de sus hombros, las palabras que susurraba en un portugués dulce y apremiante…

Trago saliva. A lo mejor el problema es que fue todo demasiado rápido.

Quizá una hora escasa en un coche no es suficiente para quitarme la espinita de Lucas. A lo mejor necesito… un poco más.

Y entonces, justo cuando estoy a punto de sucumbir y abrir el WhatsApp, me llega un mensaje nuevo. De Lucas. Que no me escribe desde 2021.

Qué tal el mercado?, me pregunta.

Arrugo la nariz. ¿Desde cuándo le interesa cómo me ha ido la noche?

Precioso, respondo al cabo de un rato. Muy navideño.

Me quedo pensando y luego hago algo muy malo al añadir: Aunque estaba un poco distraída.

Distraída? Por qué?

Pensando en lo de anoche.

Tarda en contestar quince minutos en los que estoy a punto de morirme de la vergüenza. Doy vueltas en el sofá, intentando concentrarme en la televisión. Me planteo dejar el trabajo. Si no voy nunca más, no tendré que verlo después de haberle enviado este mensaje sin respuesta.

Cuando por fin me contesta, su mensaje me saca de quicio: Qué tal Louis?, pone sin más.

Escribo la respuesta antes de que me dé tiempo a pensármelo dos veces: Estás celoso?

Esta vez, responde inmediatamente: Sí. Lo sabía. Era una cita?

Y a ti qué te importa?, escribo.

Por favor, dime que te ha tratado bien.

Pongo los ojos en blanco.

Lucas.

Qué?

Acaso es asunto tuyo lo que pase entre Louis y yo?

Llaman al timbre. Engullo los cereales que me quedan y dejo el cuenco vacío sobre la encimera.

Lucas está en la puerta de mi casa escribiendo mensajes. Ha debido de salir hacia aquí en cuanto le he dicho que estaba pensando en lo de anoche.

Lleva su habitual abrigo negro abierto por encima de unos pantalones de chándal holgados y caídos, una camiseta de manga larga, y tiene una bolsa de lona a los pies. El hecho de que esté aquí, en la puerta de mi casa, me parece tan extraño, imposible y excitante como verlo recostar la cabeza sobre el asiento del conductor, con los músculos de los hombros tensos y los ojos clavados en los míos.

Nos miramos fijamente durante un buen rato a través del umbral, hasta que dejo de observar a Lucas y bajo la vista hacia la pantalla del móvil.

No. Pero puede ser asunto mío comprobar que estás bien.

—No —respondo en voz alta.

—¿Por qué?

Lo miro con los ojos entornados, aunque siento un hormigueo por todo el cuerpo. Algo que llevo todo el día intentando ignorar.

—No tienes derecho a estar celoso —digo—. Si ni siquiera te caigo bien, Lucas. De hecho, yo diría que esto no tiene nada que ver conmigo, sino con otro hombre. Se trata de una gilipollez machista y posesiva, lo cual es una bandera roja clarísima para mí, por si no hubiera ya bastantes.

—Te aseguro que ahora mismo no estoy pensando en Louis. Estoy pensando en ti. —Su tono de voz es brusco y su mirada profunda—. ¿No piensas dejarme entrar?

—¿Por qué iba a hacerlo? —Él no contesta. Pero no porque no lo sepa, sino porque le parece obvio—. Estás siendo muy pesado —le digo—. Tenemos unas reglas. Y tú las estás rompiendo.

—Pues dime que me vaya.

Nos miramos desafiantes, cada uno a un lado del umbral. Lenta, muy lentamente, Lucas deja de mirarme a los ojos para darme un repaso de arriba abajo. Observa el vestido de punto, los leggins y los calcetines de lana que me he puesto al llegar a casa. Y sube de nuevo hacia al escote del vestido, el único lugar por el que asoma algo de piel. Cuando levanta la vista para volver a mirarme, me siento como si me hubiera desnudado. El hormigueo se ha convertido en un zumbido insistente, como la sensación de mareo que causa un chupito de tequila al llegar al estómago.

—Quedamos en que solo sería una noche —replico, pero hasta yo me doy cuenta de que no parezco muy convencida.

—Pues entonces me voy —dice Lucas, sin moverse ni un milímetro. Guardo silencio. Él hace una pausa—. ¿Es eso lo que quieres, Izzy? —Para nada. Pero hemos puesto esas reglas por algo. El hecho de que fuera solo una noche me daba seguridad, podía hacerlo sin salir perjudicada. Pero concederle algo más a un hombre que me trae de cabeza todo el día, que se empeña en complicarme la vida y que se echó a reír cuando le dije que sentía algo por él sería peligroso—. Dime que me vaya —repite sin moverse de la puerta, con voz grave y áspera, a un solo paso de entrar.

Pero yo no lo hago. A pesar de todas las razones por las que debería hacerlo, ese zumbido grave y ardiente se apodera de mí y me impide echar a Lucas. Ahora sé lo que se siente al estar con él. No es solo una fantasía abstracta. Es algo real y eso hace que me cueste aún más resistirme.

Cruzo el umbral que nos separa y lo beso con fuerza, tirando de él hacia dentro y cerrando con un portazo brusco y seco.

No es que se quede a dormir, es que simplemente… no se va.

Dormitamos a ratos, pero pasamos la noche juntos en la cama. Desde que entra en mi piso y me estrecha contra él, apenas dice una palabra en inglés. Susurra en portugués mientras me recorre el abdomen, los muslos y la nuca, pero no hablamos.

Vuelvo a despertarme a las siete, tumbada sobre él, con una oreja pegada a su pecho y las piernas caídas a ambos lados de las suyas. No puedo creer que haya dormido así ni que él haya podido hacerlo. Siento su cuerpo caliente bajo el mío, pero tengo frío; el edredón está en el suelo, en alguna parte. Levanto la cabeza, apoyo la barbilla en sus costillas y lo miro. Él se mueve debajo de mí y un escalofrío me recorre entera al sentir su desnudez; es un estremecimiento fatigado y distante, pero está ahí.

Lucas abre los ojos y levanta la cabeza para mirarme. Ninguno de los dos dice nada. Me pregunto si debería sentirme avergonzada o cohibida, pero paso: no tengo la energía necesaria.

Él me frota los brazos.

—Estás helada —dice con voz gutural y cálida.

Ruedo hacia un lado para bajarme de encima de él y saco el brazo de la cama para coger el edredón. Lucas lo sube hasta arriba y comprueba que tenga los pies bien tapados. Me tumbo de lado y él hace lo mismo, volviendo a posar una mano en mi cadera. Ese contacto casual no me resulta extraño, lo cual ya es extraño de por sí.

—Lo siento —digo con voz un poco ronca—. Me he quedado dormida sin querer.

Él me mira fijamente, bien iluminado por la luz del dormitorio, que no llegamos a apagar ayer.

—No tiene por qué ser solo una noche —dice—. Ni dos.

Todavía no se ha ido y ya lo echo de menos. El planteamiento de que acostarme una vez con él haría que dejara de desearlo tanto me parece absurdísimo, ahora que conozco su cuerpo de esta manera. Los sonidos que hace, la forma en la que desliza las manos sobre mi piel, la confianza natural con la que me vuelve loca.

Debería cortar por lo sano. Hay tantas razones por las que esto es una mala idea que he perdido la cuenta.

Pero, en vez de eso, digo:

—Vamos a discutir un montón.

—Puede. Pero para eso están tus reglas —replica él, frunciendo el ceño.

—Es verdad, mis reglas. —Me muerdo el labio—. Sí. Pero… creo que vamos a necesitar una más.

—Más reglas, qué bien —dice Lucas.

—Nada de hablar del pasado cuando estemos juntos. Si no, las discusiones se volverán tóxicas.

Me recorre la cara con la mirada, como si buscara la respuesta a una pregunta. Yo me tumbo boca arriba y miro hacia el techo, sintiendo de repente demasiado calor bajo el edredón. No debo olvidar que él ya me ha mostrado quién es en realidad. Tengo que aferrarme a eso.

Pienso angustiada en cuánto me gustaría poder llamar a mi madre y contarle que me he acostado con quien no debía, para que me dijera qué hacer. Para que me protegiera y evitara que me rompieran el corazón. Para dejar de cuidar de mí misma aunque solo fuera una mañana.

—Vale. Pero yo también tengo una regla. —Me giro hacia él. Esta mañana está más desdibujado: tiene la mandíbula cubierta por un poco de barba incipiente y los ojos cansados. Cuando me muevo, me quita la mano de la cintura, pero luego vuelve a ponerla y me acaricia con el pulgar la costilla inferior—. No salir con otras personas —dice.

No me sorprende demasiado.

—¿Te refieres a Louis? —Lucas se queda callado, observándome. De repente me impresiona lo disparatadísimo que es tenerlo en mi cama y me estremezco. Él se da cuenta y me estrecha con más fuerza la cintura un instante, como para tranquilizarme—. Estás muy raro con ese tema —le digo, tratando de serenarme.

—¿Te gusta?

Yo vacilo. Sé perfectamente por qué no le he contado a Lucas que no hay nada entre Louis y yo. A pesar de todo lo que le he dicho sobre las banderas rojas, en el fondo me gusta que esté celoso, aunque eso me haga sentir culpable.

—No —digo por fin—. Le he dejado claro que no hay nada entre nosotros y que nunca lo habrá. ¿Contento?

Al cabo de un momento, me regala un atisbo de sonrisa.

—Contento —responde.

Aparto la mirada y cojo el móvil para ver la hora.

—Tenemos que irnos a trabajar —digo y siento otro escalofrío porque voy a tener que estar al lado de Lucas en recepción; se va a comportar como un pedante y un maleducado, y todo esto, esta noche de ensueño pausada y apasionada, desaparecerá en cuanto nos levantemos de la cama.

Lo observo mientras se arregla. Deja de ser el hombre que me ha vuelto loca para convertirse en el hombre que veo todos los días: camisa perfectamente metida por dentro de los pantalones, mandíbula perfectamente afeitada, espalda perfectamente recta. Mientras se pone el chaleco, abro Instagram en el móvil para distraerme y, mientras voy bajando por la pantalla, veo el vídeo de un perro, una recomendación de un libro y un post de Drew Bancroft.

Me detengo. Vuelvo a subir. Está diferente. Antes tenía el pelo largo y ondulado, y ahora lo lleva corto, desfilado a la altura de la oreja; además, ha cambiado las gafas cuadradas por unas redondas. «¿Podéis creer que este pibón no encuentre trabajo? Si tenéis algún puesto disponible, llamadme, os prometo que soy lo más y que NUNCA llego tarde (lol no es cierto, pero estoy en ello)», pone en el pie de foto.

Al verla, me resulta mucho más fácil recordar la humillación que sentí aquella noche. La mano de Lucas sobre su cadera mientras se besaban justo en el sitio en el que yo soñaba con hacerlo, la bronca que tuvimos en el jardín, su gesto despectivo…

—Vas a llegar tarde —me advierte, mirándome desde el espejo.

Apago la pantalla del móvil.

—No.

Consulta el reloj.

—Sí.

—No.

Me subo el edredón hasta el pecho e intento respirar más despacio. No puedo creer que se haya quedado a pasar la noche. No puedo creer que yo haya accedido a hacer esto otra vez. No puedo creer lo mucho que deseo hacerlo.

Estoy entrando un poco en pánico. Tal vez sea comprensible, pero preferiría que me sucediera sin Lucas justo ahí, delante del espejo de mi habitación.

Gira la cabeza hacia atrás y me mira, sin entender nada.

—Izzy, ya son y cuarto. Voy a llegar tarde. Y tú sigues desnuda debajo del edredón.

—Vete, Lucas, ¿vale?

Él frunce el ceño y coge la bolsa de lona.

—Muy bien. Como quieras.

Mientras sale de mi habitación, me digo que soy una persona adulta. Que puedo hacer esto si quiero. Y está claro que sí. Solo tengo que evitar bajar la guardia, eso es todo.

LUCAS

Cada noche que pasamos juntos, descubro algo nuevo de Izzy. Que tiene un grupito de lunares en el tobillo y cosquillas justo encima. Que su voz se anima cuando la llaman ciertas personas —Sameera, Grigg, Jem— y se vuelve seria cuando la llama cualquier otra. Que tiene una fotografía de sus padres en la mesilla de noche y a veces la toca distraídamente, como si acariciara a un gato.

Cuando falta una semana para Navidad, ya estoy coladito por ella. He perdido el control. Cada vez que nos tocamos, siento que mi delirio alcanza nuevas cotas y, cada vez que me dedica una sonrisa radiante y profesional en el trabajo, me duele un poco más. Creía que lo más peligroso de este acuerdo sería que Izzy perdiera el interés por mí después de que nos acostáramos. Pero parece que el verdadero peligro es que acabe enamorándome.

Cumplimos las reglas a rajatabla, pero a mí no me protegen en absoluto. Puede que no durmamos juntos, sin contar aquella primera noche extraordinaria en su piso. Pero seguimos abrazándonos, moviéndonos al unísono y enredándonos casi todas las noches.

No parece que Izzy se haya quitado todavía la espinita y yo soy más adicto a ella que nunca.

Una noche me manda un mensaje a las tres de la mañana: se ha desvelado y no es capaz de volver a dormir. Le propongo un cambio de escenario. A los veinte minutos está en la puerta de mi casa, al cabo de otros dos en mi cama y al amanecer se encuentra desnuda entre mis brazos, dormitando satisfecha. Observo cómo el cielo se va iluminando por el hueco que hay entre las cortinas y disfruto de la sensación de tenerla pegada a mí.

—¿Podemos hablar? —le pregunto.

Ella se queda petrificada.

—¿Hablar de qué?

—Quiero disculparme por haberme puesto celoso cuando fuiste al mercado de Navidad con Louis. —Se me acelera el corazón. Llevo días queriendo decírselo. Si pretendo que Izzy me considere un ser humano y me tome en serio, tiene que conocer mi historia—. Es que él hace que... Tú haces que... Bueno, yo me siento... —me corrijo, frustrado—. Me pongo de los nervios cuando estás con él. Mi última relación... —Izzy se pone tensa entre mis brazos. Sigo hablando, cada vez más rápido—. Camila me engañó. —Es doloroso decirlo en voz alta—. Luego actuó como... como si fuera culpa mía por no haberme entregado lo suficiente. Así que dijo que se había ido a buscar ese amor a otra parte. Sé que no es excusa para ser posesivo. Pero quería que supieras que hay algo más detrás de esos celos, que no soy solamente un hombre con un montón de banderas rojas, como tú dijiste. Quiero que entiendas que lo estoy trabajando. Quiero mejorar.

—Lucas... —Izzy se despega de mí y coge la bolsa que ha traído para pasar la noche—. Eso es... Gracias. Gracias por contármelo. Pero...

La cosa no está yendo como esperaba. Se ha puesto nerviosa y evita totalmente mi mirada.

—Izzy.

Parece molesta. Intento acercarme a ella, pero se aleja de la cama.

—Estoy preocupada por la hora —dice. La observo mientras recupera el control y vuelve a ponerse la máscara de la Izzy que veo en el trabajo: radiante, sonriente, dispuesta a todo. Es increíble. Tarda menos de cinco segundos.

—Aún tenemos treinta minutos. Puedes quedarte a tomar un café, si quieres —digo, un tanto desesperado.

Ella me mira con el ceño fruncido mientras se agacha para ponerse los calcetines.

—No hace falta.

—Quiero que te quedes. Me gustaría que lo hicieras.

Me cuesta soltarlo, y, en cuanto lo hago, me arrepiento: Izzy vuelve a abrir los ojos de par en par, alarmada. Es lo más cerca que he estado de decir «Me gustas» en voz alta. Para nosotros, esa frase probablemente tenga el mismo significado que un «Te quiero» para cualquier otra pareja.

—¿Quieres tomarte un café conmigo?

—¿Tan raro es?

—Pues sí —responde, frunciendo aún más el ceño—. En primer lugar, odias cómo lo preparo; siempre dices que me echo la proporción de leche y café en polvo equivocada...

—Pensaba hacerlo yo. Es mi casa, es obvio que lo prepararía yo. Y lo haríamos en la cafetera.

—Cómo no —replica. No sé si le parece divertido o irritante—. En segundo lugar, te tomas muchas molestias para no pasar más tiempo del necesario conmigo cada día, así que ¿por qué ibas a querer que me quedara en tu casa, pudiendo echarme de ella?

—Porque... ahora ya no es así. Ya no hago eso. ¿No te has dado cuenta?

—Y, en tercer lugar, tenemos reglas para esas cosas —dice, cada vez con los hombros más levantados y alzando más la voz.

—Claro —replico con frialdad—. Tenemos reglas. Cómo no.

—Lucas, no puedo hacer esto si empiezas… si empiezas a ser amable conmigo, a prepararme el café y… —Traga saliva—. Las reglas están ahí por algo. —No se me ocurre ni una sola buena razón para justificar sus puñeteras normas y me gustaría poder decírselo, pero veo el pánico en sus ojos y sé que, como pronuncie esas palabras en voz alta, me voy a quedar sin la pequeña porción de Izzy que tengo ahora—. Disfruta del café —dice, poniéndose el jersey—. Seguro que será extrafuerte y varonil, sin una gota de leche. —Me quedo mirándola. No sé qué decir. Ella se ruboriza—. A lo mejor deberíamos… poner fin a esto —propone—. Es demasiado… No deberíamos… Creo que no puedo seguir.

—¿Qué? No. No, Izzy, espera —le suplico, levantándome de la cama, pero ella ya está yendo hacia la puerta y despidiéndose torpemente con la mano, como suele hacer cuando está nerviosa.

—Tengo que irme —dice—. Nos vemos en el trabajo, ¿vale?

Me quedo observando la pared de la habitación mientras oigo la puerta principal cerrarse de golpe. Mierda. Sabía que lo nuestro era frágil, pero no era consciente de que podía cargármelo con una simple taza de café.

Al llegar la tarde, ya he pasado por las fases de pánico, irritación, frustración y desesperación. Y finalmente he llegado a la de determinación.

Tengo un plan.

Estábamos construyendo algo: Izzy me mandaba mensajes en plena noche cuando no podía dormir y yo la abrazaba mientras descansaba. Esos son pequeños signos de confianza. Pero le conté lo de Camila demasiado pronto y huyó.

Si quiero que cambie de opinión sobre la clase de hombre que soy, sospecho que voy a tener que dar un paso atrás antes de seguir avanzando. Necesito que se sienta cómoda y hay una dinámica que siempre nos funciona.

Por fin la veo cuando estoy saliendo del spa. Pasa a mi lado por el pasillo, evitando mirarme, y el pánico vuelve a invadirme. Quiero repetir lo que hice delante de Opal Cottage: ponerla a prueba, acercarme, buscar señales de que todavía me desea. Pero, en vez de eso, la dejo marchar y, cuando está en la puerta del spa, le grito por encima del hombro:

—Para que lo sepas, ya casi he encontrado a la dueña del último anillo.

Estoy exagerando. Pero me he pasado dos horas al teléfono hablando con un montón de representantes, preguntándoles si sus clientes habían perdido un anillo de bodas, y varios me han dicho que me llamarían. Izzy frena en seco y se gira para mirarme.

—Te refieres a…

—Ricitos de Oro.

Entiendo su sorpresa: he prestado muy poca atención a la apuesta durante la última semana. Pero esta mañana me he puesto las pilas. He dado con el nombre que sospecho que Izzy encontró hace unos días, o, mejor dicho, el nombre falso.

—Es imposible que casi la hayas encontrado —dice—. He hablado con todo el mundo y nadie sabe decirme quién es.

—Bueno. Espero que estés practicando para poner voz de elfo —replico. Me cruzo de brazos y me recuesto sobre la pared del pasillo, mirándola—. La Pobre Mandy siempre lo hace genial.

A Izzy le brillan los ojos.

—Por favor, te estás marcando un farol —me suelta con mordacidad.

Yo me encojo de hombros.

—Vale —replico, despegándome de la pared para volver al vestíbulo.

—Espera —me dice—. Espera. —Mira a su alrededor mientras

me giro de nuevo hacia ella—. Esta mañana… cuando… —dice tímidamente.

—¿Saliste huyendo? —le pregunto, con las cejas levantadas.

Ella entorna los ojos.

—No salí huyendo.

—¿Por qué te daba tanto miedo tomarte un café conmigo?

—No me daba miedo.

—¿Temías disfrutarlo?

—Venga ya. —Endereza la espalda—. Definitivamente, lo último que temo es disfrutar tomándome contigo el café del desayuno. Madre mía. ¿Tengo que recordarte que tomamos el café juntos en recepción casi todas las mañanas y que solemos acabar discutiendo sobre si eres o no un capullo esnob por vacilarme a cuenta de mi gusto por los siropes de Starbucks? Alerta de spoiler: por supuesto que lo eres.

Curvo los labios de manera imperceptible. Vuelven a brillarle los ojos. Izzy puede impostar una sonrisa, pero no la forma en la que se le ilumina la mirada cuando de verdad está disfrutando.

—Así que esta mañana decidiste poner fin a lo nuestro porque…

Ella duda un momento antes de decir:

—Te estabas saltando las reglas.

—Ah —digo—. No porque te diera miedo tomarte un café conmigo.

—No me… —replica, levantando las manos—. Eres insoportable —declara, señalándome con el dedo—. Y no vas a verme disfrazada de elfo.

Sonrío lentamente.

—Eso ya lo veremos —digo antes de marcharme.

Sigo sonriendo mientras sorteo a los clientes que están empezando a llegar para el primer turno de la cena. Esquivo a una pareja que está admirando el árbol de Navidad y a dos de los hijos de los

Hedgers, que se están batiendo en duelo con el bastón del señor Townsend y mi paraguas, que estoy seguro de haber dejado detrás del mostrador de recepción.

Es la hora del relevo. La Pobre Mandy me saluda frunciendo el ceño, confusa, a medida que me acerco a ella.

—Izzy quiere que te traiga una botella de Sauvignon de 2017 —dice, distrayéndose de inmediato con unos pitidos estridentes del móvil.

—¿Qué? ¿Para qué? —le pregunto, rodeando el mostrador. La mente ya me va a mil por hora. ¿Qué querrá decir eso? ¿Será una disculpa por lo de esta mañana? ¿Querrá que la bebamos juntos? ¿Será un regalo? ¿Por qué?—. Ah —digo mientras miro por encima del hombro de Mandy las notas del relevo de Izzy—. Pone «Louis», no «Lucas».

De repente dejo de pensar en todas las razones por las que podría querer regalarme una botella de vino caro y empiezo a pensar en por qué querría dársela a Louis. A lo mejor es para bebérsela juntos. A lo mejor el regalo es para él.

Mandy acaba de escribir algo a toda prisa en el móvil antes de mirar la hoja entornando los ojos y cogiendo las gafas que lleva colgadas de una cadena sobre el pecho.

—Ah, ¿sí? —pregunta, lamentándose. Es demasiado leal para admitir que no entiende bien la letra de Izzy—. ¿Estás seguro?

—Segurísimo —respondo.

Si he sido cortante, la Pobre Mandy no se ha dado cuenta. Abre los ojos de par en par.

—Ah, ¿sí? ¿Pone «Louis»? ¿No «Lucas»? —insiste.

La miro con el ceño fruncido.

—¿Hay algún problema, Mandy?

—¡No! —chilla, mirando todavía la palabra «Louis» en las notas de Izzy—. ¡No, ningún problema! Solo que… sigo siendo tan tonta como siempre. Venga, fuera, ya es hora de que te vayas a tu casa.

Me echa de la recepción mientras su teléfono vuelve a pitar con estridencia. Cojo la bolsa, sin ganas de marcharme. Me gustaría quedarme hasta que llegue el vino de Louis. Pero me suena el móvil en el bolsillo y veo que es un mensaje de Izzy: En serio me has dejado un muñequito de elfo en el coche?

Sonrío. Se va a casa. Y, si me doy prisa, puedo pillarla en el aparcamiento.

Izzy

En serio, ese hombre es como un niño.

El elfo está sentado en el espejo retrovisor, haciéndome un corte de manga.

Este es un hotel familiar. Cualquiera podría haberlo visto. Mientras Lucas se acerca a mí con una sonrisita de satisfacción en la cara, yo me cruzo de brazos fulminándolo con la mirada, aunque en realidad tengo que esforzarme para no sonreír. No me he sentido mejor en todo el día.

La conversación de esta mañana en su casa me ha dado yuyu. Mientras me hablaba de su ex, un extraño cúmulo de emociones se ha apoderado de mí, una especie de subidón de hormonas, como si estuviera con el síndrome premenstrual. Me he sentido vulnerable.

Yo nunca me repliego ante Lucas, ese es nuestro *modus operandi*. Los dos somos testarudos, no cedemos ni un ápice. Pero allí estaba él, desnudo, hablándome de su pasado, y de repente sentí… algo raro. Me acordé de Jem diciéndome que era demasiado romántica para una relación así y entré en pánico al plantearme si tendría razón. Lucas me estaba empezando a parecer un hombre imperfecto, complejo y maravilloso, cuando es absolutamente imperativo para mi bienestar que siga siendo un capullo insensible.

Porque eso es lo que es. Da igual cómo me acaricie o cuál sea su historia, sigue siendo el tío que se rio de mi tarjeta de Navidad, que besó a Drew y que ha estado todo el año actuando como si yo estuviera loca de remate. No es uno de los héroes románticos de Jem, un incomprendido a la espera de que llegue la persona adecuada y saque al buen tío que lleva dentro; solo es un pedante desconsiderado y competitivo que, da la casualidad, es muy bueno en la cama.

Pero, ahora que estamos en el trabajo y ha vuelto a ser él mismo, me siento mejor. Todo va bien. Lucas sigue siendo insoportable, mis defensas siguen siendo sólidas y yo sigo estando totalmente a salvo.

—He pensado que te vendría bien un… ¿cómo se llama? —me pregunta, señalando el elfo—. Un compinche.

—Tenemos un millón de cosas que hacer, el hotel se cae a pedazos, ¿y tienes tiempo para comprar un elfo de trapo?

—Se me da muy bien hacer varias cosas a la vez —replica Lucas, muy serio—. Es una de las razones por las que soy tan bueno en mi trabajo. —Los ojos le brillan en la oscuridad—. Por ejemplo, hoy me las he arreglado para pasar el día buscando a Ricitos de Oro, seleccionando la música para la fiesta de Navidad, contestando a los teléfonos e imaginándote desnuda.

Trago saliva. Estaba superdecidida a no volver a acostarme con él después de la conversación de esta mañana, pero esa insinuación me enciende una llama en las profundidades del vientre y de repente los planes que tenía para esta noche —*Cambio de princesa*, té especiado y tartaletas de frutas— parecen mucho menos interesantes que la posibilidad de llevarme a Lucas a casa.

—Sube —le digo—. Y el elfo va en tu regazo, no en el mío.

El día siguiente debería librar, pero voy de todos modos al trabajo porque hemos organizado un gran mercadillo en el hotel. Esta mañana todo el mundo se ha puesto las pilas. Al parecer, la Pobre Mandy va a «tuitear en directo el evento», Barty está limpiando todo lo que ve e incluso Arjun está extendiendo sobre el césped un viejo juego de cortinas de gasa. Me tomo un segundo café, tratando de aparentar que no me he pasado media noche despierta con Lucas. Arjun ya se huele algo; nos ha visto subirnos juntos al Smartie y me ha mirado como diciendo: «¿Sabe lo que está haciendo, señorita Jenkins?».

La verdad es que no. Para nada. Obviamente. Ayer pasamos una noche apasionadísima y esta mañana me he despertado entre sus brazos, algo que, en primer lugar, va contra las reglas y, en segundo, es extremadamente arriesgado. Hemos llegado a tiempo por los pelos.

Respiro hondo. Es una mañana de invierno espectacular, el sol empieza a filtrarse entre la niebla y los jardines están resplandecientes.

—Tu amigo Grigg quiere hablar contigo —dice Lucas, acercándose a mí por detrás.

Su voz tiene un tono peligrosamente distendido. Por norma general, cuando se hace el indiferente es porque está maquinando algo. Dejo la vajilla que estoy colocando sobre una manta de pícnic y me lo encuentro sujetando una mesa de centro grande con una mano, tal y como yo sujetaría, por ejemplo, un café grande.

—Ponla allí —digo, señalando el sitio con el dedo—. ¿Y qué es eso de que Grigg...? —Miro el móvil. Tres llamadas perdidas—. Madre mía, ¿le ha pasado algo?

—Está agobiadísimo con tu regalo de Navidad —responde Lucas, que no parece tener intención de dejar la mesa en la zona correcta del jardín. Lleva una bufanda negra sobre el abrigo. ¿Quién tiene una bufanda negra lisa?—. Ha llamado a recepción.

—Ah. —Tengo un mal presentimiento. Vuelvo a concentrarme en la vajilla—. ¿Quedará mejor si pongo todas las tazas de té juntas o...?

—Como vas a pasar las Navidades con Jem, necesita su dirección.

—Ya —digo, desamontonando los platitos lo más ruidosamente posible sin cargarme nada de valor. A lo mejor así puedo ahogar esta conversación y fingir que no ha tenido lugar.

—Cuando fuimos a la fiesta de divorcio de Shannon, en la estación de Brockenhurst, Jem dijo que ibas a celebrar las Navidades con Grigg y Sameera.

—¿Eso es lo que recuerdas del viaje a Londres?

Siento la mirada de Lucas taladrándome la nuca.

—Izzy, ¿dónde vas a pasar las Navidades este año? —me pregunta, con todo el tacto posible.

—Voy a trabajar.

—Ya. Pero ¿tus amigos lo saben?

—Mmm. —Miro la manta de pícnic con los ojos entornados. Me preocupa echarme a llorar si me pregunta algo más sobre el tema.

—Sé lo que se siente al estar lejos de la familia en Navidad —dice él.

Giro la cabeza para mirarlo. Muy poca gente entiende de verdad que ahora mis amigos son mi familia, así como el equipo del hotel. Lucas me dedica una mirada enigmática y por un instante estremecedor me pregunto si me conocerá demasiado bien.

Vuelvo a centrarme en las tazas de té.

—En circunstancias normales, este año estaría con Grigg y Sameera, pero se van a las Hébridas Exteriores, a casa de los padres de él.

A estos nunca les ha caído bien ella; tienen la idea absurda de que su hijo y yo deberíamos estar juntos y siempre resulta incómodo cuando estamos los tres con ellos, sobre todo porque a mí me cabrea tanto su actitud que corro el riesgo de soltar alguna impertinencia y eso pone nerviosa a Sameera. Además, ahora que tienen a Rupe, es importantísimo que pasen tiempo en familia.

Así que les dije que iba a celebrar las fiestas con Jem por segundo año consecutivo, para que no pasara sola las Navidades. Sabían que se iba a trabajar a Washington seis meses, pero nunca les dije exactamente las fechas, así que fue pan comido.

—¿Por qué no les cuentas la verdad? —me pregunta Lucas.

—Porque no quiero darles pena. —Observo la actividad del jardín, los percheros llenos de abrigos viejos con los árboles de fondo, grises por la niebla, y los coches que empiezan a llegar al aparcamiento—. Están todos muy ocupados. No quiero ser una carga para ellos.

—Dudo mucho que lo vean de esa manera.

—Las mesitas de centro van en aquel rincón, al lado del acebo —digo—. Esa puedes ponerla junto a la de caoba. —Lucas se queda tanto rato que al final suspiro frustrada, me enderezo y me giro para mirarlo—. No sientas lástima por mí. Estoy bien. —Él me mira y, por un momento, tengo que esforzarme por no llorar. Esto es absurdo. Estoy bien. Hace meses que sé lo de estas Navidades. Solo es un problema logístico y es mejor que nadie se entere de nada para que no se preocupen por mí. No he llorado por ello ni una sola vez, así que no tengo ni idea de por qué me estoy poniendo tan sentimental ahora—. ¿Quieres dejar esa mesa en el suelo? —exclamo, exasperada—. Debe de pesar como veinte kilos.

Lucas la mira con indiferencia, cambiando un poco de posición la mano.

—La Navidad seguirá siendo especial aunque estén todos tan lejos —declara.

—Ya lo sé. Lo sé.

—¿Esas tazas de té forman parte de un juego? —pregunta una mujer detrás de mí.

Me giro, más agradecida que nunca por una pregunta tan obvia.

—¡Sí! Van todas a juego. Los platitos están ahí.

Le doy conversación hasta que él se marcha. Esa mujer es exactamente el tipo de clienta que me gusta: parlanchina y con un gorrito de lana con pompón maravilloso. Cuando acabamos de hablar, ya ni me acuerdo de Lucas. Vuelvo a ser la Izzy alegre de siempre. Risueña, vivaracha y centradísima.

El día siguiente es veinte de diciembre, así que no voy a trabajar. Es el cumpleaños de mi madre y siempre lo he pasado sola, hasta en la época en la que necesitaba estar constantemente acompañada. El año anterior a su muerte organizamos un día solo para chicas y me gusta seguir haciendo lo mismo.

Me levanto tarde y me tomo un café con cereales viendo *Nativity!*; para mi madre, la mejor película navideña del mundo, aunque mi padre era defensor acérrimo de *Jungla de cristal.*

Al principio, después del accidente, echaba de menos a mis padres con un dolor agudo y desgarrador, de los que te dejan sin aliento. Ahora ya no es así: es más sordo y me he acostumbrado a la sensación de vacío, así que rara vez me pilla desprevenida. Pero, mientras veo a los niños de *Nativity!* bailando sobre las tablas en la escena final, me permito volver a sumirme en ella por primera vez en años. Me doblo hacia delante, apoyo la cabeza sobre el regazo y recuerdo el día en que mi vida se partió en dos.

Quizá Lucas tuviera razón al decir que nadie puede vivir la vida al máximo todo el rato. A veces es bueno acurrucarse bajo una manta y autocompadecerse. Luego me levanto, meto la manta llena de lágrimas y mocos en la lavadora, y me lavo la cara. Me pongo la vieja chaqueta vaquera de mi madre, me recojo el pelo y salgo hacia Southampton a hacer unas compras navideñas.

Estoy echando un vistazo a los percheros de Zara cuando veo a Tristan. Mi exnovio.

Salimos unos tres meses. Fui yo la que rompió con él, pero podría haber sido al revés: en cuestión de semanas, pasó de enviarme unos mensajes larguísimos diciéndome lo mucho que me quería a escribirme esporádicamente un «Hola, perdona, ¡tengo mucho curro!», a pesar de que trabajaba revisando productos tecnológicos y casi nunca le mandaban ninguno. Se ponía muy a la defensiva con ese tema. Con muchos, en realidad: su calvicie incipiente, el hecho de que sus padres le hubieran comprado un piso, la costumbre de enviarle mensajes a su exnovia cuando estaba triste o borracho…

Ahora lo acompaña una mujer nueva, menuda y guapa. Le está llevando a Tristan los zapatos que quiere en otro número y, mientras los observo agazapada detrás de los vestidos, me siento como si estuviera viendo la escena en la televisión y él estuviera interpretando el papel de «hombre normal y corriente». Es tan poca cosa…, y no me refiero a físicamente, sino a que es una persona… insípida.

Sin duda, Tristan seguirá dando bandazos en la vida, acabará casándose con una de esas mujeres y dejará que ella lo mantenga mientras persigue alguna ambición disparatada con la que será muy susceptible. No puedo creer que alguna vez haya deseado a ese hombre.

En realidad, no tengo muy claro que alguna vez lo deseara. Al principio era muy dulce y a mí siempre me han gustado los chicos dulces: son una apuesta segura y cómoda, como el chocolate con leche o las botas con tacón de cinco centímetros. No son nada del otro mundo, pero tampoco corres el riesgo de romperte un tobillo.

Pero Tristan no es apasionado. No es valiente. Él nunca daría la cara por mí, nunca me tiraría a una piscina completamente vestida ni perrearía conmigo en el salón de una divorciada. En todo el tiempo que estuvimos juntos, lo más emocionante que hicimos fue empezar una serie nueva en Netflix.

Doy media vuelta, renunciando al vestido que pensaba comprarme, y voy directa al aparcamiento. No puedo empezar a comparar a Lucas con mis exnovios. Ni siquiera debería estar pensando en él en esos términos. Ese hombre ya me hizo daño una vez y, por lo que he visto, es capaz de volver a hacérmelo sin pestañear. Es un perfeccionista insensible y estirado, y, aunque es verdad que el sexo con él es genial, eso es lo único que hay entre nosotros. Y es importantísimo que siga siendo así.

Pero no puedo dejar de pensar en el sosaina de Tristan. De recordar escenas de nuestra relación. De imaginarme esos momentos con Lucas e intentar por todos los medios no rendirme ante la evidencia de que, si hubieran sido con él, no habrían sido en absoluto insípidos. Ningún momento lo ha sido en su compañía.

LUCAS

Estoy bloqueado. No tengo ni idea de cómo hacer que las cosas con Izzy progresen sin asustarla, pero no puedo seguir así mucho tiempo más, teniéndola pero sin tenerla. Sé que eso es justo lo que acordamos, pero también es una tortura.

Sorprendentemente, es Pedro el que acaba dándome una idea. Viene a tomar una cerveza por la noche y me dice que, para cambiar la imagen que tiene la gente de ti, a veces basta con variar el fondo. En realidad se trata de un comentario sobre la optimización de la cuenta de Instagram de Smooth Pedro, pero la inspiración puede venir de los lugares más insospechados.

Así que la noche del 21 de diciembre le digo a Izzy que no vamos a ir a mi casa, sino a la caravana que mi amigo tiene en el bosque.

—¿Pedro vive en una caravana? —me pregunta.

—Y muy bonita. Necesitaba a alguien que se la cuidara mientras está fuera. —En mi casa.

—¿Y está en medio del bosque? —añade con recelo.

—¿Qué pasa, crees que voy a llevarte allí para convertirte en comida para ponis?

—Vale, no —admite—. Pero no llevo calzado adecuado.

Me detengo y me agacho en medio del sendero escasamente iluminado que transcurre entre los árboles. Es una tarde de invierno bonita y fría. Huele a pino y a musgo: el típico olor profundo y ancestral de estos bosques ingleses.

—¿Vamos a hacer sentadillas? —me pregunta Izzy.

—No —respondo, armándome de paciencia—. Voy a llevarte a caballito.

—¡Ah!

Se encarama a mi espalda de un salto sin pensárselo dos veces y otro trocito de corazón se me desprende. Ahora su cuerpo confía en mí, aunque el resto de ella no. La coloco bien para que estemos los dos a gusto y ella me rodea el cuello con los brazos, poniéndose cómoda.

La verdad es que la caravana de Pedro es preciosa. Ha puesto guirnaldas de luces alrededor del porche y también dentro, encima de la cama. Sigo viéndolas en el interior de los párpados cuando me tumbo sobre las mantas y cierro los ojos. Me pregunto si alguna vez seré capaz de ver una guirnalda de luces sin pensar en Izzy Jenkins.

—Uf.

Ella se tumba justo encima de mí. Con las rodillas a ambos lados de mis caderas y —abro los ojos— sin pantalones. Se acurruca sobre mi torso, inclinándose hacia delante para apoyar la cabeza en mi pecho.

—Mmm. Buen edredón.

La rodeo con los brazos y la estrujo como si fuera mía, aunque no lo es en absoluto. Empieza a besarme el cuello y mi cuerpo responde al instante. La agarro por la parte superior de los brazos para que se detenga.

—La lasaña estará lista en diez minutos.

Izzy retrocede.

—¿Qué lasaña?

—Es precocinada —digo—. He pensado que podríamos comer algo.

No solemos comer juntos. Pero no hay ninguna regla específica que lo prohíba.

—Bueno, la verdad es que... tengo hambre —responde, frunciendo el ceño.

—Podríamos esperar fuera, en el porche de Pedro. Así ves las estrellas.

Ella arruga un poco más la frente.

—Mmm —dice—. O podríamos...

Me da un beso lento en el cuello que me deja sin respiración. Le acaricio los brazos, tratando de ignorar cómo se retuerce en mi regazo, dificultando considerablemente el plan.

—Vamos —insisto, cerrando los ojos un instante. La hago rodar hacia un lado y le doy un beso en los labios mientras me levanto de la cama—. Fuera hay una estufa.

Se vuelve a poner los pantalones y me sigue muy despacio. El exterior es precioso. La caravana está en una zona de hierba cortada con esmero y rodeada de bosque. Pedro ha instalado un porche de madera clara, con dos sillas orientadas hacia los árboles. Me agacho para apagar las luces mientras Izzy se sienta.

Tengo que caminar con los brazos extendidos hacia delante para encontrar la silla. Poco a poco, se me empieza a adaptar la vista. La luna está medio llena y emite un resplandor blanco sobre los árboles, y las estrellas son una pasada. Parecen semillas sembradas por el cielo.

—Hala —susurra Izzy, mirando hacia arriba—. Nunca las había visto tan nítidas. Supongo que... hay menos contaminación lumínica aquí que en el hotel.

—Es precioso, ¿verdad? —La veo asentir en la oscuridad a duras penas. Me recuesto en la silla, tratando de encontrar la calma en el cielo estrellado—. ¿Qué tal el día?

Ella se queda callada.

—Nunca me habías preguntado eso.

—¿No?

—No. Jamás. De todas formas, ya sabes qué tal. Estabas allí.

Es una forma inusual de reconocer nuestro día a día más allá de las noches que pasamos juntos. Me aferro a eso.

—Esta tarde parecías enfadada con la Pobre Mandy.

—Me dijo que me iba a ayudar a averiguar quién era Ricitos de Oro y luego se puso a hacer un vídeo para Instagram. Adoro a esa mujer, pero cada día está más distraída y meterla en lo de las redes sociales solo ha conseguido que se disperse más. —Oigo suspirar a Izzy. Un búho ulula en el bosque y otro le responde. Con un esfuerzo sobrehumano, consigo no poner de manifiesto que pedir ayuda para encontrar al dueño del último anillo es hacer trampas descaradamente. La apuesta era entre ella y yo. Aunque supongo que debería haber dado por hecho que jugaría sucio—. Todos estamos estresados con Año Nuevo. Yo también estoy bastante liada, la verdad. Las obras de restauración están siendo muy absorbentes. Aunque en el buen sentido, porque estoy haciendo algo que me gusta y... —Se queda callada—. Perdón. No debería hablar de trabajo.

—No me importa.

—No, es... es mejor dejarlo al margen. —Izzy dobla las rodillas y se sienta sobre ellas mientras mira hacia arriba, con la cara pálida por la luz de la luna.

—Me alegra que estés disfrutando con lo de las reformas. ¿Es lo que te gustaría hacer, más a largo plazo?

—Lucas...

Estoy preparado para eso.

—Hemos dicho que nada de hablar del pasado y yo estoy hablando del futuro.

Veo que titubea. Esta conversación la hace sentirse incómoda. Ojalá supiera por qué. No entiendo que esté tan empeñada en dejarme fuera de su vida. ¿Cuál es el riesgo? ¿Por qué no es capaz de intentarlo?

—Bueno…, sí. Sigue haciéndome ilusión lo de la empresa de suprarreciclaje. Pero aun así no dejaría Forest Manor. Es mi hogar.

—Podrías compaginar ambas cosas.

—Supongo. —Se agacha para sacar una manta de debajo de la silla y se la pone por encima de las rodillas. El pelo le cae sobre la cara y me impide atisbar siquiera lo poco que la luz de la luna deja entrever de su expresión—. Pero montar mi propio negocio me parece muy arriesgado. Sería más seguro buscarme un trabajo de camarera si el hotel cierra. —Frunzo el ceño. A Izzy nunca le ha gustado servir mesas—. A veces parece que el tiempo…, no sé, se me pasa volando —dice—. Y obviamente estoy contenta, me gusta mi vida, pero hace meses que ni pienso siquiera en el proyecto de suprarreciclaje; hace años que se me ocurrió la idea y… —Se frota la cara—. En fin.

—Puedes seguir.

—No, no pasa nada, estoy bien. No me hagas caso. —Suena el timbre del horno—. Ya está la lasaña —dice, con evidente alivio.

Enciende la luz mientras vuelve a entrar y las estrellas desaparecen, borradas por el resplandor artificial. Yo me quedo donde estoy, dándole vueltas a lo que acaba de contarme. Ha dicho que está «contenta». Como si significara lo mismo que «feliz». Pero no creo que sea así.

—¡Uy, se ha chamuscado! —grita desde la cocina.

Me incorporo como un rayo, consternado.

—¿En serio?

La oigo resoplar y reírse sorprendida.

—Madre mía.

—¿Qué?

Miro hacia atrás y la veo aparecer en la puerta con una bandeja de lasaña de M&S en las manos.

—Lo siento, necesitaba verte la cara, don Perfeccionista.

Está sonriendo. Lleva el pelo medio metido en el cuello del jersey. Izzy suele sentirse a gusto en cualquier sitio, pero ahora mismo parece estar especialmente cómoda. Eso es bueno. Es un avance. Cuando estamos juntos en la cama, se relaja, pero, cuando no, suele estar alerta, como si esperara que me salieran unos cuernos de diablo.

—¿Qué?

—No soportas cagarla, ¿verdad? —se burla.

Miro la lasaña. Está muy seca y dorada por los bordes. El horno de Pedro debe de ser más potente que el mío. Izzy se echa a reír.

—No seas bobo. ¡Solo es una lasaña! ¿A quién le importa?

—A mí —replico—. Quiero darte lo mejor.

Ella se pone seria y me mira con los ojos como platos.

—Lucas —dice con voz más dulce—, relájate. Solo soy yo.

—«Solo soy yo». Como si no lo fuera todo para mí, joder—. Al fin y al cabo, ¿qué sentido tiene tener una aventura con alguien que te da igual si no puedes pasar un poco de todo? Disfruta de que te importe una mierda lo que opine de ti e intenta no ser perfecto por una vez en la vida.

Vuelvo a mirar hacia el cielo y cierro los ojos mientras ella entra de nuevo y cierra la puerta de la caravana. *Ah, porra.* Así no vamos a ninguna parte.

Izzy no se queda a dormir. Me paso todo el día siguiente temiendo haberla espantado, pero entonces, a las cinco y un minuto, me suena el móvil y mi corazón responde dando un vuelco, como si fuera el perro de Pavlov salivando. Un mensaje a esa hora casi siempre significa lo mismo. Vienes luego a mi casa?, dice.

Engullo la cena en mi piso y me miro en el espejo al salir, intentando ignorar la tensión de la mandíbula. Cada vez que hacemos esto, las cosas mejoran y empeoran a la vez. No hay forma de defender que no sea una locura: está claro que voy a sufrir. Ya lo estoy haciendo. Y, aun así, llamo a su puerta y siento ese puñetazo doble en el estómago cuando me abre vestida con un delicado conjunto de lencería rosa pastel.

—Estás impresionante. —Tengo la garganta seca.

Ella se sonroja ante el cumplido. El rubor se le extiende por los hombros y el cuello, y yo levanto la mano para perseguir el calor de su piel, sintiendo cómo se le acelera el pulso con mis caricias. Dejo que me arrastre al interior, al dormitorio, sobre el edredón, debajo de las sábanas, dentro de ella, y, como siempre, me permito creer que me va a pedir que me quede a pasar la noche.

Le suena el teléfono cuando ya está a punto, al borde del clímax, con la piel de entre los pechos perlada de sudor. Tiene la cabeza inclinada hacia atrás y veo su cuello completamente desnudo. Estos momentos son siempre los más esperanzadores para mí. Cuando se deshace entre mis brazos es Izzy en estado puro, no se guarda nada. Si alguna vez llega a entenderme de verdad, a veces pienso que será en un momento como este, mientras nos miramos a los ojos temblando y nos dejamos llevar.

—Mírame —susurro.

Obedece. El teléfono vuelve a sonar mientras Izzy jadea sobre mis labios y yo sobre los suyos. Se aferra a mí con fuerza y yo la abrazo con la misma intensidad, planteándome por un momento si será posible que no quiera dejarme marchar.

El móvil suena otra vez y esta vez Izzy gruñe, me suelta y se aparta para contestar.

—Es Grigg —dice, poniéndose la bata—. ¿Te importa si contesto? Puedes quedarte aquí tranquilamente, si quieres. —Luego vacila—. O irte, si lo prefieres…

—Te espero aquí —digo enseguida.

Desaparece en el salón y la oigo encerrarse en el cuarto de invitados. Echo un vistazo a su dormitorio. Nunca había estado aquí sin ella. La combinación de colores encaja a la perfección con los del salón y con Izzy: tonos pastel claros, lunares discretos y texturas suaves.

Veo la bañera a través de la puerta del lavabo y me quedo pensando. No hay ninguna regla específica sobre los baños, pero prepararle uno sería un avance comparado con marcharme en cuanto acabamos, y me ha dicho que podía quedarme aquí. ¿Qué plan tendría para después?

Entro en el cuarto de baño. Hay un espejo con el borde dorado sobre el lavabo y productos de maquillaje desparramados por todas partes. Estoy abriendo los grifos cuando oigo su voz.

—El sexo es increíble —está diciendo Izzy. Lo oigo perfectamente a través de la pared, aun con el agua corriendo. Vacilo un instante y retrocedo hacia la puerta, pero ella sigue hablando—. Aunque tampoco es que tenga intención de ser su novia. —Me quedo inmóvil. No oigo la respuesta de Grigg y Sameera, solo un murmullo metálico de voces—. Me refiero a que lo del sexo no cambia nada. Sigue siendo… Lucas. Ese tío. —Debería irme. Pero no lo hago. El pánico se me instala en silencio en el estómago—. ¿Quién, Louis? —pregunta. Me muerdo el labio—. Sí, supongo que sí. —Más eco y voces ininteligibles—. Sí, sigue siendo uno de los aspirantes —comenta—. Aún está en el tablero, como diría él —declara y capto algo en su voz que no acabo de identificar: una especie de cariño, tal vez, o cierta ironía—. Uf, estas últimas semanas han sido una locura. En fin, ¿cómo estáis? ¿Qué tal ha llevado Rupe el viaje?

Me repliego y cierro la puerta del baño.

Salgo de su casa y camino ofuscado hacia el coche. Pienso en todas las formas en las que he intentado demostrarle la clase de hombre que soy. En lo especial que ha sido para mí cada momento que he pasado con ella y en lo mucho que he intentado que ella también se sintiera especial, y aun así sigo siendo «ese tío». Lo bastante bueno como para acostarse conmigo, pero no tanto como para convertirme en un aspirante. No como Louis.

Antes de este invierno, Izzy simplemente estaría confirmando lo que yo ya pensaba de mí mismo. Pero estas últimas semanas me han cambiado. Yo he cambiado. Ahora, entre el coro de voces de mi cabeza que no deja de repetirme que no estoy a la altura, se cuela una vocecilla que dice: «En realidad..., me merezco algo mejor».

Izzy

Qué coño ha pasado?

Miro fijamente la bañera, por cuyo rebosadero sigue colándose el agua, y echo un vistazo a la casa vacía.

¿Lucas se ha largado así, sin más?

Sé que me he tirado un buen rato hablando con Grigg y Sameera, pero podría haber asomado la cabeza para despedirse si tenía tanta prisa.

Vuelvo a llamar a Grigg, que responde tan tranquilo.

—¿Qué se te ha olvidado? —pregunta.

—Lucas se ha ido.

—¿Cómo que se ha ido?

—Sí, se ha ido. Sin despedirse. Ha dejado el grifo de la bañera abierto...

Grigg se queda callado unos segundos y luego dice:

—A lo mejor se ha desmayado en alguna esquina.

—Ay, Dios, puede ser —exclamo, saliendo del baño para comprobar si Lucas está desplomado detrás de los sofás o de las puertas. Mi piso es pequeño, así que no me lleva mucho tiempo—. Pues no. No está.

—Le habrá surgido alguna emergencia. ¿Lo has llamado?

—No —digo, sintiéndome como una boba—. Te he llamado a ti.

—Pues llámalo y vuelve a llamarme, ¿vale?

Se ha largado. Abro el chat de WhatsApp que tengo con él. Encima de nuestra última conversación («Vienes luego a mi casa?»; «Nos vemos allí a las ocho»), pone lo siguiente:

Te has dejado aquí los calcetines rosas con hadas.

Seguro que no son tuyos?

...

Jaja, vale, ya me los traerás cuando vuelvas. O podrías ponértelos para ir al trabajo. Sería un buen tema para iniciar una conversación.

Yo evito por todos los medios iniciar conversaciones. De hecho, me veo involucrado en más de las que me gustaría.

Cómo puedes ser tan gruñón y trabajar en un hotel?

A veces me ablando. Pero solo con algunas personas.

Trago saliva. Suena a coqueteo. Casi como si fuéramos pareja. Justo lo que Sameera y Grigg acaban de comentar por teléfono: «Entonces ¿ahora estáis saliendo? —me ha preguntado ella, arrugando la nariz—. ¿En qué momento lo de follar como conejos se ha convertido en una relación?».

Pero no es una relación, no puede serlo. Hay unas reglas.

Me muerdo el interior del labio mientras llamo a Lucas, y su teléfono suena y suena. No contesta. Cuelgo, le mando un mensaje a Grigg y me siento en el borde de la bañera, llena a rebosar.

Estoy más preocupada de lo que me gustaría. Lo nuestro no es más que... un rollo. Solo estamos liados. No debería importarme que se comportara como un capullo y se largara sin despedirse. Pero me importa y me está dando muchísimo miedo; por no hablar de lo de la bañera llena, que le da a todo un tinte especialmente dramático. Le envío un mensaje: Estás bien? Dónde te has metido?

Lo lee, pero no contesta. No sé si estoy preocupada o enfadada, pero espero que lo segundo, porque, si es lo primero, quiere decir que me importa, y no debería. Ya arriesgué antes mi corazón por Lucas da Silva y acabó en desastre. No soy de las que tropiezan dos veces con la misma piedra. La vida es demasiado corta para perder el tiempo con gente que no te merece.

Estoy bien. Solo necesitaba un poco de espacio.

Me quedo mirando el mensaje, desconcertada, hasta que aparece otro.

Siento lo de la bañera.

Puf. Qué tío. Me saca de quicio. Dejo caer el móvil sobre la alfombrilla y me desnudo. Ya que voy a lloriquear por él, al menos aprovecho el agua de la bañera. Me sumerjo en ella con el corazón acelerado e inclino la cabeza hacia atrás mientras el calor empieza a relajarme los músculos. «Pasa de Lucas —me digo a mí misma—. Él pasa de ti y tú tienes que pasar de él». Pero, mientras cierro los ojos, sigo sintiendo en los oídos el latido atronador del corazón, que se niega a tranquilizarse.

—Cari, solo tengo cinco minutos como mucho —susurra Jem por teléfono—. Aquí hace un frío que pela. Creo que voy a morirme congelada y seguro que Piddles opina lo mismo. Pero hay un montón de cosas que me gustaría decirte. Creo que voy a tener que hacer de poli malo.

Está delante de la casa de sus padres. Si contesta al teléfono dentro, despertará a todo el mundo. Me alegro muchísimo de oír su voz. Aquí es plena noche y estoy rebuscando en la nevera, porque, cuando llevas horas sin poder dormir, empiezas a darte cuenta de cuánto tiempo ha pasado desde la última vez que has comido. Normalmente no paso tanto tiempo sin comer cuando estoy despierta, así que ¿por qué iba a empezar ahora?

—¿Sabes qué creo que te diría tu madre ahora mismo? —Uf. Jem es una de las pocas personas que habla de mis padres sin inmutarse. Vivía en mi barrio cuando estábamos en primaria y se pasaba el día con nosotros; mi padre bromeaba diciendo que ellos solo querían una hija, pero que ella había venido de regalo con la casa. Es la única persona capaz de echarse a adivinar lo que diría mi madre y conseguir que le haga caso—. Diría que eres terca como una mula y que estás más ciega que un murciélago. ¿Cómo es posible que no te des cuenta de cuánto quieres a ese chico? —Me quedo mirando al infinito en la cocina, sin decir nada. Oigo a Jem soplarse en las manos para calentárselas—. ¿Hola? ¿Me oyes? —dice.

—Sí, hola, te oigo, perdona… ¿Qué?

—Izzy…, yo creo que llevas todo el año enamorada de él.

—¡De eso nada! ¡Si hasta hace cinco minutos lo odiaba!

—Vale, vamos a probar una cosa —propone Jem—. Nombra a otras personas a las que hayas odiado de verdad en la vida. Gente que te dé asco, que te ponga la piel de gallina, que te parezca gilipollas.

Me lo pienso un rato.

—Obviamente, los dictadores chungos y esas cosas.

—Me refiero a personas que conozcas.

—¡Ah, el señor Figgle! —digo, cogiendo una botella de leche y abriendo el congelador. Un batido. Esa es la solución—. Nuestro antiguo profesor de Educación Física, ¿te acuerdas? Era supercruel con los niños que no practicaban ningún deporte, ¿y recuerdas que se rio de Chloe cuando dijo que no era justo que solo los chicos tuvieran equipo de fútbol?

—¿Alguien más?

—Kyle, el del curso de Interiorismo —digo—. Les hizo luz de gas como a seis chicas del grupo. Menudo cerdo.

—Qué asco. Sigue.

Creo que ya no hay más. «Odiar» es una palabra muy fuerte y, en general, la mayoría de los seres humanos me caen bien. Menos Lucas, claro.

—¿Te acostarías con alguna de esas personas? —me pregunta Jem.

—No, puaj —digo, pelando un plátano y echándolo en trocitos en la batidora.

—Salvo con Lucas...

—Ya, bueno, eso es un poco distinto, porque él parece un dios brasileño —señalo, poniendo en marcha la batidora—. Perdón, estoy haciendo un batido. El señor Figgle parecía un suricato.

—¿No crees que..., a lo mejor...?

—Tranquila, tú haz de poli malo —digo, dándole carta blanca.

—¿Que a veces puedes ser un pelín testaruda? ¿Y que a veces... eliges el camino más fácil? —Me sirvo el batido en silencio—. Lo siento; te quiero, te quiero, te quiero —dice Jem.

—Ya, yo también te quiero —replico, irritada—. ¿A qué te refieres con lo de elegir el camino más fácil?

—A ver, tener una relación con un hombre que te ha hecho daño es difícil. Acostarte con él y empecinarte en que no quieres nada serio es mucho más fácil.

Eso me alucina un poco. Suena tan acertado que da miedo.

—Joder.

—¿Ha sido un baño de realidad? —me pregunta Jem en tono de disculpa.

—Bueno, más o menos. Creía que así sería más seguro —reconozco, reflexionando sobre el tema mientras me mordisqueo el labio—. Pero, cuando vi que se había ido de mi casa... —Jem espera con estoicismo, pero siento la presión de su congelación inminente—, sentí miedo.

—¡Bueno, parece que estamos llegando a alguna parte! —susurra Jem—. ¿Miedo a qué?

—A haberlo perdido. —Mi voz es cada vez más débil.

—¿Te refieres a ese tío que tanto odias?

—Bueno, lo de odiarlo es demasiado dramático, ya lo sé. Pero no nos llevamos bien. No estamos de acuerdo en nada. Discutimos todo el rato. ¡Se comportó como un capullo las Navidades pasadas y nunca se disculpó!

Pero, mientras lo digo, me vienen a la cabeza cientos de cosas más. La vehemencia con la que Lucas defiende sus puntos de vista, aun cuando sería mucho más fácil achantarse y darme la razón. Esa mirada dulce cuando habla de su sobrinito. Cómo me abraza cuando llego a su casa, como si no soportara estar ni un segundo más lejos de mí.

—¿Y por qué no hablas con él de lo de las Navidades pasadas, pichoncito?

Me estremezco solo de pensarlo. Me contraigo como si me hubieran empapado con agua fría.

—No —digo con firmeza—. Tenemos la regla de no hablar del pasado.

—¿Y no crees que…, a lo mejor…?

—Venga, suéltalo.

—¿No crees que por eso pusiste esa norma absurda? —dice apresuradamente—. ¿Porque no quieres hablar con él de lo de las Navidades pasadas?

—Uf. Es que… es demasiado humillante, Jem.

—¿Y por qué?

—Porque…

—No quiero presionarte, pero no siento los pies.

—Porque me dolió muchísimo y no me lo esperaba —reconozco—. Me pareció divertido y valiente cuando lo escribí, pero saber que se rio de esa carta, que pasó de ella y besó a Drew, me da ganas de hacerme un ovillo en un rincón.

—¿Y por qué?

—Porque… Porque…

—Ahora mismo tengo helado hasta el pelo.

—Porque me gustaba de verdad.

—¡Bien! —dice Jem. Oigo un crujido en la línea y sospecho que acaba de dar un saltito en el porche—. Lo de la tarjeta no fue un simple «Me gustas». En ella le entregabas tu corazón. Algo que no habías hecho antes con ningún chico.

—He tenido un montón de novios —replico. Me doy cuenta de que estoy a la defensiva. Esta conversación me está poniendo nerviosa.

—Ya. Pero con tíos como Tristan o Dean —dice Jem.

Arrugo la nariz.

—¿Y?

—Que eran un poquito... simplones, ¿no? Me refiero a que eran opciones seguras. Te daba igual cortar con ellos porque nunca te habían importado.

—¿Ahora podemos hablar de ti? —digo, un poco desesperada—. ¿Estás teniendo una crisis o algo?

—Ya hablaremos de mí mañana, cuando vuelva a sentir las extremidades. Lucas no es ni seguro ni simplón, ¿verdad?

Pues no. Es puro fuego, acero y hielo. Cuando estoy con él, ya sea en la cama o en el hotel, siempre siento algo.

—Tengo un presentimiento horrible sobre cómo va a acabar esta conversación —declaro.

—Creo que tienes que hablar con él sobre lo de las Navidades pasadas —dice Jem.

Emito un sonido a medio camino entre un lamento y un gruñido.

—¡No! ¡Te equivocas, puedo guardarlo en una caja para siempre y seguir disfrutando de un sexo maravilloso con mi desquiciante compañero de trabajo!

—Vale, pues entonces olvídalo. Pero que sepas que te quiero. Y que lo siento. ¿Me perdonas por hacer de poli malo?

—No digas tonterías, me has ayudado muchísimo —digo—. Gracias por haberte arriesgado a congelarte por mí.

—Ha sido un placer —replica Jem—. ¡Piddles! Mierda —exclama a continuación.

Tuerzo el gesto al oír un estrépito al otro lado de la línea. Definitivamente, hay un gato dando alaridos. Y puede que un cubo de basura rodando por el suelo.

—¿Puedo ayudarte en algo? —pregunto antes de beber un poco de batido.

—A menos que puedas agarrar a Piddles por control remoto, no —responde Jem, jadeando—. Chao, pichoncito.

—¡Buena suerte! —grito mientras empiezan los ladridos.

LUCAS

Cuando Izzy entra en el vestíbulo de Forest Manor a la mañana siguiente, estoy preparado. Sin duda tengo la misma expresión de desconfianza que he visto tantas veces en su cara durante el último año.

Me he tirado despierto hasta las tres de la mañana y todavía no tengo ni idea de lo que quiero decirle. Me marché de su casa y dejé el grifo de la bañera abierto. Menudo despropósito. Yo no suelo hacer esas cosas, pero, cuando estoy con Izzy, hago un montón de tonterías inimaginables.

Y encima no paro de pensar en la frase que dijo: «Aunque tampoco es que tenga intención de ser su novia».

Cada vez que recuerdo cuánto me gusta estar con ella, me viene la frasecita a la cabeza y me cabreo de nuevo. Lo peor es que yo mismo me lo he buscado: yo me he metido en este lío sabiendo que le caía mal y que ella solo quería una relación física. Fue clarísima al respecto. Así que no puedo enfadarme. Lo cual me da más rabia todavía.

—Hola —dice Izzy con total indiferencia—. Como puedes ver, no me he ahogado. Aunque no gracias a ti.

Si pretendía sacarme de quicio, ya lo ha hecho. ¿Así es como quiere empezar la conversación? ¿De forma frívola, acusadora e infantil? Eso era lo que hacíamos antes y no lo soporto.

Señalo con la cabeza hacia la sala de objetos perdidos y me alejo del mostrador. Allí dentro solo hay una caja para sentarse, así que me quedo de pie con los brazos cruzados y, cuando ella cierra la puerta, hace lo mismo.

—Siento lo de la bañera. —Me doy cuenta de lo frío que suena. Me estoy comportando como el Lucas que Izzy conocía antes, el que tanto me he esforzado en hacerle olvidar. «Ese tío».

—Gracias. ¿Y lo de salir por patas?

—Te oí hablar por teléfono. Tuve que largarme.

Ella arquea las cejas.

—¿Me espiaste mientras hablaba por teléfono con mis amigos?

—¡No! No. Te estaba preparando un baño y la pared... Lo oí por casualidad.

—Ya. —Me mira sin expresión—. ¿Y qué es exactamente lo que oíste «por casualidad»?

La tensión se masca en el ambiente. Siempre nos pasa lo mismo. Estoy furioso y asustado, pero aun así tengo ganas de pegarla a la pared y besarla.

—Lo que de verdad piensas de mí. Eso fue lo que oí.

Izzy frunce el ceño.

—No lo recuerdo bien, pero creo que no dije nada sobre lo que de verdad pienso de ti, salvo tal vez... —las mejillas empiezan a teñírsele de rosa despacio— lo bueno que hay entre nosotros: el sexo.

Alguien llama a la puerta justo cuando dice lo último. Ambos nos sobresaltamos, como si nos hubieran pillado medio desnudos.

Izzy abre. Es Louis Keele. Mi cuerpo reacciona de una forma vergonzosa. Siento una descarga de adrenalina, aprieto los puños y tenso los músculos. Son celos viscerales en estado puro y no vienen a cuento, pero la forma en la que la mira hace que me entren ganas de pegarle.

«Sigue siendo uno de los aspirantes —dijo ella—. Aún está en el tablero, como diría él».

Él, com certeza...

—¿Puedes venir un momentito, Izzy? —dice, ignorándome por completo.

Van hacia el vestíbulo. Yo los sigo. Está claro que la quiere para él solo. Merodeo cerca de ellos, fingiendo que estoy ocupado, pero dejando claro que puedo oír todo lo que digan. Louis se pasa de la raya y se queda en nuestro lado del mostrador, porque es el típico tío que no sabe respetar los límites.

—Todavía estoy valorando lo de la inversión —comenta—. Mi padre me ha sugerido hacer otra visita con alguien que realmente conozca los entresijos de este sitio. ¿Y quién puede conocerlos mejor que Izzy Jenkins? ¿Qué me dices? ¿Tienes un rato esta tarde?

—¡Claro! —dice ella—. Lo que necesites.

Se ponen a charlar. Izzy le da una palmada en el brazo cuando Louis dice algo sobre su padre y tengo que recordarme que ella es así: táctil por naturaleza con todo el mundo, menos conmigo. Ni siquiera ahora me toca de esa forma en el trabajo.

Estoy agotado. Echo un vistazo a la página de Kickstarter del hotel y soy incapaz de decir si la cantidad de dinero ha aumentado desde la última vez que he pulsado el botón. Alguien se pasa a recoger un artículo que vio a la venta en nuestra página de Facebook y al salir dice: «¡Sois lo más, chicos!», lo que me hace sospechar que la Pobre Mandy está vendiendo las cosas demasiado baratas. Entonces Arjun asoma la cabeza por la puerta del restaurante y llama a Izzy, despegándola por fin de Louis.

—¿Estás bien, Izz? —oigo que le dice mientras van hacia la cocina, antes de girar la cabeza hacia mí. Me pregunto qué le habrá contado.

—¡Estupendamente! Quieres que corte perejil, ¿no? —replica ella con tono alegre, porque, por supuesto, ya sabe de antemano lo que él necesita.

—Hoy me voy a lanzar con Izzy —comenta Louis, inclinándose hacia delante sobre el mostrador para verla desaparecer con Arjun a través de las puertas del restaurante—. Soy bastante optimista.

—Ah, ¿sí? —le suelto, sin molestarme en disimular mi antipatía; ya no tengo fuerzas—. Creía que eso ya estaba zanjado.

Él sonríe tímidamente.

—Lo mío con Izzy lleva cocinándose a fuego lento desde diciembre; hemos tenido algún que otro contratiempo, pero... —Me agarro al respaldo de la silla, hiperventilando.

—¿Desde diciembre?

—Sí. Desde que llegué al hotel. —Louis juguetea distraídamente con el cable de mi teléfono—. Me dijo lo que sentía por mí. —Todo yo me estremezco y los nudillos se me ponen blancos sobre el respaldo de la silla—. En ese momento tenía novia, así que no hice nada, pero guardé la tarjeta que me envió. —Se palpa el bolsillo trasero del pantalón—. Hoy voy a enseñársela para ganármela de una vez por todas. No hay nada más romántico que guardar una carta de amor durante todo un año, ¿no?

No sé qué decir. Le miro fijamente el bolsillo trasero, desesperado por leer esa postal, reproduciendo una y otra vez las palabras que dijo Izzy mientras el corazón se me acelera: «Le he dejado claro que no hay nada entre nosotros y que nunca lo habrá».

Louis tiene que estar equivocado. Tiene que estarlo.

—¿Qué...? ¿Qué ponía en la tarjeta?

Lenta y cuidadosamente, se saca del bolsillo una postal de Navidad maltrecha. La agita delante de mis narices con una sonrisa pícara. Esta conversación íntima falsa que estamos teniendo me pone la piel de gallina.

—Que está coladita por mí. Que le entran calores cada vez que

nos cruzamos en el hotel. Y que quiere besarme bajo el muérdago.
—Louis se encoge de hombros—. Es normal que esté siendo más fría
este año: tiene que volver a confiar en mí. Al fin y al cabo, ignoré su tarjeta, ¿no? Seguramente herí sus sentimientos. Pero en su día hubo química entre nosotros y esas cosas no desaparecen así como así. No está
con nadie, eso me lo ha dejado claro, así que… —Sé por qué me cuenta
todo esto. Está marcando territorio, jugando sus cartas para que sepa que
es inútil que yo juegue las mías. Puede que estemos aquí de pie vestidos
con camisa elegante y hablando con educación, pero en realidad estamos
peleando como ciervos—. En fin. Deséame suerte, tío —dice Louis, guiñándome un ojo, antes de darme una palmadita en el brazo. Yo me cris-
po. Estoy a punto de perder el control y girarme para darle un puñetazo
en el estómago—. Hasta luego —añade, alejándose con una sonrisa.

Ya está. Se acabó. Si es que había algo que acabar. Yo nunca he sido
suyo y ella nunca ha sido mía, así que supongo que aquí no hay nada
que romper. El único que está destrozado soy yo, por haberme abierto a alguien que ha acabado eligiendo a otra persona.

   ¿Y por qué no iba a elegir a otro? A pesar de todo lo que he
hecho, cuando me mira, sigue viendo a un hombre que no está a la
altura. Y, por más que yo me haya esforzado en luchar contra esos
sentimientos, por más que le haya colgado el teléfono a mi tío y me
haya dicho a mí mismo que lo estoy haciendo muy bien, me resulta
dificilísimo creer que merezco la pena cuando la mujer a la que amo
piensa que un *cuzão* como Louis es mejor hombre que yo.

   Levanto la vista y me encuentro al señor Townsend observándome. Me doy la vuelta bruscamente, consciente de que tengo los
ojos llenos de lágrimas.

   —¿Estás bien, muchacho?

   Exhalo despacio, intentando serenarme.

   —No —digo—. No estoy bien. Quiero irme a mi casa.

Izzy

No. No, no, no, no, no, no.

Louis y yo estamos en la habitación de la torreta, junto a la ventana donde Lucas me invitó a comida brasileña y me presentó a su familia. El sol se está poniendo por encima de los árboles y tiene un color rosa empolvado precioso.

Tengo la tarjeta en mis manos. La tarjeta. Tiene dos pingüinos monísimos en la tapa, ambos con gorrito de Navidad. Nunca pensé que volvería a verla.

Es mucho más pequeña de lo que recordaba. La sujeto con las puntas de los dedos, como si en cualquier momento fuera a explotar.

—Louis. —Abro la postal y una oleada de vergüenza y humillación me invade al recordar lo valiente que me sentí al escribirla. Por exponerme. Por ser tan atrevida. Por aprovechar la vida al máximo, como siempre quisieron mis padres. Pone: «Querido Lucas: Tengo que confesarte algo»—. Louis…, esta tarjeta de Navidad no era para ti.

Por primera vez desde que lo conozco, parece dudar de sí mismo.

—¿Perdona? —dice, agachando la cabeza para mirarla conmigo.

—Lucas. —Me llevo la mano a la frente. «Madre mía»—. La escribí para Lucas.

—Entonces ¿por qué pone…? —Se queda callado—. Tienes una letra malísima —suelta, al cabo de un rato, con voz cortante.

—Lo siento mucho, Louis.

—Así que el que te gusta es Lucas —dice, retrocediendo un poco. La puesta de sol nos baña con su luz rosada; es un ambiente muy romántico. Supongo que por eso ha sacado la tarjeta. El momento perfecto—. ¿Siempre te ha gustado?

La pregunta me hace aterrizar. Porque…, bueno, lo cierto es que sí. Lo he insultado, me he enfadado con él y lo he besado, pero, sí, en realidad siempre me ha gustado, ¿no es verdad? Nadie ha hecho latir este romántico corazón como él.

Estaba colada por Lucas entonces y, si tengo que ser totalmente sincera conmigo misma, sigo estándolo ahora.

Y nunca lo ha sabido. Nunca.

—Lo siento mucho, Louis, pero me voy. Tengo que…

Él me interrumpe, frunciendo el ceño.

—La inútil de tu compañera me dio la tarjeta. Dijo que era para mí.

Hago una mueca de lástima. La Pobre Mandy nunca se ha quejado de mi letra, pero Lucas siempre está diciendo que le pide que le traduzca la mitad de las cosas que escribo. Creía que exageraba. Para mí siempre está todo clarísimo.

—Supongo que ella también se equivocó al leerlo. Lo siento.

La expresión de Louis cambia. Pasa de cordial a calculadora en un instante.

—¿La señora S. B. sabe que Lucas y tú habéis estado tonteando en horario laboral?

Lo miro fijamente.

—¿Qué? No, ella... Y no hemos estado... —Me quedo callada. Porque, bueno, un poquito sí lo hemos hecho—. ¿Y qué piensas hacer? —le pregunto—. ¿Chivarte?

Estoy bromeando, pero Louis se limita a mirarme de forma evaluadora durante un rato.

—¿Sabes cuántas mujeres matarían por que las llevara al The Angel's Wing?

—¿Perdona?

—Te crees muy especial, Izzy, con tu pelo de colores y la tierna «misión» de salvar el hotel. Pero la verdad es que no eres más que una pringada en un trabajo que tiene los días contados. Es bastante triste.

Me quedo con la boca abierta. Su maldad es tan repentina e inesperada que sus palabras no llegan a afectarme; de hecho, mientras se echa el pelo hacia atrás y se coloca la americana cara, me entran ganas de reírme de él.

—¿Una pringada? Por favor, Louis. —Niego con la cabeza y me guardo la tarjeta en el bolsillo trasero—. ¿Sabes lo que sí es triste? Que tú te creas que eres alguien.

Me giro hacia la puerta y echo a andar. No tengo tiempo para ese baboso, necesito encontrar a Lucas. Tengo que explicárselo. Dios, ¿qué habrá estado pensando todo este tiempo? ¿Qué se le pasaría por la cabeza cuando nos peleamos a gritos después de la fiesta de Navidad del año pasado? ¿Qué pensaría cuando le dije que lo odiaba, que no podía confiar en él, que nunca lo haría?

Tengo ganas de llorar. Es como si el último año hubiera cambiado como una ilusión óptica y de repente estuviera viendo una imagen completamente distinta. Necesito... necesito encontrar a Lucas.

La Pobre Mandy se está instalando en recepción; el señor Townsend se encuentra en su butaca, la mayor parte del variopinto grupo de albañiles se halla en las escaleras, y tres clientes del restaurante caminan hacia la puerta. Pero no hay ni rastro de Lucas.

Son las cuatro y media. Nunca antes se había ido temprano. Típico. Me detengo un momento delante del mostrador, estirando el cuello para buscar su coche en el aparcamiento, pero no está en el lugar de siempre; se habrá ido a casa, al gimnasio o a Smooth Pedro. Yo apostaría por lo segundo. Me muero por subirme al Smartie e ir a buscarlo, pero...

—Mandy —digo, girándome hacia ella.

—¡Ay, madre, Izzy, lo siento muchísimo! —dice de inmediato. Se cubre la cara con las manos. La miro fijamente—. Ya te has enterado, ¿no? —me pregunta, mirándome por entre los dedos—. Te prometo que no me di cuenta de lo que había pasado hasta el otro día, cuando Lucas me dijo que había leído mal el nombre de Louis en las notas que me dejaste. Te juro que fue sin querer.

—¿Sabías lo que había pasado y no me lo dijiste? —exclamo levantando la voz. Me agarro al borde del mostrador—. ¡Mandy!

—Lo siento muchísimo. Es que no podía... no podía... ¿De qué iba a servir ahora?

—Pues de mucho, la verdad —digo, cerrando los ojos. Y yo esforzándome por no bajar la guardia, dando por hecho que era un capullo...

—Si te sirve de algo, ya he pagado mi error trabajando con Lucas y contigo a diario mientras vosotros dos no dejáis de pelearos, tirando de mí cada uno por un lado... ¡No es que me esté quejando! —se apresura a decir.

Apoyo las palmas de las manos sobre el mostrador y la miro. Está encorvada sobre el teclado, con las gafas colgadas de la cadena. Recuerdo lo que dijo la señora Hedgers sobre Mandy, lo mucho que le cuesta hacerse valer, y de repente —a pesar de la frustración que siento ahora mismo— me entran ganas de abrazarla.

Pobrecilla. No debe de ser fácil.

—Mandy, tienes todo el derecho a quejarte —declaro.

—Uy, no. Yo...

—No, escúchame. Tienes que decir las cosas. Si Lucas y yo te volvemos loca, dínoslo. Si prefieres el sistema online al registro de reservas, dilo. Si te das cuenta de que te has equivocado al repartir las tarjetas de Navidad y le has dado a un idiota la postal en la que le declaro mi amor a otra persona completamente distinta, dímelo. ¡Si ni siquiera es culpa tuya, Mandy! ¡Ha sido por mi puñetera caligrafía, pero has empeorado mucho las cosas al guardártelo!

—¿Sí? ¿En serio? —Parece desolada—. No podía parar de darle vueltas, ¿sabes? Supongo que por eso besó a tu amiga bajo el muérdago sin pensárselo dos veces, ¿no?

—Sí —digo, encogiendo los dedos de los pies al pensar en todas las veces que le he dicho a Lucas que era un capullo por haber besado a Drew.

Entorno los ojos, deseando poder eliminar cada momento que intenté que se sintiera pequeño este año para tratar de sentirme yo más grande.

—Perdona, Izzy —dice el señor Townsend, intentando ponerse en pie trabajosamente. Voy corriendo hacia él para ayudarlo a levantarse del sillón, ignorando la punzada de irritación que me produce esta distracción. El hombre pasa tanto tiempo sentado en esa butaca que le dejamos las gafas de lectura en la mesita auxiliar y el cojín tiene la forma de su trasero. Si alguna otra persona se aposenta ahí, los que pasan por el vestíbulo lo miran alarmados hasta que el invasor se siente incómodo y vuelve a levantarse—. Me temo que es posible que haya hecho algo muy poco útil —confiesa, apoyándose en mi brazo—. No he podido evitar escucharos... Por lo que he entendido, la tarjeta de Navidad que Louis recibió el año pasado no era para él. Y tu... particular caligrafía...

—Sí. La tarjeta era para Lucas.

—Ah —dice el señor Townsend, llevándose delicadamente los

dedos a los labios—. En ese caso, tal vez quieras sentarte para oír esto, querida. —Me quita la mano del brazo, la apoya sobre el respaldo del sillón y tomo asiento, aunque es lo último que me apetece hacer. Estoy desesperadísima, me muero por ir a buscar a Lucas, por disculparme, por besarlo y decirle que... Dios. No tengo ni idea. Espero que se me ocurra algo al verlo.

—Louis le contó a Lucas lo de la tarjeta —dice el señor Townsend—. Y..., bueno..., Lucas estaba bastante...

—No —susurro, aferrándome a los brazos del sillón—. No. ¿Estaba muy enfadado? —Lo miro fijamente. Menudo desastre.

—Más bien destrozado. Creo que eres muy importante para él, querida. —Suelto un gemido. Cuando pienso en lo mal que se lo he hecho pasar este año, me cuesta creer que pueda importarle. No me extraña que fuera borde conmigo cuando le hablaba mal. Debió de pensar que era muy irracional odiarlo sin darle ningún tipo de explicación. Me froto los ojos con las palmas de las manos, olvidándome del *eyeliner* líquido, mientras maldigo mi puñetero orgullo. ¿Por qué no habré tenido una conversación adulta con él sobre lo de la postal de Navidad? ¿Por qué no me habré tragado la vergüenza y le habré preguntado: «Oye, ¿por qué te reíste de mí cuando te dije que estaba colada por ti? ¿Y por qué besaste a mi compañera de piso bajo el muérdago en vez de a mí?»—. Ha dicho que quería irse a su casa —me comunica el señor Townsend.

Echo un vistazo al reloj de los Bartholomew que está en la pared de recepción y hago los cálculos habituales. A estas horas, seguramente Lucas ya habrá llegado a su piso. Al menos sé que no debo perder el tiempo yendo antes al gimnasio.

—Gracias —le digo, levantándome.

El hombre me pone una mano en el hombro.

—Ha dicho que quería irse a su casa casa —enfatiza. Levanto la vista hacia él—. Como le he explicado a Lucas, he tenido la suerte de haber podido acumular bastante dinero en mi vida y todas las Navidades me gusta encontrar alguna forma de invertirlo que aporte al mundo un poco de alegría. Empecé a hacerlo con mi mujer: nos sentábamos delante de la ventana y veíamos pasar la vida durante el año, así que en diciembre ya sabíamos más o menos quiénes necesitaban ayuda. La niña que anhelaba una bicicleta como la de su hermano, la señora que deseaba visitar a su nuevo nieto… —Extiendo el brazo, le estrecho la mano por encima del sillón y él me sonríe—. La familia cuya compañía de seguros se niega a pagarles unos días más en el hotel. —Abro los ojos de par en par al caer en la cuenta—. Y el muchacho con el corazón roto que echa de menos su casa en Navidad y no puede permitirse el lujo de volver a Brasil.

Ah. «Ay, mierda».

Me levanto de la butaca.

—¿Cuándo tiene el vuelo, señor Townsend?

Él mira el reloj. Espero mientras hace sus propios cálculos; lleva en el hotel el tiempo suficiente como para conocer el procedimiento.

—Sale hacia Faro desde el aeropuerto de Bournemouth dentro de hora y media —dice—. Lo siento mucho, Izzy. Creía que era una buena acción.

Yo ya estoy corriendo hacia la puerta.

—¡No se preocupe, señor Townsend! ¡No es culpa suya! —grito por encima del hombro antes de frenar en seco en la entrada y girarme para mirarlo—. Cuando dice «bastante dinero»… No le sobrarán cien de los grandes para salvar el hotel, ¿verdad?

Él sonríe.

—Me temo que eso es demasiado.

Qué desilusión.

—No pasa nada. Es muy bonito lo que hace. Le ha alegrado la Navidad a los Hedgers.

—Y he arruinado la tuya —dice con ironía el señor Townsend.

—¡No si piso a fondo el acelerador! —grito, saliendo a toda

pastilla por la puerta y haciendo una mueca de desagrado al sentir una ráfaga de aire gélido—. ¡Y yo siempre piso a fondo el acelerador!

Por lo que he averiguado googleando mientras conducía (no os lo recomiendo, es peligrosísimo), el vuelo de Lucas embarca en treinta y ocho minutos.

—¡Apártate! ¡Apártate! —Toco el claxon—. ¡Joder, Jem, hay un puto poni en medio de la carretera!

—¿Y si te montas en él? —sugiere ella.

Tengo el móvil en manos libres. Ha llamado para entretenerse y distraerse un rato: ahora mismo está escondida en el cuarto de invitados de sus padres con el sinvergüenza de Piddles, sintiéndose (como ella misma ha dicho) «del tamaño de una puñetera liliputiense» después de una comida con sus primos megatriunfadores. Se ha entusiasmado cuando le he dicho que estaba yendo al aeropuerto detrás de un tío, como en las comedias románticas.

—No digas tonterías, como mucho alcanzan los treinta kilómetros por hora —replico, volviendo a tocar el claxon—. Madre mía, voy a tener que bajarme. —Tiro del freno de mano, salgo precipitadamente del coche, espanto al caballo y vuelvo corriendo al Smartie—. ¡Ya estoy otra vez en marcha! —exclamo. Jem me apoya con un gritito. Freno de golpe cuando un faisán cruza con tranquilidad la carretera—. ¡Aaah, un faisán! ¡Me cago en la fauna de New Forest! —grito—. ¡Estos bichos no tienen ningún respeto por las grandes historias de amor!

—A lo mejor el pobre pajarito va a reunirse con el amor de su vida —dice Jem—. Recuerda que nunca sabes cómo les está yendo el día a los demás.

—¿Podrías no ser asquerosamente amable por una vez?

Ella se ríe.

—Lo vas a conseguir, pichoncito.

—¡Ni de coña! Ya estará en las puertas de embarque, no sé cómo voy a encontrarlo. ¿Cómo hace la gente en las películas?

—Pues ni idea, la verdad —responde Jem, pensativa. Cambio de marcha mientras el faisán llega por fin al otro lado de la carretera—. Hay que correr mucho… y pasar por debajo de las cosas. O saltar por encima de ellas.

—Ojalá hubiera ido al gimnasio más de una vez en los últimos seis meses —digo, acelerando—. No me contesta al teléfono, así que eso queda descartado. Al menos es alto. Será fácil verlo entre la multitud. Tendré que improvisar algo cuando llegue. Ay, Dios, ¿y si no me perdona por haber sido tan imbécil? —Entro en pánico—. ¿Y si ya no le gusto? ¿Y si vuelve a rechazarme delante de todo el aeropuerto?

—Pues te dolerá —dice Jem—. Pero lo superarás. —Su voz se vuelve más dulce y grave—. Puedes con mucho más de lo que crees, Izzy. Ya te has enfrentado a lo peor del mundo.

Doblo una esquina haciendo chirriar las ruedas.

—¿Crees que perder a mis padres me ha hecho tener demasiado miedo a arriesgarme? Siempre intento vivir la vida a tope, pero puede que en realidad no lo esté haciendo, ¿no?

—Lo estás haciendo en muchísimos sentidos, ¡eres supervaliente! Pero abrirte a alguien y amarlo es difícil para todos. Y encima tú tienes la desventaja de saber lo que se siente al decir adiós a las personas que más quieres. Así que…

—Aun así, voy a hacerlo —digo, con la adrenalina por las nubes—. Voy a decirle que estoy enamorada de él.

—Disfruta del momento, pichoncito mío. A la romántica que hay en mí le vendría muy bien un final feliz ahora mismo.

Noto por su voz que está sonriendo.

—Haré lo que pueda para dártelo matando al menor número de faisanes posible por el camino —le prometo.

—¡Así se habla!

En mis descabelladas fantasías de cómo sería la persecución, me la había imaginado como en *Love Actually* o *Friends*. Me veía corriendo entre la multitud, gritando el nombre de Lucas, desesperada por encontrarlo.

Había olvidado cómo es el aeropuerto de Bournemouth: básicamente, una sala.

No hay cola en el control de seguridad y está todo muy tranquilo. Un poco contrariada, me acerco a la mujer que revisa los billetes y los pasaportes.

—¡Hola! ¡No tengo billete! ¡He venido a decirle a un hombre que estoy enamorada de él!

Se me queda mirando.

—¡Roger, otra! —grita, sin quitarme ojo.

El susodicho aparece como por arte de magia, tirándose del cinturón hacia arriba. Es muy grande y tiene pinta de estar muy aburrido.

—Permítame empezar advirtiéndole que no intente empujarme para colarse. La atraparé de inmediato y la llevaré a la comisaría de Bournemouth —me dice Roger. Si pedirlo educadamente no funcionaba, el plan B era empujar al guardia de seguridad, así que eso es un mazazo para mí—. A ver, ¿en qué vuelo viaja el caballero?

—¡Va a Río de Janeiro! —respondo con entusiasmo.

—Vía Faro, entonces —dice Roger. Mira el reloj—. Llega muy tarde —añade, irritado.

—Ya lo sé. Pero... ¿puedo pasar y hablar con él?

—No —contesta él.

—Por favor.

Parece que eso lo apacigua un poco. Las personas que hacen declaraciones románticas no deben de ser muy dadas a decir cosas como «Por favor» o «Gracias».

—No puede pasar sin billete.

—¿Puedo comprar uno a cualquier sitio? ¿Cuál es el destino más barato? —pregunto, mirando hacia las máquinas de autofacturación.

—¿Ha traído el pasaporte? —me pregunta la mujer del mostrador.

—Ah. No.

—Entonces no, no puede comprar un billete —dice.

Cambio el peso de un pie a otro.

—¿Y qué puedo hacer? —Ambos me miran fijamente. Están consiguiendo que me desinfle. El vuelo ya está embarcando y ellos hablan muy despacio—. Miren esto —digo, sacando la postal de Navidad del bolsillo trasero—. El año pasado le escribí esta tarjeta al hombre del que estoy enamorada para decirle lo que sentía por él. Arriesgué mi corazón. Y luego creí que había leído la tarjeta, que se había reído de ella y que había decidido besar a mi compañera de piso bajo el muérdago, en vez de a mí. ¡Pero no era verdad! La tarjeta cayó en manos de la persona equivocada, porque a la gente se le da fatal leer cosas escritas a mano, y llevo todo el año torturando a ese hombre maravilloso porque pensaba que era un capullo y no lo era.

—Tiene una letra malísima —opina Roger—. ¿Se supone que eso es una «C»?

—Ooohhh, «mi tierno y romántico corazón» —dice la mujer—. Qué bonito.

—¿A que sí? —digo desesperada. Aceptaré cualquier tanto que me pueda anotar—. ¿Me dejan pasar para explicárselo todo antes de que se vaya a Brasil y no vuelva nunca más?

—No —contesta Roger.

Estoy a punto de ponerme a gritar de frustración.

—¿Sabe lo que quiere decirle? —me pregunta la mujer.

—No, ni idea —respondo—. Pero lo sabré cuando lo tenga delante.

Ella chasquea la lengua.

—Entonces, no puede ser —dice.

—¿A qué se refiere?

—Bueno, hay una forma de ponerla en contacto con ese caballero —dice—. Pero tendría que saber qué es lo que quiere decirle.

Lucas

tención a todos los pasajeros del vuelo 10220 con destino a Faro…».

Intento comer otro bocado del sándwich de WHSmith. Me recuerda a Izzy y al viaje que hicimos juntos a Londres, cuando compramos comida en Waterloo antes de coger el tren a Woking. Allí me di cuenta de lo que significaba para mí y de lo obvio que era.

Es muy triste que un WHSmith dispare mis emociones, sobre todo porque ahora mismo no hay ningún otro sitio donde comprar un sándwich decente.

«Tenemos un mensaje para Lucas da Silva».

Me quedo inmóvil, con la comida a medio camino de la boca.

«Querido Lucas».

Qué porra é essa?

«Tengo que confesarte algo. El año pasado te escribí una postal de Navidad».

¿Es una broma de mal gusto?

«Te decía que me gustabas. Que cada vez que nos cruzábamos en el hotel…».

Tiene que serlo. Dejo el sándwich mientras noto que se me empieza a calentar la cara.

«… me entraban calores y me ponía nerviosa. Te pedí que te reunieras conmigo bajo el muérdago en la fiesta de Navidad».

Esa es la tarjeta que le escribió a Louis. Son todas las partes que él me leyó con aquella sonrisa socarrona en la cara. Me entran ganas de taparme los oídos con las manos, pero ni así dejaría de oír a la mujer que está leyendo el mensaje por megafonía: habla demasiado alto. No hay escapatoria.

«Y allí estabas cuando llegué. Bajo el muérdago. Pero besando a otra chica».

La mujer que está sentada a mi lado chasquea la lengua. Miro a mi alrededor. Obviamente, todo el mundo está haciendo lo mismo: buscar a Lucas da Silva. Poco a poco me invade una sensación de incertidumbre, como si todo lo que creo saber estuviera cambiando, pero aún no he llegado ahí; todavía no lo entiendo.

«Se me partió el corazón. Me sentí humillada. Y lo pagué contigo. Creí que eras una persona cruel y despiadada. Pasé un año entero evitándote, intentando quedar por encima de ti, haciéndote la vida imposible. Pero Lucas…».

Me sobresalto al volver a oír mi nombre. Estaba empezando a pensar que ese mensaje tenía que ser para otra persona. Porque si es de Izzy, si esa tarjeta era para mí…

«No te merecías nada de eso, porque nunca recibiste esa tarjeta. Acabó en manos de la persona equivocada».

Apoyo la cabeza entre las manos. No puede ser. Es imposible.

«Así que esta vez no me voy a andar con rodeos. Sigo poniéndome nerviosa cada vez que te veo. Sigo colada por ti, más que nunca. De hecho, hay un montón de cosas que quiero decirte que creo que no estaría bien que oyeras por megafonía a través de Lydia, que soy yo, por cierto».

Algunas personas que están a mi alrededor se ríen. La gente sonríe y alguien lo está grabando todo con el móvil.

«Así que reúnete conmigo ahora mismo debajo del cartel de seguridad del aeropuerto, Lucas da Silva. No es exactamente muérdago, pero tendrá que valer. Con cariño, Izzy».

Echo a correr. Salto por encima de las maletas y de las piernas extendidas de la gente, y atajo por el *duty free*. Mientras salgo corriendo por el control de seguridad, un guardia me hace un gesto con la cabeza y me sonríe, pero yo estoy buscando a Izzy, Izzy, Izzy… Mi corazón pronuncia su nombre con cada latido.

Ahí está. Un poco desaliñada, todavía con el uniforme puesto y el bolso a los pies. Algo explota en mi interior al verla.

Viene corriendo hacia mí en cuanto me ve. Ambos nos detenemos al toparnos con las cintas de seguridad, titubeando; zigzagueo entre ellas, pero Izzy se cuela por debajo y yo me echo a reír, abriendo los brazos para recibirla.

Se abalanza sobre mí. Está a punto de tirarme al suelo.

—Dios, Lucas. Lo siento muchísimo. —Yo la abrazo, inhalando su olor.

—Esa tarjeta… ¿era para mí?

Izzy se separa de mí el tiempo justo para sacarla del bolsillo trasero y entregármela.

—Feliz Navidad —dice—. Siento que haya llegado con retraso.

La beso. Sin pensarlo, sin plantearme nada, sin preguntarme cómo debería actuar ni si es lo correcto, la estrecho entre los brazos y pego los labios a los suyos. Ella se estremece contra mí y siento el ligero frescor de las lágrimas en sus mejillas. Nos hemos besado muchas veces, pero nunca lo habíamos hecho así, sin que ninguno de los dos se contuviera.

La gente aplaude a nuestro alrededor. Nos separamos, avergonzados, y vemos a un hombre y una mujer de uniforme que nos están observando como si fueran unos padres indulgentes. Lydia y un compañero, supongo. Vuelvo a mirar a Izzy. Está guapísima, con esas mechas rosas en el pelo y el maquillaje emborronado después de besarme.

—Hola —susurro.

—Hola —susurra ella—. Hay tantas cosas que quiero decirte ahora mismo...

—Izzy, este invierno he querido decirte tantas veces que... —Me interrumpo cuando me pone un dedo en los labios.

—Yo primero —dice con energía—. Te quiero. Estoy total, irremediable e innegablemente enamorada de ti. Y siento mucho lo de la dichosa tarjeta. La Pobre Mandy me dijo que la habías recibido y que te habías reído de ella. Pensaba que mis sentimientos te importaban una mierda. Creía que habías tenido un montón de oportunidades para disculparte por la forma en la que habías actuado y que considerabas que no habías hecho nada malo. Me parecía todo tan chungo que... decidí pasar de ti. Llegué a la conclusión de que eras un capullo y me negué a permitir que nada me hiciera cambiar de opinión, porque... Creo que es porque intento ser..., porque quiero ser fuerte y cuidar de mí misma... —Entierra la cara en mi pecho y me abraza con fuerza mientras llora—. Lo siento muchísimo.

—Izzy, shhh, tranquila. No pasa nada. —Asimilo lo que acaba de decir y poso los labios sobre su cabeza mientras el trajín del aeropuerto se reanuda a nuestro alrededor. ¿Qué habría pensado yo en su lugar? También me habría fiado de Mandy. Habría pensado lo peor de ella, porque es fácil creer que alguien se ríe de ti. Mucho más que creer que te corresponde. Pero ¿acaso yo actué de forma tan diferente? Nunca le di a Izzy la oportunidad de explicarme por qué le había molestado tanto que besara a Drew. Cuando volví de Brasil, su actitud era fría y desagradable; la forma en la que me trataba confirmaba la opinión que yo tenía sobre mí mismo, así que era borde con ella cuando ella era borde conmigo y de repente eso se convirtió en nuestra dinámica. Me convencí de que Izzy era irracional, difícil y excesivamente dramática. Así que yo también decidí pasar de ella—. Creíste que había preferido besar a Drew bajo el muérdago en vez de a ti —digo despacio, atando cabos.

—Mmm —responde ella, con la cara hundida en mi abrigo. Ha dejado de llorar y ahora tiene los hombros inmóviles, pero no se atreve a mirarme.

—Izzy —digo, echándome hacia atrás, acercando la mano que tengo libre a su mejilla y levantándosela para que me mire. No quiero que piense ni por un segundo que preferiría a otra persona antes que a ella—. Ese beso no significó absolutamente nada. Nos conocimos, tonteamos un poco y ella dijo: «Anda, mira, muérdago», y yo pensé: «¿Por qué no?». Si hubiera recibido la tarjeta, jamás la habría besado.

—Bueno, en realidad eso da igual —dice Izzy entre lágrimas—. Porque me enamoré de ti de todos modos. Aunque intenté con todas mis fuerzas no hacerlo.

Alguien se aclara la garganta detrás de nosotros y nos separamos, girándonos para ver quién es.

—¿Quiere que se lo cambie? —me pregunta Lydia, señalando el billete que sigo teniendo en la mano derecha—. Porque... un tal señor Townsend acaba de llamar y ha dicho que, si usted no coge este vuelo, a él le quedará por hacer una buena acción, así que le gustaría que se lo canjeáramos por otro adicional para su viaje de febrero —añade, consultando una nota que tiene en la mano—. Yo no entiendo nada, pero, si quiere, podemos hacerlo.

—Otro billete para... —Miro a Izzy, que se está limpiando las mejillas con las manos enrojecidas por el frío—. ¿Te gustaría venir a Niterói en febrero? —le pregunto, agachándome para rozarle la nariz con la mía.

—¿Quieres llevarme contigo para que conozca a tu familia? —Me aprieta más fuerte la cintura con las manos.

—Izzy..., pues claro. —Trago saliva, luchando contra el impulso de contener las emociones—. Quiero que formes parte de mi familia.

Ella esboza una amplia sonrisa, una de verdad, de las que le hacen brillar los ojos.

—Madre mía. Me encantaría acompañarte.

Vuelvo a besarla. Tengo el corazón desbocado. Por un instante temo decir las palabras que quiero pronunciar en voz alta. Pero luego abro los ojos y veo a Izzy, cubierta de lágrimas y toda despeinada, con la cara levantada hacia la mía. Después de semanas conteniéndose, por fin se ha dejado llevar. Y yo quiero hacer lo mismo.

—Te quiero, Izzy Jenkins.

—¿A pesar de mis zapatillas rosas horteras? —me pregunta, riendo y llorando a la vez. Se aferra a mis brazos.

—Me encantan tus zapatillas rosas.

—¿A pesar de mi minicoche hecho un desastre?

—Me encanta el Smartie. Es muy tú.

—¿A pesar de mi mala letra?

Me echo a reír y vuelvo a estrecharla contra el pecho.

—Mmm. Creo que para eso voy a necesitar un par de días —respondo, besándola en la frente, en el pelo y en todas las partes de ella que están a mi alcance.

No podemos dejar de tocarnos. Izzy sugiere que volvamos a montárnoslo en el coche, argumentando que así la cosa sería «simétrica». Discutimos si es o no romántico durante todo el camino desde el aeropuerto hasta la linde del bosque, algo que me encanta. En un momento vertiginoso de subidón —como el del piso de Shannon—, me doy cuenta de que quiero discutir con ella el resto de mi vida. Solo que esta vez, cuando la emoción se apodera de mí, no hay nada que la estropee. Ella no me odia. No quiere estar con Louis. Quiere estar conmigo.

—Un momento —digo. Izzy levanta el pie del acelerador—. No, me refiero a que... por teléfono dijiste que Louis seguía siendo uno de los aspirantes. Que aún estaba en el tablero.

—Eso creo —dice ella, haciendo una mueca—. Si es que no le he quitado las ganas. —Se hace el silencio y se gira hacia mí—. ¿Qué? ¿Por qué me miras como si fuera tu peor enemiga?

—Creía que... tú y yo... ¿Eres mi novia? —le pregunto. Se me vuelve a acelerar el corazón; esos viejos sentimientos... siempre rondándome.

—¡Sí! ¿No? Después de esa declaración tan romántica en el aeropuerto... —Parece asustada—. ¿Lo he malinterpretado?

—¿Y yo?

—Un momento —dice Izzy—. Aquí es donde siempre descarrilamos. Tú dime lo que crees que está pasando y yo te diré lo que me parece a mí. Seguiremos hablando hasta que nos pongamos de acuerdo y todo se haya solucionado. Así es como vamos a hacer las cosas a partir de ahora, ¿de acuerdo?

—De acuerdo —digo, aflojando los puños y respirando hondo—. ¿Qué querías decir con eso de que Louis seguía siendo uno de los aspirantes?

—Me refería a que sigue pensando en invertir en el hotel. Grigg y Sameera me preguntaron por el trabajo, así que... —Ah. Veo por su cara que se da cuenta de lo que yo estaba pensando—. ¡No me lo puedo creer! ¡Lucas! Por eso no se deben escuchar las conversaciones telefónicas ajenas. ¡Madre mía!

—Tomo nota —digo, aferrándome a la manilla de la puerta mientras Izzy se hace un lado para dejar pasar a un coche que viene de frente.

No es que sea una conductora temeraria, pero va muy pero que muy rápido. Le suena el teléfono y la pantalla se ilumina.

—¿Puedes echar un ojo? —me pide, señalando el móvil—. A lo mejor es Jem, que quiere que le alegre el día con un final feliz.

No puedo evitar sonreír ante ese gesto de confianza; hace veinticuatro horas, jamás me habría dejado mirar su teléfono. Lo saco del portavasos que está entre los dos. Es un mensaje de Louis: Hola, Izzy.

Acabo de comentarle a la señora S. B. que ha surgido otra oportunidad de negocio que mi padre y yo creemos que nos conviene más. Buena suerte, sin rencor. Chao, Louis.

Se lo leo en voz alta.

—¿Sin rencor? Menudo... —dice ella.

—*Merda.* —Me tapo la boca con la mano. Pensar en el hotel me ha recordado algo importante—. *Eu pedi demissão.* ¡He renunciado a mi puesto!

—¿Qué? —Izzy me mira horrorizada—. ¿En el hotel?

—¡Sí! Le he enviado a la señora S. B. la carta de renuncia desde el aeropuerto.

—¡Bueno, pues «desrenuncia»! —exclama Izzy—. ¿Cómo voy a trabajar sin ti tocándome las narices todo el rato? ¡Llámala! ¡Llámala!

Señala el móvil, que sigo teniendo en la mano. Marco el número de la señora S. B. y pongo el altavoz.

—¡Izzy! —grita la mujer—. ¿Estás con Lucas?

Nos miramos.

—Pues sí —contesta ella—. ¿Cómo...?

—¡Louis me ha dicho que estáis juntos!

Ambos entornamos los ojos a la vez.

—¿Louis? —pregunto, incrédulo.

—¡Eso puede esperar! —grita la señora S. B.—. ¡Lucas! Barty y yo estamos yendo a toda prisa al aeropuerto para detenerte. No puedes irte, Lucas, no lo hagas. Si pudiera ofrecerte un aumento de sueldo o garantizarte un puesto de trabajo que vaya a durar más de dos semanas, lo haría, en realidad, pero... ¡Por favor! ¡Esto aún no ha acabado!

—¿Que están yendo al aeropuerto? —repito, mirando la hora en el salpicadero—. Si mi vuelo ha salido hace cuarenta minutos.

—¿Qué? ¿En serio? ¡Barty!

—¡Ha sido por la diferencia de hora! —protesta Barty de fondo—. ¡Es un lío!

—No se va a marchar, señora S. B. —dice Izzy, sonriendo—. Lo estoy llevando de vuelta a casa.

—Izzy, eres un ángel. Si el Hotel Forest Manor va a seguir existiendo, necesita contar con vosotros dos, ¿entendido?

Nuestra sonrisa se desvanece al recordar la realidad. Lo más probable es que, en unos días, no haya ningún trabajo al que volver.

—¡Dejad de pensar en negativo! —exclama la señora S. B.—. Os oigo desde aquí. Aún nos quedan unos días para salvar el hotel. No es demasiado tarde. Todavía no hemos vendido algunas de las antigüedades más valiosas y también está vuestro último anillo… —Izzy hace una mueca. Está claro que la búsqueda de la misteriosa Ricitos de Oro no le va mejor que a mí—. El Hotel Forest Manor es un superviviente —asegura la mujer—. En su día protegió a sesenta niños del Blitz. Ha superado tormentas, pandemias y daños estructurales más costosos que este, que lo sepáis. Seguiremos abiertos el año que viene.

—¿Qué estaba diciendo de Louis, señora S. B.? —pregunta Izzy.

—Ah, sí. Ha venido y me ha dicho que teníais una relación sentimental. Al parecer, creía que os despediría a ambos —dice—. Se ha llevado una gran decepción cuando Barty y yo hemos gritado tan fuerte que el techo se ha venido abajo otra vez. No sé qué se cree ese muchacho, pero esta tarde también se ha puesto en contacto con la prensa local para contarles una milonga sobre nuestra supuesta falta de personal en recepción y nos ha enviado al inspector de seguridad alimentaria.

—¿Qué? —exclama Izzy, alucinada—. ¡Qué puñetera rata vengativa!

—No te preocupes —grita Barty—. Ni siquiera al *Forest Local News* le ha parecido relevante publicar esa historia. Y ya sabes que el inspector tiene debilidad por las trufas de Arjun. Lleva horas sentado en la mesa dieciséis.

Soy incapaz de resistirme.

—Te dije que Louis era un capullo —digo.

—Prepárate, Lucas, porque solo voy a decir esto una vez —replica Izzy—. Tenías toda la razón del mundo.

Izzy

Ahora el piso de Lucas ya me resulta muy familiar: el chirrido del sofá de cuero, el olor a su gel de ducha por la mañana, el zumbido del calefactor eléctrico que pone para mí porque soy más friolera que él. Pero, mientras nos giramos para mirarnos en el sofá, somos conscientes de que muchas cosas han cambiado. Ahora que sé la verdad sobre las Navidades pasadas, me doy cuenta del lastre que eran para mí. Nunca me había entregado a él como ahora, jamás había estado tan relajada, con la guardia totalmente baja.

—¿Crees que a partir de ahora nuestra relación será diferente? —le pregunto en un susurro, agarrándole una mano y poniéndomela sobre el regazo. Le acaricio con los dedos los nudillos y las líneas de la palma.

—Tal vez. Más intensa.

Levanto la vista hacia él.

—¿Más todavía?

—Mmm —responde, esbozando una sonrisa lenta—. Ya.

—¿Puedo preguntarte una cosa? —Le paso las uñas suavemente por el antebrazo, arriba y abajo.

Él observa mi mano.

—Claro. Lo que quieras.

—Tu ex. Camila. —Lucas se queda inmóvil. Deslizo los dedos para entrelazarlos con los suyos—. Ahora que te estoy escuchando, ¿podrías contarme lo que te pasó con ella?

—No fue nada importante —dice, mirándome a los ojos mientras yo niego con la cabeza.

—Pues yo creo que sí.

—Simplemente... Fue culpa mía, en realidad. Me costaba abrirme y ella creyó que no tenía sentimientos. —Se encoge de hombros—. Mucha gente piensa eso de mí.

Incluida yo, durante el último año. Trago saliva, con la garganta seca de repente.

—Si en el fondo eres supersensible. Pero está todo atascado ahí, ¿verdad? —digo, poniéndole una mano en el pecho. Lucas resopla con discreción, pero no lo niega—. ¿Y te engañó?

—Sí. Por eso lo dejamos. Me dijo: «Tú no tienes corazón, así que no me vengas diciendo que te lo he roto».

Doy un respingo. No porque sea cruel, que lo es, sino porque me imagino perfectamente diciéndole eso. En efecto, podría parecer que Lucas no tiene corazón: es demasiado lógico y hermético y muy muy musculoso, características que, cuando se combinan entre sí, suelen atribuirse a cierto tipo de hombre: el clásico robot humano engreído. El típico tío con el que te acuestas y ya está, porque no tiene nada más que ofrecerte.

Pero Lucas es ese hombre que hace que Ruby Hedgers se muera de risa. Ese que, cuando se enteró de los planes que tenía para Navidades, me dijo: «Sé lo que se siente al estar lejos de tu familia en Navidad», porque comprendió que mis amigos son ahora mi familia. Me ha hecho hervir la sangre y arder el cuerpo, pero también me ha hecho reír, superarme a mí misma y pasármelo pipa. Es muchísimo más de lo que parece.

—Pues yo creo que eres todo corazón —murmuro, acercándome más a él. Me dedica una pequeña sonrisa—. Y entiendo que lo que te ha pasado te haya vuelto un poco susceptible con lo de la infidelidad. Pero necesito que confíes en mí. Aunque me veas hablando con otro chico. —Me río al verlo hacer una mueca de dolor—. Lucas.

—Ya lo sé. Claro que confío en ti. En serio. Lo siento.

—Y soy consciente de que he sacado conclusiones precipitadas demasiadas veces en el último año; siempre he pensado lo peor de ti —digo, bajando la vista hacia nuestras manos entrelazadas—. Me sentí fatal cuando me contaste lo del curso de Gestión Hotelera y cuando intentaste contarme lo de Camila… No me encajaba con el hombre que creía que eras. Me asustaba que pudieras ser…, no sé. Necesitaba que fueras un capullo para no enamorarme de ti. Pero tú seguías siendo encantador e interesante. —Lucas me aprieta la mano un momento antes de soltarla y permitirme que lo explore, que suba los dedos hasta el codo y el bíceps—. Prometo pensar lo mejor de ti a partir de ahora. Preguntarte cuando me sienta herida por algo que hayas hecho. Prometo no volver a ser cruel. —Esbozo una pequeña sonrisa—. Aunque me gusta que hayas visto ese lado de mí. Mi peor cara. La gente suele pensar que soy supersimpática e intento serlo, claro, pero… todos somos un pelín malvados de vez en cuando, ¿no? Es agotador intentar estar siempre a la altura sin meter la pata, sin insultar a los malos conductores y sin quejarse de los huéspedes, ¿entiendes?

—Perfectamente —dice Lucas, flexionando el bíceps debajo de mi mano—. Izzy el angelito. Por cierto, yo nunca he creído que fueras así. Ni siquiera cuando eras amable conmigo.

Me río.

—¿No?

—No. Eres… —Me agarra la otra mano, la que no tengo ocupada acariciándole los músculos del brazo, y tira de mí hasta que cruza una rodilla por encima de la mía—. Eres demasiado sarcástica para ser un ángel. Demasiado incisiva.

Acepto la invitación y me inclino hacia delante para ponerle los dientes sobre el cuello y succionar; no tan fuerte como para dejarle una marca, pero sí lo bastante como para que se ría y me atraiga hacia él para subirme a su regazo. Me rodea con los brazos y siento algo nuevo. No es la primera vez que me abraza en esta posición, mientras le enmarco las piernas con las mías y hunde la cara en mi cuello, pero, esta vez, el hecho de que me esté rodeando con los brazos cubre una necesidad que no sabía que tenía.

Me siento segura.

—*Meu amor* —me susurra, pegándome los labios a la oreja—. Mi amor.

Cierro los ojos y me froto contra él. Todavía me da miedo decirle que lo quiero, aun cuando me está estrechando entre los brazos, apretándome con fuerza y balanceándome adelante y atrás. Pero ya lo he decidido. Se ha acabado lo de elegir la opción más fácil: esto es lo que deseo, esta alegría intensa y explosiva. Quiero decir estas palabras todos los días.

—Te quiero —susurro.

—*Eu te amo* —murmura él. Levanta la boca hacia la mía y tengo que dejar de mover las caderas un momento, porque el beso me resulta abrumador con el sabor de esas palabras en su lengua.

Tiene razón. Es más intenso. Me lleva a su habitación y nos pasamos toda la noche susurrándolas: «Eu te amo. Te quiero». Por la mañana me siento diferente. Lucas siempre me ha trastocado, ya sea sacándome de mis casillas, haciéndome perder el control o volviéndome loca de deseo. Pero ahora es distinto. Ahora además me hace sentir segura.

Aunque me encantaría que la postal no se hubiera extraviado, no me arrepiento de lo que he vivido este último año. Ahora sí que nos conocemos bien. Esto no es fruto de unas cuantas miradas furtivas en el trabajo, es una relación que lleva más de un año de idas y venidas, y sé que será más fuerte por ello.

Lucas me prepara un café y me lo trae a la cama desnudo, tranquilamente, dejando que lo mire. Lo atraigo hacia mí y él apoya la cabeza en mi pecho mientras observa cómo cae la lluvia por la ventana.

—Tenemos un montón de cosas que hacer —dice sin mucho entusiasmo. Me roza los dedos con los suyos y me acaricia el abdomen—. Mañana es la fiesta de Navidad.

—Y, en poco más de una semana, todo habrá terminado. Para Año Nuevo.

Lucas suspira.

—No sé qué voy a hacer. He solicitado algunos puestos de recepcionista cerca de aquí, pero…

Me incorporo y lo miro.

—Tú y yo prácticamente dirigimos Forest Manor. No puedes volver a trabajar de recepcionista, te mereces un puesto de dirección.

—Para eso tendría que buscar más lejos y no quiero. —Me estrecha la mano—. Me gusta estar aquí. —Yo le estrecho la suya—. Pero tienes razón: tú y yo casi dirigimos Forest Manor —dice muy serio—. Y tú odias servir mesas. —Arquea las cejas.

—Ya, he estado dándole muchas vueltas. —Me muerdo el labio—. Sinceramente, no me apetece trabajar de camarera. Pero tampoco quiero mudarme. Ojalá diéramos con la forma de mantener a flote el hotel. A lo mejor, si encontráramos a Ricitos de Oro…

Noto el roce de su barba incipiente en la piel desnuda cuando levanta la cabeza para mirarme.

—Seguiremos intentándolo —dice—. Tal vez podamos aunar fuerzas.

—¿Perdona? —digo indignada, echándome hacia atrás—. Puede que ahora seas mi novio, pero la apuesta sigue en pie.

Lucas hace una mueca.

—¿En serio?

—¿Quieres rendirte y ponerte el traje de elfo?

—No.

—Muy bien. —Le doy un beso en la nariz—. En ese caso, sigo teniendo intención de machacarte.

LUCAS

Es Nochebuena: el día de la fiesta y mi segunda jornada como novio de Izzy Jenkins.

Siento una clase de felicidad que hasta ahora había considerado inalcanzable y estoy a punto de conseguir que este día sea absolutamente perfecto.

—Si pudiera intentar recordarlo… —digo, mirando hacia la entrada del hotel.

—¿En serio me está llamando a las ocho de la mañana el día de Nochebuena para preguntarme si recuerdo si había algún famoso alojado en mi planta cuando estuve en su hotel en 2019? —pregunta la mujer que está al otro lado de la línea.

Es un recordatorio útil y pertinente de que quizá me esté esforzando demasiado.

—Le pido disculpas —digo—. Si se le ocurre algo, le agradecería que se pusiera en contacto conmigo por correo electrónico.

—Claro —replica la mujer. Hago una mueca al oírla colgar.

—¿No ha habido suerte? —me pregunta la Pobre Mandy con lástima, asomándose por delante del mostrador, donde está haciendo

347

una cosa que Izzy llama «engalanar». Ahora mismo, todo el mundo está engalanando para ella o cortando verduras para Arjun.

—No, no ha habido suerte —respondo.

Ella me da unas palmaditas en el brazo. No para de hacerlo desde que se aclaró el desastre de la tarjeta de Navidad. Creo que se siente responsable de que Izzy y yo nos hayamos estado torturando todo un año. Y un poco sí que lo es.

—¿Sabes qué, cielo? —dice Mandy, iniciando el arduo proceso de consultar el móvil: se quita las gafas de la cabeza, se mete la mano en el bolsillo, empieza a retorcerse y a dar saltitos en la silla para sacarse el teléfono de los vaqueros, abre la funda, se pone las gafas sobre la nariz y se las vuelve a quitar—. A lo mejor puedo ayudarte.

Aprecio mucho a la Pobre Mandy: siempre se puede contar con ella, los huéspedes la adoran y hace los peores turnos. Pero estoy casi seguro de que su idea tendrá algo que ver con enviar un tuit a nuestros ciento doce seguidores, y, la verdad, no creo que eso sirva de nada.

—Gracias —digo—. Inténtalo, si quieres.

—¿Ha habido suerte? —grita Ollie mientras pasa corriendo con una bandeja de gelatina.

—Todavía no —contesto—. ¿Sabes si Izzy está teniendo...?

—¡Soy Suiza! —chilla Ollie mirando hacia atrás—. ¡No pienso abrir la boca!

—¿Sabemos algo del anillo? —berrea Barty, bajando por las escaleras recién reestrenadas y cruzando a toda velocidad el rellano. Hoy todo el mundo tiene prisa. Eso le da al hotel cierta energía, como si alguien hubiera encendido todos los electrodomésticos a la vez.

—Aún no —digo. Agradezco el interés de todos, pero, cuando no hay ninguna novedad, resulta un poco molesto.

—¡Lucas! ¿Sabes algo del...?

—¡Todavía nada! —replico y, cuando levanto la vista, me encuentro con la mirada fría de mi novia.

—¿… menú navideño vegano?

—Ah. —Me ablando al instante. A Izzy le hace gracia—. Sí. Toma.

Le enseño la última versión que Arjun ha escrito a mano. Le echa un vistazo mientras la observo. Estaba deseando verla. Tanto tiempo pensando que podía vivir sin Izzy Jenkins y ahora no me canso de ella.

—¿Hemos…?

—Sí. Están en el invernadero.

Se da unos golpecitos en el labio inferior, sin dejar de mirar el menú.

—¿Sabe Arjun lo de…?

—Sí. Se ha cagado en todo, pero lo hemos conseguido.

Izzy asiente. Luego me mira.

—Y…

—Sí.

—La verdad es que no…

—Seguro que ya está hecho.

—No, porque…

—Tómate una taza de té. Deja de pensar tanto.

—Por cierto, ¿hoy te he dicho que te quiero?

—Pues no. No lo has hecho.

—¿Lo ves? —Se gira con arrogancia—. Sabía que me quedaba algo pendiente. ¡Señor Townsend! ¿En qué puedo ayudarlo?

El hombre se acerca desde el sillón, esquivando de forma magistral a varios miembros del equipo de limpieza y a un pequeño chihuahua que ha traído hoy Dinah. «Problemas con la canguro perruna, no me digáis nada», ha soltado al entrar, sujetándolo por la correa.

—En realidad, a quien necesito es a Lucas —dice el señor Townsend—. ¿Me acompañas al invernadero? Me gustaría probar los nuevos sofás. —Sonríe mientras me coge del brazo.

—¡Ah, vale! —dice Izzy, mirándome divertida, como diciendo: «¡Así que ahora eres tú el favorito!».

Le devuelvo la mirada arqueando las cejas. Justo entonces suena el móvil que llevo en la mano y cuando bajo la vista veo que es Antônio. El corazón me da un vuelco. Es sábado. El jueves no lo llamé. No es que me olvidara, es que no me apetecía.

Y ahora tampoco quiero hablar con él. Me he dado cuenta de que, cuanto más me valoro, menos gratitud siento hacia mi tío y más me pregunto por qué me obligo a tener estas conversaciones. Por ahora, tendrá que esperar durante un tiempo, hasta que me sienta preparado para hablar con él.

El teléfono sigue sonando mientras el señor Townsend y yo nos dirigimos al invernadero. Exhalo lentamente.

—Tengo una cosa para ti —dice este mientras lo ayudo a acomodarse en un sofá. Izzy lo encontró en Gumtree y los vendedores... éramos nosotros. Es un viejo sofá de Opal Cottage, que antes era de un atrevido color rojo y ahora es de un tono rojizo desvaído, pero ha vuelto a cobrar vida con las fundas de cojín estampadas que Izzy ha hecho con unas cortinas viejas del hotel. Tiene un don especial para sacar lo mejor de las cosas—. Toma. —El hombre abre el puño. El anillo de la esmeralda se encuentra entre los pliegues de su mano, rodeando el punto en el que se divide su línea de la vida—. Es para ti. O, mejor dicho, para ella.

Ai, meu Deus.

—Señor Townsend...

—Lo llevo encima desde que fuimos a Budgens, porque no sabía qué hacer con él. La verdad es que ya no me pertenece. Esa es la sensación que tengo. Porque Maisie lo perdió y lo reemplazó. El anillo que llevaba el día que murió era el suyo y este... puede que estuviera esperando a que otra persona lo encontrara.

—No puedo... Y es demasiado pronto para...

El señor Townsend me mira con perspicacia.

—Ah, ¿sí? Yo solo salí con mi Maisie una docena de veces antes de casarnos.

—Pero hoy en día…

—Sí, claro, hoy en día. —Agita la otra mano—. Algunas cosas cambian, pero el amor no. Cuando lo sabes…

«Lo sabes». Ahora entiendo por qué la gente dice eso del amor: no se puede cuantificar. Es demasiado vasto, abrumadoramente profundo.

Y es verdad que sí me he planteado casarme con ella. Si pudiera, si este mundo fuera perfecto, vaciaría el océano para buscar el anillo de su padre, el que perdió, me pondría de rodillas y se lo entregaría. Pero este mundo no es perfecto y yo tampoco.

A veces las cosas se pierden, lloras por ellas y te hacen cambiar, y no pasa nada.

Puede que no sea perfecto pedirle matrimonio con el anillo de la esmeralda, pero sería precioso. Tiene una historia, es un legado. Pertenece a la familia que encontró aquí en el hotel.

—No puedo aceptarlo —digo, pero hasta yo me doy cuenta de que mi tono de voz ya no suena tan convincente.

—Guárdalo en el bolsillo hasta que lo necesites —dice el señor Townsend justo cuando la señora Hedgers entra en la sala arrastrando una guirnalda de espumillón.

—Siento interrumpir —dice, inclinándose para pegar un extremo en el borde del marco de la ventana—. Órdenes de Izzy.

Él me pone el anillo en la mano y me la cierra con las suyas. Me estremezco mientras me agarra y nos quedamos así un rato, sujetando juntos ese anillo que durante unos instantes encierra en su círculo dos historias de amor entrelazadas. Entonces el señor Townsend retira las manos y queda solo una historia de amor. La mía, de momento. Hasta que se lo dé a Izzy y acoja la suya.

Durante una media hora de lo más desagradable, parece que nadie va a venir a la fiesta de Navidad. En las invitaciones sugeríamos empezar a las dos de la tarde porque Izzy quería que los niños pudieran participar en la celebración. El plan era que la gente llegara y se fuera cuando le viniera bien.

Pero, al parecer, lo que no les ha venido bien es venir.

—Ya aparecerán —dice ella, colocando una vela más.

Ha hecho un gran trabajo. Hemos convertido el vestíbulo en el centro de la fiesta: allí es donde se pintarán las caras, actuará el mago y tocará la banda en directo, un grupo de jazz que trabajó aquí una vez en una boda y que ha tenido la amabilidad de ayudarnos con una actuación a precio reducido. El bufé se servirá en el restaurante y hemos llenado el bar de asientos cómodos. Ollie se encargará de los cócteles en el invernadero, un papel que ha aceptado supuestamente a regañadientes, aunque se le nota en la cara que está encantado.

Dudo que Izzy se dé cuenta, pero estoy todavía más nervioso que ella por la fiesta. Esta noche va a ver el regalo de Navidad que le he preparado y me da pavor haber metido la pata. Después de todo, cuando lo planeé aún no estábamos juntos. Y me he arriesgado un poco.

—Esto está muy tranquilo, ¿no? —comenta el señor Townsend, que se acerca arrastrando los pies.

Izzy se crispa, pero se ablanda cuando se da cuenta de que es él quien habla.

—Ya vendrán —dice—. ¿Dónde están los Hedgers? Son los más divertidos. Lucas, ¿puedes ir a llamarlos? ¡No es molestar, es ayudar! —añade al verme la cara—. Ya verás como no les importa.

La miro poco convencido y ella me responde sacando la lengua. Me dirijo a la habitación Sweet Pea. La señora Hedgers abre la puerta: su aspecto es completamente distinto al de la mujer que he visto hace un par de horas en el invernadero. Lleva el pelo suelto sobre los hombros por primera vez desde que la conozco y tiene las mejillas emborronadas por las lágrimas.

—Uy, perdón —digo, dando media vuelta, pero ella me hace un gesto con la mano para que entre mientras gira la silla de ruedas. Solo tengo dos opciones: o sujetar la puerta y seguirla, o dejar que se cierre tras ella.

Paso, aunque me siento incómodo. No suelo entrar en las habitaciones cuando los huéspedes están en ellas; es como si estuviera haciendo lo mismo que Louis cuando se metió detrás del mostrador de recepción.

—Lucas —dice la señora Hedgers, cogiendo los pañuelos de papel de la cómoda para sonarse delicadamente la nariz—, justo quería hablar contigo. Los niños están en el jardín con mi marido, quemando un poco de energía antes de tener que interactuar con personas que podrían no apreciar el nivel de intensidad que tiene la familia Hedgers los sábados.

—No quiero molestar —digo, retrocediendo hacia la puerta.

—Quédate —replica ella.

Es más bien una orden que una petición. Hago lo que me dice, poniendo las manos detrás de la espalda y esperando delante de la puerta.

—Mi marido acaba de contarme por fin lo que el señor Townsend ha hecho por nosotros. ¿Y sabes cómo me he sentido? Molesta. Molesta por haber tenido que aceptar su caridad y por no haber ganado. Por no haber derrotado a la compañía de seguros. Por no haberme salido con la mía.

—Lo siento —digo—. La entiendo muy bien.

Ella sonríe, sorbiéndose la nariz.

—Lo sé. Eres eficiente y perfeccionista.

Inclino la cabeza.

—Gracias.

—No era precisamente un cumplido —replica, golpeando los

cojines del sofá hasta que quedan bien alineados—. Yo soy igual. Y soy brillante en mi trabajo. Pero no en todo lo demás y eso me resulta muy difícil. ¿Te suena de algo? —Creo que la señora Hedgers me está analizando.

—Sí —admito—. Soy... Puedo ser... un poco intransigente.

Esta vez su sonrisa es más discreta.

—Por más que trabaje, no conseguirá la perfección que busca, señor Da Silva. Créame. Yo he trabajado muchísimo.

Se gira hacia el espejo y empieza a maquillarse. Es un gesto sorprendentemente íntimo para una mujer que me parece tan estoica y estoy seguro de que es cien por cien deliberado.

La señora Hedgers me mira desde el espejo.

—En cuanto al anillo que te ha dado el señor Townsend, ¿puedo darte un consejo? —Observo en mi reflejo que la expresión me cambia de forma imperceptible: tengo los ojos un poco más abiertos y el ceño fruncido. Hoy está siendo un día rarísimo. El hotel ha sido una parte importante de mi vida desde que entré a trabajar aquí, pero este invierno ha acabado fusionándose con todo mi ser; ni siquiera me sorprende que otro huésped más se entrometa en mi vida personal. Tal vez porque yo me he pasado todo el invierno entrometiéndome en la suya—. Un anillo puede fortalecer algo bueno y debilitar algo malo. Tienes que estar lo más seguro posible antes de ponerte uno en el dedo. Lo que quiero decir es... que no hagas la pregunta hasta que no estés seguro de la respuesta.

Así precisamente le describí a Izzy mi declaración ideal cuando hablé por primera vez de matrimonio con ella hace varias semanas, bajo las guirnaldas luminosas: le dije que me imaginaba pidiéndole al amor de mi vida que se casara conmigo sabiendo que ella diría que sí. Pero la señora Hedgers tiene razón al sospechar que estoy huyendo de mí mismo. Desde ayer, mi mente ha estado adelantándose al futuro, pensando en todas las formas en que podría perderla, y, de repente, la idea de asegurarme de que Izzy Jenkins se case conmigo me resulta extremadamente atractiva. Quiero que sea mía antes de que se dé cuenta de que es demasiado buena para serlo. Pensaba pedírselo en febrero, cuando fuéramos juntos a Brasil. O, como muy tarde, en verano.

—Cuando sepas que te quiere y lo tengas claro —prosigue la señora Hedgers—, pídeselo. Esa es mi opinión. —Me sonríe con los labios recién pintados—. No sé si te servirá de algo mi consejo, pero que sepas que cuesta un dineral. No todo puede conseguirse trabajando duro, pero al menos ayuda a pagar las facturas. Bueno, tengo que ir a buscar a mi media naranja y a darle las gracias al hombre que me ha salvado la Navidad. —Traga saliva—. Por favor, recuérdame que no es ninguna vergüenza aceptar ayuda.

—No es ninguna vergüenza aceptar ayuda.

Ella asiente, recogiéndose el pelo y sujetándoselo con una pinza.

—A veces necesitas oírselo decir a otra persona —declara—. No sé por qué, pero es así. Bueno. ¿Vamos? —dice, señalando la puerta.

IZZY

Estoy cubierta de salpicaduras de pintura facial. La banda está tocando «December Kisses», de Harper Armwright, y un grupo de señoras un poco piripis bailan un *reel* escocés que no pega nada con la música al lado del mostrador de recepción. Han venido Charlie y Hiro, nuestro primer éxito de la Operación Anillo, y están disfrutando de un vaso de vino caliente junto al fuego con el señor Townsend. Arjun por fin ha dejado de reírse de que ahora sea la novia de Lucas («No me voy a cansar de vacilarte nunca, Jenkins, lo sabes, ¿no?») e incluso ha salido un ratito de la cocina para disfrutar de la fiesta.

Estoy radiante de felicidad. Por un instante maravilloso y liberador es como si el futuro del establecimiento no importara, porque ahora mismo estamos en nuestro mejor momento. El Hotel Forest Manor irradia espíritu navideño y, si entornas un poco los ojos, el agua helada que cae al otro lado de las ventanas incluso podría parecer nieve.

Además, ya casi es hora de darle el regalo de Navidad a Lucas. Lo planeé y lo organicé anoche a última hora, hablando por teléfono en voz baja mientras me escondía en su cuarto de baño, porque hasta ayer estaba decidida a regalarle un pedrusco de carbón.

Solo me falta hacer una última cosa antes de que el reloj marque las seis y no va a ser agradable, por muy festivo que sea el ambiente.

La semana pasada llegué a la conclusión de que los asuntos pendientes eran malos para el alma, así que le ofrecí trabajo a Drew Bancroft.

Bueno, solo durante tres horas, para ayudar a Ollie con los cócteles; tampoco soy tan benevolente. Pero me pareció que ya era hora de ofrecerle una rama de olivo y no paraba de darle vueltas a su *post* de Instagram en el que decía que no encontraba trabajo. Cuando quise darme cuenta, ya le había enviado un mensaje privado.

Y ahora está aquí, rellenando un cuenco con ponche de huevo en el invernadero. Lleva un look de periodista seria de Nueva York que no puedo evitar admirar. Se me hace rarísimo volver a verla en el hotel. Espero que no haya sido muy mala idea. Me sentía muy segura cuando me puse en contacto con Drew y fue un subidón hacerlo, pero ahora me estoy acordando de ella en la última fiesta de Navidad, que fue… horrible.

Me entretengo un momento saludando a los invitados (los Jacob; Pedro, el amigo de Lucas, y un par de extras con los que he trabajado este año), así que, cuando me acerco a ella, ya está más que preparada para enfrentarse a mí.

—Madre mía, hola —dice, como si se hubiera olvidado de mi existencia hasta ese preciso instante pero estuviera encantada de que se la recuerde. Extiende una mano de uñas largas para tocarme el brazo a través de la barra—. Gracias por haberte puesto en contacto conmigo.

«Y ofrecerme trabajo», espero que diga. Pero no lo hace.

—Hola, Drew —contesto, intentando que suene pacífico—. ¿Qué tal todo?

—Oye, le he estado dando vueltas —dice, ignorando mi pregunta. Ella siempre se ha ceñido a su propio guion—. Quiero que sepas… que te perdono. —Hace una pausa dramática.

La miro fijamente. A su lado, Ollie se queda paralizado y abre los ojos de par en par mientras pela una naranja.

—¿Que me perdonas?

—Sí, por haberme echado de esa forma.

—Por haberte… Drew, yo no te eché. —El corazón me late con fuerza. Pienso en todas las veces que me mordí la lengua con ella y traté de ser una «buena amiga», y luego en todas las veces que le grité a Lucas por algo que no tenía sentido, y me parece increíble haber hecho todo tan al revés—. Vamos a recapitular: tú sabías lo que sentía por Lucas. Sabías que le había escrito una tarjeta. Lo besaste bajo el muérdago. Me enfadé. Te pedí que me pagaras el mes de alquiler que me debías y que te mudaras a finales de enero. Y tú me tiraste una bola de Navidad a la cabeza y te largaste.

Drew pone los ojos en blanco y, de repente, parece la mismita mujer con la que viví el año pasado, a pesar del corte de pelo y las gafas nuevas.

—Izzy, por favor. Lo de la bola fue sin querer.

—¿Qué? —exclamo, completamente alucinada.

—A lo mejor deberías aprender a pasar página.

—Pues sí —replico, porque, sin duda, en cierto modo, es verdad. Soy una persona rencorosa. Puedo llegar a ser cruel. Lo sé. Es algo que me ha causado algunos problemas este año—. Bueno, si te disculpas, estaré encantada de hacerlo.

—¿Disculparme? —Hasta Ollie ha dejado de fingir que está preparando cócteles. Se limita a observar cómo se desarrolla la acción, con la mitad de un gajo de naranja aplastado en la palma de la mano y una gota de zumo resbalándole hasta el codo. La multitud bulle y vibra a nuestro alrededor y, más allá, al otro lado de las ventanas del invernadero, el jardín se extiende con sus gélidas tonalidades blancas y verdes—. ¿Por qué iba a pedirte perdón cuando fuiste tú la que se portó como una perra?

Respiro hondo y sonrío. Es mi sonrisa favorita, la que reservo para los huéspedes más insoportables.

Hay momentos para ramas de olivo y hay momentos para la maldad infantil que un año picando a Lucas me ha ayudado a perfeccionar.

—Drew…, estás despedida —le digo.

Ella se queda con la boca abierta.

—¿Perdona?

—Eso. Que estás despedida. Te estoy despidiendo. Lárgate.

Ollie pone cara de espanto, pero sé que podrá arreglárselas solo. Se le da bien trabajar bajo presión. Y, además, es lo bastante sensato como para no protestar.

—Son tres horas en la barra pagadas en efectivo. No puedes despedirme. No es un puesto de trabajo. —Mira a su alrededor, consciente de repente del interés de la gente que nos rodea.

Yo sigo sonriendo.

—Drew, si hubiera podido despedirte de ser mi amiga, lo habría hecho, pero, como no es posible, tendré que conformarme con esto. —Entonces veo la hora en su reloj: faltan tres minutos para las seis—. ¡Uy! —Doy un respingo. Ella me mira como si estuviera chalada—. ¡Adiós, Drew! ¡Lárgate de una vez! ¡Que te vaya bien en la vida! —exclamo, dando media vuelta y echando a correr. No pienso perder ni un minuto más con Drew Bancroft, mucho menos cuando apenas dispongo de él.

Llego al vestíbulo justo a tiempo. Dinah trae rodando el viejo proyector desde la sala de objetos perdidos y, en el rellano, Kaz, Reese, Raheem y Helen cuelgan unas sábanas blancas sobre las barandillas para que, cuando el proyector se ponga en marcha, la imagen quede perfectamente encajada.

Bueno, nos salimos como un metro, ¡pero servirá!

—¡Sorpresa! —exclama la familia de Lucas, cuya imagen se ve en las sábanas, mientras me giro al oír otro coro de voces que está gritando lo mismo.

Lo veo en la puerta del hotel, escoltado por Grigg, Sameera y Jem.

No entiendo nada. No pueden estar aquí de verdad. Pero entonces se abalanzan sobre mí y me entierran en un abrazo enorme mientras, detrás de nosotros, en la pantalla de sábanas improvisada, los Da Silva gritan: *Feliz Natal!*

—¡Madre mía! —exclamo, emergiendo del medio del corrillo y apartándome el pelo de la cara—. ¿Qué hacéis todos aquí?

—Lucas —dice Jem, luciendo la más amplia y cálida de sus sonrisas.

Sameera me coloca el pelo por detrás de las orejas y me besa en la frente mientras se me llenan los ojos de lágrimas.

—¡A quién se le ocurre mentirnos sobre dónde ibas a pasar las Navidades! Este no es el momento ni el lugar, pero, en cuanto acaben las fiestas, pienso echarte una buena bronca. ¡Madre mía, cuánto me alegro de verte!

—¿Lucas se ha chivado? —pregunto, secándome los ojos mientras Grigg me da otro abrazo—. ¡Chicos! ¡Se suponía que estabais en las Hébridas Exteriores! ¡Y tú en Estados Unidos! —exclamo, mirando a Jem.

—Tenemos el vuelo de vuelta esta noche. Si nos perdemos la comida de Navidad, su madre nos mata —comenta Sameera, sonriéndole a Grigg—. Además, si paso más tiempo lejos de Rupe, voy a acabar explotando, literalmente. Pero Jem se queda, ¿verdad?

—Por supuesto —responde esta—. En cuanto Lucas me mandó el mensaje, pensé: «¿Qué hago aquí, teniendo que escuchar que todavía no es demasiado tarde para cambiar de vida, cuando podría estar con gente que me quiere y respeta la vida que he elegido?». Así que Piddles y yo pillamos el primer vuelo disponible.

Le estrecho el brazo. Sé que habrá sido mucho más duro de lo que hace que parezca. Detrás de ella, Ana le grita a su hermano algo rápido en portugués; Grigg y Sameera se apartan para que yo vea la expresión de Lucas. Es como retroceder en el tiempo y verlo de pequeño. Se le ha iluminado la cara. Irradia alegría infantil en estado puro.

—¡Izzy! —chilla la madre—. ¡Izzy, gracias por invitarnos!

—¡Por favor, gracias a vosotros por estar aquí! —le grito a la imagen gigante que está suspendida sobre los invitados, que presencian los acontecimientos entre encantados y perplejos—. ¡Y con tan poca antelación! Sé que el 24 es el día más importante ahí y que estáis en plenas celebraciones navideñas, así que gracias por vuestro tiempo.

—Por Lucas, lo que haga falta —responde ella, mirando a su hijo—. Te quiero. Te echo de menos.

—*Saudade* —dice él, llevándose la mano al pecho, donde tiene dicha palabra tatuada en la piel—. *Tô com muita saudade.*

—Cuéntales lo de los vuelos —le digo, poniéndome a su lado.

—*Feliz Natal!* —grita una niña desde una esquina de la pantalla. Una de las primas, supongo, que es una monada.

Lucas se ríe.

—¡Helena! *Feliz Natal!*

—¿Qué vuelos? —pregunta Ana. Ha sido la que me ha ayudado a preparar esto: la busqué anoche en Instagram. Le encantó la idea. Fue a ella a la que se le ocurrió utilizar las sábanas.

—Vamos a ir a casa en febrero —dice Lucas, con otra sonrisa infantil en la cara.

—¿«Vamos»? —exclama encantada la madre.

Él se ríe y me agarra de la mano.

—Sí, los dos —dice.

—Bueno, si os parece bien —añado.

—Nos has gustado desde la primera foto, *amiga* —repone Ana—. Cualquiera que sea capaz de tocarle tanto las narices a Lucas debe formar parte de esta familia.

Se quedan casi una hora. Helena y su hermano aprenden a decir «Quiero más caramelos» en inglés, gracias a la influencia potencialmente peligrosa de Ruby Hedgers, y esta aprende a decir «¡Quiero ir a Río de Janeiro!» en portugués de Brasil, lo cual podría ser un problema para sus padres, teniendo en cuenta el precio de los vuelos. Pero la presencia de los Da Silva en la fiesta hace que el ambiente se anime todavía un poco más. Para cuando Arjun declara abierto el bufé de la cena, cuyo broche final es un surtido de postres en el invernadero, todo el mundo está supereufórico, superfeliz y, la gran mayoría, superborracho.

—¡Tu amiga es guapísima! —me grita Pedro mientras bailamos.

Ha venido como invitado, pero se ha pasado al menos una hora ayudando a Arjun en la cocina y ha hecho doblete como mago durante un rato mientras el de verdad contestaba a una llamada telefónica. En el Hotel Forest Manor no nos cortamos a la hora de pedir favores y el amigo de Lucas es demasiado generoso, para su desgracia.

—¿Te refieres a Jem?

Vuelvo a mirarla: está bailando con algunas de las empleadas del servicio de limpieza con los ojos cerrados y moviendo las caderas. Lleva puesto su vestido favorito, uno de terciopelo rojo con escote corazón, y tiene la piel morena salpicada de purpurina dorada. Además se ha cambiado los piercings por unos de oro que brillan bajo las luces navideñas. Sin duda está espectacular.

Él ya está bailando hacia ella.

—Pedro nunca vuelve a llamar a las mujeres con las que se acuesta —me dice Lucas al oído, bailando detrás de mí—. Lo siento. Tenía que decírtelo.

Yo me echo a reír y me giro para rodearle el cuello con los brazos y bailar con él como lo hicimos aquel extraño día de nevada en Londres.

—Pues con Jem no va a colar —replico, medio para él, medio para Pedro—. Es demisexual. Antes tiene que establecer un vínculo emocional. Nunca se acostaría con un chico al que acaba de conocer.

El amigo me mira fijamente, dejando de bailar de golpe.

—¿Demi... sexual?

—Ajá.

—Entonces ¿no va a querer acostarse conmigo?

—No, a menos que hayáis forjado una relación emocional.

—¿Emocional? —pregunta, con cara de pánico.

—Es algo bonito, Pedro. —Intento no reírme—. Deberías probarlo alguna vez.

Un golpecito en el hombro me distrae de sus ojos grandes y ansiosos.

Uf.

Louis Keele. Le agarro con más fuerza la cintura a Lucas mientras ambos nos giramos hacia él. Luce una sonrisa despreocupada y una camisa impecable, y se le ha ido la mano con la colonia. Miro a mi novio, que luce su típica mirada amenazadora.

—Hola. Esperaba veros por aquí —dice el otro. Parece muy relajado y tranquilo. Como si la última vez que me vio no hubiera sido asquerosamente desagradable, aunque sospechaba que actuaría así después de su mensaje de «sin rencor»—. Quería poneros al corriente de mi nueva inversión —continúa y su sonrisa empieza a parecerse más a una mueca de suficiencia—. Es lo más justo. Ha salido al mercado una vieja escuela en Fordingbridge y..., bueno, no he podido resistirme. Va a ser un hotel precioso.

—¿Vas a abrir un hotel? —le pregunta Lucas.

—Madre mía —digo antes de que a Louis le dé tiempo a responder—. ¿Por eso me hacías tantas preguntas sobre Forest Manor? —exclamo, alzando la voz—. ¿Alguna vez has tenido intención de invertir? ¿O solo querías robarnos las mejores ideas?

—Pensaba invertir —asegura en un tono muy poco creíble.

—Querías robarnos a Arjun, ¿no? —digo, acercándome a él y señalándolo con el dedo.

Lucas me agarra con más fuerza.

—Tranquila —me advierte, pero noto en su voz que está sonriendo.

—¿Quién no querría robaros a Arjun? —dice Louis—. Es el mejor chef de New Forest. Pero él no quiere ni oír hablar del tema. Lo tenéis bien pillado.

—¿Y qué insultos le dedicaste cuando no conseguiste camelarlo? —pregunta Lucas amablemente—. ¿Él también es un pringado?

Louis me mira. Yo sonrío, como diciendo: «Sí, claro que se lo he contado todo. Sí, hemos acordado no machacarte. No, no creo que pueda evitar que se tome la justicia por su mano y te haga picadillo si le apetece».

Louis traga saliva.

—Como os he dicho, solo quería advertiros de que se avecina un poco de competencia.

Me pongo lo más recta que puedo, tambaleándome un pelín al hacerlo; no está mal para llevar tres cócteles.

—Bueno, eso no es ningún problema —digo con mi voz más dulce—. A Lucas y a mí nos encanta competir.

LUCAS

El problema del amor verdadero es que a veces hay que salir de la zona de confort para encontrarlo, ¿verdad? —dice Ruby Hedgers, desde lo alto del dosel de la cama que hay en uno de los dormitorios recién reformados del piso de arriba (cerrado para los invitados de la fiesta y descubierto por ella justo a la hora de irse a dormir)—. Por ejemplo, a Hamza, el de mi clase, le gustaba Sophie y todo el mundo decía que estaba suuuper fuera de su alcance, pero un día le dio la tarta que su madre le había puesto de postre y ella le dijo que podía ser su novio.

—Ruby, ¿tú no tienes seis años?

—Sí. Así es —responde con gran solemnidad.

—¿No es un poco pronto para tener novio?

—Claro que sí —contesta en el mismo tono—. Pero Sophie no lo sabe. Por suerte para Hamza.

—Por fin os encuentro —dice la señora Hedgers a mi espalda, entrando en la habitación—. Me alegro de que vuelvan a funcionar los ascensores, Lucas. Me han gustado especialmente el jazz suave y el papel pintado de color oro con dibujos en relieve. Hola, Ruby, ¿a

365

que no eres capaz de bajar por ese palo como si fuera la barra de los bomberos?

La niña empieza a resbalar por él de inmediato para demostrarle a su madre que está equivocada. La miro impresionada y ella asiente consciente de su propio talento.

—Lucas, hay una pareja joven que está… —empieza a decir.

—Por fin —dice Grigg, el amigo de Izzy, irrumpiendo en la habitación detrás de la señora Hedgers. Su mujer, Sameera, entra corriendo tras él casi sin aliento, intentando alcanzarlo.

—¡Mira! Todo el mundo nos estaba buscando —dice Ruby encantada, deteniéndose a medio descenso.

—Lucas —dice Grigg. Nunca había visto a un hombre con tantas ojeras, aunque su mirada es serena y amable. Es una de esas personas capaces de hacer que algo parezca arrugado aunque esté recién planchado, mientras que su mujer es todo lo contrario: tiene un glamur natural que aporta cierto aire icónico a su camiseta blanca llena de manchas—. No queríamos molestar a Izzy, porque está hablando con el jefe de proyecto del equipo de construcción sobre la restauración de una propiedad de la zona para la que necesitan una coordinadora. —Sonríe al verme arquear las cejas—. Pero creo que una de vuestras compañeras está teniendo un pequeño ataque de pánico en la piscina —dice finalmente. Vuelvo a juntar las cejas.

Merda.

—¿Habéis…?

—Vete. Ya me ocupo yo de esto —dice la señora Hedgers mientras Ruby se aferra al poste de la cama como un koala, observando el tramo que le queda por bajar.

Obviamente no echo a correr porque va en contra de la política del hotel. Pero camino muy pero que muy rápido.

La piscina debería estar cerrada hoy para los huéspedes, igual que las habitaciones de arriba. Pero, cuando llegamos, la puerta está entreabierta. La Pobre Mandy está sentada en el borde con los pantalones remangados hasta las rodillas, los pies en el agua, un móvil en cada mano, y Pedro y Jem a ambos lados.

—No sé si sostener esos teléfonos tan caros encima del agua es lo más inteligente, cielo —dice Jem, extendiendo tímidamente la mano hacia el móvil que tiene más cerca.

—Mandy —digo.

Ella levanta la cabeza. Sus ojos me recuerdan a los de un potrillo asustado a punto de pegar una coz.

—Lucas —susurra—. Hay demasiadas cosas que hacer. Demasiada gente.

Miro a mi alrededor. La zona del spa es un oasis de calma. Allí el ruido de la fiesta no es más que un murmullo de fondo ahogado por el sonido del agua.

—Mandy…, ¿por qué tienes dos teléfonos? —le pregunto, acercándome.

Miro a Pedro, que murmura en portugués: «No hagas movimientos bruscos».

—¿Qué? Ah. —Mandy mira los dos móviles—. Pensé que, si instalaba Twitter en este e Instagram en el otro, las notificaciones no me agobiarían tanto. Pero luego no pude eliminar Twitter en este y Facebook no se actualizaba en el otro, así que ahora tengo todo en todas partes y es… demasiado.

—Yo diría que ya has pasado suficiente tiempo delante de las pantallas…, ¿no, Mandy? —dice Jem, mirándome en busca de apoyo.

Le quita el teléfono que tiene más cerca y me lo lanza. Yo lo pillo. Menos mal. Ha sido un lanzamiento muy osado y, aunque me halaga que Jem confíe en mi destreza como receptor, preferiría que no volviera a hacerlo, mucho menos estando tan cerca de una piscina.

—Caray —exclama Pedro. Está echando un vistazo al otro teléfono de la Pobre Mandy mientras esta observa inexpresivamente el jardín por la ventana de enfrente, con los ojos vidriosos—. ¿Tenéis noventa mil seguidores en Instagram?

—¿Qué? —exclamo, acercándome para agacharme a su lado.

—*Hashtag* Operación Anillo —dice Jem, mirando por encima del otro hombro de Pedro.

Me doy cuenta de que mi amigo se pone nervioso al tenerla tan cerca e intento no sonreír. Parece que finalmente se ha decidido a presentarse. Fascinante. Me pregunto si alguna vez habrá establecido un vínculo emocional con una mujer. Estoy deseando tomarme mi siguiente café matutino en Smooth Pedro: tengo casi demasiadas cosas con las que vacilarlo.

—*Hashtag* salvar Hotel Forest Manor. Ambos son *trending topic* —dice Jem.

—Los *hashtags* son importantes —comenta Mandy—. Van bien para involucrar a la gente.

—Esta foto en la que sales con Izzy discutiendo delante de un táper tiene doscientos mil *likes* —dice Pedro, alucinado.

—Hay que añadir un toque personal —explica ella en el mismo tono inexpresivo—. Hace que tu marca sea mucho más cercana.

La última vez que eché un vistazo a nuestros perfiles en las redes sociales, no tenían esta pintaza.

—Mandy, ¿en qué momento ha sucedido esto? —digo.

—Ah, ha sido así todo el rato, la verdad, estas últimas semanas. Cuantas más fotos publicaba sobre la Operación Anillo de Izzy, más grande se hacía la cosa.

A Pedro se le escapa una palabrota.

—Tienes un mensaje privado de alguien con quince millones de seguidores. Y…

—Por fin te encuentro —dice Arjun, irrumpiendo en el spa con el gorro de cocinero en la mano y un poco de olivada en la frente—. Una tal Harper Armwright está delante del hotel con una banda de seis músicos. ¿De qué coño va esto?

—Ah, sí, Harper —dice la Pobre Mandy, medio ida—. Habrá venido a recoger su alianza.

He oído hablar de Harper Armwright. Hizo un dueto con Michael Bublé; Izzy tiene uno de sus primeros CD en su cajón de sastre. Yo no soy muy fan, la verdad; me gustan mucho más Los Hermanos.

Y, aun así, hasta yo me siento un poco abrumado cuando la veo en la puerta del hotel. Se comporta como si fuera alguien especial. Es algo que se nota en todos sus movimientos: en la forma en la que gira lentamente la cabeza, en la postura de los hombros, en la despreocupación con la que deja la puerta del coche abierta para que la cierre otra persona. Y en la sonrisa cálida y bien ensayada que nos dedica, con un instante exclusivo de contacto visual para Sameera, que está dando saltitos mientras gime en voz baja: «Madre mía, es la mismísima Harper Armwright».

—Tú debes de ser Lucas —dice con voz melosa. Me tiende la mano para que se la estreche—. La mitad de mi milagro de Navidad.

Conseguimos colarla con el gorro de lana de Izzy y unas gafas de sol que tengo en la guantera. Es su equipo de seguridad el que llama la atención. Los fulmino con la mirada cuando se niegan a ser más discretos y ellos hacen lo mismo conmigo. Tengo la vaga sensación de haber encontrado a mi tribu.

—Debí de perderlo cuando aparecieron los *paparazzi*; nos fuimos de aquí a todo correr —dice Harper, poniéndose lentamente el anillo con un suspiro—. Qué fuerte que haya estado aquí todos estos años.

Estamos en la sala de objetos perdidos. Es como si palideciera ante el brillo de Harper. El lugar de esta mujer está en los escenarios de los estadios y en las suites de los áticos. Por muy orgulloso que esté del Hotel Forest Manor, esta no es la parte que más me gustaría que viera. Izzy da un par de pasos a la izquierda para tapar el trozo de pared descolorida por el sol en la que durante muchos años hubo una caja enorme.

—Mi mujer estaba disgustadísima —prosigue—. ¿Sabíais que lo hizo ella misma? Es una pieza única y encaja perfectamente con el suyo. —Sonríe, mirando la alianza que lleva en la mano—. Cuando un amigo le envió vuestro *post* de Instagram sobre esta misión tan bonita de devolver los anillos perdidos y luego colgasteis una foto de este hoy a primera hora, no me lo podía creer. Pero ahí estaba. —Niega con la cabeza, maravillada—. Este anillo no tiene precio.

Tenemos todos el corazón en un puño. La señora S. B. se aferra al brazo de Barty mientras Izzy se masajea el labio inferior con el índice y el pulgar. La Pobre Mandy mira fijamente un punto de la pared sin dejar de mover los dedos a los costados, como si siguiera respondiendo de forma inconsciente a los mensajes privados. Nadie ha dicho aún la palabra «recompensa». Pero todo el mundo está pensando en ella. Esperamos. Harper sigue sonriendo. Uno de sus guardaespaldas mira el reloj.

—Bueno, ya que estoy aquí, ¿qué tal una pequeña actuación? —propone Harper, mirándonos a todos y aumentando un grado más la intensidad de su sonrisa.

—¡Una actuación! ¡Claro! —exclama alegremente la señora S. B.—. Qué bien. —Izzy y yo nos miramos. ¿No hay recompensa? Si Harper Armwright debe de tener como quinientos millones de libras—. ¡Ollie! —grita de repente la mujer.

Me giro y lo veo boquiabierto en la puerta.

—¿Esa es...? —murmura.

—Sí, querido, Harper Armwright —dice la señora S. B. con energía—. Voy a necesitar que la ayudes a preparar una actuación.

—Una… actuación —susurra Ollie, aferrándose al marco de la puerta, como si no fuera capaz de mantenerse en pie.

—A mis fans les va a encantar; vamos a hacer un vídeo corto, ¿vale? —le dice Harper a uno de los miembros de su equipo, que asiente con entusiasmo y saca el teléfono—. Ya les he contado a todos lo ideal que es este sitio. Va a quedar perfecto. Muy navideño.

El teléfono de Barty suena con la vieja melodía de Nokia. Harper se sobresalta un poco y lo observa fascinada mientras saca el móvil noventero.

—Perdona —dice la Pobre Mandy, reaccionando por fin y quitándose las gafas de encima de la cabeza—. ¿Les has dicho a tus quince millones de seguidores que nuestro hotel es ideal?

—Ajá —dice Harper mientras espera a que su guardaespaldas le diga que es seguro salir de la sala de objetos perdidos—. ¿Puedes conseguirme uno de esos? —le pide a un miembro de su equipo, señalando el teléfono de Barty.

—Al parecer, nuestra página web ha dejado de funcionar —dice este, con el teléfono aún en la oreja, mientras el guardaespaldas mira a la izquierda, a la derecha y otra vez a la izquierda antes de hacerle un gesto a Harper para que siga a Ollie, que ha debido de recordar cómo hacer de ser humano funcional. Nos giramos todos para mirar a Barty—. Dice que hay «demasiado tráfico». Según parece, hemos tenido cien reservas en los últimos seis minutos.

La señora S. B. se sienta lentamente encima de una caja. Harper nos sonríe desde la puerta.

—¡Anda, qué bien! —exclama antes de despedirse por encima del hombro con una mano apenas visible por detrás del calvo gigantesco con gafas de sol que le pisa los talones.

Poco a poco, todos a una, nos giramos para mirar a la Pobre Mandy. Las luces del árbol del vestíbulo brillan a través de la puerta, cambiando del rojo al verde y reflejándose en sus gafas.

—Lo siento —dice—. Me pedisteis que me ocupara de las redes sociales. ¿Me he pasado?

—Mandy —dice la señora S. B. con voz ahogada—, mi queridísima Mandy, yo sí que lo siento.

La pobre chica se queda pasmada mientras la señora S.B. la abraza. Barty e Izzy la imitan y entonces, porque es Navidad, porque Izzy me quiere y porque Mandy acaba de salvar mi puesto de trabajo, yo también me sumo a ellos.

—¿Qué es lo que siente? —le pregunta Mandy desde las profundidades del abrazo.

—Cuando alguien no se valora a sí mismo, querida, es muy fácil dejarse llevar por su opinión —comenta la señora S. B., apartándose y secándose la cara—. Pero tú eres francamente excepcional. Tanto que has impedido que el Hotel Forest Manor caiga en el olvido.

—Me alegra mucho haber ayudado —dice Mandy, abrumada—. La verdad es que estaba alucinando..., pero no quería darle esperanzas a nadie y... —Echa un poco de aliento en las gafas antes de limpiarlas con el reno del jersey—. De todos modos, al final todo ha sido cosa de Izzy y Lucas. El mérito es de la Operación Anillo. Yo solo he corrido la voz. La verdad es que va a ser un alivio poder eliminar Twitter —declara.

Justo entonces la señora S. B. interviene:

—Te asciendo a responsable de marketing en las redes sociales con efecto inmediato.

—Ah —dice la Pobre Mandy, con cara de asombro—. ¿En serio?

—¡Está claro que has nacido para eso! —exclama la señora S.B., agitando el teléfono.

—Ya —dice la Pobre Mandy con amargura. Y entonces, después de respirar hondo, levanta la barbilla y añade—: Lo cierto es que preferiría quedarme en recepción, si es posible.

La señora S. B. la mira, sorprendida.

—¡Por supuesto que es posible!

Mandy endereza la espalda.

—Pero estaré encantada de formar a la persona que contraten para llevar las redes sociales —dice con voz un poco temblorosa—. Y espero que me suban el sueldo cuando el hotel se recupere el año que viene.

Se hace un silencio de sorpresa y admiración, y entonces, detrás de nosotros, el vestíbulo se llena de vítores cuando Harper toca las primeras notas de una versión acústica de «December Kisses». Esa reacción no puede ser más oportuna.

Creo que lo de «Pobre Mandy» ha pasado a la historia. Ese nombre ya no le pega en absoluto.

Izzy se acerca más para acurrucarse a mi lado en el banco. Son las cuatro de la mañana y estamos en la pérgola, iluminados por las lucecitas de las guirnaldas. Los árboles se ciernen sobre nosotros y sus ramas cruzan el cielo salpicado de estrellas. Me duelen los músculos de tanto bailar sobre la alfombra del vestíbulo con Izzy entre los brazos.

—Bueno…, supongo que Mandy ha ganado la apuesta —dice ella, apoyando la cabeza en mi hombro—. Ha sido la que ha encontrado a Harper.

—¿Eso significa que mañana nos toca a los dos disfrazarnos de elfos? —le pregunto, dándole un beso en la coronilla.

—Pues sí, eso parece —responde Izzy—. Nuestra querida Mandy. Qué orgullosa estoy de ella.

—No se lo hemos puesto fácil este año —digo.

—Dios, hemos sido tremendos, ¿verdad? ¿Recuerdas cuando en enero estuvimos una semana negándonos a comunicarnos directamente y acabó haciendo de intermediaria?

Yo resoplo.

—¿Recuerdas cuando cambiaste de sitio todos los iconos de la pantalla de inicio de mi ordenador y dijiste que había sido el extra de la agencia?

—Podría haber sido el extra de la agencia.

—¿Fue él?

Izzy hace un gesto con la mano, como si no viniera al caso.

—¿Recuerdas cuando le dijiste a Arjun que yo pensaba que su *mousse* era demasiado esponjosa?

—Y lo dijiste —replico.

—Pero no a él.

—¿Recuerdas cuando me pegaste el ratón al mostrador?

—En realidad fue sin querer —dice Izzy, sonriendo.

—¿Recuerdas cuando casi nos besamos en la piscina? —le pregunto bajando la voz.

—¿Recuerdas cuando fui a buscarte al aeropuerto? —dice ella, también susurrando, mientras entrelaza los dedos con los míos.

—¿Recuerdas cuando te dejé ganar al póquer? —murmuro.

Izzy ahoga un gritito y se gira entre mis brazos para mirarme.

—No me lo puedo creer. —Me echo a reír—. ¡Lucas! En serio, eso es lo peor que me has hecho nunca. Peor que lo de tirarme a la piscina.

—Yo no te tiré a la piscina —replico.

Izzy da un respingo y se tapa la boca con la mano.

—Madre mía. Acabo de acordarme —dice, agarrándome del brazo—. El año pasado escribí chistes navideños en las tarjetas de todos los huéspedes, ¿verdad?

Sonrío.

—Pues sí.

—Así que en la tarjeta de Navidad que recibiste..., la que escribí para Louis, de la que te reíste... —Se tapa la cara con las manos.

—Ponía: «¿Cómo se llaman los habitantes de Belén? Figuritas».

—No jodas —murmura por entre los dedos—. En serio, no puedo creer que te rieras de eso.

—Me pareció entrañable —declaro mientras ella se acomoda contra mí—. Recuerda que ya me gustabas.

La abrazo mientras se ríe, levantando la vista hacia las estrellas que asoman entre las hojas. Al cabo de unos instantes, esbozo una sonrisa. Mis ojos han empezado a adaptarse a la oscuridad y veo lo que crece entre las ramas por encima de nosotros.

—Izzy —susurro. Ella levanta la cara hacia la mía—, mira allá arriba.

También tarda un momento en verlo. Se echa a reír.

—¿Quieres que vaya a buscar a Drew?

—Muy graciosa.

Todavía se está riendo cuando me la siento sobre el regazo y la beso bajo el muérdago.

DICIEMBRE DE 2023

Izzy

B uenos días, señorita Jenkins. Son las cinco menos cuarto.
Miro con los ojos entornados la hora que parpadea en el reloj del hotel, me aparto el flequillo nuevo de los ojos y palpo a ciegas el lado de la cama que está detrás de mí. Nada, vacío. ¿De qué va esto? ¿Lucas me está gastando una broma? No sería la primera vez, pero hacer que me llamen para despertarme antes de las cinco de la mañana me parece demasiado cruel incluso para nosotros.

—Gracias —farfullo—. *Obrigada.* ¿Solicité yo el aviso? ¿Les pedí que me llamaran?

—Lo siento —dice la recepcionista, un poco agobiada—. Me temo que no la entiendo.

—No se preocupe —digo, frotándome con fuerza los ojos con la mano libre y dándome la vuelta—. Gracias. Y feliz Año Nuevo.

Pulso el botón que hay junto a la cama para subir las persianas y ahí está él haciendo el ridículo, como era de esperar: mi novio. Haciendo flexiones en el balcón del hotel antes de que el sol haya salido siquiera.

—¿Me puedes explicar qué hago despierta a estas horas? —le pregunto, abriendo la puerta que da al exterior.

Lucas me observa, con la frente y el pecho sudorosos. Llevo puesta su camisa blanca de anoche y me recorre las piernas desnudas con mirada ardiente. Aun después de doce meses, cuando me mira así, hace que me derrita. Lo observo con el ceño fruncido, como diciendo «No me distraigas», y él sonríe en plan «No prometo nada».

—Vamos a darnos un baño —propone, levantándose. Ya está en bañador.

—¿Ahora? No. Ni de coña —replico, dando media vuelta para volver a la cama—. Buenas noches.

Me dejo caer boca abajo sobre el colchón gigante, disfrutando del frescor de las sábanas. Él me agarra por el tobillo y chillo mientras tira de mí hacia atrás.

—Venga. Te va a encantar —asegura.

—Es de noche.

—Está a punto de ser de día.

Giro la cabeza para mirar hacia fuera. Con todas las luces de la habitación apagadas, veo cómo el cielo pasa del color negro a un añil oscuro; el mar se ve un poco más claro y la arena tiene un tono blanco fantasmal. El majestuoso Pão de Açúcar, o Pan de Azúcar, ya es visible y su silueta se recorta oscura sobre el horizonte. Siento mariposas en el estómago de la emoción.

—¿Un baño en el mar? ¿Al amanecer?

—Exacto —dice Lucas.

Me giro justo a tiempo para coger el biquini que me está lanzando.

Vale. A lo mejor no me importa tanto madrugar. Hemos tirado la casa por la ventana alojándonos tres noches en este hotel de lujo de Río de Janeiro en Año Nuevo, después de haber pasado la Navidad con la madre de Lucas en Niterói. ¿De verdad quiero estar aquí inconsciente más horas de las estrictamente necesarias?

Desde el vestíbulo —donde la recepcionista nos saluda con la mano— a la playa solo hay unos cuantos pasos. El aire es ya cálido y prometedor, como si el sol apenas se hubiera ocultado anoche, y, mientras ambos corremos hacia la orilla, la arena se desliza bajo mis pies descalzos, suave como una pluma. Lucas se zambulle primero. Nado con energía para alcanzarlo mientras el agua fría del mar me corta la respiración. Me abalanzo sobre él justo cuando se está girando para lanzarse sobre mí. Nos hundimos el uno al otro riéndonos, resoplando y chapoteando, y acabo enredada en él, con las piernas alrededor de sus caderas, justo cuando el sol empieza a dibujar una única línea brillante en el horizonte.

Me besa apasionadamente. Siento que tiembla un poco mientras me abraza y veo que tiene los puños cerrados; debe de hacer más frío del que a mí me parece. Rodeo con los brazos esos hombros tan fuertes y conocidos, besándolo con el mismo ímpetu que él, mientras poso los dedos sobre su pelo rapado y aprieto las rodillas contra sus costados. Nos besamos como si nos estuviéramos diciendo algo que somos incapaces de expresar con palabras. Y justo eso es lo que me da la idea.

Porque últimamente, cuando me siento así, cuando no encuentro la forma de demostrarle lo mucho que lo quiero ni hay palabras ni besos lo bastante apasionados para ello, me viene una pregunta a la cabeza. Y, mientras este cielo inmenso y maravilloso se tiñe de rosa a nuestro alrededor, de repente me parece el momento perfecto para hacérsela.

—Lucas, ¿quieres casarte conmigo? —le suelto, echándome hacia atrás. Él se me queda mirando durante unos instantes en los que las gotas de su piel adquieren el tono rosa irisado del amanecer—. ¿Lucas? —digo al cabo de un rato, aferrándome a sus hombros con más fuerza—. ¿No debería…? ¿No quieres…? —Contemplo el horizonte. Es una obra de arte de color rosáceo, morado y naranja—. Es que me ha parecido el momento ideal para declararme.

—No me digas —replica él con voz entrecortada.

Cambia de posición para sujetarme solo con un brazo y me enseña una cosa que tiene en la otra mano.

Un anillo.

Conozco ese anillo. Es el de Maisie Townsend. Me tapo la boca con la mano.

Vi al señor Townsend hace un par de semanas, antes del viaje a Brasil. Sigo trabajando a media jornada en Forest Manor a la vez que monto mi propia empresa. Nos pusimos al día mientras nos tomábamos una de las nuevas meriendas de Arjun y, cuando lo acompañé a su habitación, me dijo algo que ahora tiene mucho más sentido. Me deseó una feliz Navidad y luego, a la par que cerraba la puerta, añadió: «Y feliz Año Nuevo también de parte de Maisie».

Me fallan las rodillas de la emoción y estoy a punto de hundirme. Me agarro a Lucas, balbuceando, mientras él dice:

—¿Qué crees que estás haciendo en el mar al amanecer?

—Madre mía —digo, aferrándome a él y extendiendo la mano para coger el anillo.

Vuelve a cerrar la mano.

—Izzy Jenkins, ¿acabas de sabotear mi propuesta de matrimonio? —Yo echo la cabeza hacia atrás para reírme—. ¿Sabes cuánto me ha costado organizarla? Nos han preparado un pícnic para desayunar en la playa. He tenido que sobornar a la recepcionista para que te despertara en inglés porque el hotel ni siquiera ofrece ese servicio. He tenido que sacar el anillo de la caja fuerte mientras te lavabas los dientes y no parabas de salir del baño.

—¡Dámelo! —exclamo, extendiendo la mano.

—¿Acaso tú tienes un anillo para mí? —me pregunta Lucas, esbozando una sonrisa, mientras intento abrirle los dedos.

—Bueno, no —admito—. Ha sido algo espontáneo.

—Así que no hay anillo. Y tampoco ningún pícnic para desayunar esperándonos —añade, contando con los dedos de la otra mano.

—Pero el escenario es la leche —digo, señalando el cielo imponente—. Eso tienes que reconocerlo.

—Vale, empate a uno en ambientación —admite.

—Y otro punto para mí por haber hecho la pregunta —añado, intentando abrirle la mano. Hasta sus dedos son increíblemente musculosos; no hay forma de moverlos—. En realidad, tú todavía no me has preguntado nada.

—Te pido disculpas —dice Lucas mientras me sujeta la mano y me mira a los ojos—. Izzy —dice. Dejo de reírme—. Izzy Jenkins, mi amor por ti es cada día más fuerte. Quiero estar contigo para siempre. Quiero descubrir lo grande e intenso que será lo que siento por ti cuando seamos viejos. —Le tiembla un poco el labio inferior. Hace tiempo que me di cuenta de que me equivocaba al pensar que Lucas era un insensible: siempre hay algún signo de emoción en su cara, si te fijas bien—. Tenía claro que quería pedirte que te casaras conmigo desde que fuiste a buscarme al aeropuerto las Navidades pasadas, pero he preferido esperar a tener la suficiente confianza en mí mismo como para saber que me dirías que sí. Sigo pensando que no es una pregunta que se deba hacer sin saber cuál será la respuesta.

—Ay, Dios —digo, echándome a llorar.

Lucas me estrecha con fuerza la mano antes de abrir el puño, extender los dedos y ofrecerme el anillo por encima del agua.

—El señor Townsend me regaló este anillo para que te lo diera cuando llegara el momento. Sabía que habías perdido uno que era muy importante para ti y quería que empezaras una nueva historia con este. Ojalá pudiera encontrar el que te regaló tu padre, pero quizá su espíritu esté en este anillo —dice, sonriendo—. Esto es algo que nunca habría dicho antes de conocerte. —Estoy cubierta de lágrimas y agua de mar. Me froto las mejillas con manos temblorosas—. Izzy, ¿aceptas este anillo y me haces el honor de ser mi esposa?

—Sí. Sí —digo sollozando mientras me lo pone en el dedo—. Madre mía. No me lo puedo creer. —Aprieto el puño—. Vamos a salir del mar. Este no lo pienso perder.

Lucas se ríe. Me encanta esa risa tan despreocupada, natural y feliz. Quiero hacerlo reír así cien veces al día durante el resto de mi vida.

—Vale, ahora que te he hecho la pregunta...

Lo agarro de la mano mientras nos ponemos de pie en el mar y echamos a andar hacia la orilla. Río de Janeiro se extiende ante nosotros, desperezándose, si es que alguna vez ha estado dormido de verdad. Las ventanas de los apartamentos brillan bajo la luz del sol y las imponentes montañas azules se alzan como telón de fondo, retándonos a que las exploremos.

—¿Sí? —le pregunto, mirando al hombre que odiaba, al hombre que amo, al hombre que me hace brillar con todo mi esplendor.

—¿Te he superado en la declaración? ¿He ganado yo esta vez? Me echo a reír.

—Sí, esta vez has ganado tú —digo.

Lucas me coge en brazos gritando de alegría y se pone a bailar por la playa.

Siento en la palma de la mano la presión de este anillo que tantas cosas contiene. Río, lloro y me aferro a él mientras el cielo de diciembre se va aclarando sobre nosotros. Qué honor llevar este anillo en el dedo. Y qué honor casarme con este hombre tan complicado, extraordinario, obstinado y generoso.

AGRADECIMIENTOS

En realidad, este no era el libro que se suponía que iba a escribir; me refiero a que no tenía previsto publicarlo en 2023. Básicamente, *Bajo el muérdago* nació por pura cabezonería de Izzy y Lucas, que se negaron a estarse calladitos por más que se lo pedí. Ahora que lo has leído, seguro que no te sorprende.

Esta historia ha visto la luz gracias a la colaboración de muchas personas extraordinarias, gente maravillosa que decidió que, aunque este no era el plan inicial, seguiríamos adelante de todos modos. Me siento afortunada por estar rodeada de tanto talento innovador y creativo.

Como siempre, quiero dar las gracias a Tanera Simons, mi compañera de fatigas (¿o debería llamarla «compañera de comedias románticas»?), por su paciencia, cariño y lucidez. Eres un fenómeno. A Cassie Browne, Emma Capron, Kat Burdon y Cindy Hwang, mis editoras superimaginativas, gracias por darme el empujoncito que necesitaba para dejar que este libro echara a volar y por ayudarme a dar forma a la historia. Gracias a Helena Mayrink por sus fabulosos comentarios e ideas y por ayudarme con la parte brasileña de la novela, así como por todas las traducciones al portugués. Y gracias a Pedro Staite por su ayuda... ¡y por haberme prestado su nombre!

A Jon Butler, Stef Bierwerth, Hannah Winter, Ellie Nightingale, Ella Patel, Hannah Robinson, Angela Kim, Hannah Engler, Lauren Burnstein, Tina Joell, Chelsea Pascoe y toda la gente de Quercus y Berkley: gracias por vuestra creatividad, pasión y trabajo duro. A Georgia Fuller, Mary Darby, Salma Zarugh, Kira Walker, Sheila David y a todo el equipo de Darley Anderson Agency: muchísimas gracias por seguir acercando mis libros a lectores de todo el mundo.

Gracias a mis padres por sus sabios consejos mientras escribía esta novela. Mis agradecimientos a Gilly McAllister por tantísimas cosas que sería imposible nombrarlas, pero sobre todo por ser la otra mitad (y la mejor) de mi cerebro. Gracias a Caroline Hulse y Lia Louis por escuchar mis desvaríos y aportar tanta sabiduría. Y gracias a mi hermana Ellen por ser mi apoyo incondicional.

Sam, mi amor, gracias por tratar mis historias con tanto respeto, hasta el punto de hacer un paréntesis en tu carrera laboral para que yo pudiera centrarme en la mía. Eres un hombre excepcional, extraordinario y un padre maravilloso. A mi bichito: gracias por llenar mi vida de la alegría más pura, radiante y profunda.

A Lisa, Lucy, Beth, Hannah, Rhianna, Kate, Carly, Alison y a todo el equipo increíble de la guardería de mi hijo: gracias por cuidar de mi pequeñín con tanto amor y cariño mientras escribo estas historias. Sin vosotras, este libro no existiría.

Por último, mis queridísimos lectores..., quiero dedicaros este libro a vosotros, algo que tal vez resulte un poco redundante (me refiero a que, obviamente, el libro es para mis lectores), pero en este caso siento la necesidad de subrayarlo. Nunca dejaré de considerarme afortunada por hacer este trabajo y la razón por la que puedo hacerlo es porque vosotros leéis las historias que escribo. Gracias por la confianza que depositáis en mi persona cada vez que elegís una de mis novelas. Sois un verdadero tesoro para mí, lo digo de corazón.

Queremos compartir más momentos contigo.

Únete a la comunidad de PenguinLibros y encuentra tu siguiente lectura.

¡Únete hoy!

Penguin
Random House
Grupo Editorial